长篇小说

过活

彭闪闪◎著

新华出版社

图书在版编目（CIP）数据

过法 / 彭闪闪著. -- 北京 : 新华出版社, 2022.8
ISBN 978-7-5166-6342-4

Ⅰ. ①过… Ⅱ. ①彭… Ⅲ. ①长篇小说 - 中国 - 当代
Ⅳ. ①I247.5

中国版本图书馆CIP数据核字（2022）第127467号

过 法
作　　者： 彭闪闪

责任编辑： 丁　勇　　**封面设计：** 刘宝龙

出版发行： 新华出版社
地　　址： 北京石景山区京原路8号　　**邮　　编：** 100040
网　　址： http://www.xinhuanet.com/publish
经　　销： 新华书店、新华出版社天猫旗舰店、京东旗舰店及各大网店
购书热线： 010 - 63077122　　**中国新闻书店购书热线：** 010 - 63072012

照　　排： 六合方圆
印　　刷： 河北鑫兆源印刷有限公司

成品尺寸： 165mm × 230mm　1/16
印　　张： 21.5　　**字　　数：** 300千字
版　　次： 2022年8月第一版　　**印　　次：** 2022年8月第一次印刷

书　　号： ISBN 978-7-5166-6342-4
定　　价： 59.80元

目录

第四卷

第五卷

第六卷

第七卷

第一卷

第一章
家宴

初春的北京城，迎春花总是第一个展开她娇黄的花瓣，翘首在泛绿的枝条上，绽放着春的气息。护城河畔的垂柳也发出了绿绿的嫩芽，一棵棵高挺的杨树从枝子间吐出了淡绿色的嫩叶。街边一棵棵桃树好像商量好似的，一夜间满树花开，和着初升的暖阳，摇曳在轻柔的春风里。

宽阔的长安街，十车道上来往的汽车，井然有序地交错着。

临近中午，投资公司副总周闵驾驶着私家奔驰商务汽车，载着妻儿和父母，穿越国贸间高楼林立的CBD，行驶在东长安街上。

他们前往的目的地是北京和平门全聚德烤鸭店，赴家宴。

汽车里，满面春风的周闵边开车，边跟年迈的父母介绍着途经的地方。几天前刚从老家接来小住几日的父母，目不暇接地望着窗外，脸上洋溢着幸福。

妻子欧阳雪一旁补充介绍着，并时不时地提醒坐在最后面的儿子周子轩看一些市井变化。

今年二十二岁的周子轩，小学二年级就去了澳大利亚留学，住在学校认定的澳大利亚人的寄宿家庭。周闵夫妇将儿子送国外读书，是受了周闵的朋友影响和效仿。认为既出国就早一些，以便孩子能更好地适应和融入国外的生活。

在国外，华人将从小生活和出生在那里的中国血统孩子，称为“香蕉人”。

所谓“香蕉人”，就是外表黄皮肤，保留着中国人的面孔，内在却是白色的，拥有西方文化的人。

周子轩基本上也算是个“香蕉人”。

此时，坐在汽车最后一排的周子轩，被太阳晒成褐色的皮肤泛着亮。他长得很英俊，有棱角的漫长脸，一双粗黑的剑眉下有着一对炯炯有神、不大不小的眼睛，挺耸的鼻梁，有型略厚的嘴唇；修剪规整的短胡茬，薄薄地布满两腮，延至下巴以下的喉结上。他健硕的肩膀，上身为倒三角形，看得出是练过健身的。他的身高略微高过父亲，足有一米八二，是一个透着性感的帅小伙。朋友们都说他看似有欧洲人血统，怎么看都像是外国人。

周子轩的父亲周闵，身高一米八。都说儿子像母亲，可是周子轩却长得很像父亲，身高随父母的基因。周闵和儿子都是美男子级的男人，只是周闵将自己原本的络腮胡子刮得干干净净。他觉得白净的脸，更符合现代中国人的审美。已是中年的周闵，体态略有改变，脸上也多了些沧桑的纹路。但是，他的眼睛里却总带着年轻的光色，对人生充满希望。

杂志社栏目副总编欧阳雪长相端庄大气，有着一双水灵灵的大眼睛，白皙的皮肤。她高挑的身材，在岁月的滚动中仍保持得较好。她和丈夫周闵，是朋友们公认般配的一对。

此次周子轩回来是本科毕业即将入学硕士研究生的这个空档期。今天的家宴，就是周闵夫妇为庆祝儿子获得硕士研究生申请和即将返回澳大利亚上学的饯行宴。

汽车上，爷爷和奶奶激动地张望着首都北京的市容。

奶奶笑盈盈地跟儿子和儿媳说：“大北京多好，我们得了你们的济，有生之年也能常来北京住上几天。”

周闵愉快地驾驶着汽车还没等开口，欧阳雪就接着奶奶的话说：“妈，这都是我们做儿女的应该做的，欢迎爸妈常来住！”

爷爷也说起了话：“你们忙，我们不能给你们添麻烦，在河北挺好。

大孙子走得远，爷爷奶奶很挂念！”

周闵手扶方向盘，直视前方，接着爷爷的话说：“爸，你们年纪大了，以后还是要跟儿子一起过，你们单独在河北我们不放心。”这些嘴边的孝敬话一溜烟地从他嘴里说出来，是再普通不过的了。可是，他的神色却随着这些话，显出些不寻常的波动。

坐在副驾驶位置上的欧阳雪，被车窗外射进来的阳光晃得眯起眼。她困难地望着前方，眼睛里多了些迷茫。她嘴角微微上扬，接着周闵的话说：“是啊——”

一路上，周子轩没有说一句话地看着窗外。眼前的一些景物，闪现出他童年时的零星记忆。此刻，他另一半的心却早已飞回澳大利亚，飞进他金发女友戴瑞亚的心里。

自打周子轩回到中国的这段时间，戴瑞亚没少跟他打电话，希望他早日回到澳大利亚。周子轩是身在曹营心在汉，每天都思念着她。周子轩眼望车窗外的景色，眼睛里交映出金发女友美丽动人的模样。

这时，爷爷又说：“人老了就是给人添麻烦，好在我和老太太身体还算硬朗。你两个妹妹托你们的福，来到北京学习，又安了家落了户。”

周闵驾驶着汽车，四平八稳地说：“爸，这是当大哥大嫂应该做的，两个妹妹和妹夫也不少努力。”

爷爷还没来得及说话，一旁的奶奶接着儿子的话说：“她们不如你，没你们帮助，她们也没机会在北京落户。”

爷爷奶奶边说着家常，边欣赏着车窗外的京城。今天的家宴，周闵也邀请了两个妹妹及家人。

汽车一路穿越壮观、美丽的长安街。

在经过人民英雄纪念碑、毛主席纪念堂和新华门时，爷爷奶奶不再说话，而是专注地张望着，眼睛里竟然闪烁着激动的泪花。

虽说河北邢台距离北京不太远，但是爷爷奶奶来北京的次数并不多。平日里，周闵和欧阳雪确实一天到晚忙个没完，两个妹妹家的生活也过得紧紧张张，忙生计，忙孩子。

今天的家庭聚会，除了为周子轩庆祝，爷爷奶奶又来到了北京，这是难得的好日子。

十多分钟后。

周闵驾驶着载有家人的汽车，顺利驶进和平门全聚德烤鸭店门前的停车场。

他边下车边跟两个妹妹打了电话，问她们两家人是否到了。欧阳雪招呼着老人下车，儿子周子轩随后也下了车。

周闵电话里得知大妹妹周遥一家人乘地铁，早早就来到了和平门这一站，已经在全聚德烤鸭店的门厅里等他们了。二妹妹周淼，母女也在门厅了，只差开出租车的二妹夫陈远，说他一会儿就到。

饭店门厅内，做会计工作的大妹妹周遥四十岁，个子不高，身材略胖，长相一般，穿着朴素。比她大五岁的丈夫韩海是位装修工，他中等身高，体态适中，长相一般。他同样衣着朴素，站在妻子旁边。他们身边的儿子韩冰，今年十六岁，中等个头，一身休闲装。他长相清秀，戴着副深蓝框近视眼镜。

三十八岁的二妹妹周淼长得颇有姿色，但是不属于出众。也许，因为她是做美发的，给自己的头发造了型、上了色，显得比姐姐周遥要漂亮和时尚。她身材偏瘦，个头中等，说起话来大声大气，性格爽朗外向。一手挎着她小臂的女儿陈青苗，今年也十六岁，整体纤小，白皙的皮肤，像个嫩嫩的小竹笋。她小巧精致的脸上有着一双丹凤眼，细细的鼻梁，不薄不厚的小嘴。她笑起来有一对浅浅的小酒窝隐现在嘴角，一副腼腆、可爱的模样。

周遥面色严肃地跟儿子说："一会儿见了哥哥周子轩，要找机会多跟他聊聊。你们从小就没怎么在一起，现在要多联系感情，以后去国外找他。"

韩冰眼镜片后的眼神黯淡，他点头应和着妈妈说的话。

大妹夫韩海一旁接着说："孩子们的交往随他们去，周子轩出国这么多年，也许跟咱的孩子说不到一起。人各有各的命不强求，我看在国内也很好。”

周遥用眼睛使劲剜了韩海一眼，没好气儿地说：“你就没有送儿子出去留学的能力和勇气！”

韩海的脸色显得灰暗，向大门外瞭望，随即表现闲散地溜达着。

一贯大声大气的周森，拉了拉周遥的衣角，压低着声音说：“姐，少说几句。”

陈青苗瞟了眼面色黯然的哥哥韩冰。韩冰垂着眼皮，闷不作声。

周遥忍不住又怨恨着说：“我一看到韩海缩头缩脸的样子就心烦！”

“好了，姐，你们都一起生活了这么多年。人各有长处，我看姐夫人踏实，也顾家，挺好的。”周森小心地劝说。

周遥难掩不快地又说：“他大出息没有，就是过个普通人的日子。”

“姐，咱今天来，得高高兴兴的。大哥和爸妈这就到了，必须欢天喜地才是。”周森强调地说。

周遥深叹口气，勉强地说：“嗯，知道了！”

全聚德大门前。

高个子的爷爷和矮小的奶奶，抬头看到红灯笼挂在饭店的门头。当看到有着红色字体的“北京和平门全聚德烤鸭店”时，他们愉快的眼睛成了弯弯的月牙。

爷爷感慨地说：“百年老字号啊！”

“是啊！爸、妈，我今天订了大包间，咱吃全鸭宴。”周闵愉快地说着，顺势幸福地看了眼儿子周子轩。

周子轩神情愉快地回望着父亲，又温和地跟身边的母亲说：“妈，我们进去吧！”

他们一行喜气洋洋地走进了北京全聚德和平门烤鸭店的前厅。两位老人一眼就看到了厅里的子孙们，高兴得合不上嘴。

大家一阵问候。

随即，两个妹妹直夸侄儿周子轩一表人才，帅气十足。大妹夫韩海一旁也连连称赞。

饭店整个门厅颇具皇家之气，明黄色为主色调，厅内有四根黄色圆柱，柱体上有飞龙祥云。正前方的一面墙上有毛泽东题词："全聚德要永远保存下去。"

两位老人在毛主席题词前认真地看了又看。

周闵向迎宾小姐报了订餐的名字，迎宾小姐查阅后，热情地引领着他们浩浩荡荡地进了电梯，前往二楼的豪华包间。

他们出了电梯，穿行在二楼挂满了字画的长廊里。

迎宾小姐边走边讲解："您来到全聚德，就已经走进了它的历史。此店环境以高雅、祥和为特色，店中有'龙凤呈祥''名人苑'以及多国元首来此用餐留下的珍贵照片'名人墙'和国外'百名大使签字墙'；四楼有演出、会议、聚餐等功能为一体的'金色大厅'。用餐后，您可以仔细浏览一下本店的整体环境。全聚德每个包间门口都有在此用过餐的名人题字。"她话音刚落，就走到了周闵预订的多国大使曾用餐的大包间门前，接着又说："周先生您订的包间到了，祝你们用餐愉快！"

包间门内的服务小姐见客人走来，笑脸相迎地说："欢迎光临！"

迎宾小姐随即向客人示意请进，待他们走进包间后便转身离开了。

这个包间豪华大气，金碧辉煌。

室内伴有舒缓的中国古典背景音乐，装潢雕梁画栋，陈设着中国瓷器，墙壁上悬挂着中国字画，气派中彰显着古典与高雅。

室内分为两个区域，用餐区和休息区。

周闵的母亲边四处张望，边凑近儿子小声地说："儿啊，这要花很多钱吧？"

周闵微笑着轻声回应："没多少钱，您不用想那么多。"

周闵的父亲张望中，微笑的脸上也多了些难以说得清楚的神色，难免心疼儿子一定是要大有破费了。他慈爱地看了看大孙子周子轩，也没再说什么就坐在休息区的那张铺着绸缎坐垫的古典木质雕花椅上。

大妹夫韩海陪着老岳父坐了下来，时不时地搭着话。两个妹妹和母亲也坐下闲聊起来。韩冰和陈青苗，坐在了一旁的座椅上。周子轩和母亲站着说话，欧阳雪仰视着高大帅俊的儿子，满脸温情和赏目。

周闵坐在餐桌边翻阅着菜单，身边站着等待点餐的服务小姐。很快，周闵点好了心里早已决定的全鸭宴，又点了水井坊白酒和鲜榨热玉米汁。而后，周闵看二妹夫陈远还没有到，就又催着二妹妹周淼打电话给他。

二妹妹周淼打了电话，二妹夫没有接听，她跟周闵说："他应该在路上，一会儿就到。"

周淼话音刚落，四十来岁的二妹夫走了进来。他个头不高，体态略胖，长相比大妹夫要好一些。他的头型时髦，一看就是出自周淼的手艺。

"陈远，就等你了。"周闵看到他立即说。

二妹夫陈远显得不好意思地向大家表示歉意，给岳父岳母问了好，又跟周子轩热情地寒暄着。

随后，二妹夫陈远又跟大哥解释："原本就要顺路过来了，又赶着一个招手打车的客人。没想到，等他上了车，才知道是去首都机场。我也不能拒载，只好跑了一个多小时。回程放了空车灯，怎么也不能耽误跟大侄子的聚餐啊！"

二妹妹周淼接着话说："之前的客人下车，你就要立即打起空车灯，那不就没事了吗？"

"谁说不是了，我还没顾得上，刚抬头路边就有人在招手了。"二妹夫陈远紧着说。

周闵连忙说："不晚不晚，我们也刚到。来，我们一起入座吧！"

一大家子人在周闵的安排下，一个个围坐在了豪华大圆餐桌的古典雕花座椅上。

二妹夫陈远边坐，边跟身边的大妹夫韩海小声地说："这包间真够气派的，这顿饭得花不少钱呢！"

大妹夫韩海回应："是啊，可不都为了孩子呗！"

周闵的父母坐在上座，周闵三口坐在一边，两个妹妹家坐在另一边，十多人的大桌子坐得满满当当。

服务小姐将水井坊白酒斟满在一个个精致的宫廷酒杯和玻璃分酒器里。鲜榨热玉米汁也一杯杯地摆放在了他们面前。

二妹夫陈远看着眼前的白酒不由得说："水井坊，好酒！剩个福根我带回去，要不是开着车，我今天还不得多喝几杯？"

周闵立即说："车今天不开了，车钱我补，今天中午敞开了喝。咱的车我会叫代驾，都来了还能不尽兴？再说，爸妈也大老远从河北来了，咱怎么也得好好庆贺多喝几杯。"

高坐着的父母，看着子孙满堂，满脸幸福。

大妹夫韩海在一旁说："今天的酒是必须的，不但喝，还要喝好！"

"对，酒管够！"周闵说着，眼睛笑成了一条缝。

欧阳雪在他身边轻轻地说："喝酒图高兴，但是把控着点儿，别喝醉了。"

两个妹妹面带微笑，没说什么地坐着。韩冰和陈青苗安静地坐着，两人略显拘谨。

周子轩被父亲安排在父母中间坐着。为此，他始终保持微笑的脸上，带着些成年人的尴尬。

服务小姐陆续将全鸭宴的前六品端上了桌：芥末鸭掌、鸭胗拼鸭肝、大烤鸭胸、玫瑰枣香脆山药、炝拌脆瓜片和岭南鲜果咯吱卷。

周闵一家人就此开餐了。

周闵脸上洋溢着无比的幸福，他举杯起身说："来，让我们举杯，为今天的家人大团聚干杯！"

大家随即举杯站起了身。

两位老人也正站起着身，周闵连忙说："爸妈坐着，不用站。"

随即大家碰杯，周闵一口干了酒杯里的酒，两个妹夫也全干掉了杯中酒，其他人随意。

欧阳雪也喝掉了杯中的白酒，她白皙纤细的手放下了酒杯，拎起筷子给婆婆和公公夹着菜。

爷爷奶奶满脸笑容地边抿着酒杯里的水井坊名酒，边相互照应着吃着儿媳妇夹过来的菜。

大家认真地吃着精制的前六品凉菜。

不一会儿，周闵满脸欢喜地又举起了酒杯，激动地说："这第二杯酒，咱敬爹娘，祝二老健康长寿！"他说着，恭敬地向老人端起的杯子轻轻地相碰。

老人乐呵呵地再次抿着浓香的名酒，大家又一次共饮。欧阳雪又给身边的儿子加了一筷子菜，儿子连忙道谢。大家继续津津有味地吃着小菜，又说又笑，好不热闹。

热菜即将端上来的这一刻，周闵又端起了一杯酒，说道："这第三杯，咱敬孩子们，愿他们有美满的未来！"

孩子们立即端起眼前的杯子，他们被祝福燃烧着热情，一个个笑脸发着亮。

大家又一次举杯共饮。

全聚德上菜很快，服务小姐陆续端上全鸭宴各色菜品：火燎鸭心、油辣鸭心、糟熘鸭三白、烩鸭四宝、罐烩金银鸭血羹、浓汤鸭肉糯米秋葵、珍珠明骨烩鸭舌养生羹、宫廷大虾球……

周闵招呼着大家吃菜，随手给身边的父母夹了几样刚上来的热菜。

大家愉快地边闷着头吃着美味佳肴，边七嘴八舌地说着菜味不错之类的话。

说话间，两个妹夫不时地称赞大哥点的菜好。大妹妹脸上的微笑一直不温不火，嘴却不停地吃着。二妹妹满脸笑容，嘻嘻哈哈地随着称赞大哥点菜有品位。

三杯酒连续下肚，一个个人的脸上泛起了微红，加上美味佳肴，饭桌上的气氛也升温了起来。

一贯不太爱说话的大妹夫韩海，用餐巾纸抹了下油乎乎的嘴，

“我大哥今天领酒三杯，还有周子轩的庆祝酒咱得好好喝几杯。”他举杯站起来说，“我提议，咱先一起为周子轩澳大利亚阿德莱德大学本科毕业干杯！”

二妹夫紧接着举杯站起说：“应该是双喜，听周淼说子轩同时申请到了硕士学习，这更要祝贺了！”

大妹妹周遥和二妹妹周淼也异口同声地说：“祝贺、祝贺！”随即举杯也站了起来。

大家又一次站立举起酒杯，端坐着的两位老人高兴地举起杯子和大家共饮。

周闵和欧阳雪满脸幸福，他们不由自主地看了眼英俊的儿子。周子轩微笑着喝下酒，泛着亮的嘴唇，眼睛里充满谢意。

接下来，周闵围着桌子一个个地跟家人喝着酒。

这一轮儿酒下来，他的脸色已涨红，激动的神色在眼睛里跳动。欧阳雪扶他坐下来，让他吃点儿菜，压压酒。

周子轩关心地轻声说：“爸，您慢慢喝，不要喝醉了。”

“臭小子，爸爸高兴啊！”周闵的话语里混合着酒味。

这时，服务小姐端上了烤鸭小料六格碟，并热情洋溢地介绍：“六格碟里的小料是黄桃、山楂、葱丝、瓜丝和秘制甜面酱。这是烤鸭的绝配，入口难忘，回味无穷。”

随即大师傅推进来了经过六十分钟，由枣木、梨木等果木为燃料烤制成的外焦里嫩的烤鸭。

大师傅站在摆放着烤鸭的推车前，当场切片。

他手里娴熟的飞刀在鸭身上旋切成片，同时倒背如流地介绍着：“……鸭身一共片出一百零八片，其中十片鸭脯皮，食用时蘸白糖小料。……切好的鸭片配合六格碟里的五样料，卷入薄如纸、热腾腾的小蒸饼中入口，堪称中华第一吃……请慢用！”

介绍随着大师傅最后一个动作结束，片好的一盘盘鸭肉也都由服务小姐端上了桌。

大家的嘴里也生了津，随即便开动了。

此时饭桌上的气氛，已经到了最热烈的状态。

席间，两位老人不断地被儿孙们敬酒，接受着祝福。

今天，两位老人高兴得就像过大年。他们好多年没有这么一大家子人，齐齐整整地团圆了。

两个妹妹边吃边说让韩冰和陈青苗向周子轩哥哥学习，两人点头答应着。

欧阳雪不时地用小面饼卷起烤鸭，给公公婆婆放在餐盘里。周闵也不由得给父母卷了烤鸭放在眼前。

周闵此时已满脸酒意，由衷地说："儿子还算有出息，一个人在国外这么多年学习、生活也不容易。"

欧阳雪慈爱地看着儿子，给儿子放在盘子里一卷包好的烤鸭，接着周闵的话动情地说："这些年别提多揪心了。"

周子轩不好意思地说："爸、妈，其实我一直都觉得挺好，很习惯那里的生活。"

二妹妹周淼包着烤鸭卷儿说："毕竟是住在外国人家里那么多年，怎么也不如自己家。"

二妹夫陈远边吃着烤鸭，边用桌子下面的脚碰了碰周淼，希望她不要说这些话。

欧阳雪脸上难掩对儿子的心疼，神情也显得黯然下来不少。

周子轩接着二姑姑的话，微笑着说："我在澳大利亚住过的几个寄宿家庭都很好。当他们把成箱的饮料不断地放到冰箱里的那一刻，我真的觉得他们就是家人。我们还会一起出海、野餐，他们真的很好，很真诚！"

周闵强调着说："校方确实很负责，他们严格审核寄宿家庭的健康程度。"

欧阳雪在儿子成长阶段没有父母陪伴的酸楚中，听到这些话也得到了些安慰。她望着儿子的眼睛里透着怜爱。

大家就像听天书一样，似信非信周子轩高度评价寄宿家庭的话。

爷爷奶奶听大家和孙儿说着，望着孙儿周子轩的眼睛里透着心疼。

周闵微微蹙了蹙眉头，接着儿子的话说：“男孩子，就更应该多经受锻炼。我觉得子轩这些年的经历，是他人生的财富。他现在开始独自租房生活，还课外兼职工作，也算有志气。”

欧阳雪眼睛里闪着泪花，爱怜地又看了眼儿子，给他夹着菜，没说什么。

周闵的两个妹妹听大哥这样说，神情中带着羡慕。

大妹夫韩海举起杯说：“我跟大侄子喝一杯，姑父觉得你是好样的！我倒是想让儿子经历这样的锻炼，只是没有这个机会。”

周遥听丈夫这么说，使劲地白了他一眼。她夹了几片肥溜溜的烤鸭蘸了酱，又夹了配料卷进薄面饼里，塞到嘴里吃着。

周子轩听大姑父这么说，连忙举杯站起身来示意，喝干了杯中酒，“谢谢大姑父，其实在哪里都好，就是不一样的方式。”

“看看大侄子真是长大了，说起话来有模有样。”大姑父韩海由衷地说，随即也喝干了杯中的酒。

欧阳雪怜爱地看着坐下来的儿子，轻声地说：“喝这么多，你可以吗？”

周子轩看了眼母亲，温和地说：“没问题。”

二妹夫陈远将分酒器里的白酒倒进了酒杯里，一手拿着分酒器，一手举杯走到周闵三口人的身边，说：“大哥、大嫂，我敬你们一杯，孩子很优秀！你们有远见，培养得好！”

他们夫妻举杯站起来，周闵满脸喜气地说：“孩子们都优秀！”

他们随即碰杯，一饮而尽。

二妹夫陈远边倒酒，边说：“请大哥大嫂坐下，我跟侄子喝一杯。”

周子轩连忙又端起酒杯，二姑夫给他的酒杯里满上了酒。

周子轩连忙道谢着，看着眼前比他矮一头，满面沧桑的二姑夫。二姑夫今天也没少喝酒，脸色已显得红涨、发亮。

二姑夫陈远定神地仰视眼前高过他且帅气英俊的侄子周子轩，感慨地说：“子轩，这些年——你爸妈为你付出了很多——他们付出了加倍的工作努力，供你在国外学习和生活。你学习优秀，又申请到了攻读硕士研究生，他们的心血没白付。以后在澳大利亚站稳脚了，要好好孝敬你的父母，他们不容易！”

周子轩认真地听着二姑夫的话，紧绷着嘴唇。随即，两人碰杯一饮而尽。

欧阳雪的眼睛里载满了泪水，偷偷地侧脸抹擦着。周闵一言不发，脸上写满了慈爱和希望。

二姑夫回到了座位上。

大姑父的儿子韩冰站起来举起手中的饮料杯子，颤颤巍巍地说：“我想跟哥喝一杯。”

周子轩连忙又站起了身，望着面前未成年的表弟韩冰。

韩冰嗽了嗽嗓子，说：“哥，你在我心里就是一个梦。也许，我一辈子都无法实现。——但是，哥，我相信，无论我的未来在哪里——我都会努力！”

周子轩为韩冰的这些话所触动，他微微地耸了耸肩，发自内心地说：“是的，你说得很对！我相信，无论是在哪里，只要你努力去做，就一定有收获！”

坐在韩冰身边的陈青苗，也站起了身。

她纤细嫩白的手指端起饮料杯，细弱的声音轻轻说：“哥哥，我也敬你一杯。你的勇敢是我无法想象和做到的，但是，我会跟韩冰哥哥一样努力学习。”

在座的大人们，看着站立的三个孩子语重心长地传递着真情实感，而由衷地欣慰。只是周遥的眼睛里多了一份怨恨，随即又剜了一眼身边的丈夫韩海。

周子轩看着眼前两个可爱的兄妹，听到他们发自内心的话语，他的眼睛里闪烁着真切的光色。他一时不知道用什么语言才可以将自己复杂的内心表达得淋漓尽致，而再次说：“哥哥相信你们！”

三个兄妹，举杯共饮。

坐下来的周子轩，不能平静的内心翻涌着，他又一次地开口说道：“今天，我确实很感动！——很感谢你们的到来，还要感谢我的父母为我举办的这个美好的宴会，我再次感谢你们！”他说着给自己倒满酒又站起身来，干了杯中酒。

大家夸周子轩懂事，爷爷奶奶脸上满满的幸福。周闵和欧阳雪满脸欣慰。

此时周子轩短茬儿络腮胡子的脸，显得更加红热起来。看他喝酒的样子，应该是有些酒量。

欧阳雪眼睛里全是担忧地小声关心着儿子，让他注意喝酒适量。周子轩笑了笑说没问题。

欧阳雪是一个贤淑、知大理的女人，只要是周闵在场的时候，总会将说话的机会留给他。自己永远是一个陪伴在他身边，默默支持的妻子。

此时，欧阳雪隔着儿子又关心地看了眼周闵。

周闵微蹙着眉头，内心极其复杂和感动。他看了欧阳雪一眼，站起身子，环视着在座的亲人。他又一次从服务小姐不断添酒的分酒器里，给自己的宫廷酒杯里斟了酒。他没有立刻说话，手持酒杯，沉静了数秒，而后缓缓地抬起了头，眼睛里闪着泪花，脸上布满着微笑，一字一句地说：“今天选全聚德聚餐的心愿，正如全聚德‘全而无缺，聚而不散，仁德至上’之意。——人世匆匆百年，唯有亲情和友情最为珍贵。我们这一大家子人聚在一起，图的就是一个聚字。聚而不散，是我们所希望的。有仁爱之心，也必将守敬守德。善待孩子，孝敬老人。——明天，周子轩就要回澳大利亚，今天我们为他获得的成绩祝贺，又为他明天的启程祝愿。”他看向身边的儿子又说道：“——孩子，我们相信你，天高海阔，愿你继续飞翔！”说完，一口饮干了杯中的酒。

周子轩立即站起身来，随即端起酒杯也一饮而尽。

周闵又倒了一杯酒，向父母、在座的亲人举杯，再次感谢人生路上有他们同行。

大家又一次举杯共饮。

服务小姐上了最后的鸭汤和点心。

周子轩离席走进了洗手间，他看着镜中帅气的自己，高大成人的模样。今天的这顿饭却令他极为不平静，自己在父母的心里却像是个未成年的孩子。为此，他深感自己显得不够独立，甚至是自责。

门外餐桌上，仍旧热闹喧腾着，只听二姑夫陈远试探着问：“大哥、大嫂，子轩以后如果定居在澳大利亚，你们是不是也得去啊？”

喝成了紫红色脸的周闵，带着酒气，毫不犹豫地说：“儿子在哪儿，我们就在哪儿。”

欧阳雪听他这么说，连忙看了眼高坐的公婆。公公婆婆的面目平淡，默不作声地正用湿餐巾轻轻地抹擦着嘴和手。

两个妹妹家的人，也都没说什么。

下午两点，周闵家人的全鸭宴圆满结束。

周闵和欧阳雪送走了两个妹妹家人，他一人去结账。欧阳雪和公婆在儿子的陪伴下，等待在包间的休息区。

周闵拿出钱包里的信用卡准备付款。

收银小姐热情礼貌地说：“先生，您的账已经付过了。”

周闵满脸酒意，极力地保持着清醒，望着收银小姐不解地说：“付了？谁付的？——不可能。”他知道两个妹妹家生活得紧紧巴巴，不可能支付。

收银小姐温和地说：“是一个帅气的小伙子，看着像外国人。”

周闵一听全明白了。“——得嘞，谢谢您！”周闵说完转身走回包间去了。

周闵回到包间并没说什么，他招呼父母、妻儿起身回家。

欧阳雪已经将代驾叫到，他们出了全聚德的大门，上了周闵的汽车，向家驶去。

第二章
金发女孩

周闵和家人回到家里，他仍什么没说就回房间休息去了。爷爷奶奶也回了房间正常午觉。

客厅里，欧阳雪准备泡壶茶。

周子轩关心地问母亲："您要不要午休？"

欧阳雪慈爱地望着儿子说："妈不睡午觉，跟你一起喝杯茶好吗？"

周子轩诚意地说："没问题，我们一起喝茶。"

欧阳雪的家是一个南北通透的高层豪华公寓，整个楼群是现代欧式风格。楼群的中间是一个大花园，楼与楼之间曲径通幽，植被茂盛。楼内是精装修，有恒温冷暖的德国技术植入在楼体，传送给每户。这个小区在十几年前是一个新概念，是屈指可数的摩登住宅。

当时欧阳雪非常喜欢这个小区。周闵宠爱欧阳雪，只要是她喜欢的，都尽力满足她。为此，周闵贷款购置了这套第十二层四室一厅的房子。

目前这栋房子已经还清了贷款，欧阳雪和周闵没有了还款压力一身轻地享受着房子带来的幸福感受。这个摩登的环境，竟然在十几年后不落伍。

此时，欧阳雪将普洱茶倒进精致的茶器里，摆在客厅靠阳台的梨花木中式茶桌上。

茶桌两边对脸摆放着两把梨花木雕花椅子，旁边有一个招财之意潺潺流水的陶瓷大花瓶。从瓶口内往外温和、圆润地吐着水，又流过瓶体落入瓶底的圆池中不断循环着。另一旁，有一株一人高，绿油油的幸福树。

欧阳雪记得买这棵树的时候，她并不知道这是什么树。卖家说这是棵既能给家庭带来幸福，又能体现女主人品位的幸福树。

她觉得，这个卖家很会说话。

她对是否体现自己的品位并不太在意，在意的是这个树的名字“幸福树”，有吉祥之意。

她婚后的家庭一直很幸福，随着儿子到国外上学，更是期盼未来他们的家能移居澳大利亚，跟儿子团圆幸福地生活。买这株幸福树时，树还不到一米，现在一米五六，枝叶茂盛，预示着越来越幸福。

欧阳雪和周闵总会坐在这棵幸福树旁的茶桌边，伴着陶瓷花瓶中淌出的流水，闲聊品茶。他们望着窗外远方的景色，憧憬着和儿子团聚的那一天。

今天，阳光充足的茶桌前，欧阳雪泡好了茶，将茶倒进精致的小茶碗里，难得跟儿子一起品茶。

儿子周子轩刚要走过来，口袋里的手机响了起来。他连忙向母亲示意，而后走到阳台接听着。

欧阳雪隔着阳台的玻璃门望着打电话的儿子，隐约听着他满口流利的英语。他温和的微笑和英俊的模样，在下午三点的阳光下，就像一幅美好的画，辉映在母亲的眼里。

阳台上，周子轩尽量压低着声音，操着流利的英语说：“明天下午两点的飞机，在新加坡转机，到澳大利亚是早晨六点。我可以叫车回去，你多睡会儿。”

“我可以一夜不睡觉，你应该知道我可以做到。”电话那头一口漂亮英语的摩登金发女孩戴瑞亚打着越洋电话，步行在阿德莱德城区的街道上。

三月的澳大利亚阿德莱德正是夏季。

二十岁出头的戴瑞亚皮肤雪白，小脸精巧，有型的眉毛下有着一双宝石般的蓝眼睛。她细高的鼻梁，不薄不厚的嘴唇，说话间露出白玉般的两排大小适中的牙齿。她长长的颈部戴着一条细细的银颈链，链子的中间有两个K金心形连环着。阳光下，她白皙的皮肤，好像怎么也不会晒黑似的。她有着高挑的个头，魔鬼般的性感身材。她穿着一件低领口的白色紧身背心，两个不大不小的乳房耸立着；纤细的腰肢下凸起着浑圆的小屁股，包裹在一条白色毛边牛仔短裤里，走起路来左右弹动着；脚穿一双黑色运动鞋，两条美腿像是插在腰间一样显得挺立修长。看她的身材，就会联想到画报上的模特。其实，她不是模特，而是一位瑜伽教练。

半年前，戴瑞亚和周子轩在健身房相遇。

周子轩每天晚上，雷打不动地去健身房锻炼身体，这个习惯已经坚持了三年多。

健身房是在海边，室内整面墙都是通体的玻璃窗，将大海呈现。室外连接大海的沙滩上，从室内延出木质的地板，健身的人们可以在那里跟着教练或独自做运动。

那天，周子轩像往常一样在室内器械间，面向大海健身。

玻璃窗外的木地板上，正有一组人在练瑜伽。那个领练瑜伽的教练，是刚来这里上班的金发女孩戴瑞亚。

她在夕阳下就像是一尊活动的雕像，不时地变换着优美的姿势。夕阳的逆光使她金色的头发更为金红，荧荧烁烁。她的动作柔美而不失韧性，肢体在她的扭动中不断地变化着美的造型，和着夕阳的色彩美轮美奂。

周子轩从未被眼前这样的一个女孩所震慑过，他几乎不能有序地进行健身动作。他为自己的这些反应，感到意外和吃惊。

二十二岁的周子轩，第一次感受到对女孩的怦然心动。

之前，他更多的是被女孩们所喜欢，也收到过一些示爱信和聚会邀请。但是，他的心却没有被哪个女孩真正触动过，他甚至怀疑自己晚熟。此时，他几乎不可抑制地热血直往头脸上涌，令他感受到荷尔蒙集中而来的强大。他不知所措地终止了健身时间，匆忙地在洗浴间冲了个澡，换了衣服走出了更衣间。

当他再望向大海前的木质地板时，那组练瑜伽的人和那个犹如完美塑像的金发女孩教练都不见了。他迅速地张望周边和室内，还是没有看到她的身影。他怀疑，是不是自己的幻觉。他知道一定不是幻觉，只是错过了她的时间。他期待再次见到这个令自己着迷的金发女孩。

第三天傍晚，这个金发女孩戴瑞亚又来到了健身房。她的出现，就像是初升的太阳光亮夺目。她一身紧身的健身衣勾勒出精巧、性感的曲线。

正在健身的周子轩，一眼就看到了她。她同样一眼看到了正在健身的周子轩。

在她有着闪亮笑容的脸上，那双蓝宝石般的眼睛带着欣赏略过周子轩性感健硕的体魄。而后，他们的眼睛瞬间落在了彼此不同颜色的眼眸里。

周子轩的心就要跳出宽厚的胸膛。

“嗨！”金发女孩跟他大方地打着招呼。

“——嗨！”周子轩踉跄地回应。

戴瑞亚灿烂地一笑，在室内的一角取了一卷练瑜伽垫子，走向了室外。

这一次，周子轩没有再像上一次去洗浴间冲澡，而是在室内继续健身程序。他的眼睛，却不时地望向夕阳下美丽姿态的戴瑞亚。

终于，戴瑞亚在夕阳几乎全部消失在海平面的那一刻，手持卷着的瑜伽垫子下了课，走进室内健身房。

周子轩此时已练了一身汗，他的眼睛随着戴瑞亚的走近，被完全牵引。

同样练出汗的戴瑞亚，背心已经贴在了胸口，凸显出两颗性感的乳房。她的第六感，清晰地感应着自己正被英俊性感的周子轩所瞩目。她又一次地望向周子轩，对着他灿烂地一笑，从嗓子和鼻腔里发出极具磁性的声音：“嗨！”

周子轩连忙挥动了一下手，笑容可掬地回应：“嗨！”

戴瑞亚脸上挂着灿烂的笑容，走到屋角放下瑜伽垫子，又到饮水池边，抽了一张湿纸巾擦拭着双手。

如果说爱是一种气味的吸引，那么，此时的他们，敏感的神经正向对方的特殊气味寻探和吸引着。

周子轩在外国小伙子的群体里形象完全不示弱，反而还多了些异国和西人之间混合的独特味道。此时，他褐色的皮肤被汗水滋生出油亮的质地。他身上的T恤衫前后被汗水湿透，隐现出丰厚的胸大肌、后肩胛，尽显着雄性的健硕。

戴瑞亚眼神里的光色，是对周子轩具有好感。

周子轩借此走了过去，一边抽着湿巾纸，一边勇敢地搭起了话：“嗨，我叫伊恩（英文名），很高兴认识你！你的瑜伽很美！”

“哦，是吗？谢谢！我叫戴瑞亚，很高兴认识你！”戴瑞亚热情地说着，蓝宝石般的眼睛里散发着美丽的光色。

周子轩略带紧张小心地说：“如果你愿意，我们一会儿可以坐一下吗？”

“哦，还好，我今晚有时间。”戴瑞亚颇有兴趣，毫不唯诺地说。

“太好了！”周子轩的脸上浮现出轻松愉快的神情，又试探着说：“我们二十分钟后在隔壁的餐厅见可以吗？”

“可以，我很喜欢那个餐厅。”戴瑞亚大方地说。

“好的，那我们一会儿见。”周子轩话语间充满着愉快。

戴瑞亚爽朗地说：“一会儿见。”

就这样，他们有了第一次约会，以后又有了第二次和紧接着的第三次。他们在以后的一次次约会中，终于在夜晚的街边相拥、热吻地走进了热恋。

今天的这个越洋电话，周子轩打了十多分钟。

欧阳雪时不时地望着电话中的儿子，茶水也喝了好几杯。她看儿子的神情，隐约听着他的语气，猜想儿子应该是交了女朋友。但是，却没听他说起过。

周子轩打完电话走了进来。

他眼睛里还留着难以隐去的温情，面带潮红地坐在了母亲对面，又故作镇静。

欧阳雪给儿子倒了热茶，慈爱地看着儿子，轻声地试探着说：“儿子，是不是谈女朋友啦？”

周子轩难掩实情，却又不知所措。他原本不想现在告诉父母，况且也是刚谈恋爱。同时，他也怕父母担心自己会耽误学业。他不得不隐瞒着说：“——没有，只是一个比较要好的朋友。”

欧阳雪是过来人，看得出儿子一定是在恋爱。但是，儿子没有直面承认，也就没好再进一步澄清。

她喝了口茶，轻声地说：“你这个年龄谈女朋友是正常的事情，但是学业也要抓紧。”

周子轩就知道父母一定会担心学业。交女朋友的事情，确实要随着跟戴瑞亚的关系发展，再彻底公布给父母。

欧阳雪看儿子点头认可，又轻声地说：“有成绩的男人，才会有更稳定的家庭和保鲜的爱情。爸妈相信我们的儿子一定会是一个杰出的人。”

周子轩本科学的就是法律专业，硕士研究生仍然学法律。在澳大利亚学法律和学医都是很好的职业，律师和医生在社会上很被看好，收入也很高。

如果是商业纠纷律师，一个案子的费用要十万至十五万澳元。一个案子里基本有助理律师和律师，最多会有两个助理组成一个律师班子。

一般的律师事务所，根据职务等级按小时计算律师费。律师在三百五十至五百澳元之间，助理律师的费用每小时在两百至三百澳元之间。大的律师事务所，律师和助理律师的费用会在这个基础上翻一两倍。

周子轩以后的目标，就是做商业纠纷律师。

他的这个专业和目前优异的学习成绩，是周闵和欧阳雪在人前的骄傲，更是心里的幸福。

夫妻两人总会在床上念叨着儿子有出息。

一次，两人欣喜之余，欧阳雪难免又带着些遗憾地说：“儿子学的是国外法律，再加上中文只是听说能力，回国发展确实是不可能了。”

周闵则轻轻地叹着气，安慰着她说：“既然选择了，就要认。”

欧阳雪又说：“这一认，没有回头，不留国外也不行了。”

周闵望着欧阳雪又说：“开弓没有回头箭，好在儿子学得不错，咱们在国内过了大半辈子，以后换换地方生活也好。”

欧阳雪轻叹着说：“——只能这样了！我们再多努努力，以后在国外买个大房子，跟儿子和儿媳妇热热乎乎地过日子。”

此次周子轩回来，他们跟儿子侧面表露：希望他硕士毕业后取得律师资格证，在国外找个政府官员的女儿，有利于他有个扎实的社会地位。

周子轩没有直接回应父母的这个想法。

今天，欧阳雪又提醒儿子选择女友的标准。

她给儿子添着热茶，轻声说："我和你爸一想到你是法律专业的硕士研究生，心里就高兴得不得了。这些年你一个人在外国，也算是学有所成。等你毕业拿到律师资格证了，好好物色一个官员的女儿。"

周子轩听母亲这么说，面色保持着微笑，心却像是揪在了一起。他越来越不能接受父母对自己的人生安排，特别是在自己私生活上的干预。现在，这样的干预开始显得更为急迫，使他觉得自己好像成了一个完成父母人生理想的替代者。他虽说心里不满意，但是嘴上却没有跟父母说过。

之前，在选大学专业上，是选法律，还是医学，父母也没少提出意见。他们希望周子轩学医学，以后做一名医生。可是他却喜欢法律，以后想做一名律师。

父母认为学医首先自己家人方便受益。

为此，周子轩跟父母说明了自己为何不想学医的原因。

他说："在澳大利亚学医毕业后，要经历六七年的时间才可以成为正式医生。其间要在医院实习几年，还要在郊区的诊所作为培训医生给病人看病几年。而后，才可以拿到正式医生资格证，回到城市的诊所或是医院做医生。虽说医生每年的收入可以达到税前三四十万澳元，但是取得正式医生资格过程太漫长。"

说到澳大利亚的诊所，周闵和欧阳雪不是很理解这样的形式。

周子轩又向他们解释："在澳大利亚看病是要先在所生活的社区诊所就诊，医院只接受急诊病人和经过预约的慢性病患者，包括慢性病需要手术的病人。因此，医院每天看着才是很安静的样子，没有拥挤的病人。诊所是社区病人面对的第一步，永居者和本国公民免费看病和体检。医生每看一位病人的费用由政府支付。"

他们听明白了就医体系，知道这么漫长的医生资格认证不易。为此，只好不再强求儿子学医，而是顺着他选择了学习律师专业。

那时，周子轩跟父母复杂的交流中，一面感谢他们的关心，一面耐心地面对着。现在，他对于自己的婚姻选择，则暗暗地下定决心，要听从自己的心，不再听取父母的意见。

此时，爷爷奶奶走出了卧房，他们说要下楼去遛遛弯。欧阳雪跟老人叮嘱了几句，把他们送出了门。

她转过身，跟站起身来目送爷爷奶奶出门的儿子说："估计你爸也该睡醒了，今天中午他没少喝。"

"是的，我爸确实喝得不少。妈，我去房间收拾一下东西，明天就要回去了。您再坐会儿，喝喝茶。"周子轩说。

欧阳雪听着儿子说到明天就要回去，眼睛里顿时发酸。"好的，你去收拾吧！"她说着连忙转身坐回茶桌，不愿意让儿子看到眼泪流下来。

"诶！"儿子应声，便走回自己的卧室，轻轻地关上了房门。

欧阳雪眼泪唰地流了下来，心里就像钻进来了一把锥子，令她深痛不已。

周子轩年少就被送出国，她没少掉泪和埋怨周闵。

她起初在纠结中按照丈夫的意见，做出送儿子出国的决定。随着她对儿子的日夜思念，又总是后悔。孩子年龄小，他一个人在外，实在令做母亲的心疼。

她认为孩子在国内，以后也会有很好的发展，干吗一定要送出去呢？再说就这一个宝贝儿子，又不在父母身边成长，以后难免会感情疏远。可是，既然为儿子抉择了国外学习，就不可以再改来改去。年复一年，也就成了不可逆转的事实。

为此，周闵没少安慰她，说暂时跟儿子分开是为以后在国外永久的团聚打基础。这期间夫妻俩多挣一些钱，等儿子长大成人有出息了，好日子还不都在后面。欧阳雪觉得丈夫说得也有道理，他们为了跟儿子未来团聚澳大利亚一起生活，在工作上成了拼命三郎。同时，跟儿子热线联系着。

刚开始，他们每天晚上都要跟儿子视频，每周还要打几次电话。欧阳雪得知儿子在西人寄宿家庭生活得还好，他们像对待自己的孩子一样地对待周子轩，她的心里还算好受些。即便是这样，儿子一放假，她就为儿子订好机票，让他赶紧回到父母身边。

随着时间的推移，周子轩一天天长大，回来的次数就跟着少了起来。他们之间高频率的电话和视频也在儿子的意愿里拉长了间距。视频从起初的一天一次，到三天或一周一次，现在一个月一次。

儿子一天天长大成人，也不断地走向独立。他一再嫌电话和视频多了些，可是父母却整天挂在心上。

近些年，每次打电话，周子轩说得少，父母却有说不完的话。他们问这问那，叮嘱前叮嘱后。

十几年来，儿子一次次回来和离开，父母在每次的分离中饱受痛苦。

这时的欧阳雪叹息着，抹擦着眼泪。她不经意地望向楼下，看到年迈的公婆，正前后漫步在满园春意的园区院子里。

她心想：公婆的身体目前还真不错，这也是自己和周闵的福。如果哪天老人先走一位，或是两个人都不能自理，跟儿子周子轩在澳大利亚生活就会受到影响。——好在，周闵还有两个妹妹，也可以照顾他们。自己的父母早亡，作为独女，也少了更多的情感牵挂。

其实，在欧阳雪的心里，自己是一个没有安全感的人，她对家庭的稳定和团圆看得很重。她人长得有姿色，在工作上有进取心，对家庭又有责任心。在丈夫的眼里，她是一个近似于完美的女人。

这么多年来，周闵一直对欧阳雪宠爱如初。只要他在家里，基本上都是他做饭，而不舍得让妻子纤纤玉手变得粗糙，更担心热锅热油会烫着她。周闵做菜是一把好手，油焖大虾、松鼠鱼、熘肝尖、爆炒海参样样都跟饭店的水平差不多。他是一个很勤快的丈夫，除了工作勤奋，结婚以来，家务事做得也不少。

欧阳雪在丈夫的呵护下，好像是一个永远长不大的姑娘。因为丈夫宠爱，她做菜水平很一般。但是，她把家里收拾得倒是整洁，又很有情调。她总会在丈夫摆上美味的餐桌上，更换着花瓶里的鲜花。在晚餐的烛光下，营造温馨美好的氛围。

周闵在欧阳雪的心里是一位难得的好丈夫，他爱工作，也爱生活。他从不把工作的事情带到家庭里，在欧阳雪的印象里，丈夫就是一个看不到工作困难和压力的人。他给欧阳雪的只是成绩和百般的呵护。

周闵人长得帅气，但是绝不花心。

他曾经在向欧阳雪求婚时说过的话，验证到了今天，“我这一生只爱一个女人”。

欧阳雪为周闵生下了宝贝儿子周子轩，儿子又如此成才，他们的夫妻关系也更加稳定地走到了今天。

此刻，靠窗伫立的欧阳雪，望着窗外初春的景色，迷茫的眼睛里又透着春芽吐绿般的希望。

周闵从卧室里走了出来。

他看着窗前站着的妻子，温和地说：“你没休息会儿？——儿子呢？”

欧阳雪连忙转过身来，看着走出来的丈夫，关心地说：“你休息好了吗？喝了那么多。儿子在他的房间。”

周闵面色仍带着些午餐的酒气走了过来，坐在茶桌旁的椅子里，说：“嗯，我休息好了。——叫儿子出来，说说话。”

欧阳雪给他倒了杯热茶，说：“好，我去叫儿子来。”

她走到儿子的房门前，轻轻地敲了两下，说：“子轩，你爸起来了，你出来坐一会儿好吗？”

屋内传来儿子的回话：“好的，我这就来。”

她听儿子答应着，面带微笑地望着周闵走了过来。

儿子随即打开了门，走了过来。

周闵微皱眉头喝着茶，让儿子坐下来。欧阳雪在客厅餐桌边搬来了一把椅子，放在了茶桌边。儿子连忙站起来让母亲坐在茶桌正位的椅子上，自己坐在了搬来的椅子里。欧阳雪看儿子如此孝顺，打心底里感到温暖和幸福。

周闵一直没有抬眼看周子轩，而是一杯杯地自斟自饮着茶水。

欧阳雪看茶水喝得快，边端起茶壶边说：“再换点新茶，这个茶淡了。”而后走向客厅。

周闵微皱眉头嗽了嗽嗓子，低沉着声音跟儿子说：“你结的账？”

周子轩立刻意识到父亲也许并不满意自己的做法，但又无法回避地说：“是的。”

“有出息了。”周闵仍皱着眉头，不抬眼地说。

“爸，你们为我摆宴席，我已经很感动了。”周子轩由衷地说。

他的话音还没落，周闵就接着说：“这是你爹妈的一片心意，你结账又算怎么回事？”

周子轩刚要说话，周闵沉闷地说：“以后有你小子为爹妈买单的时候，但不是今天。”

欧阳雪换好了茶走过来。

她听到周闵说这些，看他的脸色也不好看，就心疼着儿子说：“儿子，东西收拾好了吗？”

“基本收拾好了。”周子轩说。

周闵听到收拾东西，眉头更为紧蹙，说：“这一走——再见面，估计也要一年半载。你一个人在外这么多年，爸妈相信你会照顾好自己。我和你妈会做最大的努力支持你完成学业，希望你今后能留在澳大利亚，发挥你所学的专业。”

“爸、妈，我会努力！谢谢你们这么多年为我支付的学费和生活费，以后我会付给你们。”周子轩诚恳地说。

周闵和欧阳雪听着儿子的话，觉得不对劲儿，他们的脸色复杂了起来。

周闵接着儿子的话问：“怎么个说法？怎么支付给我们？”

欧阳雪看看周闵，又看看儿子，满脸不自在。

周子轩满脸真诚，眼睛里透着信心强调地说：“是的，我会在以后的工资里慢慢地支付给你们。”

周闵脸上更难看了，说：“什么话？父母对你的养育之恩，是你的工资支付给我们能还得掉的吗？”

欧阳雪的脸色也显得疑惑，但是又心疼着儿子说：“也许，儿子不是这个意思。儿子，妈也没明白你的意思。”

周闵的脸色显得更阴沉了起来，眼睛不抬，鼻翼发硬，闭着嘴等儿子回答。

欧阳雪面色紧张，边给丈夫和儿子添着热茶，边爱怜地望着儿子。

周子轩的眼睛里同样满是疑惑，他不明白父母为什么不能理解自己的意思，又诚恳地说："我确实非常感谢你们，如果我是澳大利亚公民，上大学的钱就会得到无期限、无利息的贷款，直到有了工作在工资里一点点地还款。可是，我不是公民，就没有这个资格。你们为我支付了很多钱，我以后会在工资里慢慢支付给你们。"

周闵按捺不住地说："我们对你的爱，你可以支付得了吗？"

"我没有说支付给你们对我的爱，我只是说支付你们为我支付的钱。"周子轩面色显得紧张，极力解释着说。

周闵和欧阳雪听到儿子说不是支付他们的爱，后面支付钱的事也就忽略不计了。他们觉得儿子的想法是有点儿怪，看着他一脸认真的样子和与他一时说不清楚的内容，心里难以平静。

周闵忍不住又说："以后最好少提还钱的事，省得我心里犯堵。"

周子轩眉心微蹙，没再作声。

儿子的这些表述，实在是令他们感到莫名的不安，不能预知儿子的心。他们却对未来和儿子一起在澳大利亚生活，一直有着冲刺般的希望。

周闵面对即将启程的儿子，又强调着说："你妈现在每天都在家里自学一个小时英文，我就不学了，以后仰仗你们在澳大利亚生活就是了。"

欧阳雪带着希望的神色里闪动着不确定，说："我的英语，能学得怎么样还不好说，几乎是从零开始。都这个年龄了，估计也够呛。"

周闵温和地说："能学多少就多少，不要有压力，咱不行，还有儿子呢！"

周子轩绷紧着嘴唇，微笑着。

第三章
启程

当日上午。

周子轩告别了泪涟涟的爷爷奶奶，周闵驱车载着妻子和儿子驶向北京首都国际机场。

一路上，欧阳雪不断地抹着阻不住的、咸咸黏黏的泪水。

周闵一旁驾驶着汽车，隐含着泪花，表情凝重地劝妻子："送儿子回去上学要高兴才是。"

周子轩在父母身后的座位上，微蹙着那对浓黑的剑眉，眼含温情地安慰母亲："我有时间会回来看你们。"

周闵接着儿子的话说："回去专心学业。"

周子轩答应着："嗯！"

欧阳雪流着泪，一句话都说不出来。

周闵又跟妻子说："来来回回十几年了，你也不要过于难过，我们也可以找时间去看儿子。"

欧阳雪连连点着头，泪珠吧吧嗒嗒跌落着。在父母的心里，孩子多大也是孩子。

在周子轩的心里，自己已经是一个有担当的男人。即便此时心里藏着一个令他归心似箭的金发女孩儿戴瑞亚，他也为父母对自己的难舍之情所牵动着。

汽车驶进首都国际机场的停车场。

随后，他们下了车，推着行李向进港大厅走去。

值机台前，周闵和欧阳雪一旁看着儿子娴熟地办理登机手续，并托运行李。欧阳雪眼睛里还是一阵阵地泛着酸水，丈夫一只臂膀搂住了她的肩膀。

他轻声地跟欧阳雪说："坚强点儿，我们找时间去看儿子。"

欧阳雪哽咽着，抽着鼻子，尽量控制情绪地说："想办法在澳大利亚买个房子，也好尽早跟儿子有个家。"

"是啊，原本想等儿子在澳大利亚落下身份再买，不然就先买。回头我了解一下情况。"周闵认真地说着，他总是事事依着妻子。

手持登机卡的周子轩走了过来。

欧阳雪望着儿子的眼睛已经红肿得像个水蜜桃。周闵微蹙着眉，眼睛里透着不舍，又混合着希望地望着儿子。

周子轩看母亲满眼是泪，微蹙着眉，上前拥抱了母亲，说："妈，多保重！"

母亲抽泣不止。

而后，儿子又跟一旁的父亲拥抱。

父亲紧紧地抱住儿子宽厚的肩背，轻轻地拍了拍，声音哽咽地说："照顾好自己——儿子！"

一旁，欧阳雪的眼泪奔流不止。

周子轩紧闭着双唇，眼睛里透着坚定，说："爸、妈，你们多保重，儿子走了。"说完，转身头也没有回地走进入港下移扶梯。

欧阳雪和周闵站在止步线外，距离下移扶梯约30米的位置，泪眼模糊地望着儿子。

周子轩站在电扶梯人群中的身子，一点点地随扶梯下移，移出了父母的视线。

周闵又一次搂着双肩颤抖哭泣的妻子，她随即倒在丈夫的怀里又是一阵抽泣。周闵满眼是泪地跟妻子说着连自己都安慰不住的话。

走下电扶梯的周子轩掉下了眼泪，他缓缓地回头望向扶梯上方，却看不到停留在扶梯之外送行的人们。

运输乘客的小火车驶进站台，周子轩随着人群登上了火车，向进港安检方向驶去。

周闵和欧阳雪缓缓地走向车场。

欧阳雪看了看手机上的时间，轻叹着说：“儿子一个人还要在机场停留一个多小时。”

“安检人多，时间说过就过去了。”周闵安慰着说。

他们说着走着，便上了汽车，驶出机场停车场。

周闵和欧阳雪每一次到机场送儿子，都不会马上回家，而是将汽车停靠在机场外可以看到停机坪的寂静小路边。他们会看着一架架飞机飞走，直到看到儿子机票时间，前后起飞的航班为止。

每一次他们都会仔细观看飞机型号，判断哪一架是儿子乘坐的飞机。今天，他们仍然像往常一样，停在了可以看到停机坪的寂静小路边。

他们开着半个车窗，窗外的野草逢春而生地飘过青草味。那夹杂在草里的一朵朵黄色的小野花，细细的茎随着春天的微风摆动着。

机场内，周子轩过了安检，顺利地来到了登机口。

他坐在了连排的座椅里，仍微蹙着眉头，眼望着已经停靠着等待乘客登机的中国民航。他的心里还在想着机场外北京城的父母和亲人们。他却不清楚，父母每一次送他都会停留在机场外，直到眼望他乘坐的飞机腾空而起。

此时，他心里默默地念想着他们。

而后，他的电话响了起来，便立即接听着。

“嗨，是我，戴瑞亚。”她极为磁性悦耳的声音送到了周子轩的耳道里，似一股暖流涌进了心里，冲蚀着他的伤感。

“嗨，戴瑞亚——我还有半个小时就要登机了。”周子轩说着温暖的话，脸上还布着未散去的酸涩。

戴瑞亚相思、蜜甜的语言，在时间的分秒中流淌在电话的听筒里，汇集着幸福。

周子轩的心和神色，也跟着涌来的幸福波动着。

机场外的小路边。

坐在汽车里的欧阳雪看了看汽车上的时间，又望着远处的一架架飞机，依依不舍地说："儿子还有十分钟就要登机了。"

周闵伸出了一只手握住了妻子纤细略凉的手，说："手这么凉，你冷吗？"而后又双手握住。

"不冷。"欧阳雪心不在焉地回应着，紧迫观望着随时移动到跑道的中国民航飞机。

随即，她从丈夫手中抽出了一只手，打开手机里的民航App，看到是正点起飞，又说："儿子已登机，再有一会儿就要起飞了。"

她紧盯着停机坪上即将移动的中国民航飞机，生怕一不留心飞机从视线中错过。

周闵爱怜地看着专注的妻子，想起她起初多次送儿子出国读书的场景：

那些年，每次送行，当她看到儿子被托管的那架航班起飞的一刻，她在机场外的这个小路上，隔着铁丝网追着飞机哭着、跑着。直到腾空的飞机于天空盘旋，她满脸是泪地仰头凝望，又一把把地抹擦着泪眼模糊的视线，目送着飞机消失在视线的最顶端。

她就是这样一次次与儿子离别，又随着时间一点点地接受下来。

此时，欧阳雪又一边急迫指给丈夫看，一边看了眼汽车上的时间说："你看，就是那一架飞机，已经在跑道准备起飞了。"

周闵双手握着妻子的手也逐渐暖和了起来，他的手又微微地握紧了些，望着跑道的神情也显得紧张起来。

飞机发出逐渐加强的轰鸣声，急速奔跑在被无数次起降飞机的橡胶轮胎摩擦成黑色的跑道上，随着声音渐远腾空而起。

欧阳雪的眼睛里，顿时充满了泪水。她一边抹着泪，一边看着盘旋在上空，又直入云层渐渐远去的飞机。

周闵载满希望的眼睛里闪着泪花。

周子轩回到澳大利亚阿德莱德，继续面对他的生活和入学前准备。

他之所以从中国紧着回去，还有一个主要原因，兼职工作。近年来，他除了使用父母支付的学费，生活费都是自己业余时间打工挣的。他在餐馆端过盘子，咖啡馆煮过咖啡，辅导过刚来澳大利亚的中国孩子们的英语，目前在酒吧调鸡尾酒。

他从原来的租住处，又换租了一处条件好些的公寓。

搬了新公寓不久，戴瑞亚就来到这个她参与布置的小家，不间断地过夜。后来，她跟周子轩在这个充满阳光和温馨的小公寓里，过起了婚前同居的小日子。

戴瑞亚的父母对女儿与男友同居的生活方式并没有阻挠，只是希望她每天都能拥有快乐、健康的生活。

她的父亲加纳森今年七十岁，退休前是大学的史学老师。他高高的个头，白色的头发微卷于双耳边，稀疏的眉毛，深皱的眼窝里有着灰蓝色的眼睛。他高耸的鼻梁下，浓密的白胡子整齐地垂于上嘴唇的边际。他六十五岁的妻子安妮，退休之前是小学钢琴老师。她的个头不算高，微胖的身材，灰白的头发短卷、稳固、有型地体现着她的精气神。她细窄的高鼻梁上架着一个金边眼镜，眼镜片后有着一对穿越时光隧道的灰蓝色眼睛，薄薄的嘴唇总涂着明亮鲜艳的唇彩。

加纳森和安妮是晚婚的恩爱夫妻，婚后一直没有孩子。在他们几乎决定此生彻底放弃有自己的孩子，也不领养孩子的那一刻，四十五岁的安妮意外怀上了戴瑞亚。他们喜出望外，认为这个原本就没有可能出现在他们生命里的孩子，是上帝的恩赐。

小戴瑞亚出生以后，他们百般疼爱，但是并不溺爱。

在她的成长里，父母给她宽松、愉快的生活。她在父母的生命里就像一个温暖的小太阳。在父母的心里，女儿的健康和快乐是他们最大的心愿。在女儿对美好人生的追求上，他们相信女儿认为可以做好的，就一定是好的选择。

戴瑞亚没有像母亲一样从事音乐，也没有像父亲那样做一位大学教师。她对瑜伽的迷恋一直伴着她的中学和大学时光，直到现在成为一名专业的瑜伽教练。父母认为这个专业有利于她的健康，又能带给更多人健康，他们满意女儿的职业选择。

他们见到周子轩的时候，就喜欢上眼前这位自信、英俊的小伙子。在得知周子轩所学的是法律专业后，他们更为称赞，希望他以后是一位出色的律师。

他们和两个年轻人的相处，和谐、愉快。

戴瑞亚自从跟周子轩住在了小公寓，她的父母就开始提前体验女儿出嫁后的晚年生活。

他们的房子是在距离城市之外十几公里处，靠山边的位置。那是一栋红瓦灰砖的两层小楼，有着一块绿茵茵的小花园。花园不大，厚厚的草坪修剪得平平整整。房前有一棵蓝花楹树，在每年十一月份的夏季，蓝花楹的枝条上开满紫色的小花。在紫花开始飘落时，枝条上才会吐出绿叶前的嫩芽，这个时候便是春天。随着秋冬的到来，矮院墙的篱笆上那爬满的枫树，叶子由金红变为深红。这般美好、梦幻的小院，伴着他们的生活走过一年又一年。

戴瑞亚的房间在二层，窗前就是那棵蓝花楹树。加纳森和安妮的卧房在一层，也正是蓝花楹树下。

安妮喜欢从简生活，室内一贯保持简洁。

客厅靠墙有一架钢琴，边上是一套棕色布艺沙发和一个玻璃茶几。茶几上面摆着一个半尺高的圆形水晶花瓶，插着一束白色郁金香花；另一边摆着一张棕色木质餐桌椅，一旁是开放式厨房。光洁的木质地板泛着亮，木质窗户上的玻璃也光光亮亮，一尘不染。

这个家虽说极简风格，但是女儿戴瑞亚的房间却任由她布置。墙壁上张贴着世界名模海报，书桌边的窗台上摆放着形态各异的小花盆，里面有她亲手种植的绿植仙人球、绿萝、龟背竹。床上摆着几个布艺靠垫和一对可爱的布艺小兔。光亮的木地板上有几个圆形的草编坐垫和一些画报、书籍。房间除了母亲总去打扫，其他的东西都会在原有的位置上。

加纳森和安妮的生活，简单并有规律。无论女儿在不在家，他们每天都会各自遵循着习惯，散步、读书、弹琴和园艺。

此时的北京，春天刚暖和，又一下进入了夏天。四月底，竟然换上了夏季的衣服。

周子轩回澳大利亚不久，爷爷奶奶就要周闵送他们回河北老家。尽管周闵和欧阳雪一再挽留他们多住一段时间，但是两位老人还是坚持要回去。老爷子说家乡的事多，还要回去教授徒弟学习技艺。

周闵的父亲周再兴，是国家非物质文化遗产道教科仪音乐传承人。他一年到头在家乡忙个不停，不是有道教活动，就是传授技艺。母亲牛素珍是父亲的精神后盾，照顾他的生活，百依百顺了丈夫一辈子。

周闵清楚父亲心都在家乡，也没有再勉强挽留他们。只是希望父亲多保重身体，不要太劳累。

北京盛夏。

欧阳雪为了加快英语的掌握，决定一边工作，一边开始在英语培训班学习。她周六日下午，在北京一所外国语大学社会办班的课堂上学习英语。在班上她算是年龄最大的学生，女生多于男生。这个班是英语实用学习，不是考学辅导班。她虽说已是中年，但是身材好，打扮又时尚，人也显得年轻。

班里的几个大龄女孩儿叫她姐姐，也有的叫她欧阳姐。其中，跟她走得最近的是叶子和麦小青。

随着她们渐渐熟悉，相互之间的话题也开始深入。

叶子和麦小青得知欧阳姐的儿子在澳大利亚读研究生，他们夫妻以后会跟儿子生活在国外。这个信息对于梦想出国的叶子和麦小青，更具有跟欧阳雪紧密交往的吸引力。每当跟欧阳雪在一起时，她们好像已经站在国外的边境线上似的兴奋。

欧阳雪跟她们聊天中，得知了很多她们不遮不拦说出来的私生活情况：

叶子今年三十五岁，四川人，她是家里的长女，有一个弟弟跟父母在老家生活。她白净的皮肤，小巧玲珑的长相，精致成了丝质的绢人。她中等身高，不胖不瘦，曲线丰满有型。其性格外向，说起话来有着银铃般的声音。她独闯北京多年，是一位未婚妈妈，有一个两岁的私生子。她随时等待拥有英国籍的新加坡华人的孩子爸，将她和儿子送到英国生活。

三十六岁的麦小青，黑龙江省齐齐哈尔人，是家里的独生女。她长相标致，白皙的肤色。从小就学民族舞的她有着窈窕身材，总体看上去细细长长、单单薄薄的样子。她的性格偏内向，甚至有点儿倔强。

她说自己从北京舞蹈学院进修班毕业以后，就没再跳过舞，而是过着隐居在高档公寓里的日子。供养她的是位公司总经理，她生活无忧，但是婚姻无望。她想学好英语远走高飞，寻找真正的婚姻生活。

在欧阳雪看来，这两个大龄女孩的感情生活是畸形的，又蕴含着希望。在她们的眼里，欧阳雪是完美的婚姻，幸福家庭的模样。

她们三人有着各自的感情道路，但是出国梦却是共同的。由此，她们相互鼓励学习英语。

叶子对于出国是守株待兔，随时等待孩子父亲的好消息。麦小青则把欧阳雪当成自己的救星，希望不久顺着欧阳雪出国定居的这根藤，摸到她心里那个异国的甜瓜。

为此，不缺钱，有人供养的麦小青开始不断地给欧阳雪买些小礼物。今天送一条丝巾，明天送一盒化妆品。

欧阳雪明知她心愿，却坚持不收她的礼物，表示会尽可能帮助她。麦小青手拿着一次次没有送出去的礼物，心里对欧阳雪更为感激。

这晚，欧阳雪和丈夫半躺在床上，没有开灯，整个卧室的窗帘全部打开着。月光射进来的光线，使两人的脸庞也更为朦胧，他们睡前习惯地说着心里话。

欧阳雪说起英语辅导班遇到了这两个姑娘，特别是包养女人的事。她不由担心地问丈夫会不会受到这样的社会影响。周闵说他心里只有自己的家庭和儿子，还有两位年迈的老人，哪有那些闲工夫。他还说自己也很看不惯这些包养女人的男人，觉得他们很不尊重女人，更不尊重自己。

欧阳雪欣慰地向丈夫的怀里依偎着，庆幸自己遇到在当今物欲横流的社会只对老婆好的丈夫。至于这两个刚认识的同学小妹，她从心里是不能接受她们的生活方式。她希望以后可以帮助她们，矫正一些生活理念。

随后，夫妻两人又聊到健康。

他们说到，近年来身边同龄的朋友因拼命工作和生活压力，早早撒手人寰的事。他们相互提醒，身体健康才是未来跟儿子一起幸福生活的保障，不能大意了。

欧阳雪最担心的还有丈夫在酒桌上的应酬。

丈夫为此也是长吁短叹地担忧着，他说好在这几年没少服用儿子从澳大利亚带回来的护肝保健品，还有深海鱼油。

其实他们心里清楚，服用这些保健品是否真管用，也只是自我安慰罢了。欧阳雪希望他以后在酒桌上想办法少喝酒，还要劝朋友们都不要多喝。周闵非常同意妻子的说法，但是酒桌上确实也形成了长久以来固化的程序。

待客的老话：无酒不成席。

况且是在利益面前，美味佳肴的宴席上，少了哪一杯，都无法将背后的利益进行下去。

周闵嘴上应和着欧阳雪，他心里却是无奈面对社会宴席的酒规则，他又何尝不为自己的健康担心。

他们聊着聊着，又聊到了两位老人。

周闵轻声地说：“老人们一天天地老了，他们单独在河北老家生活确实不放心。”

欧阳雪无法回避这个极为现实的问题，由衷地说：“是啊，虽说县里的医疗条件还可以。但是，老人们终究是需要跟着儿女。”

周闵语重心长地说：“我们兄妹三个，还就咱家条件好。大妹家跟公婆在昌平区一起生活，说是要分出去住，可是一直也没能这么做。二妹家倒是没跟公婆一起过，住着公婆给的大杂院里的一处不大点儿的房子。二妹夫妻俩没日没夜地忙，孩子经常是在同一个胡同的爷爷奶奶家吃饭。你说她们两家，未来哪家能靠得住养自己的爹娘？再说了，我是儿子，又是家里的老大，爹娘也应该跟着咱。”

欧阳雪听丈夫这么说，觉得也是。但是，她心里又想，一两年后，儿子硕士毕业留在澳大利亚，还不得面对跟儿子在那一起生活安个家。可是，周闵的父母未来怎么办，她也是愁在心里。

周闵心知肚明妻子内心的困惑，又说：“两位老人晚年生活的安排是个很严峻的问题。你说，如果咱义无反顾去了澳大利亚和儿子团聚，两个妹妹再无法接管老人，那不成了大逆不道了？咱更不要说把两个老人送到养老院了。”

欧阳雪深深地叹息：“是啊，我们做儿女的哪有丢下老人不管的道理，怎么能把老人送到养老院去？”她说着由衷的话，温和的月光却难掩满脸愁楚。

周闵听妻子这么说，又将揽在她臂膀上的手往怀里搂了搂说：“我的好媳妇儿——”月光下，他的神情复杂。

欧阳雪也神情复杂，又轻轻说：“这是我们儿女们应该做的。”

周闵的眼睛里带着迷茫，深叹道：“我在手机的视频里看到了一些送到养老院的老人，看得出来他们心里不愉快，好像是被儿女遗弃似的。”

欧阳雪接着轻声说：“养老院再好，毕竟不是家。”

周闵又叹息道：“是啊，养儿防老，百善孝为先，这也是老传统。虽说时代不一样了，但是这个传统不能丢。”

欧阳雪很认同周闵的话，随即说：“是的，养老院是不能送，那还不伤透了老人的心？”

“是啊——”周闵深深地叹息着说。

周闵是一个孝子，他经常挂在口头的话就是百善孝为先，并将此用为微信名。他何尝不想，以后跟父母天伦之乐地生活在一起。可是，自己把儿子从小送到了国外，回国发展已不现实。

周闵和欧阳雪心照不宣地面对即将在老人和儿子之间的选择，这将是个纠结和无法选择的难题。他们也只能走一步、说一步地先按原计划往前走。

周闵和欧阳雪计划，明年上半年去澳大利亚阿德莱德看房子。为此，他们加大工作力度，多挣钱。

欧阳雪除了工作，学习英语的力度也加强了不少，还请来了一对一的新加坡口语女老师。学归学，能记住和会使用的英语确实不多，为此她也感到吃力，但是并不放弃。

其间，周闵加大工作力度，休息不够，过度劳累，出现过一次急救，捡回了一条命。此事给他们的健康，敲起了严重的警钟。他们再次严肃地提醒对方，保重身体才是最重要的。但是，说归说，工作起来难免又应了那句老话：“好了伤疤，忘了疼。”

他们没有将急救的事情告诉远在国外的儿子，每次通话也只是挑好事儿说。

周子轩一贯应和着父母的嘱咐，并汇报自己的学业进展。他和戴瑞亚的恋情，准备等父母来澳大利亚看房子的时候再告诉他们。

周子轩很清楚，父母心里所愿望的儿媳妇家庭不是现在戴瑞亚的这家人。但是，他希望父母能通过接触和了解他们，接纳这家人。这无疑在周子轩的心里存在着担心，又因戴瑞亚的可爱而滋生着希望。

第四章
蓝花楹树下

周子轩自从七月入校读研究生，继续边读书边打工。

转眼几个月过去，又一个十一月份的澳大利亚阿德莱德，整个城市沉醉在蓝花楹树的花海里。街道两旁蓝花楹树开满紫色的花，美得竟然失去了真实感，如梦、如幻、仙境一般。

周子轩和戴瑞亚的爱情也随着满树的花绽放着，浑然成为花海中盛开着的花。

他们同居的这几个月来，更加深入地相互了解、欣赏和热恋着。戴瑞亚的健康生活、饮食习惯和健身计划，正是周子轩遵循的生活内容。

她会做一手的健康美食，总会在做美食的时候放着音乐，好像要将音符也调和在美味、健康的食物里似的。她是一个很勤快、有情趣的女孩，小家里充满着生活气息。她的脸上总洋溢着令周子轩迷恋的笑容。

周子轩人长得英俊帅气，又有担当。他不但用自己打工挣来的钱支付生活开支，还在枕前表示，将会给戴瑞亚一辈子幸福安逸的生活。

这晚，周子轩和戴瑞亚在小家餐桌上烛光晚餐，食用着由戴瑞亚不断变化做法和配菜的蔬菜沙拉。

周子轩动情地说："亲爱的，等我硕士毕业了，会正式向你求婚。"

"哦，是吗？"戴瑞亚喜悦的小脸儿映着温和的烛光，显得更为光亮、俏丽。

"是的，因为只有到了那个时候，我才会有资格向你求婚。"周子轩一脸认真地说。

戴瑞亚听他这么说，小脸上泛起更为幸福的笑容。

周子轩又兴致地说："我们的婚礼除了在这，还会回中国办中式婚礼。你这个洋媳妇穿上中国旗袍，将会多么美——"

戴瑞亚听着周子轩的表述，那双蓝宝石般的眼睛闪烁着。"在中国的婚礼一定会很有趣！"她激动地说，"我们结婚后，我要生三四个孩子。"

周子轩从戴瑞亚的眼睛里寻到了即刻成为母亲的光色，并愉快地说："哦，我亲爱的，两个孩子就可以了，太多孩子养育起来会很辛苦。"

戴瑞亚满脸认真地强调："能成为多个孩子的妈妈很骄傲。"

他们边吃着沙拉，边愉快地憧憬着未来的婚姻生活。

周子轩和戴瑞亚的恋爱关系稳定，同居的小日子过得紧凑而温馨。一直以来，戴瑞亚不介意是否一定要父母知道一切，她认为这是她和周子轩的事情。

这天，戴瑞亚接到了母亲的电话，邀请她和周子轩周六中午去家里午餐。她和周子轩愉快地答应了。

周六上午，阳光充足。

戴瑞亚的父亲加纳森像往常一样，早餐后在花园里看书、晒太阳，剔除花园的杂草。安妮喝咖啡，弹琴，而后开始准备午餐所要用的食材。

花园房前的那棵蓝花楹树，已是满树花开。

蓝花楹树呈现着美丽的姿态，微风吹过，紫色的小长喇叭花微微颤动。整个小院和房子，犹如童话世界。

他们将室外的木质餐桌椅移至花树下。

安妮将绵软的印花坐垫摆在了木椅子上。随后，她端上桌一大盘澳大利亚本土水果，又摆好了餐具。

加纳森将刚从草坪里剔出来的杂草收罗干净，小院的草坪也修剪得平平整整。只有从蓝花楹树上时而飘落的紫花，像一只只紫色的蝴蝶浮在绿草上。

安妮在厨房里做了柠檬烤鸡、芝士龙虾、蔬菜沙拉和点心苹果派。加纳森将自己储存了六年的红酒拿了出来，他还给未来的女婿周子轩准备了一份小礼物。

上午十一点半。

周子轩随着戴瑞亚来到了这个似童话世界的小院，未来岳父岳母的家。

二十五度的天气，周子轩身穿一件白色衬衫，衣领下的纽扣开到了第三颗的位置。他白衬衫扎在淡蓝色的牛仔裤里，显得清新朝气。戴瑞亚一身白色紧身T恤衫，一条白色牛仔七分裤，和周子轩的衣服色调呼应。她怀抱着一束白色百合花，周子轩手里握着一瓶用牛皮纸包裹着的葡萄酒走了过来。

加纳森看到了女儿戴瑞亚和未来的女婿周子轩，笑容满面地迎了过去。他们亲切地拥抱，行了西式见面礼。

周子轩愉快地将手里的葡萄酒送给了加纳森，说："希望您能喜欢这款酒的口味。"

加纳森边剥开包裹着酒瓶的牛皮纸，边愉快地说："哦，这是我最喜欢的礼物，因为我是酒鬼！"

周子轩愉快地回应："很高兴您能喜欢！"随即与戴瑞亚相视而笑。

加纳森微笑着神秘地又跟周子轩说："一会儿，我也有一个小礼物要送给你。"

这时，戴瑞亚的母亲从房子里走了出来，高兴地望着他们说："哦，欢迎你们，我亲爱的孩子们！"

戴瑞亚迎了过去将百合花送给了母亲，并拥抱、亲吻着说："见到您和爸爸太高兴了！"

"我们也是，我亲爱的甜心！"安妮手持百合花甜蜜地说，而后又向走过来的周子轩行了西式见面礼，"欢迎你，我们的帅小伙！"

周子轩满心欢喜地回应着："谢谢，见到你们很高兴！"

高兴的安妮又说："来吧亲爱的，在这里坐一会儿，我这就把好吃的端过来。”

安妮引领他们走到蓝花楹树下的餐桌前，请他们就座。周子轩和戴瑞亚表示愿意一起帮忙端吃的。

安妮愉快地说：“不用，亲爱的，我和加纳森这就来。”

加纳森耸耸肩笑容满面地说：“这是我们非常享乐的时刻。”

周子轩连忙热情地回复：“谢谢！”

戴瑞亚的父母走进了屋子，戴瑞亚兴奋地看着周子轩说：“要不要去看一下我的房间？你还没有去过。”

周子轩立刻愉快地说：“好啊，当然愿意！”

戴瑞亚拉着周子轩的手，像只快乐的梅花鹿，引着他向屋内走去。他们看到父母正在开放式厨房忙着，便轻脚地走上了楼去。

戴瑞亚推开了自己的房间门，请周子轩进。

周子轩激动地一脚踏进了给他带来无比新奇的房间。

直入他眼前的是窗外那轻轻摇曳，盛开着紫花的蓝花楹树，给他梦幻般的感觉。这个不算大的房间满是温馨和现代气息。

周子轩环视房间内的陈设，处处散射着戴瑞亚的气息和个性。每一件家具和物品洁净得一尘不染，看得出戴瑞亚的母亲安妮每天精心打理，倾注着对女儿的爱。

周子轩正为女孩子的房间而着迷，戴瑞亚从身后环抱住了他，将脸轻轻地贴在了他的背上。

周子轩缓缓地转过身来，将她搂在了怀里，望着戴瑞亚蓝宝石般的眼睛，亲吻她绵软的唇。随即，他们天旋地转地热吻着，身子站立不稳顺势倒在了绵软的床上。他们的唇相吸得更紧，探寻得更深，呼吸也更为紧迫了起来。

“戴瑞亚，我亲爱的，你们在哪里？”窗外蓝花楹树下，母亲亲切地唤着。

戴瑞亚脱开被周子轩吮吸发热的唇，连忙到窗前向着蓝花楹树下愉快地说：“妈妈，我们在房间，现在就下来。”

安妮抬头望到了宝贝女儿，愉快地回应：“好的，我的宝贝儿！”

周子轩也连忙站起身来，幸福地看着戴瑞亚。

戴瑞亚愉快地说：“我们下去吧！”又在周子轩的唇上亲了一下，拉着他的手欢快地走出房间。

花园里。

蓝花楹树下的餐桌上已经摆好丰盛的午餐，红酒也倒进了精致的水晶高脚杯里。

安妮招呼他们坐下来。

加纳森此时从屋里走了出来，手里拿着一个长条形墨绿色的小盒子。

大家都坐在了位子上。

加纳森将手里的小盒子放在桌边，随即端起酒杯说：“再次欢迎你们，我们可爱的孩子们！”

他们的水晶高脚酒杯轻轻相碰，发出悦耳的声音，家庭聚餐就此开始了。

他们边品味着美酒、品尝着安妮做的美味，边愉快地交谈着。

之前，戴瑞亚的父母和周子轩见过面，但是并没有多聊。今天的家庭聚会给了他们畅所欲言的机会。

加纳森分切着盘中的食物，愉快地缓缓说：“中国是我们很喜欢的国家，现在我和安妮都退休了，正在计划畅游。我们曾经去过中国的北京、上海和西安。现在我们想去中国的地方太多了，特别是想去新疆、敦煌和西藏。这些地方对我们这个年龄应该是个挑战，那是极其神奇的地方。”

周子轩听加纳森这番话，热情地说：“欢迎你们去中国游玩，如果你们愿意，我会请父母协助你们。”

“哦，谢谢！我想，如果我们去中国，一定去看望你的父母。但是，我们不需要你的父母安排我们的旅行，我们会在澳大利亚办理好行程。”加纳森心怀感谢地说。

周子轩非常了解外国人的生活习惯，补充着说：“相信你们的旅行一定是愉快的！”说完举起酒杯向他们示意。

加纳森和安妮举杯示意，喝了一口红酒。戴瑞亚和周子轩愉快地相视。

加纳森又兴致地说：“那一年，我们去北京是冬天，下了很大的雪。我们穿了很厚的衣服，还戴了棉帽子，你知道澳大利亚没有那么冷的冬季。我们去了北京古老的天文台，如果我没有记错的话，应该是东便门的天文台。我们看了古代的地震仪，那是一个太伟大的发明。”

他们就这样在蓝花楹树下愉快地边说边享受着美食。时间在餐盘里的食物减少中悄悄走过，午餐接近了尾声。

安妮看大家正餐已食用得差不多，愉快地说：“我还准备了甜点，这就端上来。”她说着就顺手把桌子上不需要的餐盘收在了一起。

戴瑞亚连忙站起来帮着收拾餐盘，母女端着不用的盘子走进室内。

餐桌上留着红酒杯子，加纳森往周子轩和自己的酒杯里添了些酒。

周子轩微笑着说：“谢谢！”

加纳森好像突然想起来地说：“哦，我还有一件礼物要送给你。”他拿起了手边的那个墨绿色的长条盒子递给了周子轩。

周子轩愉快地接过这只墨绿色的长条盒子，又一次地说：“谢谢！”

“打开看看吧！”加纳森慈爱地看着他说。

周子轩轻轻地打开了这只盒子，里面有一支同样为墨绿色的老式钢笔。“很漂亮的礼物，我很喜欢。”他激动地说。

加纳森看周子轩喜欢这个礼物，饶有兴致地说：“这不是一支寻常的笔，是我在一次拍卖会上遇到了它。它的主人曾经是一名知名法官，用这支笔签署了不少案件。我拍到它的时候，还不认识你。——也许，是上帝的安排，他要我将这支笔送给以后认识的你。上帝已经预知你将是以后的大法官。——来吧，让我们为你将成为一名优秀的大法官干杯！”

周子轩欣喜地小心放下手里的礼物，举起了酒杯由衷地说：“谢谢您送给我的这份奇特、珍贵的礼物，希望它带给我幸运！”随即迎过去酒杯与加纳森迎过来的酒杯轻轻相碰。

加纳森愉快地说："它一定会带给你幸运！为它找到了新主人干杯！"

这时安妮将一托盘苹果酱甜点端上了桌，戴瑞亚把一个个干净的小餐盘和精致的小叉子摆在了每人的面前。

周子轩轻声地告诉戴瑞亚得到她父亲送的礼物，一会儿告诉她这里的故事。戴瑞亚愉快的神情里透着好奇。

安妮和加纳森会意地相望，满脸愉快。大家品味着安妮做的美味点心，又聊了起来。

周子轩跟戴瑞亚的父母接触不多，在他们的眼睛里周子轩是被认可的。他们也在女儿的脸上看到了获得爱情的幸福。

加纳森喝了口酒又说："今年我的一位老朋友孩子婚礼。希望在不久的将来能够迎来你们的婚礼，那将是多么美好的时刻！"

安妮也一旁微笑应和着："我们期待着这一天的到来。"

周子轩面对两位老人对自己的认可感到高兴，他不由得觉得自己的责任更大了。在他英俊的脸上，又多了些坚定的神情，不由得说："我也渴望这一天早日到来，我会百倍努力给戴瑞亚一个幸福的家。"随即，他深情地望向戴瑞亚。

戴瑞亚满脸幸福，那宝石蓝的眼睛闪动着对幸福婚姻的憧憬。

加纳森接着安妮的话，望着周子轩又说："我们期待美好的一切，正如我们今天一样美好！"

周子轩和戴瑞亚相望，幸福地微笑着，他们的眼睛里满是一个个希望的光点。

周子轩转而神情显得略微凝重地说："我毕业时会向戴瑞亚正式求婚，工作以后贷款购买我和戴瑞亚的家。"

戴瑞亚接着周子轩的话说："我们一起努力工作。"

加纳森和安妮为他们的未来生活构想感到高兴，女儿正开始走向属于自己的家庭生活。

加纳森愉快地举杯说："让我们再次为美好生活干杯。"

四个酒杯轻轻相碰，他们愉快地共饮。

而后，加纳森和安妮温情地相望，加纳森又看着眼前的两个年轻人，郑重地说：“我和安妮会在你们结婚之后，卖掉这栋房子搬进公寓，然后去旅游。”

安妮接着说：“这样更适合我们以后的生活。虽说我们搬进公寓，但是我不会丢下钢琴。”

加纳森又补充着说：“我也不会丢下我喜欢的书，但是一定要丢下更多的家务。”

两人相视、相互亲吻。

戴瑞亚和周子轩桌子下面的手相扣在了一起，听着父母的计划，看到他们幸福地相吻，感到无比欣慰。

戴瑞亚由衷地跟父母说：“我想，那将是你们美好的计划。”

周子轩的微笑中带着认真的神色，始终映在他英俊的脸上。

第二卷

第五章
姐仨

十一月份的北京天寒地冻，欧阳雪的英语学习持续在距离春节前的最后一个多月。

这天课后，欧阳雪、麦小青和叶子走进了学校附近的一家必胜客比萨饼店共进晚餐。

在温暖的比萨饼店里，姐仨脱去了厚厚的外套搭在椅背，随即坐下点了三份牛排套餐。而后，欧阳雪和麦小青走到冷餐台自取蔬菜沙拉。

叶子坐在位置上给未婚的孩子爸汉森打着电话："亲爱的！我晚上跟闺蜜在外面吃饭，你给儿子做点吃的，我饭后就回来。"

"好的，不要喝酒，小心查车。"汉森浑厚的声音说。

"我们不喝酒，姐儿几个聚聚，聊聊天。让宝贝儿子跟妈妈说说话。"叶子甜蜜蜜地说。

电话里，叶子一阵甜言蜜语地跟三岁多的儿子丹尼又说又对着电话猛亲了一阵。而后，她又跟孩子爸说了几句便挂了电话，愉快地走向冷餐台取沙拉去了。

姐仨端着蔬菜沙拉坐回了位置上，店员端上来了她们的果汁。姐仨端起果汁轻轻相碰，以此代酒地喝了一小口。

欧阳雪微笑着说："今天的天气真冷，有春节的感觉，不知今年会不会下大雪？"

麦小青接着她的话说："在我老家齐齐哈尔这样的天不算冷，也就是刚入冬的感觉。我们那地方的冬天可冷了，不戴皮毛帽子就不敢出门，血液都会被冻住。”

叶子惊奇地说：“我还没有去过齐齐哈尔，你说那么冷，我就更不敢去了。”

欧阳雪饶有兴致地说：“几年前的夏季我去过齐齐哈尔，气温像北京的九月份。我去了湿地公园看到了白鹤，太美了！”

麦小青兴奋地说：“是吗？以后我们可以一起再去！我的家乡冬季的雪很大，春节包的饺子都冻在院子里。今年才这个时候，我爸妈就早早地说盼着我回去过春节了。”

叶子吃了一口沙拉说：“真是羡慕你爸妈惦着，我几年没回四川过年了。我爸妈跟我弟一起过得热乎，好像把我忘了一样。”

麦小青面色平淡地跟叶子说：“你爸妈不会忘记你的，只是每个人的情感表达方式不同。”

欧阳雪微笑着说：“是的，父母永远都不会忘记自己的孩子，孩子们有时间要多主动跟他们联系。”

叶子笑了笑说：“是的，我也确实跟他们联系不多，想着有我弟在就放心。”

还没等欧阳雪再说话，麦小青就又接着说：“我爸妈一直想让我回齐齐哈尔找个工作，在他们身边安家。可是，我是想出国闯一闯，未来把他们也接出去。我在北京的情况他们不清楚，也一直没好让他们来。”

欧阳雪同情地望着麦小青迟疑着说：“其实，出国也存在着很多未知。”

叶子不时地吃着沙拉，长长的睫毛在不算大的眼睛周围微微抖动着。

店员陆续端上来了她们点的牛排套餐。

麦小青人很瘦，胃口跟人一样纤弱，送进去的食物不多。她仍然年轻光泽的脸上，嵌着一对美丽而忧郁的大眼睛。

麦小青轻轻翻动着纤细手指里的叉子，轻叹着说：“在北京的生活很现实，我曾无数次尝试离开他，可是离开他，我的生活就会立刻陷入困境。除非，我先找到一个合适的男友。可是，他缠得紧，我又没有机会遇到合适的人，就这样跟他走过了这么多年。我爸妈很着急我婚姻的事，打电话总是提起。我心里的压力很大，他们就我一个女儿，我也放心不下他们。我爸是个伐木工，劳累了一辈子，落了一身病，现在家里的重活都是我妈做。我一想到这些，心里就难过。自己在北京也没有闯出个名堂来，眼看又误了婚姻，对他们没交代。如果出国再不成，那就只好单身回到父母身边。”

叶子吃了口牛排，油油亮亮的小嘴咀嚼着说：“我倒是觉得，爸妈自然就是老来伴儿，定期给他们寄点钱就是了。”

欧阳雪缓缓地咽下食物，看着叶子轻声地说：“那父母年纪大了，不能自理的那一刻还不是要管。”

叶子又切下来一块牛排津津有味地咀嚼着，她黑白分明的眼珠闪动着光色，说：“现在有的是条件好的养老院，只要不缺钱，还怕没地方养老？我的几个朋友都选择将老人送养老院。”

麦小青面色平淡地边叉起了一小口蔬菜沙拉，边念叨着：“送养老院，我很难做到，父母就我这一个女儿。”

叶子喝了口果汁，认真地望着麦小青说：“这是新观念，没什么不好。要不是我爸妈跟我弟一起住，如果他们需要照顾，我就会把他们送到养老院。不然，我和儿子以后无法在英国生活。”

麦小青接着她的话说：“两个儿女就更不用送养老院了，你以后也可以把父母接到国外住一住啊！”

叶子立即回应着：“我爸妈可是一辈子都不会走出四川老家的人，更不要说出国了。他们是老观念，祖坟都在家乡。如果他们到了不能照顾自己的那一天，看看我弟弟的态度，实在不行还真得送养老院。”

欧阳雪听叶子这样说，缓缓地咀嚼着食物没有作声，脸上勉强维持着微笑。

麦小青轻轻地放下果汁杯子，眼睛里满是疑惑地说：“我在抖音上看到过一个养老院的视频，护理人员给老人过生日唱生日歌。老人拍着手和护理人员一起唱着，竟然哇哇地哭起来。我看不仅仅是感动，好像是被孩子遗弃了似的。”

“那是你猜想的，应该是感动！我怎么看到的都是愿意去养老院的老人，他们都说是好的选择啊！”叶子说着，喝了口果汁。

麦小青又喃喃地说：“我还看到老人们都说孩子忙，不给孩子添麻烦。”

欧阳雪用叉子挑起点儿蔬菜沙拉送入口里，听着她们一言一语地说着，她微笑的脸上透着黯然。

叶子不断地又吃又喝着说：“其实，年纪大了去养老院应该是最好的选择。老人们不愿意去，就像小孩不愿意去幼儿园一样。这就是老换小，习惯了就好了。”

麦小青手里的刀叉微微翻动着食物，并没有吃的兴趣。她带着不解地缓缓说：“就算是老人愿意去养老院，可是现在又有多少人能付得起费呢？听说一个老人一个月要五千元，有的养老院还更贵。一两千一个月的条件不会太好，送进去也是受罪。”

叶子精致的小脸儿，此时粉扑扑地泛着亮。“钱多钱少单说，总是有养老院可以选择。”她突然眼睛一亮地说，“为了养老，卖掉房子不就有钱了吗？即便是父母没什么财产，我们趁年轻就要多赚钱给他们点用才是啊！我孩子的爸每个月给我的钱，我都会留出来一点存起来以后给父母。”

欧阳雪吞咽着食物，手指拨弄着果汁杯子，神情复杂地缓缓说：“我觉得老人们除了需要住医院，生活还是在自己家里，有儿女关照比什么都好。”

叶子用餐巾擦了一下油乎乎的小嘴又强调着说：“孝敬老人不一定就要儿女亲自洗衣喂饭，出钱把老人安排好也是孝顺啊！”

欧阳雪淡淡地微笑着强调：“尊老、敬老、赡养老人，是传统美德。时代再变化，这个传统不能变。”

叶子听欧阳雪这么说，话到嘴边又咽了下去，脸上难以抚平想要争论的神情。

麦小青眼睛里透着对欧阳雪的赞同，嘴唇却绷得紧紧的。

叶子将最后一小块牛排送进了嘴里咀嚼着，脸上堆着微笑说：“这牛排真好吃！——小青，你身子瘦，多吃点儿。”

麦小青微笑着边慢慢地切着牛排，边温和地说：“我一直在吃。”

欧阳雪咀嚼着食物说：“必胜客的牛排是不错！”

显然姐仨的话题说得使大家有些尴尬，这会儿正没话找话。

叶子将盘子里的牛排吃得只剩下料汁，笑眯眯地看了看她们，突然又转了话题地说：“我现在就是一门心思学英文，盼着儿子在上小学之前汉森能把我们送到英国，找孩子的姑姑去。”

欧阳雪抬起头微笑着看着叶子说：“我们一起努力学习，你们年轻学得应该更快。”

麦小青接着欧阳雪的话说：“欧阳姐也很年轻啊，看上去也就三十多岁的样子。”

叶子也接着说：“是啊，我第一次见到欧阳姐，就觉得又年轻又漂亮，很有气质。”

欧阳雪微笑着说：“谢谢两位妹妹的夸奖，我努力年轻下去。”

麦小青此时举起果汁杯说：“来，让我们为年轻和幸福生活干杯！”

三人愉快地将手里的果汁杯子又一次汇在了一起。

性情开朗的叶子，按捺不住地说：“我真希望咱们三个未来能在一个国家，可惜我要去英国。”

欧阳雪说：“英国和澳大利亚同属于英联邦，只是两国实际距离远一些。”

叶子说：“也许以后欧阳姐有机会在英国生活，我们不就可以在一起了吗！”

欧阳雪笑着说：“英联邦国家之间移民应该比其他国家方便些，就看儿子了，他在哪儿，我们就在哪里。”

麦小青一旁说：“真是羡慕欧阳姐，有幸福的家庭，走到哪里都有一家人相伴。我怎么就遇不到真正可以结婚的男人呢？”

欧阳雪微笑着说：“那个属于你的人，一定在以后的某一个时间里等着你。”

麦小青听欧阳雪这么一说后，一贯忧郁的脸庞透着一丝希望的神色。

还没等麦小青说话，叶子又接着欧阳雪的话说：“其实有没有婚姻不重要，重要的是有没有男人给钱生活。小青现在的男友其实对她就很好啊，这很重要！我孩子爸恐婚，我也看得淡，不想那么多，过得不是也很好吗？”

欧阳雪吃完了切下来的最后一小块牛排，喝了口果汁，看了眼麦小青，又看着叶子缓缓地说：“我倒是觉得婚姻还是要有，这样对孩子有个交代，也会牵扯两家人的关系。”

麦小青满盘子的食物几乎没怎么吃，她望着欧阳雪的眼睛里全是认同。她一只手托着下巴，一只手轻握着果汁杯，紧闭着的嘴唇两角微微上扬着。

叶子吃了沙拉碗里的最后一片菜叶，强调着说：“婚姻就是一张纸，哪个孩子会查父母的结婚证？法律对非婚生子的继承权与婚内孩子一样。现在国外还流行买精子做试管婴儿，很多是独身女人。孩子才是自己的，现在的男人哪个能保证走到底？还不是离婚的多。”

欧阳雪没有抬眼看说话的叶子，虽说脸上仍挂着微笑，却夹杂着不理解。

麦小青不由得开启紧闭的嘴，说：“欧阳姐和姐夫婚姻就很稳定啊，你说得不绝对。我就是非常渴望婚姻的人，所以才想到出国。”

叶子看似微笑的脸，一侧嘴角向着耳边扯拉着。她窄小浑圆的肩膀微微耸动了一下，没说出话来。

姐仨虽说有分歧，但还是无话不说。

麦小青的心思和困惑早已不是什么不好启口的事，当着原本就没有婚姻的叶子，更不存在难堪。对于漂泊北京的叶子和麦小青，无形中对拥有北京户口的欧阳雪从心里走近和依附着。

在欧阳雪的眼里，对于漂在北京大龄未婚的她们，心存或多或少的同情。她愿意尽可能地帮助她们。

此时，麦小青吃了一小口沙拉，在她的婚姻问题上又缓缓地打开了话匣子：“欧阳姐是北京户口，这是我做梦都想得到的。可是，拥有它太难了。我作为外地人，又是一般家庭的孩子来到北京进修舞蹈，爸妈能给学费和仅有的生活费已经是很难得的了。”

随后，她又说起十多年前，在北京漂泊的艰难时光。

那时，麦小青在北京进修舞蹈。室友每天晚上出去跳舞能挣回来五百元，使她很惊奇。不多日，她也想挣到这个钱，就跟着室友去了她跳舞的地方，原来是一家夜总会。

麦小青随着室友穿过昏暗、喧闹的迪厅，涌进了挤满浓妆艳抹年轻女孩的卫生间。女孩们有的站在镜前补妆，有的在马桶间呕吐，有的说这道那的，还有的骂骂咧咧地说着客人。

麦小青与这些人完全格格不入，像是一个乡下来的漂亮女孩，锥立在她们中间。

室友跟她说：“外面来了检查的人，再过一会儿咱就出去。”

麦小青不明白检查什么，但是感觉她指的应该是检查这一屋子女孩儿。她还没来得及追问缘由的这一刻，姑娘们又蜂拥着挤出了卫生间的门。她们混入在超标分贝、节奏变换的迪厅，正穿越着向另一个地方走去。

麦小青在室友的牵引下也又一次穿越着彩灯翻滚的迪厅，归入另一小群美艳的女孩中，涌进了一个宽阔的大包间。

包间里，男宾客们已经坐在正对着门的超大环形沙发上。

女孩们正对着沙发里的客人排成一排，由领班的大龄美女为客人们点出他们选中的年轻女孩。而后，这些被选的女孩一个个走出队列，坐在选她的男人身边。

室友爽快地向着选她的男人走去，竟然被抱坐在了那个男人的腿上。

麦小青被另一个男人选去，男人也一把将她拉坐在腿上，一只大手迅速地滑入她的大腿内侧。麦小青尖叫着站起身来，只听那个男人大声地说：“不让摸，还有小费这一说？换人！”

麦小青惊慌失措地看着室友自如地坐在男人的腿上，任那个男人的手游动在她的大腿、腰间及胸部。麦小青立即冲出了这个大包房，彩灯翻滚的高分贝迪厅扑面而来，她顿时一脸茫然。

她身后追出来的室友，在迪厅高分贝的音响声中，凑近她的耳朵大声地说：“你不要走，找个地方坐下等着我，我们一起回去。今晚我们都来了，我必须拿到五百元。”室友那张焦急的脸望着她，却没有一丝难堪。

麦小青真想一走了之，但是室友恳求，也只好同意等她出来一起回去。

室友看她同意，又嘱咐了几句，随即跑回大包间。

麦小青不熟悉这家夜总会，不知道哪有可以坐下来等室友的地方。

在昏暗的迪厅中，她努力搜寻着。她的目光越过人群，看到了舞池另一边的酒吧台有坐着喝酒的区域。她又挤进舞池，艰难地穿行在疯狂摆动舞姿的人群间，去酒吧找能坐下来的位置。

她终于挤了过去，可是在这个紧邻的酒吧区域，声音的分贝并没有减弱。她眼前，一个个高高的小圆桌边的高脚凳上都坐了人。她左顾右盼，满脸无助地反复仔细寻看空位。

茫然间，她突然看到一个小圆桌坐着的男人身边有一个空位。这个男人也正看着她好像在找位置，就向她示意有空位。她顿感欣喜又心惊肉跳，定眼看去那是位有三十岁出头，戴着金边眼镜文质彬彬的男人。男人的长相，使她紧张的心略有减轻。她安慰自己只当拼桌了，随即走了过去坐在空位置上。

麦小青似笑非笑地点头致谢，存身在这个难得的安乐窝里。

此时迪厅高分贝的音乐节奏，终于换成了舒缓一些的中速节奏的舞曲。沸腾的人们也随着舒缓的音乐平缓下来似火的舞步，又在中速节奏中左摇右摆起来。

小圆桌边文质彬彬的男人说话了：“你要喝点什么吗？我请你。”

麦小青又是一惊，没想到竟然被邀请喝东西，慌张地说：“哦，谢谢，不用了。”

文质彬彬的男人笑道：“没关系。”便朝着吧台的服务生举起小臂，弹动着手指。

吧台走来了一位服务生，他们交耳了几句，服务生退去了。

麦小青一身不自在，直到室友出现前，又不好离开这个难得的座位。

这位浓眉大眼文质彬彬的男人透过眼镜片，在旋转的彩灯下审视着面前这位漂亮、青涩的麦小青。他不由得带着好奇直言：“看你的样子像个大学生，来这里做什么？”

“我——在等人。”麦小青显得不安地说。

文质彬彬的男人立即显得介意地问：“——等男朋友吗？”

“哦——没有，我等女朋友。”麦小青紧迫而怯生生地回答。

文质彬彬的男人听她这么说，神色显然安稳，但是又多了些疑惑。这时，服务生端上来了一杯饮品放在了麦小青面前。

麦小青看到了这个喇叭口的高脚杯，里面有三层颜色，在杯子的边缘还卡着一个柠檬片。她还没搞清楚这杯子里是什么就说：“谢谢你的好意——这是？”

“给你点了杯鸡尾酒，酒精度低，不会醉。”文质彬彬的男人说着，举起手中的酒杯向着麦小青示意。

麦小青连忙说：“我不会喝酒。”

“你可以尝试一下，没什么酒精度。”文质彬彬的男人仍举着手里的酒杯说着，神情中透着对麦小青的喜欢。

麦小青看他一片诚意，不由得端起从未见过的鸡尾酒，在嘴边浅浅地抿了一小口，水果味道中略透着点酒味。她貌似平静中感到新奇。

随后，他们的聊天在时间的流动中一点点地进行。

麦小青知道他叫康立伟，是IT公司高管。此次他来北京出差，住在旁边的五星级长城饭店，晚上来坐一会儿，三天后回上海。

麦小青跟她说自己在舞蹈学院上学，也告诉了他自己的名字。

他们的对话持续在迪厅不断变换的节奏和分贝中，时间也不知过了有多久。只见，服务生为康立伟上过三四次酒。麦小青还是那一杯鸡尾酒，没怎么喝。

这时，室友终于出现在麦小青的眼前。

麦小青在即将告辞的这一刻，康立伟递给了她一张名片，希望以后有机会联系。

麦小青和室友乘上了返回学校的出租车。

室友跟她坐在后座。

室友毫无忌讳出租车司机的存在，满意地说今晚赚到了五百元，打车费她出。麦小青明知这个钱是被客人摸身体赚到的，便无语地望着车窗外。室友不由得问起刚才给麦小青名片的那个男人。

麦小青跟她说只是拼桌，其他没什么。

室友知道来这里消费的人基本都是有钱人，她进一步地追问着。麦小青心里也打鼓，怪自己今晚跟那个男人聊得不少。为此，她有些担心，想听听室友怎么说。

她压低声音，戒备着出租车司机，跟室友说了起来。

室友得知这个人是技术高管，一定有钱，不然不会住在长城饭店。她毫不避讳出租车司机，让麦小青明天晚上约他再找地方喝酒、唱歌，当面看看他是否可靠。

麦小青听室友说安排喝酒、唱歌，不太愿意这样做。室友说只有这样才有机会在大家的放松中了解对方，麦小青只管请他出来喝酒唱歌，剩下的事情不用担心。

麦小青担心室友会在钱上打算盘，不愿意再次听她的安排。可是，在她心里除了怪自己跟陌生人多说了话，就是潜在对那个文质彬彬的康立伟的好感。她心想：这个人确实是来坐一坐，也没有花小费让女孩坐在腿上。他看着很年轻，又是公司高管，也许未婚，这或许跟自己是个缘分，三天后他就要回上海，再见一面也算是惜缘。

就这样，她答应了室友第二天联系名片上的康立伟。

第二天晚上。

在室友的安排下，将康立伟约在了另一个娱乐场。

当晚唱歌，室友点了好几款洋酒和小吃摆在了包间的茶几上。康立伟只唱了一首暖男类型的歌曲，而后就是喝酒，听她们唱歌。

麦小青除了会跳舞，歌唱得也好。当晚她又跳又唱，很愉快的样子。康立伟为眼前的这位能歌善舞的大学生着迷，对于浓妆艳抹，嬉笑逗趣的室友忽略不计。

结账的时候，康立伟竟然支付一万多元。

临走时，室友向康立伟要她和麦小青的小费，每人五百元。

康立伟顿时默然了，不解地望着伫立一旁且面色惊慌、尴尬的麦小青。

麦小青正要解释。

康立伟淡笑了一下，望着她说："没想到，我看错了人。"随即从钱包里取出一千元甩给了麦小青，转身走了。

麦小青正要追去解释，被室友猛然拉住说道："你干吗，给钱还不要吗？"室友心安理得地从麦小青手里抽走了钱，点出了五百元，另五百元又塞回麦小青手里，又说："别那么感情用事，拿到钱才是最真的。"

麦小青手握着五百元，眼睛里全是对室友的不满。她怪自己为了再见康立伟一面，轻信室友掉进钱色交易的局面，自己简直是昏了头！

麦小青对室友的这些行为强烈不满，几天后她换到了另一个寝室，想就此了断交往。

麦小青和室友挣小费的事情，她没有告诉任何人。但是，在她不知情的情况下，去了夜总会邂逅了康立伟，随后又糊里糊涂地跟着室友的计划，使自己在康立伟面前成了跳到黄河里也洗不清的陪唱女郎。这些令她懊悔不已，甚至受到了严重的精神打击，几周来像丢了魂，飘飘忽忽。她上课时，不能集中精力。

一个月后，麦小青在学校传达室意外收到了康立伟的来信，她又惊又喜。原本想着一辈子都没可能再联系了，这封来信好像又看到了缘分未断的希望。

康立伟信中写道："……不敢相信如今的大学生竟然会是这样。希望不要再去不适合你的地方，我还是不能相信你是那样的女孩……"

麦小青根据信封上的地址回了信，写清楚了事情的缘由，并将那五百元小费放进信封里寄了回去。

就这样，康立伟和麦小青开始了上海与北京间的书信来往。后来，康立伟来到了北京工作，他和麦小青的接触就更多了起来。

在他们因爱情而即将发生性爱的那一刻，康立伟望着眼前的麦小青认真地说："你愿意跟我有一个超越婚姻的爱情吗？"

"什么？我不明白你的意思。"麦小青不解地说。

当康立伟说出自己有婚姻，还有一个可爱的儿子时，麦小青惊愕了。她简直不敢相信地注视着眼前密切交往了几个月的男朋友康立伟。

康立伟解释道："我的婚姻不幸福，形同虚设。我的心里只有你，我爱你！她不能接受我孤寡的母亲，母亲被迫找了一个老伴同居相依为命。我和她的感情走到了冰点。"

麦小青近似于麻木，不敢相信地说："你怎么不早告诉我？你为什么要欺骗我？"

"小青，你听我说，我不是存心要欺骗你，只是无奈——如果我离婚，她就会带走儿子。你不明白一个为人父的心，她带走我的儿子是我最不能接受的。小青——我希望，你能超越世俗婚姻模式，为爱情相伴。如果我再活一次，绝不要婚姻，也不会生子，这个责任太大了，完全超越了爱情本身。——小青，你告诉我，你愿意跟我超越婚姻，拥有真正的爱情吗？”康立伟说着，执着的眼睛里闪动着不稳定的神色。

麦小青泪流满面，眼睛里除了流不尽的泪水，就是迷茫。

就这样，她在所谓的纯粹爱情里，伴着康立伟的婚姻走过了十多年。

这个超越婚姻的爱情故事，在今晚麦小青的自述中充满心酸、刺痛，又夹杂着流星雨般的甜蜜。她重复说到父母在每一次的电话和见面时，对她百般强调尽快结婚生子，养儿防老，他们也能安心老有所依。这令麦小青感到婚姻紧迫的压力，使她越发喘不上气来。

当麦小青说到自己只有超越婚姻的爱情，而没能真正拥有北京户口安家落户的那一刻，眼睛里渗着泪。

欧阳雪伸手抚慰在麦小青过于纤细煞白的手上，同情的眼眸隐现着泪点。叶子此时也没有了声音，她托着下巴的手一动也不动，入神入心地陷入麦小青的爱情故事里。在她的心里，也许有着跟麦小青类似的真情和伤痛，却又淹没在她伤感的神色里。

姐仨的晚餐带着苦涩，又充满温情。

麦小青痛苦地困在爱情魔咒里，欧阳雪为她超越婚姻的爱情故事不平。她希望小青听父母的话，尽快结婚生子。

叶子却不反对超越婚姻的爱情，但是对麦小青大龄还没有子女感到遗憾。她认为养育子女是做女人重要的感受和经历，也是一个精神寄托。

今晚，叶子一边说老人自有去处，一边又说无法想象自己没有儿子的孤单生活将多么不能接受。她强调婚姻和男人都靠不住，最重要的是有自己的骨肉。她在养儿、养老和出国梦三者间，潜藏着相互矛盾的理念，又云里雾里不断地自圆其说着。

在欧阳雪看来，叶子还没有出国门，心就已经在国外了。对于麦小青，在出国的需求上比叶子更迫切，恨不得立即远走高飞。她们同样是一个超越国界的幻想者。

此刻，麦小青又问到欧阳雪举家移民的事情：“欧阳姐，你们计划去看儿子的时间有变化吗？”

欧阳雪听到说儿子，眼神更为温暖，认真地说：“没变化，明年上半年去澳大利亚。”

麦小青隐含忧郁的脸上立即绽开了由衷的笑容，水灵灵的眼睛闪动着，透出希望的光色。

叶子紧着说：“姐姐好幸福啊！”

欧阳雪满脸温情地说：“明年去看看，买套房子。儿子的年龄眼看就要面对婚姻，哪能还没有房子。况且，我们也要过去生活。”

麦小青激动地说：“欧阳姐的家庭真是令人羡慕，所有的好事都在姐家里。”

满脸幸福的欧阳雪，好像明天就要见到儿子一样似的，不由得又说：“我每想到自己拥有的这一切，总会感到知足和感恩。”

麦小青忧郁的眼睛里闪烁着点点希望，又说：“等姐在澳大利亚安顿下来了，妹妹也好去找姐。”

叶子也随着说：“我觉得自己倒是幸福的，只是希望更幸福的生活。”

欧阳雪微笑着看了看麦小青和叶子说：“是的，幸福和不幸更多是源自内心的感受。”

其实，叶子的潇洒人生选择中，又充满着扑朔迷离的不定因素。到底能不能去英国生活，父母是否可以用钱来安排好余生，也只能边走边看。好在，她对生活充满乐观和自信。

此时，她们的晚餐也进入了尾声。

欧阳雪说今晚她请两位妹妹，而后就微微挥手示意店员买单。叶子和麦小青向欧阳雪道谢今晚的美餐。欧阳雪由衷地说很高兴跟两位妹妹吃饭聊天，谢谢她们的信任，分享自己的故事。麦小青和叶子前后表示，她们把欧阳雪当成自己漂泊在北京的亲人。

离开饭店这一刻，大家穿上了外套，愉快地走出了必胜客比萨饼店。室外，寒风扑面，她们紧收着脖子直往衣领里缩，相拥着走向停车场。

第六章
春节

随着北京的天气越发干冷，春节的气息也越来越近。

像往年一样，身在国外的周子轩，新年就是圣诞节。中国的春节一般都会在澳大利亚的学校开学之际。这么多年来，周闵和欧阳雪已经习惯儿子不在身边的春节。他们一想到春节过后不久就去澳大利亚，心里忍不住地欢喜。

对单独住在河北老家的父母，周闵和欧阳雪达成的共识是趁着还没有移居澳大利亚之前，尽可能多去看望他们。照顾老人，作为周家长子的周闵，从心里认为是自己的事。因日后跟儿子团聚澳大利亚生活，他将会往返中澳之间，又难免需要两个妹妹短期照看老人。为此，他们决定春节期间约两个妹妹聚餐，顺便聊一聊老人的事。

一月份的澳大利亚阿德莱德正是盛夏，也是度假的好时节。

假期，周子轩一边热火朝天地在酒吧调酒打工，一边抽出了几天时间跟女友戴瑞亚周边畅游。

戴瑞亚的父母每在这个季节，会在临海的小镇住上几天，加纳森满足地在海里游泳，安妮享受沙滩太阳浴。

春节前的北京下了整整三天大雪，厚厚的积雪给冬日披上了洁白、素净的外衣。大街小巷张灯结彩，已年味十足。

有的街道商铺门前悬挂着一个个小红灯笼，积着厚雪的树枝上缠绕着霓虹灯，晚上放眼望去火树银花。

商场里喜气洋洋的新年背景音乐和熙熙攘攘购物的人们，满目红红火火的景象。

城市主要街道的路面，从大片雪花飘落的当日就开始融雪，汽车正常行驶在公路上。周闵驱车载着妻子欧阳雪前往北京王府井步行街，给河北老家的父母购买年货。

他们走进“北京稻香村”老字号糕点店。

欧阳雪边看着琳琅满目的点心，边愉快地跟周闵说：“爸爱吃甜黏的食品，我们给他买驴打滚、蜜三刀、沙琪玛。妈爱吃酥脆的，给她买枣花酥、桃酥、山楂锅盔、椰子球、牛舌饼。”

周闵幸福的脸上乐开了花，看着眼前忙活着挑选糕点的欧阳雪不由得说：“我的好媳妇。”

欧阳雪将眼前的糕点一样样指给店员。

店员用食品夹子夹起一块块点心，装进红色礼盒，上了秤，随即用细草绳扎在礼品盒上打了手提扣。欧阳雪付了款，周闵接过店员递过来的点心盒，他们愉快地走出了糕点店。

室外，天寒地冻。

欧阳雪漂亮的脸蛋儿红扑扑的，她一手挽在周闵的小臂上，上身紧靠着他的肩膀，又指向眼前的老字号“北京天福号”熟食店。

熟食店里，欧阳雪选了熟食礼盒，里面装有酱肘子、松仁小肚、蒜肠、酱牛肉。周闵一旁提着东西，幸福地看着忙活结账的妻子。

在其他店里，他们又选了“北京果脯”和小包装的“冰糖葫芦”。周闵给父亲挑选了两瓶58度醇厚浓香的“青花瓷北京二锅头”白酒。周闵很清楚，喜欢每天晚饭时喝一小杯白酒的父亲，在他送来的名酒中，除了茅台酒，最喜欢的就数“青花瓷北京二锅头”了。

一会儿的工夫，周闵两手提满了东西。欧阳雪从他手里接过了一两件提在了手上。

欧阳雪又兴致勃勃地说：“我们到‘瑞蚨祥’给爸妈买两套新年衣

服，一会儿再去‘同升和’鞋帽店买两顶帽子。”

“好啊。”周闵愉快地说着，随欧阳雪走进了百年老店“瑞蚨祥”。

欧阳雪左挑右选，给公公婆婆买了两身迎接新年的唐装。一套酱红色带印花福字的给老爷子，一套大红色带印花福字的给老太太。

在老字号“同升和”鞋帽店，欧阳雪给两位老人选了两顶与唐装色调几乎一致的毛呢帽子。老爷子的是鸭舌帽，老太太是小帽檐的盆儿帽。

在一旁的礼品店，欧阳雪又买了一包十个装的新年红包，等见了老人和孩子们送上祝福。

他们出了商店，已是满手礼盒，呼着热腾腾的哈气，满怀欢心的样子行走着。在王府井步行街南端，欧阳雪抬头看到“东来顺饭店”。

她紧贴着丈夫说：“爸妈之前来就吃了顿烤鸭，没住几天就回去了。这个新年咱先去河北，等过了正月初五咱们带爸妈回北京一起过小年，去‘东来顺饭店’吃涮羊肉。”

周闵听欧阳雪说着，抬眼看向“东来顺饭店”，兴奋地说：“好啊，到时候带爸妈来。欧阳，这么冷的天，要么咱俩现在就先进去撮一顿怎么样？”

欧阳雪提着东西的手也确实要冻僵了，她满脸兴致地说：“好啊，咱现在就去。”她突然意识到两人手里这么多的东西，又说：“不然先把东西放到车里？”

“好啊！”周闵愉快地应声着。

周闵和欧阳雪将东西放到了汽车里，又走回了“东来顺饭店”。

他们在店员的引领下，在一个铺着白桌布的小餐桌前坐下了。周闵未看菜单，随口点好了要涮的肉和菜。

很快，炭火铜锅、肉、菜和小料摆上了桌。

正要开始涮肉，周闵的电话响了起来，他自语地说：“谁啊？真会找时候打电话。”

欧阳雪往芝麻酱小料里放着香菜和辣椒油，说：“就是，吃饭时间还来电话，八成是销售电话。”

周闵拿出电话，脸上立即浮现出惊喜地说：“是儿子的电话。”

欧阳雪也立即惊喜不已起来。

“喂，儿子。”周闵满脸笑容地说。

电话里周子轩说：“爸，跟您说个好消息，我找了一个新的实习工作，在一家律师事务所做基础文案。”

“太好了，祝贺你！爸妈为你高兴！”周闵兴奋地说。

一旁按捺不住的欧阳雪，在周闵喜悦的脸上猜想着他们对话的内容。心想：儿子很少主动打来电话，今天打来定是大好事。

电话那头的周子轩又说：“爸，我得到这个实习工作不容易，想更多的时间放到学习和工作上——”

还没等儿子说完，周闵愉快地说：“嗯，爸支持你！”

“爸，我想，你们来澳大利亚的时间，是否可以再推迟一下？”听筒里传送着儿子的话语声。

周闵喜悦的神色立即模糊了起来，好像突然找不到北似的支支吾吾，不知说什么好。

欧阳雪来不及猜测周闵的神色，而是将他手里的电话接了过来，百般疼爱地轻声说：“儿子，跟妈说说有何喜事？”

周闵的脸色在未消失的喜悦里夹杂着难以说得清楚的神情。他不由得耷拉下不再那么年轻的眼皮，紧绷着嘴。而后，他夹起盘中的手切鲜羊肉，在铜锅沸起的清水里涮了起来。

欧阳雪紧贴着手机听儿子说着，她神色不稳地波动着，转而又愉快地强调着说：“恭喜儿子，妈真为你骄傲。——爸妈去澳大利亚的事情已经定下来了，也申请了休假。你忙你的，爸妈去了不给你添乱，我们就住在你附近的公寓酒店。我们前后去十天，主要是去看看房子，当然还看看你。”

周闵将涮好的羊肉蘸着芝麻酱小料，送到了嘴里，任由娘俩说着。

独自在阿德莱德公寓家里的周子轩听母亲这么说，也就没好再坚持自己的意见，随即说：“好吧，那就来吧！估计，我不能有太多的时间陪你们。”

欧阳雪立刻迎着儿子的话说：“没关系，我们看到你就好，我和你爸又不是第一次去澳大利亚。”

周闵将又涮好的一筷子羊肉，放在了欧阳雪面前的小餐碟里。

欧阳雪看着周闵又说：“儿子。等一下，你爸再跟你说话。”说着将电话送回到周闵的耳边。

周闵接过耳边的电话，放下手里的筷子，疼爱地说：“好好工作，照顾好自己。爸妈这儿你不用操心。”

“好的，爸，我知道了。”电话那头周子轩说。

周闵和儿子挂了电话，神色回到了饭桌前。他面色中略带不安，又表现着愉快地跟欧阳雪说：“来，开始涮。”

欧阳雪脸上的微笑也显得牵强，轻声回应：“嗯。”随即拿起了筷子，心不在焉地往铜锅里下着豆腐和白萝卜片。

他们没再说什么，而是机械地边涮边吃着。

周子轩的国际来电带着莫大的魔力，撩动、颠覆、迷乱着周闵和欧阳雪的心。在他们的心里，周子轩像是一只腾飞的风筝，带着风哨越飞越高。攥在他们手里的线绳也越兜越紧，生怕一不小心脱开了手，飞了。这是他们在起初看到儿子不断高飞的喜悦里，不断开始担心出现的情景。由此，他们的内心滋生着紧迫，甚至恐慌。

周闵和欧阳雪也不知是真饿了，还是麻醉在儿子的电话内容里。一桌子的肉和菜很快就下去了一大半，芝麻酱小料也跟着蘸进来的肉和菜，积了不少汤水。

“周闵？”一个爽朗而陌生的声音出现在他们身边。

周闵和欧阳雪几乎同时抬头望去，站在他们眼前的是一位年龄相仿，漂亮干练的女人。

她一身灰色职业套装，收腰的短款西服上衣，下身穿一条宽腿的直筒西裤，将她高挑、紧致有条的腰身展露。她齐肩乌黑厚密的秀发一侧略短卡在耳边，一侧略长自然顺垂在白皙的脸颊旁。她有着一双格外黑的眸子，嵌在一圈长睫毛的大眼睛里，笔挺的鼻子下，有着擦着太阳红唇膏的小嘴。她的长相和气质现代又古典，这个年龄的人竟然还这般神采奕奕。

周闵不认识她，显得唐突地说：“——你是？”

身为资深美女的欧阳雪也不认识地看着这个女人，微笑着的眼睛里带着敏感。

这个女人接着试探地问：“你是周闵吗？”

“是，我是周闵。”周闵诧异地说。

这个女人脸上立即绽开了笑容，确定地说：“我看着就像你，跟以前没多大变化。我倒是变得你认不出来了吧？老同学，我是曼丽，你高中的同学。”

“你是，曼丽？——真不敢想象，你确实变化不小。”周闵满脸惊奇地边站起身来，边说，“——来，我介绍一下，这是我的妻子欧阳雪。”

“哇，这么年轻、漂亮的妻子。”曼丽热情洋溢地说，“你好！”随即伸出要握的一只手。

“哦，谢谢！你也很漂亮、年轻！”欧阳雪微笑着边站起来说，边同样伸过去一只手。

两个女人的手指相握在了一起。

周闵立即又说：“这是哪阵风把你从失联的这么多年里，突然吹来了？”

两个女人松开了手，曼丽又乐着说：“要不是今天跟北京的一个朋友来‘东来顺’，还真是不容易见到你。我们竟然失联了二十多年。”

“是啊，一晃都中年了。”周闵笑着说。

“我们留个电话，也算是联系上了，以后欢迎你们有时间来深圳。”曼丽说着，从上衣口袋里取出了手机。

他们三人相互留了手机号，并添加了微信。他们简短地聊了一会儿后，曼丽愉快地走开了。

坐下来的周闵和欧阳雪目送着走向纵深包间的曼丽，回过了神来。周闵面带惊诧地说：“真是不敢相信，当年的那个土丫头，成了现在的这般模样！”

“成了什么模样？——怎么，着迷了？”欧阳雪带着些醋意说道。

“看你说的，我是说她跟当年确实大有不同，那时她就是一个十足的土妞。现在看样子，她是做老板了。”周闵边解释，边猜测地说。

“听她说欢迎我们去深圳，她的家和工作应该在深圳。”欧阳雪肯定地说，神情显得释然了些。

“随她在哪里，今天要是不碰上，这辈子不也就跟不认识一样。”周闵有意淡化着妻子的敏感说。

欧阳雪把铜锅的烟囱压上了多半，淡笑着没说什么。

周闵将铜锅里已成浓肥的汤水盛进了芝麻酱小料碗里，又拿起一个小芝麻烧饼，掰了几块泡了进去。

曼丽在他们的眼前像一阵风似的吹来，又飘走了。

他们边吃，边又说到心里惦着的儿子和眼前春节的事。

春节前的几天，麦小青准备回齐齐哈尔父母家共度春节。临行前她跟欧阳雪通了电话，说小年过后就回北京，会带些特产食品送给欧阳姐。欧阳雪祝她跟父母过个团圆年，姐俩微信联系。

叶子每年不回四川父母家里过年，因为自己怀里这个未婚生的孩子，使自己成了实际出嫁的人。哪有嫁出去的姑娘，在娘家过除夕夜和大年初一的。加上娘家在山里的一个小镇，要转几次车，又是山路，不回去也罢了，有弟弟在父母身边就好。

农历腊月二十九，周闵和欧阳雪载着一车年货，回到了河北省邢台市郊县的农村父母家过春节。

临近村口的一个农家院，便是周闵父母家的老宅院。

这个小院儿，四四方方，大窗户的平房三面而建，历经几十年风刮雨淋，已翻新过多次。在平顶房上，会晾晒一些每年秋收后的粮食，有玉米、红薯干、红枣等。院子里有两棵小枣树，正房侧墙边还有一棵高高的柿子树。此时，三面房子的窗台上放着红溜溜的柿子，门头两边挂晒着两串风干了的大蒜。院门内的一边有一个小菜园，冬日里是一片干硬的土地。

周闵曾给父母在邢台市区购买了一套两室一厅的楼房，可是老人们还是喜欢这个住了一辈子的村院。为此，老人们把城里的房子租了出去，也多了一份收入。

周闵的私家车自打缓慢地驶进村子，车身后就追着一小群孩子。村里的人们远望、围观着奔驰汽车和周闵夫妇，他们像是落在这个小村庄的明星。

周闵父母家的大门和院内三面房的门上，都贴上了红色的春联和位于门板中间的大红色“福”字。

一只小黑猫在正屋大窗户内，往外看着他们。

周再兴和老伴儿牛素珍，撩开正屋厚厚的棉花布门帘走了出来。

周闵和欧阳雪一边跟围观的村民搭着话，一边从汽车里取着一包包、一盒盒的年货。

村民和孩子围观着，有的村民说：“看这儿子和儿媳妇多孝顺。”还有的说：“人家是有本事的人。”

父母满脸幸福地迎接着他们，随后从他们手里接过一件件年货。父亲每次都会说：“家里都有，怎么买这么多东西？”母亲则会说：“天冷，快进屋吧！”

直到他们走进了正屋，围观的村民才有说有笑地散去。

一进门，左边的小屋是厨屋，右边是正房。

父母家里总是干干净净的，在正屋中间的大窗户前是一个砖砌的暖炕。炕的中间摆放着炕桌，炕头卷着几床花布面棉被，棉被上放着几个绣花枕头。炕正对着屋子的主墙，中间挂着很多镶有周家人新老照片的相框，两边挂满了周再兴的奖状。屋的中间靠墙摆放着一张老桌子，两边有两把木椅子。桌子正中间摆放着的相框，是父亲周再兴作为国家级非物质文化遗产道教科仪音乐传承人的证书。

牛素珍将手里的东西放了下来，疼爱地跟儿子儿媳说：“饿了吧？午饭都做好了，我这就端上桌。”

周闵满脸笑容地说：“进屋就闻到香味了。”

欧阳雪连忙说：“妈，我来帮着端。”

“诶！”牛素珍愉快地答应着儿媳。

娘俩有说有笑地走向厨屋。

周闵愉快地跟父亲说：“爸，我给您带了爱喝的酒，咱中午喝几杯。”说着就从一堆年货里拎出了一瓶“青花瓷北京二锅头”。

周再兴满脸笑容地说：“还是先喝家里的酒吧，这个酒留着明晚年夜饭再喝。”

周闵爽快地说：“咱今天就喝，我带了不少，还有一箱在汽车里，一会儿搬下来。”他随即打开酒的外包装，对着厨屋喊道：“欧阳，拿几个酒杯来。”

欧阳雪在厨屋愉快地答应着。很快，她一手握着几个酒杯，一手端着盘凉菜笑盈盈地走出了厨屋，摆上了炕桌。

一会儿的工夫，四方炕桌上摆满了菜。除了冷菜，还有蒸的几个扣碗，有小酥肉、带鱼、藕夹、五花条子肉。周闵将酒也倒好了，一家人围坐在热炕的炕桌前开餐了。

在农村，春节气氛还是那么浓。

周闵和欧阳雪跟父母吃着丰盛的年夜饭，看着中央电视台的春节晚会，一家人和和美美。

农历正月初一早晨。

饺子端上桌的那一刻，欧阳雪将两个红包恭敬地送到坐在炕桌前的两位老人手里，和着祝福的话。两位老人感到无比的幸福，周闵和欧阳雪脸上也满是欢喜。

农历正月初一到初五，走亲串友。

家里来了周再兴的兄弟和弟媳，还有村里的好友与学徒们。欧阳雪除了帮厨，就是忙着给随着大人来的孩子们包压岁钱。

其间，周闵的两个妹妹，只有小妹妹在大年初二晚上给老人打了电话，大妹妹一直没有音讯。为此，周闵跟欧阳雪还唠叨了几句，说大妹妹很不懂事。

正月初五晚饭后。

围在炕桌前的周闵跟身边的父亲说：“爸，我们一起回北京再住几天，带你们去逛逛北京的庙会怎么样？正好也跟两个妹妹家聚一聚。在北京过了‘小年’，再送你们回来。”

周再兴听儿子说着，没有立即回答。他将手里的烟丝均匀地捻在烟纸上，熟练地搓卷成一个小喇叭形的样子，用舌尖顺着卷好的边沿，舔湿黏上了。他掐去烟卷小头的纸尖，衔在了嘴里。

周闵立即拿起炕桌上烟丝边的火柴盒，取出一根擦出火给父亲点烟。父亲嘴衔着烟卷，迎着儿子递过来的火连续嘬了两下，两腮鼓动间，烟卷燃起。随即，从他的嘴里和鼻孔里，腾出了烟雾。

父亲就喜欢吸这样的烟。

周闵给他买的中华烟，他出门在外或有贵客时才拿出来吸几支。周闵一边给父亲孝敬着名烟，一边又不得不提醒少吸烟，尽量戒掉。可是吸了一辈子烟的父亲，哪能说戒就能戒。

周再兴吸了几口烟卷，缓缓地说：“我们年岁大了，不愿意多动，你们的意思我们都领了。”

周闵听父亲没有提到两个妹妹，看他的神情应该对她们有些意见。为此，也就没再提两个妹妹的话题。

按中国的传统，嫁出去的女儿在“大年”正月初二要回娘家。周再兴这两个女儿自从结了婚很少在正月初二回来，现在电话打得也更少了。周再兴和老伴儿牛素珍对两个女儿嘴上没说什么，可是心里却跟冬日的寒气似的，拔凉。

欧阳雪端着两杯茶走了过来，放在了炕桌上，又走进了厨屋。

周闵喝了口热茶，又试探着说：“爸，我和欧阳雪新年过后，会去一趟澳大利亚。”

父亲长期被烟卷熏黄的手指，掐灭了已经吸成的烟头，说：“嗯，你们去吧！——看看我的大孙子，代我们问个好，爷爷奶奶很想他！”

周闵绷着嘴点头，又语重心长地说：“爸，您和妈保重身体，等以后也去澳大利亚住一住。”

“我们是去不了了，都多大岁数了？——不能走远了。”父亲微笑地说着，端起茶杯吹了吹浮在水面的茶叶，溜着杯边喝了一口。

这时，欧阳雪又端了两杯茶走来。她身后走来的婆婆一手端着盘瓜子，一手端着一碗熟透了的红柿子。娘俩前后将东西放在了炕桌上，也围坐在了桌边。

一家人嗑瓜子、吃柿子、喝茶，继续聊天。小黑猫在温热的炕角睡着了。

父亲接着说：“你们来了，我和你妈就很高兴。北京的庙会以前也去过，‘小年’我跟你妈就在这儿了，挺好。”

欧阳雪看了周闵一眼，等着他下面的话。

周闵还没开口，母亲微笑着跟儿子和儿媳妇说：“你们不要急着回去，多住几天。”

周闵说：“妈，我原本想让您和爸跟我们去北京住些日子。我们初八就上班了，我们也舍不得走。”

母亲边递给儿子儿媳碗里的红柿子，边说：“初八上班，现在着什么急？踏实地住着。”

周闵和欧阳雪接过柿子对视了一下，又看了看父母。母亲也没有说去北京，看起来两人是一个心思：不去。

父亲拿起了一个柿子，用手指尖在柿子上掐了一个小口，送到嘴边顺着小口吸着熟透的柿子。瞬间，父亲手里的柿子，吸得只剩下一个软塌塌的空柿子皮。

父亲放下来空柿子皮，又缓缓地说：“年后村里还有文化活动，加上红白喜事少不了，徒弟还要来学艺，一年也是忙忙叨叨闲不住。现在我和你妈身体还好，北京就先不去了。”

周闵的父亲周再兴作为道教科仪音乐传承人，现在年岁大了，只在重要的节气领班，平日里传授弟子技艺。国家授予他传承人身份，使他有了更强的使命感，神魂都在文化传承里。

周再兴家正屋边的东厢房，是道乐相关物品的存放处。

在这间屋子里，靠墙有一个通体刷了黄油漆的老木大立柜，柜门上绘着两大朵红色的牡丹花。大立柜一边的地上，还放着两个枣木大箱子。大立柜和箱子上，都有一个手掌心大的老式明锁。

两个箱子里放了道乐服装、乐器、法器等道教仪式所需物品。

这些宝贝家当，随着时光显得暗旧。其中有几件新添置的衣物，是周再兴不久前买的。国家每年拨款五万元，补贴给国家级传承人。可是，周再兴却从来也没有拿到过这个钱，听说拨给了县文化部门，就再也没有了下文。

除了箱子里的这些东西，在大立柜里放着几个红布包裹，里面有手抄本经文、竹尺等。祖师传下来的手抄经书就有二十多本和几百首古乐谱与“辈字诗”，还有传承者手抄经书的印刷版本。

周再兴是正一道的火居道士，简单地说是不住在道观，而住在家里结婚生子的道士。

他受师传承，遵循在徒弟拜师学艺时，将这些传世之物呈现在徒弟面前。他作为师父，焚香、洗手、净面、叩拜，并使用红布包裹中的竹尺，虔诚、小心地翻开手抄经书，进入收徒程序。这些经书和物品是传承人临终前，将其传承给最值得信任、可以保管和传承下去的徒弟。

这个东厢房，除了周再兴，谁都不可以进去。

为了不使经书受潮、发霉，在天好的时候，他会将一本本传世手抄经书铺在这个房子里的大炕席上。随着时间的流动，太阳光不断地掠过几乎整面墙的大窗子，照在一本本珍贵的经书上。

在这个东厢房的墙角，还放了一包包老鼠药，以免老鼠啃吃到珍贵的经书和物品。

几十年来，周再兴的徒弟遍布周边的村庄。他们在每年重大节气的打醮仪式和红白喜事时，从各自家骑摩托车来到仪式现场。他们在道教仪式中接受主家管吃，在每天三十元的酬劳中，跟师傅进行神圣的职责。

家乡每年有这么多事，万不得已，周再兴是丢不下。

这么多年来，周闵很清楚父亲的精神生活，还有他勤劳本分的母亲。为此，他也没有再强求父母跟他们去北京。

过了农历正月初六，初七一早。

母亲起得很早，做好了早饭温在锅里。她就忙着在家里的仓储房用粮食袋子分装着红枣、玉米面和晒干了的红薯干，还有一筐咸鸭蛋，准备让儿子儿媳带回北京。

早上九点，一家人围坐在热炕上的炕桌前吃了早饭。

上午十点半，周闵将母亲准备好的东西装上了汽车。

周再兴苍老的眼睛里透着不舍地望着他们，缓缓地说：“我们都好，不要操心。搞好你们的工作，多注意身体。”

母亲在一旁用粗糙干皱的手悄悄抹着泪，舍不得他们走。

周闵微皱着眉头，不舍地望着父母说：“爸妈多保重身体，儿子和媳妇随时回来看你们！”

欧阳雪眼睛里全是牵挂，一旁说：“爸、妈，你们多保重！”

周闵和欧阳雪上了汽车，缓缓驶出院门，又引起了一群孩子欢快地尾追着。欧阳雪探出车窗跟车后的公婆挥别，周闵在汽车后视镜里看着站在家门口年迈的父母，他眼睛里噙满了泪。

第七章

赴澳大利亚

回到北京的周闵和欧阳雪，没能跟两个妹妹家来得及聚一聚就上了班。周闵决定将两妹妹家约在“小年”（正月十五）晚上，在家里吃饭聚一聚。欧阳雪赞同他的意见。

周闵跟两个妹妹家约好了来家里吃饭，欧阳雪提前几天就把聚会的食材都买齐放在了冰箱里。年前，她就在家里的幸福树上挂了十几个红色的“福”字卡；家的大门上，在去河北老家当天的农历腊月二十九，就贴上了春节对联和红色的大“福”字。

这天下午，周闵和欧阳雪早早地回到了家里，开始准备“小年”晚饭。周闵主勺，欧阳雪打下手，伴着客厅的电视节目，两人愉快地将锅碗交响了起来。

一会儿的工夫，六个凉菜摆上了八人座的餐桌。此时门铃响了。

二妹妹周淼一家，喜气洋洋地站在门口。他们边跟开门的嫂子问新年好，边走进了门。从厨房探出了身的周闵手里拿着汤勺，说着欢迎他们到来的话。大家一阵热乎问候，周闵又转进厨房忙活去了。

周淼将她和丈夫手里提着的两个礼盒，交给了嫂子。二妹夫陈远忙着说要不要帮厨，欧阳雪说不用帮，等人都到齐了就开始炒热菜。

话音刚落，门铃又响了。

“看看，说来就都来了。”欧阳雪愉快地说着，放下手里的礼品盒，又打开了门。

门外站着大妹妹周遥和儿子韩冰，没有大妹夫韩海。

欧阳雪热情地迎接着他们母子的到来，又问：“大妹夫呢？”

周遥和儿子边走进门跟大家打着招呼，边跟欧阳雪说：“他年前摔坏了腰没跟你们说，躺了十多天，现在还不能大动。”

欧阳雪关心地说：“这么严重，年后让周闵找医院的专家朋友再好好看看。”

一旁的二妹妹、二妹夫也关心了起来。

在厨房的周闵听到第二次门铃响的那一刻，就在热炒锅里倒了油，开始炒第一道热菜。

欧阳雪招呼他们坐下来喝茶、嗑瓜子、吃水果。

周闵手托着刚出锅的油焖大虾走出了厨房，喜气洋洋地欢迎二妹妹一家来。韩冰向舅舅问好，他边答声着，边又忙着进了厨房。

欧阳雪让大家先聊着，随即进了厨房忙着端菜。

热菜一个接一个地摆满了桌，欧阳雪招呼大家入座。

周闵摘下围裙，从酒柜里取出了瓶“青花瓷北京二锅头”，让欧阳雪给大家倒上。二妹妹将饭桌上的橙汁，也倒在了每人的饮料杯子里。

周闵走过来坐下，愉快地又说：“欢迎你们！咱今天也算是年夜饭。”说话间，他又突然发现地问大妹妹：“大妹夫呢？”

周遥耷拉着脸还没等张口，欧阳雪连忙说：“年前大妹夫摔了腰，行动不方便，今天就没能来。”

大妹妹满脸不快地说：“倒霉事都让他摊上了，我也跟着倒霉！”

二妹妹立即接着说：“姐，大过年的咱不说这晦气话，谁能保不齐没点儿事。”

周闵紧着问大妹妹：“摔得很严重吗？年后再去医院仔细检查一下。”

周遥郁闷地说：“很严重，当时看了急诊，也拍了片子。腰椎严重错位、尾骨开裂，以后不能干重活！这不是倒霉是什么？”

大家的神情也跟着周遥的话沉闷着。

欧阳雪见状连忙看了周闵一眼，说：“不影响正常生活就好，今天我们借着年的喜气为大妹夫祝愿，愿他早日康复！”

听妻子这么一说，周闵原本紧绷着的嘴唇松开了，他举起酒杯说：“来，我们举杯，首先祝新年吉祥，再祝大妹夫早日康复！”

大人、孩子们手里的杯子相碰，“小年”饭在你一言我一语中热烈起来。

饭桌上周闵看大家吃喝欢畅，也没好提父母的事。他跟大家说难得一聚，饭后喝喝茶多聚聚。

大家一致赞同。

饭后，收拾完餐具，两个孩子在沙发上玩起手机。

大人们仍围坐在餐桌边，欧阳雪端上了水果和瓜子，泡上了茶，又给两个孩子身边的茶几上放了水果盘。

周闵和欧阳雪先是跟他们东扯西拉了一阵子，而后他谈笑间悄然转了话锋，说：“年后不久，我和欧阳雪要去澳大利亚看儿子。”他微蹙了一下眉心，又说：“这期间，如果河北父母有需要，有劳两个妹妹、妹夫多费心。”

欧阳雪细心关注着他们的反应，并给他们的果盘里添着水果。

两个妹妹和妹夫喝着茶、嗑着瓜子，内心揣着小九九的脸上冷热交映着。大妹妹冷淡着脸没作声，嗑得瓜子啪啪响。

二妹周淼强颜喜悦地说：“祝你们跟儿子团聚愉快——”

还没等她说完，大妹妹周遥拉着脸不紧不慢地说：“爸妈身体还不错，也不会赶巧那几天有事。”

大妹妹周遥对爹娘的这些话，显得刺耳和不吉利。周闵和欧阳雪在极力地维持着愉快轻松的气氛，没有说什么。

二妹妹嗑着瓜子赔笑着说：“是的，爸妈应该不会有什么事。我和陈远一天到晚不着家地忙，如果爸妈真在河北老家有急事，就怕我们不能马上赶过去。再赶上陈远正拉着活儿，不能半道上把客人放下。哪像哥有私家车，说走就走。爸妈应该不会有事！”

欧阳雪始终保持微笑地给大家倒茶，心却在她们的话语中难以平静。周闵微蹙着眉头深深地喝了一口热茶，听着两妹妹这些不入耳的话，深感不悦。

二妹妹边嗑着瓜子又说：“陈远一天到晚忙拉活儿，钱基本都交租车公司的车份儿了。他每天起早贪黑，一个月也剩不了几个钱，家里的其他事都指望不上他。我在美发店给客人做头发，大钱也都是让老板拿走了，我就是拿了个辛苦钱。总想挣多点钱自己买个房，可是在北京挣到商品房的钱太难了。”

欧阳雪微笑着说：“是啊，在北京买房确实不容易，我们买房的时候还不是贷款，不然也买不了。”

二妹妹周淼笑脸相迎地说：“嫂子，贷款也要有条件贷啊！我和陈远又没有房产抵押，工资收入又不稳定，连贷款的可能都没有啊！”

陈远耷拉着上眼皮，轻声地吸溜着热茶喝着，默不作声。

大妹妹周遥又抓了把瓜子啪啪地嗑着，说：“贷款？——我这辈子想都不想了。虽说韩海父母的房子是老居民楼，他能早继承也算是烧高香了。”

二妹妹周淼接着说：“姐有福，还能等着继承房产。陈远姊妹三个，虽说两个姐妹嫁到了外地，可是公婆去世后家产还是要一分为三。”

陈远手持小茶碗，忍不住地对周淼轻声地说：“大过年的，说什么呢？怎么竟说没影子的事儿，说点吉利的话行吗？”

大妹妹周遥似笑非笑地说：“哟，看起来是我说多了，惹得妹夫不高兴。”

欧阳雪连忙打圆场：“大家只顾说话了，来，尝尝我买的西瓜甜不甜，看着倒是沙瓤。”说着就把大盘子里的一块块西瓜添进他们的小果盘里。

周闵情绪低沉，闷声地说：“爸妈毕竟年纪大了，我们出国走得远，说是十天回来，可是心里还是放不下。陈远，哥就拜托你，如果老人有需要，你就跑一趟，耽误拉活儿的车钱我出。”

陈远抬起眼看了下周森，又看向周闵，他满脸堆笑地说：“哥，看您说哪儿去了？咱爸妈有需要，我还能不紧着去吗？”

二妹妹周淼假惺惺地应和着说：“是啊！”

大妹妹周遥撂在桌面上一把瓜子皮，深叹了一口气说：“说实话，我的生活情况哥嫂也应该清楚，自己家的公婆都够烦心的，又分不了家住。咱爸妈以后真需要照顾，还就真得靠哥嫂了。”

周闵神情严肃，立即接话说：“那是，爸妈一定是跟着我，这没什么可说的。”

欧阳雪的脸色一红一白地交映着，极力地好声好气说：“大妹，我们不会不管爸妈，只是我们不在国内的时候还请你们多帮忙。”

大妹妹周遥瓜子嗑得啪啪响，脸色阴沉着说：“哥嫂以后移居澳大利亚跟儿子一起生活，管咱爸妈还真是个事。”

二妹妹周淼和二妹夫陈远闷头喝着茶，没作声。

周闵眉心紧蹙，缓缓地放下手里的小茶碗，深沉地说：“爸妈在，我定不远游。就是移民，也是欧阳雪先去。”而后又紧蹙了一下眉头，望了眼欧阳雪。

欧阳雪没说什么地继续忙着给他们添茶、换茶。

再往后的聊天，基本上就是大妹妹周遥对丈夫和公婆的抱怨，还有就是要考大学的儿子令她操不完的心。二妹妹周淼应和着说自己也好不到哪里。

“小年”饭，就这样结束在两个妹妹酒足饭饱后的家庭琐事和怨声载道的茶水里。

周闵和欧阳雪借此也更加看清了两个妹妹对自己父母的态度与不好改变的生活现状。

在周闵心里，两个妹妹的情况，应了那句老话：闺女都是给人家养的。

面对一桌的亲人，周闵和欧阳雪的眼睛里交映着空白。

老话说：出了“小年”，这个“年”就算是过去了。

无论周闵的两个妹妹多么指望不上，周闵和欧阳雪赴澳大利亚之行还是不可改变，如期而至。

如果不是澳大利亚海关要求，欧阳雪会有带不完的好吃的给儿子。她手里拿着麦小青从东北家乡带来的土特产食品看了又看，最终还是没有放进箱子里。她安慰自己：原本英语就不好，为了不给出海关添麻烦，继续坚持不带任何食品是最好的选择。

欧阳雪给儿子买了很多衣服和物品，周闵说现在的商品除了极为特产的，全世界走到哪里都可以买到。丈夫说归说，欧阳雪还是按照自己的心愿做着。

前往澳大利亚的那一天，欧阳雪给儿子买的东西，足足装满了两个大箱子。

他们坐的是普通舱，在长达十个小时的直飞中，欧阳雪几乎一夜没睡。她不断地翻看着前排座椅靠背屏幕上的电影，可是心里想的却是即将见到朝思暮想的儿子和在澳大利亚要买的房子。这些内容，足以使她的神经潜在持续兴奋。她身边的周闵戴着飞机上的一次性耳机，时断时续地看会儿电影，听会儿音乐，又睡一会儿地交替着。

清晨，飞机准时着陆在澳大利亚阿德莱德国际机场。

此次接机的人，是周闵的朋友安排的一位华人房产中介艾米女士，同时也帮他们预订了酒店。

十几年来，欧阳雪夫妇不时地去澳大利亚阿德莱德看望儿子，对当地也渐渐熟悉。可是，因为语言障碍，他们习惯有朋友关照，每次也会给朋友带些礼物，以表感谢。

他们很清楚中介卖一套房子，有不少提成。但是，以后移居国外难免在其他事情上麻烦她，能成为朋友也是他们的心愿。

阿德莱德国际机场的出港大厅，接机的艾米手里举着一个小纸板，上面写着：北京周闵先生。

周闵和妻子推着行李车走了出来，他一眼就看到了这个醒目的小牌子上自己的名字。

欧阳雪也看到了牌子和这位长相一般，有着中长卷发，个头中等，身着淡青色职业套裙的中介女士艾米。

他们微笑着向这位女士微微地挥动着手。艾米看到了他们，也愉快地挥动着手。

他们走了过去，艾米收起了小纸板，热情地说："您是北京的周闵先生？"

周闵立即回应："我是，这是我的妻子欧阳雪。"

"你们好！我叫艾米，欢迎你们的到来！"她热情地说。

他们边寒暄，边随着艾米走出机场。

蓝天白云下，稀疏往来的汽车间，艾米驾驶着红色奔驰轿跑汽车，载着欧阳雪夫妇驶向阿德莱德城区。

汽车里，周闵跟艾米攀谈着。

欧阳雪给儿子打通了电话，激动地轻声说："儿子，我和你爸已到阿德莱德，现在去酒店的路上。"

电话里周子轩回应："欢迎你们！我今天没课，但是一会儿就要去上班，只能下班后才可以见到你们。"

欧阳雪说："没有问题儿子，你先忙，我们晚上一起吃饭。"

"好的，我下午五点以后会给您打电话。"周子轩说。

"好的儿子，妈等你的电话。"欧阳雪愉快地说。

挂了电话的欧阳雪满面幸福，眼望车窗外瓦蓝的天空，愉快的心情像飞出五彩的鸟儿那般。

在车内，艾米说着这几天看房行程，后天就开始。随着她的话语，欧阳雪也从儿子的电话里回过神来。周闵看着身边妻子，她美丽的脸庞铺满着幸福的光色。

在艾米一路的讲述和介绍中，汽车来到了公寓酒店，停靠在门前的车位。

艾米帮助办理入住后告辞的那一刻，欧阳雪从随身包里取出了在北京首都国际机场买的丝巾送给她。

艾米愉快地接受了。

随即艾米告辞，说后天见。

这个公寓酒店是根据他们的要求预订的，为了见儿子方便，就订在了儿子租住的公寓附近。

下午，他们在这个公寓酒店，足足地补了一觉。

五点十分欧阳雪接到了儿子打来的电话："妈，你们来我的住处一起晚餐好吗？"

"好的儿子，正好把东西给你送过去。我们去了给你做好吃的。"欧阳雪兴奋地说着。

"不用爸妈做饭，你们来就可以了。我们晚上六点半见可以吗？我把详细地址发给您，如果找不到再给我打电话。"周子轩说着。

"没问题儿子，我们手机导航很准确，我们六点半见！"欧阳雪愉快地说。

傍晚。

欧阳雪夫妇按跟儿子约定的时间，拖着两个装满物品的大箱子，用手机导航来到了他租住的小公寓。

开门迎接父母的周子轩，使得欧阳雪激动地闪现出泪花并上前拥抱着高大帅气的儿子说："我的宝贝儿子！"

随后，周闵也跟儿子深情地拥抱，说："臭小子，可把你妈想坏了。"

周子轩含蓄地绷着嘴唇微笑着，顺手接过爸妈手里的大箱子。

"嗨！欢迎你们的到来！"室内的戴瑞亚向着这边热情地用蹩脚的中文打着招呼。

欧阳雪和周闵吃惊地看到穿着一件白色T恤，一条短至膝盖黑色弹力裤，上身扎着一条黑白条纹围裙的漂亮金发女孩。

他们两人几乎异口同声地连忙回应："嗨！"随即看了儿子一眼。

周子轩的神情略显紧张地边随手关上了房门，边跟父母介绍："爸、妈，这是我的好朋友戴瑞亚。"

欧阳雪和周闵敏感热情地回应："你好！"而后随着儿子走入现代风格的小客厅。

戴瑞亚满脸笑容，像一朵绽开的百合花。她用中文结结巴巴地又说："你们请坐，我做了果汁，如果喜欢，我可以端来。"

欧阳雪和周闵面带惊奇地几乎同时说："好的，谢谢！"

戴瑞亚应声着走向开放式厨房的餐台。

戴瑞亚好似女主人出现，使得欧阳雪和周闵倒像是客人一样端坐在沙发上。

欧阳雪看儿子走过来，就拉他坐下来小声地说："儿子，跟妈说，这是不是你的女朋友？"

坐在一旁的周闵，等待儿子回答的神情里透着不适应。

周子轩看着母亲，又看了眼父亲，认真地说："是的，我非常喜欢她，我们已经同居。对不起，没有提前告诉你们。"

欧阳雪和周闵满脸惊讶，又极力地接受着眼前的事实。没等周闵说话，欧阳雪又小声地问儿子："是官员的女儿吗？"

周子轩还没来得及回答，戴瑞亚端着两杯鲜榨果汁走了过来。

她恭敬地将果汁放在了未来公婆的面前，前半句中文后半句英语地说着："希望你们能喜欢，这是柠檬和桑葚果做的。"

欧阳雪和周闵望着这个漂亮又有身材的姑娘连连点头致谢。

周子轩翻译了戴瑞亚的后半句话并请父母品尝。父母端起果汁喝了一口，连连点头称赞。

戴瑞亚漂亮的小脸绽放着笑容，亮出一口洁白整齐的小牙，说："谢谢，请你们愉快享用！"并礼貌地走向餐台准备晚餐去了。

周闵和欧阳雪看着眼前这个西人漂亮姑娘，又看了看英俊帅气的周子轩。

周闵略带责怪地小声问儿子："什么时候交上的？也不跟爸妈打个招呼。"

"是啊，妈也没给她买些礼物来。你看，那两大箱东西都是给你的。"欧阳雪眼睛里也流露着些责怪，小声地补充着说。

"没关系！妈，其实以后不用给我带那么多东西。爸、妈，我和戴瑞亚的事情，是想等你们来再告诉你们。"周子轩认真地解释着。

欧阳雪又迫不及待地轻声问："你还没有告诉妈，她是官员的女儿吗？"

周闵也认真地看着儿子，等待着他的回答。

"妈，她不是官员的女儿，她的父母都是教师。"周子轩说着，眼睛里透着担心。

欧阳雪期望的神情落了一大半，缓缓放下手里的杯子，看戴瑞亚在，也没好再说什么。

周闵眉头紧蹙，也没再说话。

周子轩知道戴瑞亚基本听不懂中文，放心地又说："她的家庭和她本人都很好，她的父母很认同我们的关系。其实，在澳大利亚找官员的女儿，也不会对我有多大的帮助。"

欧阳雪尽量按捺着内心的不满，强颜笑脸轻声地说："儿子，咱先不要说这些，让人家听到不好。"

周子轩解释着说："她听不懂中文，只会说一点点。"

这时，戴瑞亚满脸笑容地将做好的菜摆上了餐桌，请周子轩和父母坐过来准备吃饭。

桌子上除了两个沙拉，中间的一个大盘子里是一整只鸭。

大家坐了下来。

周子轩介绍了这只鸭："这是戴瑞亚用了十一个小时做出来的，她想用'北京烤鸭'欢迎你们从北京来。"

他们简直不敢相信这只鸭竟然烹饪了十一个小时，不由得有些感动。

随即，两人满脸堆笑地赞扬戴瑞亚做的这只鸭看着不错。

周子轩一边翻译着，戴瑞亚愉快的笑脸泛起了红晕。

饭桌上，大家边吃着西式调味的烤鸭，边东一句西一句地聊着。对于父母与戴瑞亚之间的话，周子轩边吃边翻译着。欧阳雪和周闵对这个女孩作为未来的儿媳是一肚子不接受，但又不得不笑脸相迎。加上戴瑞亚又是西人，坐在一起的欧阳雪和周闵难免显得隔阂和尴尬。

说话间，得知戴瑞亚是一个瑜伽教练，欧阳雪从心里又是咯噔一下。在她的眼里，这样的工作显得太一般。她和周闵相视的眼中会意着心里的不满，脸上却努力地保持着微笑。

在欧阳雪看来，戴瑞亚爱做家务，长相和身材都不错，可是这样条件的女孩在哪都能找到。饭间，欧阳雪和周闵的神色复杂，勉强迎合着愉快气氛。他们从心里更是反对儿子在读书期间与女朋友同居。

周子轩很明白父母对戴瑞亚一定不接受，也是勉为其难地面对着。他决定找个时间跟父母好好聊一聊戴瑞亚，以及自己对婚姻的选择。

大家吃饭间的聊天时断时续，显然是没话找话。

欧阳雪咀嚼着戴瑞亚做的烤鸭，客气地说："来之前不知道你们的情况，所以没能带礼物给戴瑞亚。"

周子轩边吃菜，边跟戴瑞亚翻译着。

戴瑞亚正分切着自己餐盘中的鸭肉，立即爽朗地说："没有问题，你们来就是最好的礼物。"

欧阳雪和周闵觉得这个女孩子性格倒是不错，看着也懂事，就是家庭和工作不是自己家想要的。儿子周子轩是未来的大律师，是社会上的好职业，加上他长得英俊帅气。按欧阳雪的想法，就儿子的这些条件，找一个有高等级社会家庭身份的女友不成问题。没想到他随性情，找了这么一个普通家庭的姑娘。他以后的人生路上全要靠自己，一点儿也借不上当地女方家的力。

回到小酒店的欧阳雪和周闵，又聊起了儿子这个女朋友的事。

周闵气愤地说：“臭小子也太目空长辈了，竟然未婚同居！至少也要跟我们通个信儿，听听我们的意见吧？真是儿大不由娘啊！这次来，我要好好调教他。”

欧阳雪也满是怨气地说：“我们好不容易把儿子养大成人、有了出息，要是他再找一个更体面的亲家，那该有多好！”

周闵紧蹙眉头严肃地说：“我们找时间跟儿子表表态度，争取让他们散了！”

欧阳雪完全赞同，又担心地说：“你也要注意方式，不要跟儿子发火。等这几天看过房子，周末单独约儿子聊聊。”

看房行程计划连续四天，从市区到郊外的小型庄园。

每天，欧阳雪和周闵在小酒店吃了早餐，而后坐着艾米的奔驰跑车去不同区域看房子。

城市居民区，一栋栋花园洋房尽显古典和现代西式风情，他们连续看了三天。

其中，一栋白色花园洋房令欧阳雪喜欢。

这栋房子的室内布置是古典和现代混合，每一件家具与装饰都令人感到温馨和幸福。艾米说这些都是房主原有的家具和布置。欧阳雪觉得这家人很有文化品位，她幻想着自己一家三口住进来的幸福画面。她知道这是二手房，并不是新建房的样板间，这些家具和布置应该在交房的时候都不存在。但是，她喜欢这个房子的格局，有信心按自己的审美来重新布置这个家。

这个住宅的花园也非常吸引她，围墙内环绕着院子栽种了十几棵洋玉兰树，树上盛开着朵朵碗口大的乳白色玉兰花。院内有大片翠绿的草坪，从院门内铺着的小石子路经过草坪蜿蜒至房门前。院落整体大气、整洁、有意境。

她确实是喜欢，一旁的周闵感受着妻子兴致盎然，也赞赏着房子和院落之美。

可是，这处房产在价格上偏高，周闵和欧阳雪显得有些犹豫。

艾米告诉他们可以做海外投资购房贷款，只是利息会比正常利息高一些。好处是，贷款额可以达到70%。

他们觉得贷款也是个好办法，虽说利息高一些，但是可以立即拥有这个美丽的花园洋房。周闵宠爱妻子，为了尽早圆妻子爱子心切的团圆梦，自己拼了命工作，买这个房已是无疑。

他们手拿着即将签字的购房合同，又跟着艾米去了小型葡萄酒庄园和橄榄树庄园。

这天下着蒙蒙小雨，一路翠绿，云雾缭绕。

在距离阿德莱德市区三十公里以外，有着大大小小的庄园。欧阳雪的心情随着仙境般的环境，兴致高涨。周闵心里也同样欢喜。

满眼翠绿间，不断映入眼前的是形态各异的欧式传统建筑风格的庄园。这些庄园除了产业及产品加工，还有商铺和餐饮。

艾米让他们看了几个价值一百万澳元左右的小型庄园。她介绍这些小型庄园的产业、商铺和餐饮可以承包出去，每年收入十几万澳元。

这样就可以一边享受田园生活，一边拥有稳定收入。城里的房子，只有每年的房产升值。

欧阳雪非常喜欢田园生活，可是住在这里对于以后儿子在城里工作是不可能的。艾米说如果有闲钱可以作为投资。欧阳雪和周闵能有买城市住房的底钱已经是拼搏了大半生的努力，哪还有更多的钱。他们说目前只能负担起一套住房，对庄园先有个了解，等以后儿子有更大出息了可以让他额外投资。

欧阳雪和周闵连续几天看房子，兴奋过后，还真有些累了。这几天他们每天晚上跟儿子打电话问候，尽量不过多打扰儿子的学习和工作。他们和儿子约好，这个周末在附近咖啡馆单独坐一坐。

欧阳雪跟艾米要求本周五的下午，再看看城里居民区的那栋有着洋玉兰树的白色花园洋房，准备将这栋房产买下来。

她跟周闵说如果买下这栋房子，儿子也可以立即退掉租住的房子搬进来住。周闵顺应着妻子的心思，即便是作为海外购房，税也会高得多，为了儿子和这个家都认了。欧阳雪又说买了这个房子，自己就可以先来澳大利亚照顾儿子的生活，干脆把工作也辞了。周闵觉得先买了房子，让儿子住进来。妻子可以落地三个月经常来住一住，不一定马上辞掉工作。等儿子毕业了，真正留下来的时候妻子辞职为好。欧阳雪觉得周闵考虑周全，也就先答应了。

周五下午，他们最后确定了购买这栋白色花园洋房。周闵让欧阳雪作为购买人，在购房合同上签了字。随即将进入贷款程序，三个月后他们再次来到澳大利亚交割房产，搬进新居。

签完合同的欧阳雪，激动得像一个孩子，眼睛里闪动着无比幸福和对未来生活的希望。

周六下午两点。

欧阳雪和周闵在酒店附近的一家意大利咖啡馆等待儿子来。今天除了跟儿子聊聊爱情和婚姻，就是要将购置房产的这个大喜讯告诉他。

儿子独自走进咖啡馆，一眼看到靠窗而坐的父母，便走了过去。儿子坐下，跟走过来的店员要了一杯冰可乐。

欧阳雪关心地跟儿子说："喝可乐对骨骼不好，以后要尽量少喝。"

周子轩微笑着，不入心地应声。周闵一旁欣赏地看着长大成人的英俊儿子。

店员端来了冰可乐。

周子轩浅浅地喝了一口，问候父母："这几天，你们生活得还好吗？"

周闵微笑着看了看欧阳雪，缓缓地说："我们很好。"

欧阳雪沉不住气地笑着说："儿子，这几天，爸妈在阿德莱德办了件大事。"

周子轩好奇地问："什么大事？"

"等一会儿告诉你！"欧阳雪满脸愉快且神秘，定了定神说，"儿子，爸妈今天约你来，还想跟你聊聊女朋友的事。"

周子轩敏感地绷紧了嘴唇，脸上做出微笑的模样等待母亲接下来的话。周闵一旁闷不作声地靠着椅背，也等待着妻子开口。欧阳雪心里揣着一肚子话，娓娓道来着。

周子轩静静地听母亲说了将近二十分钟的话，基本意思是：父母不同意他跟戴瑞亚的恋爱关系。

周子轩早已拿定了主意：爱情和婚姻，坚决听自己的。

他在母亲说完最后一句话时，非常诚恳地感谢父母的关爱和希望。同时，他也非常温和地表明自己对爱情、婚姻和人生的看法。

他说戴瑞亚的生活理念和自己是一致的，他此生的婚姻只求平稳、和谐。况且，戴瑞亚是他见到的最美的女孩，从里到外，无可挑剔。她的家庭，使自己没有压力。至于在澳大利亚是否可以找到一个官员，会带给自己事业和生活的幸运，周子轩全然否定了。他认为只有自己的工作能力，才是最重要的。他强调自己早已经不是未成年的孩子，相信能够选择和把握好自己的人生。

周子轩振振有词，眼睛里的神色随着一字一句罗列着坚定。

欧阳雪和周闵确实感到，儿子已经不再是可以掌控在手里的孩子。他们对儿子的一些意见，在他的面前显得多余和无趣。正如欧阳雪心里有一万个不情愿，却被儿子坚定的态度覆盖。

周闵满脸阴沉地说："希望你不要不听劝，做出后悔一生的事。"他的语气和神色中带着强制。

周子轩仍然温和的神情中带着坚定："我选择了，就不会后悔。"

紧张空气瞬间凝固在两人对立的话语里。周闵脸色更为阴沉了起来，欧阳雪的心也跌入谷底。

欧阳雪看了眼坐在身边气呼呼的周闵，小心地轻声跟儿子说："爸妈把该说的都跟你说了，以后就怕你走弯路。"

周子轩紧绷着嘴唇没说什么，但是眼睛里仍是自己的认定。

欧阳雪看儿子决心已定，便强颜微笑地又缓和着说：“儿子既然喜欢戴瑞亚，那就先处着走走看，毕竟你们相好的时间也不算长。如果你最终决定了，爸妈还能不接受吗？”她嘴上说这些话，心里却一百个不愿意。

周闵眉头紧蹙，一言不发地望着儿子。

欧阳雪转而想起购买房子的事，这也是他们家的大喜事。至于戴瑞亚，又不是马上要跟儿子结婚，往后再慢慢做儿子的工作。随即，她又喜上眉梢地说：“儿子，妈告诉你一个好消息。昨天爸妈在阿德莱德城区为咱们家买了一栋占地八百多平方米，有一个大花园的房子。”

周子轩眼睛透着惊讶地说：“啊？是吗？——可是，你们还没有澳大利亚永居身份，我还没有毕业。”

没等欧阳雪开口，周闵蹙着眉头深沉地说：“爸妈相信你一定会留下，就算留不下来，我们卖掉这个房子就是了。”

“看你说的，我们的儿子一定会留在澳大利亚。他从小就来了，怎么还能再回去？这个房子买了就一定不会再卖，三个月后儿子就可以住进去了。”欧阳雪格外兴奋地说，“——儿子，咱在这里有了家，妈总算可以照顾你的生活了。妈还在想，干脆辞掉工作，彻底来澳大利亚。你爸的生意等做得差不多了，就都来澳大利亚。”

周子轩并没有在母亲的这个喜讯和生活憧憬里兴奋不已，而是轻声地说：“其实，我现在的住处和生活很好，妈也不用急于辞职。”

欧阳雪爱怜地望着英俊的儿子说：“傻孩子，你住的那个小房子是临时租的，跟爸妈住在自己家的大房子里才是啊！”

周子轩紧绷着嘴唇，没说什么。

第八章
曼丽公司

欧阳雪和周闵在澳大利亚的这十天，眼看就要过去了，他们最大的收获是买了自己的家。

此次，周子轩没有安排父母见戴瑞亚的父母。他觉得等以后父母从心里真正接受了戴瑞亚，两家人再见面为好。欧阳雪和周闵当然不会提见面的事，他们希望不久儿子有新女朋友的消息。

周子轩跟戴瑞亚说这次父母来行程安排得很满，等以后再跟她父母见面。戴瑞亚完全同意，好像一切都是那么自然，不刻意。

欧阳雪和周闵回到了北京。

他们一边跟进跨洋海外贷款程序，一边开始眼前的生活和工作。潜在欧阳雪心里的欢喜，是三个月后再次去澳大利亚交割房产。一想到这儿，她脚下的步伐就更为轻盈，脸上洋溢着幸福。

她在英语学习上也显得更为积极，即便是上次去澳大利亚基本没用上所学的英语。她安慰自己是因为外国人说英语太快，使自己不知所措。她认为自己很努力了，但是能记住的英语单词也确实不多。

学习期间，麦小青总会鼓励欧阳姐已经很棒了，相信她一定没有问题。麦小青和叶子虽说在记单词上比她要好得多，但是说出来的英语也是结结巴巴不能入耳。可是，她们两人都有足够的信心相信是环境问题，等以后出国了语言很快就会好起来。

欧阳雪告诉了麦小青和叶子，已在澳大利亚买了房子。她们听到后高兴得不得了。特别是麦小青更显得喜出望外，好像自己的这个种子也即将随着欧阳雪的花园洋房尘埃落定在那块土地上。她跟欧阳雪一样期待顺利交割那栋洋房，盼着欧阳雪正式移居澳大利亚的那一天早日到来。由此，她们姐仨在一起学英语的热情更高涨起来，私下说话也开始用简单的英语。叶子比起跟欧阳雪的关系，没有麦小青走得近。但是，她们三人基本上总在一起。

周闵这三个月集中时间工作，争取三个月后跟欧阳雪一起去澳大利亚交割房子。

这天，他在办公室忙了一整天公司项目上的事，临下班的时候手机响了起来。

“喂，你好！哪位？”周闵边不经意地接听着，边收拾着桌面上的材料。

“周闵，你好！我是曼丽。”电话里传出爽快的声音。

周闵显得很意外，说道：“——哦，曼丽啊，你好！”

电话那头时尚装束的曼丽，爽朗地说：“周闵，今晚有时间吗？我现在北京，我们一起吃个饭？”

周闵觉得曼丽的出现总是这么突然，他略微迟疑了一下说：“欢迎你来北京！——今晚我请你，你在哪里？我们约个中间位置。”

曼丽说：“我在北京国际饭店。”

“哦，离我不远——”还没等周闵说完，曼丽就接过话说，“你看我们就约在北京国际饭店的顶层旋转餐厅怎么样？”

“没问题。”周闵看了眼手腕上的表说，“我打电话定位，六点钟见，你看可以吗？”

“好的，我们六点钟见，老同学。”曼丽愉快地回应。

周闵满脸笑容地收拾好办公桌上的最后一份材料回应着：“好的，一会儿见。”

周闵挂了电话，随即给欧阳雪打了电话。以免妻子多心，他没说曼丽的事，而是说晚上有应酬，不回去吃饭了。

北京国际饭店，坐落在长安街东中段。在灯火阑珊的时候，坐在顶层的旋转餐厅，放眼通体落地玻璃窗外霓虹斑斓的北京城，就像在美丽的梦境。

晚上六点。

一身深灰色西服，淡粉色衬衫，没有扎领带的周闵来到了顶层餐厅。餐厅门口，已到的曼丽穿着一套乳白色的职业套裙，短裙下露出修长的双腿，脚上穿着一双乳色细高跟、超尖头的皮鞋。她脸上的妆透着明艳，俊俏的眉眼，艳红的唇色。她整体看着光鲜，神清气爽。

他们相互看到，一阵寒暄。

随即，他们在领位小姐的引领下走进餐厅，落座在通体落地窗前的餐桌座椅上。

周闵热情地说："欢迎老同学来北京！没想到，我们这么快就又见面了。"

曼丽满脸笑容，爽朗地说："我不但来了，以后还会经常见到你，我的老同学。我的公司总部已经迁移到了北京，就在国贸大厦对面的白色高层写字楼里，以后请你去视察工作。"

"哦，是吗？没想到几个月不见，你的动静还真不小。真巧，我们公司也在国贸附近。以后，不用约，咱俩就能撞上。"周闵愉快中带着惊奇地说。

曼丽愉快地笑出了声："没想到我们失联了二十多年，在北京有缘再见，而且是不见都难。"

"哈哈，是啊，不见都难。"周闵也乐着说。

"老同学，我很喜欢这个浪漫的旋转自助餐厅。你看，窗外的北京城，多美！"曼丽欢喜而感慨地说。

"是啊，我同样喜欢这个旋转餐厅，可以在不同的角度放眼美丽的北京城。"周闵愉快地说。

就在这时，服务生走了过来，询问他们是否需要特别的酒水。

曼丽向服务生要了瓶红酒。周闵原本想着曼丽是女士以果汁代酒表欢迎，没想到曼丽却主动要酒。

他补充着跟服务生说："请拿瓶有年份的奔富红葡萄酒。"

服务生微笑着恭敬地将酒单摆在了周闵面前，请他选。

周闵点了一款十年份的奔富红酒，而后跟曼丽说："老同学来北京，是得喝几杯。"

曼丽心情极其愉快地微笑默许着。

随后，他们起身去丰盛的自助餐台取餐。

他们回到餐位时，服务生将红酒开瓶，斟在他们面前晶莹的高脚杯里。伴着窗外的夜色美景，他们举杯庆祝美好的相聚。

烂漫的餐间，伴着窗外美丽的景致，曼丽边喝着酒，边小口地吃着食物，聊起了他们小时候和之后的事。她在追忆的时空里思维跳跃地叙述着，周闵随着她对往昔时光片段的追溯，情绪波动着。

曼丽聊到高考落榜后独自闯荡南方，又毫不避讳地聊到了自己的私生活，遇到了贵人上市集团老总，后来此人成了她未婚的丈夫。她说自己的公司是做电视媒体，是未婚丈夫为她助资成立的，在深圳电视台包做栏目。转眼十多年过去了，公司的业绩还不错。两年前，未婚丈夫突发心梗去世了，好在他们没有孩子。她决定来北京发展，准备做一些民生新话题的专题电视节目，继续跟电视台合作。她说自己现在的资产，也足够后半生花销。做媒体，就是因为她喜欢这个职业。

周闵边吃边听曼丽毫不介意的讲述，他觉得曼丽的人生变化很戏剧，就像她的模样变化一样令人意外。她的媒体工作具有时代感，看她现在的精神状态，事业做得应该是顺风顺水。

曼丽的性格在中学以后显然变得爽朗，快言快语，这应该跟她闯荡社会有关。她口无遮拦，毫无忌惮地在老同学面前，抖搂着自己走过的那些岁月和那些个事。

在她注视着周闵不断闪动的神色里，仍流露着对他的好感。

今晚曼丽说得多，吃得少，红酒倒是没少喝。周闵基本是听，应和着她的叙述，并时不时与她迎过来的红酒杯相碰共饮。

此时，曼丽举杯向周闵示意着又说："我要在北京买一栋住房，现在临时包住在这个饭店的豪华套房。我对北京的房子情况不了解，以后找时间请老同学一起去看看房怎么样？"

周闵举杯热情地满口答应着："没问题。"

两人的酒杯轻轻相碰，一饮而尽。而后，周闵给两人的酒杯里添上了酒。

曼丽边吃了一小口菜，边又问起周闵这么多年的工作与生活情况。

周闵三言两语概述了自己的家庭和工作，总体是家庭和美，工作顺利。曼丽羡慕之余，流露出内心难掩的伤感。

随后，曼丽有意打听着周闵所在公司的情况。她很清楚周闵在北京已经生活了二三十年，看他的状态应该有所成绩，在社会上一定有深厚的人脉根基。在她得知周闵是一家知名投资公司高管时，确定了自己的判断。

如今，独闯北京的曼丽不缺钱，缺的是贴心、给力、在事业上协助自己的人。周闵是老乡又是老同学，有资历又有阅历。恰好他又没有自己作为老板的公司，当然是曼丽公司得力干将最好的人选。舍不得孩子套不到狼，曼丽决定挖他来自己的公司。

她漂亮的脸蛋泛着亮，眼睛里满是诚意地望着面前衣冠楚楚、帅气的周闵，又一次举起酒杯迎着说："老同学，愿不愿意入股我的公司？我让出股份的20%给你。"

周闵显得突然，还以为是句玩笑地举起杯说："我哪会做媒体？恐怕不能高就啊！"

曼丽满脸笑容地举着杯子，并没有相碰，强调着说："媒体我来做，老同学全力支持，对接关系就行。在北京我举目无亲，你也算是我娘家哥了，这就是对小妹最大的支持！"话音刚落就迎过去酒杯，带有节奏感地碰在了周闵的酒杯口边，发出悦耳的声音。

周闵从她灼热的神情和相碰酒杯的力度上，感受着她的认真。但是，他很清楚自己不能轻易跳槽，舍弃拼打多年的投资公司高管职务。还有就是他没有更多的钱财入股，因此也只能搪塞一下。

他边喝了口酒，边说：“感谢你的美意，我考虑考虑。”

敏感的曼丽眼睛里闪动着认定，微笑着补充说：“老同学，我给你20%干股，不需要你股份购置，也不要你承担亏损。我希望在北京的事业，得到你的合力。”

周闵听她说是干股，心里惊喜，但是又不敢确定此话是否当真。心想：如果是真的，干股没有投资风险，当然是好事。随即他故作镇静地说：“我能帮得上老同学那是义不容辞，如果不影响投资公司的工作。”

曼丽听周闵这么一说，心里的石头落了地，她再次举起酒杯迎过去说：“就以你现在公司的工作为主，我这边为辅。”

周闵愉快的脸庞被举起的红酒映红着，这个如同天上掉馅饼的20%干股使他心花怒放。

两人手中的红酒杯相碰出各自内心的喜悦，他们又一饮而尽。

在这浪漫的夜色，伴着美好的合作达成，他们不知不觉喝掉了两瓶红酒。

曼丽看似有酒量的女人，脸色未改，只是眼睛多了酒后的迷离。周闵满眼酒意，脸色成了红紫色。

餐后，醉意满面的周闵和曼丽走出餐厅，进了电梯。

曼丽随手按了自己入住的楼层，在电梯下降的这一刻她的身子突然向一侧倾斜。

周闵立即边扶她边关心地问：“还好吗？”

曼丽醉眼迷离地望着周闵说：“还好。”

周闵话语打直地说：“我先把你送到房间。”

此时电梯门打开，曼丽的楼层到了。周闵扶着散发着浓烈的酒气又混合着浓郁香水味的曼丽走出了电梯。

两人头重脚轻地向着房间走去。

曼丽房间里的灯光，已在傍晚时由服务生调制为夜间模式。床上的被子也翻起了一角，上面放着一颗巧克力和一张温馨晚安祝语的卡片。

曼丽和周闵相扶走进伴着窗外霓虹夜色，和着室内朦胧灯光的房间。他们几乎同时倒卧在了松软的沙发里，曼丽的短裙下隐现出黑色蕾丝底裤。她那修长、白皙的双腿，全部裸露在周闵眼前。

这点儿红酒不至于使周闵大醉，却倒在眼前犹如一瓶烈酒的曼丽面前。她火辣辣的媚醉之眼，正麻醉着周闵的每一根神经。

世上有句话：哪有不吃腥的猫？

周闵在曼丽裸露的双腿开合间，神志迷离。

微张着朱唇小嘴，神色似火的曼丽，那双媚醉的眼睛搅和在周闵醉眼看过来的眼眸里。周闵的每一个细胞，像触电般地惊麻。曼丽随即向他的下巴倒过来，她细滑的脸颊靠在了他的喉结上。周闵全身在曼丽性感的气息和自身酒精的作用下更为酥麻。他的意识，向着曼丽微张的小嘴探寻了进去。在他即将翻身将曼丽覆在身下的这一刻，西裤兜里的手机响了起来。

他的第一反应：“老婆的电话。”

接连的电话铃声，一声又一声地击醒着他的神经，击退着他即将爆发的，近似于兽性的欲火。

他掏出了电话，朦胧看到还真是欧阳雪打来的。

在他身下的曼丽，默不作声，醉眼迷离地望着他。

他不由得说：“老婆的电话。”随即起身，轻飘地走到窗前接听了。

“喂，周闵，都这么晚了，你还没结束啊？”欧阳雪电话里说。

周闵极力地保持语言清醒地说：“结束了，这就要回去。”

“听着就没少喝，叫代驾了吗？”欧阳雪强调着。

“叫了，放心吧！”周闵僵直着声音回应。

挂了电话，周闵深吐了一口气，妻子关心的语气把他彻底拉回到了现实。周闵回过神来，扭身看着仍卧在沙发里迷醉地望着他的曼丽，顿时脑子嗡的一声，不由自主地说：“哦——对不起，喝多了。——时间不早了，我要回去了。”说完就轻飘飘地走到电视机旁边的酒吧台，取了瓶矿泉水放在曼丽面前的茶几上，又说：“你喝得也不少，多喝点水，早点休息。”

曼丽一句话没说地望着他，眼睛里泄露着失望。周闵牵强地微笑了一下，头重脚轻地离开了。

周闵坐在由代驾驾驶的私家汽车里，思绪混乱得像旋风卷起漫天的杂陈，抽打在脸上，麻麻疼疼。他无法想象，这个从天而降的曼丽，小时候土得掉渣的女孩，现在竟然如此漂亮，性感，似天女下凡。

周闵在社会上见过不少明艳的女人，一个曼丽不足以使他神魂迷乱。可是，曼丽身上似乎有一种特殊的引力。也许，是她与小时候的反差，再加上又是老同学的特殊关系，使她迅速地走近了他。还有那个天上掉馅饼的20%公司干股，像一张即时贴，瞬间贴在了他们的关系上。

这些突如其来的一切，即将打破周闵循规蹈矩的工作与生活。甚至开始攻击着他的心，潜藏着他与曼丽间难以把握的关系走向。

此时的周闵，心像长了毛刺，隐隐刺着他周身的神经。

思绪凌乱的他紧闭着眼睛，额头两边的太阳穴在酒精的作用下紧绷着跳动。曼丽靓丽的容貌和张合间的朱唇皓齿，不断重复说着给他20%的干股，汇集在他紧蹙眉心的深沟里。

理智告诉他：公、私必须分开，曼丽给股份也是因为自己的价值所在。这个未来的红利，也是家人以后在国外生活的需要。至于曼丽，绝不能掺和在个人感情生活里。最好躲着点她，尽量不跟她私下往来。

两天后，曼丽请周闵来到她位于CBD写字楼的公司办公室。她准备好了入股协议，等待周闵签字。

两人的公司之间只有步行十分钟的距离，有利于之后周闵插空就可以来到曼丽办公室迅速处理工作事务。

此时，西服革履的周闵在曼丽公司秘书的引领下，出现在明亮、时尚，整面墙为玻璃落地窗的曼丽办公室。

秘书随即退出了办公室，将房门轻轻地关上。

曼丽一身淡紫色职业套裙，妆色仍然明艳，紫罗兰花的香水味散发在她的姿容里。她靠坐在一张白色皮椅子里，含情地望着走进来的周闵，就像是一朵盛开着的紫罗兰花。

简约风格的黑色办公桌上，放着入股协议和一支万宝龙女士签字笔，等待周闵签署。

看到曼丽的周闵，脸上还带着些那天晚上的不适。

曼丽却不以为然地绽放着花一般的甜美笑容，爽朗地说："欢迎你来，周总！请坐。"

"哦，叫我周闵好了。"周闵神色尽显持重地说着，坐在办公桌前的一把黑色椅子上。

面对他的公对公，曼丽打趣地说："我的办公室又没有监视器，也没外人，你还那么满脸的严肃？"

周闵嘴角微微上扬了一下，神色仍保持着一定距离地说："我只有半个小时的时间，就要回到我公司。"

曼丽看他一本正经的样子，一定是为那晚酒后的事情尴尬，并淡笑着说："入股协议我已经签好，就等你签字了，你再看看。"说着就将入股协议轻轻地推到周闵面前。

周闵认真地翻看了一下，说："没问题，谢谢！"

曼丽满脸笑容地递过来万宝龙签字笔，温情地说："我还要谢谢你鼎力相助，老同学！"

周闵接过签字笔在合同上签了名字，说："尽我所能。"随即将合同又推给曼丽。

曼丽满脸笑容地拉开办公桌的抽屉，取出来一盒名片推到了周闵面前，说：“给你印了公司名片，作为公司副董事长，不知可否接受？”

周闵从容地打开名片盒，取出一张，矜持地说：“职务对外更多是形象，对内是责任。只要保证以我那边公司为重，兼顾这边的公司即可胜任。投资公司的工作确实也很重要，很多项目都是我经手的，不能因此疏忽。”

“没问题，就按我们那天说的，以你公司的工作为主。我这边关键的时候老同学出现就行。”曼丽满心欢喜地微笑着说。

周闵心存感激，但是又不想以此拉近关系地说：“曼丽——那天晚上我喝多了，失态，你不要放在心上！”

曼丽面色极力维持着迎合，说：“哦，我也喝得不少。”

周闵尴尬地淡笑了一下，立即又恢复严肃地说：“你放心，你公司的事我会尽心尽力！”

“应该是我们的公司，我非常相信你老同学！”曼丽认真地说。

“嗯——那我就先回公司了，有事情给我打电话。”周闵诚恳地说着起身要走。

“等等——周闵，我还没告诉你，每个月给你三万元工资，不知你是否满意？”曼丽补充着说。

“哦，没问题，谢谢！”周闵认可地说。

曼丽站起身来，走到周闵面前，动情地说：“有你在，我在北京的事业就踏实多了。”

周闵微微地蹙了蹙眉说：“我尽力！回见，曼丽。”

曼丽微笑着轻声地说：“回见，周闵。”

周闵信步走出了曼丽的办公室。

曼丽一个人靠在桌边，轻呼出一口气，眼望落地窗外的北京城，神情中流露着喜悦。

周闵入股曼丽公司的事情，暂时没有告诉妻子。他想先跟曼丽合作一段时间看看，如果平稳持续，又有收益时再说也不迟。他总感觉女人之间太敏感，少提起对方为宜。

自从周闵入股曼丽公司，回家吃饭的时间就更少了。

欧阳雪和丈夫和谐地走过来了这么多年，现在人到中年的他们更重视家庭稳定。

周闵跟曼丽工作之外保持着距离，回避与她有私下接触。曼丽看得出老同学对妻子和家庭很在意。她在深圳的露水情人也都断了联系，单身的她怎耐得住身体的寂寞。其实，在她还是中学生时，就对英俊帅气的周闵暗自喜欢。

那时的周闵并没有在意过身边这个没有任何气质且土得掉渣的曼丽，甚至没有正经看过她一眼。

曼丽曾给周闵写过一张没有勇气送出去的示爱小纸条，又在她极具自卑的心理下，卷成小卷投进了煤球炉火里。她清楚地记得，小纸卷燃尽的那一刻还是完整卷着的样子，好像看到了自己那颗不愿灰烬似的心。她不可抑制地守着火炉闷声哭了起来，眼泪里全是自卑带来的羞耻。随后，她抹着泪，拿起捅煤火的铁通条，将这个令自己难堪的小纸卷彻底捣成灰烬。

曼丽从小家境贫寒，她学习成绩一贯不佳，考上大学的信心不足。为此，她在上中学时，就有直接出去打工的想法。直到她高考落榜，外地打工闯世界的梦想成了现实。

曼丽当时选择去广州打工，认为沿海城市开放，也有挣钱的机会。她在广州先是做餐馆服务员，能管吃就是解决生活的一个大问题。

起初，在客人走后的饭店包间里，面对一桌子美味佳肴的剩菜，她和另外一两个收餐盘的男女伙伴，心照不宣地关上房门，便拿起桌子上客人用过的筷子吃起来。这些菜是饭店给他们的大锅素菜里没有的美味，打工的姑娘和小伙子们当然不会放过。那段日子，曼丽觉得生活是美好的，过了嘴瘾。

她就这样在饭店连续工作了一年半，这家饭店却突然倒闭，大家也就散了。后来她又去了更高规格的饭店，吃剩菜的档次也提升了不少。随着时间推移，她成了饭店的老员工，业务熟悉程度可以做到培训新的员工。再后来，她工作突出，又提升到了饭店领班。她的样貌、打扮也日益有了大都市人的气质。随着职务提升，她已不再食用客人的剩饭，而是享用主管餐，有着不断变换花样的精美小炒。她的收入也随之提高了几倍，日常穿衣基本可以做到随心所欲地购买。她更加注重身材苗条和美丽了。

直到后来，在饭店里遇到了她人生中的贵人。这位贵人看她身材相貌出众、亲和，每次都会得到她作为领班的照顾。贵人觉得这样的一位聪慧的年轻姑娘，应该有更多的人生机会。

一天，贵人来饭店吃饭，叫来了好友当地传媒大学的副校长，并介绍给曼丽。贵人当场表示如果曼丽想上学，可以请副校长介绍老师辅导她报考成人教育专业。曼丽为此而惊喜，上大学原本已是此生不再做的梦，如今真能再次走进大学，那是天大的好事，当然愿意。

由此，曼丽边在饭店工作，边在贵人的帮助下考上了这所传媒大学成人教育的影视传媒专业。这个贵人，就是后来她愿意一辈子报恩的未婚丈夫。曼丽不在意他已有婚姻、妻儿，愿在他的婚姻之外终身相许。

曼丽从一个独闯广州吃客人剩饭的苦孩子，到意外遇贵人成为成人教育的大学生。之后，她又脱颖而成了一个时尚、漂亮的文化公司老板。她的这些转变，简直就像是神话故事。她原本带着河北口音的普通话，在时间和环境的打磨、熏染下，形成了带着点南方口音的普通话。一个脱胎换骨的曼丽，就这样生成了。

曼丽能在北京遇到周闵，对于她这个当年没有自信的土丫头而言，正是扬眉吐气、一展风姿的最佳时期。她不敢奢望跟周闵有实质的亲密关系，能得到露水般的温存，便是上天对她又一次垂爱了。

周闵对曼丽的印象除了家境贫寒，就是学习一直不好。虽说周闵的出生也是一般农民家庭，可是比起曼丽的家境还是好得多。况且，他从小到大，学习优异，喜欢跟学习好的同学交往。

曼丽高考落榜出外打工，之后补上成人教育，对名副其实的大学生周闵而言，实在是放不到眼里。他的妻子欧阳雪也是响当当的大学生，是他心中的女神。好在，闯荡社会的曼丽将媒体公司做得还算有起色，她本人也修炼成了成功人士的模样。不然，对于周闵也只是停留在面子上的老同学而已。

周闵跟曼丽的合作，更多是抱有侥幸心理：搂草打兔子，锦上添花的经济收入。

第三卷

第九章
辞职

回到北京的欧阳雪，每天数着日子等待再次返回澳大利亚交割房子。眼看进入倒计时，她心里一惊一喜地兴奋着。

周末的夜晚，欧阳雪和丈夫躺在床上习惯地聊着天。

欧阳雪再次说道："既然在澳大利亚买了房子，我想还是把工作辞掉，踏踏实实地过去照顾儿子的生活。"

周闵的直觉跟妻子同样，可是想想儿子还没有澳大利亚居民身份，万一有闪失，妻子辞了职就不合算了。

欧阳雪看出丈夫话到嘴边的担心，表明："辞职就像是一场赌博，在我看来一定会赢。"

周闵却心存矛盾，担心一旦辞职的风险。

欧阳雪的这个杂志社是国家事业单位，她又是栏目副总编，一旦失去甚是可惜。

周闵希望妻子先到单位询问一下，是否可以停薪留职，根据单位的情况再做决定。欧阳雪觉得丈夫的提议很有必要，决定周一上班打听一下。之后，他们说到了在澳大利亚跟儿子生活的事，又难免提到父母的话题。

春节过后，转眼又快半年了。周闵和欧阳雪除了去澳大利亚的那十天，一直保持跟河北父母的电话联系。

他们得知父母在河北家乡一切安好，过着浓郁的乡土生活。

父亲的道乐班，在春节后连续接了几家丧事的活儿。父亲说冬日里天冷，村里的老人很容易离世，家里经济条件好的就会请道乐为亡者做超度仪式。

父亲周再兴作为道长，在乐班里领班的责任和任务很神圣，也很关键。他年纪毕竟大了，一般都由徒弟领班，他做一些辅助事情，比如，扎纸货、写符等仪式相关的制作和指导。可是摊上再三恳请的主家，他也只好允下亲自领班。

父亲领班的场面，欧阳雪和周闵多年前回老家时赶上并亲眼见过。那是一个春节期间，父亲领班为亡者超度亡灵，仪式持续一天半。

在村主街道的一头，亡者家属布设灵堂和灵柩。

他作为仪式中的高功，在仪式第一天早晨，吃过丧家提供的早饭后，跟徒弟一起为丧家亡者开始扎制、写、画着仪式所需物品。

之后，他让大徒弟在尺子的比量下，用面粉在从神坛通往街头室外灵堂的路上，画出要走过的牌楼场景，和一个个大圆圈作为白事十二城。

仪式开始，道乐者在经过的地上画出的场景和每一个圆圈的十二城中诵唱经文、焚烧祭文。

亡者家属披麻戴孝地跟在后面，排出三五十米长的送丧队。

排在前面是亡者长子、次子，以此排列下去贤孙和亲属。送葬队的这些“孝子贤孙”手持裹着白布的丧仗，从头到脚穿着白色的孝帽、孝衣、孝鞋，哭哭啼啼，嘴里念念有词。这样的哭啼和念叨，随着队列延续也越发地冷静，队尾的人已是麻木的表情。

这些亮相在全村人面前的“孝子贤孙”，随着二十位身着深蓝色道服吹吹打打的道乐们，一会儿站立，一会儿跪下，一会儿又跟着道乐者缓慢地行走。

道乐者在周再兴作为高功诵唱的经文中，有序演奏和舞动着。行进中，丧家会在途中拦上一条木长凳，上面摆放两盒烟。

每在这时候，道乐者会收起这两盒烟，再多诵唱经文和吹奏一番。

而后，这条拦路的长凳才会被摆放者撤走。

这天，亡者家属除了请来道乐者，还请了吹鼓班、秧歌队和戏曲演唱者在街边表演。

因正是春节期间，村街道两边围满了返乡的村民，叽叽喳喳说这说那的。孩子们有的围着大人观望，有的到处乱跑戏耍着。临街住着的老人们则是坐在自家大门槛上，面无表情地望着眼前的这一切。从这些老人们昏暗的眼睛里，看到的是对生命尽头的无奈。

对于披麻戴孝的“孝子贤孙”，村民各有心态地看着和议论着。

其中，一位上了年纪的男人说：“村里也就剩下我们这些老不中用的人了。不是赶着春节、死人、结婚的，哪能看到这么多人。人老了，没人管。如果他们能在家，老人也许还能多活几天。”

他身边一位年纪相仿的男人说：“做这些道场，都是给活人看的。我看，只有这家的大儿子哭出了泪，其他的只见哭，不见泪。”

人群中，一对年老的妇女一来一去地耳语着：“听说其他省还有专门哭灵的人呢！”

“哭灵？咋个哭法？”

“好像是请来在棺前哭唱的，再就不知道了。”

“唉，都是做样子。能哭就哭，哭不出来还要请人来哭，真是！”

“今天这个场面也真是不小，要花不少钱。”

“是啊，不管咋说，死后还有这个大场面。我死了也就死了，不想身后的事，送老衣我也做好了，谁也不指望。”

“是啊，自己早做打算，心里最踏实！”

“今天办得这么热闹，场面又大。可是，她活着的时候却一个人住在破房子里，守了大半辈子的寡。半夜，她家里常传出哭声。这些年她脑筋不太正常，死了也算是享福了。”

“可不是吗？她活着也是受罪。其实，人活着的时候，儿女多尽孝比啥都好。”

……

周闵和欧阳雪始终在人群里，他们作为周再兴的家属，也是村民们议论和关注的对象。他们的注意力却在道乐和亡者家属的仪式里。他们全程观看父亲领班履行为亡者超度亡灵的神圣使命，并对父亲和道乐们由衷地敬畏。

周再兴和道乐者不关心村民议论的事情，他们的任务是超度亡者升天，一路好走，过天上的好日子。

仪式的每一个环节，周再兴都非常认真。他逐字逐句、一招一式，尽显对亡者的敬意和灵魂归天国的祈愿。

灵棚，扯着白布横幅，上面黑色字体有亡者的名字和悼念语。四方形的场地，正中间停放着黑色厚重的实木棺柩，两边摆着白花花的纸幡。棺柩前有一个铜火盆，一旁堆着一米多高折叠的黄纸和白纸铜钱样的冥钱。亡者的几个儿子和儿媳哭腔的嘴里念念有词着，手持细木棍将冥钱一坨坨挑起放进火盆燃烧。“孝子贤孙”们默然地跪在两边。

道乐们在火盆前的大片空地，伴着周再兴诵唱经文，吹奏、打击乐器，时而配合摆动的舞步将仪式环节推向高潮。

一天半的仪式，道乐们要引领亡者的“孝子贤孙”们从街道头走到另一头的棺柩前，又将棺柩起灵走向来路，直至送亡者灵魂升天坟地下葬。

最重要的仪式环节是第二天起灵后的“渡桥”“送神”，送亡者上西天的这一刻。

周再兴作为高功换上了绣有金银线图饰的红色法服，头戴莲花冠，手持幡旗。道乐者仍身着普通深蓝色道袍，头戴同色道帽。

在村口内，周再兴不断诵唱经文，手持幡旗，引领道乐走过铺着白布的木架子车做的“金桥”，紧跟其后的亡者长孙手抱遗像，与身后的送葬队随着渡过“金桥”。

而后，高功和道乐们在一张木桌子前停下，“孝子贤孙”跪成一片。

高功周再兴在一张木桌子前诵唱经文为亡者沐浴。他此时好似已经成了亡者本人，一边诵唱，一边从桌子上的脸盆里拿出梳子、毛巾、扇子和镜子，一一梳洗。

沐浴后，高功周再兴再次手持幡旗，引领道乐走过另一个铺着白布的木架子车做的“银桥”，“孝子贤孙”跟在其后渡过“银桥”。

高功面向村内，在一张木桌子旁放下幡旗，边诵唱经文，边将摆放在桌上的一碗小米和一些碎馒头块抛撒天空。以此向神布施、敬神，赦免亡者在世之罪，前往西天。

道乐者吹奏乐曲，伴着乐舞，将仪式又一次推向高潮。

亡者的“孝子贤孙”默然跪在一旁焚烧祭文，长子、次子等哭腔中念念有词。棺柩在道乐们的吹打中再次抬起，“孝子贤孙”长长的丧葬队跟随着道乐者，向乡村外的坟地走去。

鞭炮鸣放在村口。

那一天的天气湿冷，要下雪的样子，天空灰沉灰沉的。

鞭炮燃起的白烟散发着火药的味道，红色鞭炮碎屑落了一地。村里围观的中老年人和孩子们没有再跟着去坟地。

那些老年妇女继续在村口叽叽喳喳说着，孩子们忙着在鞭炮的碎屑中寻找着未燃的零星鞭炮。

村街道家门口坐着的老人们，远望一路走去吹打诵唱的道乐者和白花花的丧葬队，还有那黑沉的灵柩，他们的眼睛里空落落的。

村外，雾气腾腾的小树林。

干冷坚硬的土地，已挖出了一个可以放下棺柩的方坑。那被翻上来的一堆湿土，透着寒气。

在道乐者最后的诵唱、吹奏间，棺柩入土，亡者入土为安。

白花花地跪在坟前的“孝子贤孙”们，呜呜咽咽地干号了几声。

超度仪式结束。

道乐者一路默然地回到村里。

他们在为亡者扎纸货的房间里换了衣服，而后收取了亡者家人给的每人一天五十元，一天半共七十五元的仪式报酬。各自骑着车把上带着棉袖筒的摩托车，带着自己的服装和乐器离开了。

在欧阳雪和周闵看来，在仪式中的乐人和父亲周再兴一样，技艺和使命感远远超出了钱的等值。道乐们就这样在父亲的带领和传承中，一年到头在本村和周边的村落里，为活着的、死去的人忙活着。

每次他们关心父亲聊起道乐的事时，周再兴都会兴致勃勃地说个没完。可是，儿子和儿媳更关心他的身体，随之是百般叮嘱。

周再兴会说："自己没这些事，老得会更快。"老伴则在一旁温和地微笑着，默不作声。他还说："道乐仪式是很不容易学的一门技艺，口传心授给徒弟，整个学下来也要好几年。自己收了徒弟，就要尽职尽责地把技艺全部传授给他们，不能半途而废。还有就是每年大的节气，特别是春节前后的打醮仪式不可马虎。这个时候也是外出打工的年轻人回到家乡，跟全村人打醮祈愿的大事。"

周再兴说的这个打醮仪式，是在重大节气的时候，为村民们消灾祈福。醮期一般为一两周，道人在村民的参与下，搭建主醮棚和外边的多处醮场。周再兴亲自指导搭建醮场和每一个神坛，征收神像等物品制作。这些物品除了乐班制作，神像是民间美术大师画的，剩下的装饰物都是村民们在道人的指导下参与制作的。这些材料钱是村里征募的香火钱。

打醮场面很大，除了本村的村民，还有外村的村民来上香祈福。外村的秧歌队、大型锣鼓队也都来助兴，锣鼓喧天，热闹非凡。

参加活动的民众，这些天都在醮场吃免费的大锅饭。

醮场附近的一块空地上会挖出几个大土坑，架上大铁锅，旁边围放着一堆堆大白菜和一个大案板。掌勺厨师是几个五六十岁的男村民。他们蹲在冻得干硬的土地上，将地上的整棵大白菜剥了外叶，放在地面的案板上切了，直接推进大铁锅里。之后，往大锅里放入酱油和配料，最后放进去粉条炖煮。一筐筐大馒头摆放在铁锅边。开饭时间，做饭的师傅用铁勺盛一碗白菜粉条给大家。白馒头可以随每人需要自取。

乐班的道人和参加的人们一起吃着地锅菜，在打醮仪式里为村民消灾祈福。

周闵知道父亲在大的节庆里总会亲自领班，为此，他总会担心地提醒父亲年纪大了，不能太劳累。可是，父亲引领着道乐班，在民间的需求中，却乐此不疲。

今晚，周闵和欧阳雪又聊起父亲在民间文化活动的事。

周闵决定找个时间回去跟父亲再说说，让他不要亲自领班，只带徒弟。欧阳雪又说到公公婆婆顺天活人的观念，从不体检。周闵苦恼不能根本改变父母的观念。父母不但不接受，而且理由一大堆。

欧阳雪强调丈夫每年要亲自带老人去体检，自己也好放心去澳大利亚照顾儿子。周闵答应妻子，决定今年找时间接二老到北京全面体检身体。

周一早晨。

欧阳雪来到了杂志社，先是处理了几件手头的工作，而后就想着去人事处了解一下停薪留职的事。

人事处处长是位跟她年龄相仿的女同事。她们虽说在一个单位很多年，除了见面打招呼和工作上的事，几乎没有私下往来。她们见面既客气，又显得生分。

欧阳雪心里还怪自己，怎么平日里就没想着跟她走动走动，有事也好多照顾一下自己。还没等欧阳雪开口，处长就微笑着说起了话。

“您来得正好，二十分钟后我有个会。”

“哦，那我就抓紧时间问一下。”

“您请讲。”

“咱们单位是否可以停薪留职？”

“不行，早就没有这个说法了。”

“那如果提早退休呢？”

“不够年龄也早退不了。”

欧阳雪顿时没有了再问下去的话，她客气地向处长道谢，随即离开了处长办公室。

傍晚。

回到家里的欧阳雪心情沮丧，盼着丈夫回来再商量一下辞职的事。她心里忐忑不安，随即给丈夫打了电话。电话没有接听，她又连续打了几次还是没接听。她知道他近期工作忙，加班多，也就不再追打电话，而是等着他打回来。

欧阳雪边等电话，边做起了晚餐。

二十分钟后，周闵打回电话。他说公司加班开了个会，现在已经结束，马上回来。欧阳雪听他马上回来，电话里也就没再说什么。

她炒了两个菜，一个是番茄炒鸡蛋，一个是清炒四季豆，又做了燕麦粥。她计算着丈夫回到家里的这一刻，饭菜就摆上餐桌。烛光晚餐是她多年的习惯，此刻又将餐桌上插着鲜花的花瓶换了水。她从酒柜里取出了一瓶红酒，将餐具也摆好了。

周闵在曼丽公司开会后，曼丽要他留下一起吃晚饭，被他婉言拒绝了。他坚持回避和曼丽私人接触。

他驱车在繁华、拥挤的下班晚高峰的尾声里，一颗心就想着赶紧回家，跟妻子一起共进晚餐。

周闵进门的这一刻，餐桌上已摆好了刚出锅的菜，倒好的红酒，还有鲜花及燃起的蜡烛。

欧阳雪见丈夫进来，摘掉了身上的围裙，拢了拢头发说："回来了，洗洗手吃饭了。"

周闵放下手里的包，随口应声着："诶。"

欧阳雪坐下来的这一刻，周闵走过来看着桌上的菜说："菜烧得不错，颜色很漂亮。"

欧阳雪微笑着说："我也就会炒这几个菜，你吃吃看咸不咸，好像盐放多了些。"

周闵边坐边拿起筷子尝了一口，说："嗯，不错，不咸。"

两人对视幸福地微笑，随即举杯相碰，喝着澳大利亚带回来的红酒，吃起了晚餐。

欧阳雪给周闵夹了一筷子四季豆，说："我今天问了单位人事处，停薪留职和提前退休都不行。你说可怎么办？"

"我还就说，问问你这个事。"周闵微蹙着眉头说。

"我觉得还是辞了算了，当断不断反受其乱。去澳大利亚是新生活的开始，儿子从小不在我们身边，他严重缺失父爱和母爱。我愿用后半生去弥补，失去工作也值了。"欧阳雪说着，眼睛里显见泪点。

周闵咀嚼着蔬菜，眼睛里也凝聚着难以克制的伤痛。他端起酒杯深深地喝了一口红酒，说："辞职也是早晚的事，眼下辞职确实急了些。但是，你说到儿子，我心里也是觉得亏欠他不少。"

"就这么定了，辞职。"欧阳雪说着眼泪唰地落在了餐桌上。

周闵抽出一张餐巾纸递给了妻子，怜爱地说："实在不行就辞吧！相信我们的儿子毕业后一定会留在澳大利亚。"

欧阳雪擦拭着泪水，认定着说："是的，我们的儿子那么优秀，一定会留下。"

周闵由衷地说："我们为儿子祝福，愿他顺利毕业，取得澳大利亚身份！"

欧阳雪挂着泪的脸上露出了微笑。

他们同时又举起来酒杯，轻轻相碰。

今晚，他们喝了整整一瓶红酒，心里是喜忧参半。

第二天。

欧阳雪一到单位就又去了人事处。她说到辞职的时候，处长一脸吃惊。

处长不敢相信地问："辞职？你真想好了？"

欧阳雪肯定地答道："想好了。"

"想好了我就给你办手续了！"处长满脸认真地说。

“没问题，可以办理。”欧阳雪面色同样认真，肯定地说。

处长在欧阳雪的确定中，取出了单位信笺，说：“你说是辞职，我觉得给你开调出信比较好，你说呢？”

“都行，谢谢您！”欧阳雪说。

“好，那就开调出信，你需要拿着这个文件去财务等部门盖章，然后回来找我。你的档案会交给你本人，你也可以放到市人才中心管理……”她边说着边在信笺上签字，又取出人事处红色的公章盖了上去，交到了欧阳雪手里。

欧阳雪道谢后，就按着处长说的程序，去了几个部门盖了公章。每盖一个章就像一块烙铁印在她的心上，不舍又伴着新的希望，使她难分悲欢。她没想到结束一份工作这么容易，进一个人却那么难。

这个单位是多少人羡慕，想进而进不去的机构，欧阳雪就这么毅然决然地全部放弃了。她为了儿子，为了新生活，认了。

当天，欧阳雪拿着贴有密封条，盖着单位人事处红色公章的牛皮袋个人档案，去了市人才中心。

市人才中心办理人员娴熟地将档案袋口盖着公章的密封条揭开，取出档案又投进了人才中心的档案袋里。封条、盖章，存进档案库。办事人员跟欧阳雪讲解着，可以在人才中心继续缴养老金等事宜。

走出人才中心的欧阳雪身轻如羽，神志飘忽，好像一场梦正在被清风唤醒。站在街边的她，眼望来来往往的车流，突然感到一阵茫然，孤立无援。她眼望无际的天空，失落的眼神里又蕴含着新生活的希望。她等待再次起航，向浩瀚间飞去，与儿子团聚在南半球。

市人才管理中心封存了她前半生走过的路，她回头望去的眼睛里噙满了泪，轻叹：“这也算是一个了结。”

正当她准备叫出租车回家的这一刻，手机响了，是麦小青打来的。

“姐，你有时间吗？叶子有点事，我想咱们一起见见面。”麦小青的语气里带着些急迫。

“我有时间，你们在哪里？我过去找你们。”欧阳雪连忙说。

麦小青说：“我们在三元桥附近，咱就约在中旅大厦咖啡厅可以吗？”

“好的，我们半个小时后见。”欧阳雪边说着，边挥手叫到一辆刚下来客人的出租车。

中旅大厦咖啡厅。

欧阳雪进来的这一刻，叶子和麦小青已经坐在那里了，她们给欧阳雪点好了鲜榨果汁。

欧阳雪坐了下来，看到叶子红肿着眼睛泪流不止，关心地问：“叶子，怎么了？”

叶子困难地睁着几乎成了一条缝的眼睛，看了眼欧阳雪哭出了声。

欧阳雪显得有些着急地又问：“不要哭，到底发生了什么？”

麦小青也眼含泪水，并望着欧阳雪说：“姐，我们在北京把您当自己的亲姐姐，今天叫您来看看这事怎么办。”

欧阳雪认真地说：“没问题，只要我能帮得上，你们说说看。”

麦小青看着哭着的叶子说：“叶子，那我就跟姐说了。”

叶子哭着默许着。

“姐，叶子的老公根本就没有英国国籍，他给叶子看的护照是假的。他也没有英国的姐姐，一切都是他的编造。”

麦小青说到这时，叶子哭得更厉害了。

好在咖啡厅没几个客人，麦小青一边安慰着叶子，一遍又接着跟欧阳雪说：“昨天下午警察来到叶子家里，把他带走了。叶子随后才得知他是伪造身份，流窜诈骗的人。”

欧阳雪惊愕中带着无比同情地望着叶子，安慰着说：“叶子不要哭，要坚强面对。姐姐理解你的心情，可是哭也解决不了问题。你不要哭坏了身体，毕竟还有那么小的孩子需要你照顾。”

叶子哭着说：“姐，你说我和孩子可怎么办？往后的日子怎么过啊？

毕竟是他养着我们娘俩——”

欧阳雪肯定地说：“世上没有过不去的坎儿，我们一起想办法。”

“您说孩子好端端的就看不见爸爸了。”叶子痛哭流涕地说。

欧阳雪不得不直入地说：“如果他真是有罪的人，舍弃也没什么可惋惜的。现在，就跟孩子说爸爸去很远的地方工作了。”

麦小青一旁看着叶子说：“是啊，如果是真的，你和他彻底了断才是最好的选择。还不知道他究竟诈骗了多少钱财？”

叶子红肿的眼睛从缝隙中透出恐慌的神情，说：“我跟他没有领结婚证，我们也不是真正的夫妻。我可承担不起他的罪行和所骗的钱。”

欧阳雪眼睛里布满担心，说：“你们同居了这么多年，早已是事实婚姻。不过，也不要怕，这几天我给你介绍一个律师咨询一下。其实，你也是受骗者。”

叶子痛苦而感激地说：“谢谢姐！”又呜呜地哭了起来。

麦小青一边给叶子递着面巾纸，一边说：“叶子，没什么大不了的，你比起我好多了，还有个儿子。我都这个年龄了什么都没有，说不定哪天我的男友还备不准会有什么事呢？”

叶子边拧着肿胀的鼻子，边抽泣着说：“还不如没有孩子好，你说我拖着孩子，谁还会养我们娘俩？”

欧阳雪安慰着她们说：“你们都还年轻，又都是心地善良的好姑娘，会有真正属于你们的那个人。”

叶子哭着又说：“眼下，他被抓走了，我和孩子的生活立刻困难。我们现在住的房子是租来的，每个月的租金都是他付。我手头的钱也没有多少，勉强可以维持半年。”

欧阳雪安慰着她说：“你不要过于担心，这样，我跟你大哥说说，看他们公司是否有你可以做的事，也好有个收入。实在不行，姐姐也会拿些钱给你急用，然后再想办法尽快帮你独立起来。”

麦小青一旁望着叶子说：“我也可以支持你一些钱。”

麦小青目前还在畸形的恋爱关系中有人供养，拿出点儿零花钱应该不成问题。

“真是谢谢你们——”叶子又是感动，又是伤痛地哭着说，“谢谢！谢谢姐跟大哥说我的事。可是——我也没什么学历，中学以后就不上学了。”

麦小青一旁接着说：“叶子长得漂亮，身材也没走样，还会茶道，可以在大哥公司做迎宾和接待之类的工作。”

欧阳雪认可着说：“嗯，这也许可以，我回去问一下周闵。”

“太谢谢了！姐，小青，我的命好苦啊——”叶子眼泪不停地流着说。

欧阳雪和麦小青又一阵地安慰着她，麦小青的神色里叠映着不幸的自己。

第十章
旅游签证

一路晚高峰堵车终于回到家里的欧阳雪，今天经历了自己人生的一个重大选择，结束了杂志社的工作，成了一个没有单位的自由人。她还没来得及为转变缓过神来，就又一头扎进了叶子家庭的惊人消息里。

此时，欧阳雪筋疲力尽地倒在沙发里，无力地望着墙上的挂表，已是晚上七点半。

她心想：怎么周闵一天没有一个电话打来，也不问问我的情况，就这么放心？——也不知他回不回来吃晚饭？

随即，她从手边的包里取出手机要给周闵打电话，就看到他发的信息留言。

周闵信息：今天你的事情办了吗？我忙了一天的事，现在还在加班。我晚上有饭局，你自己吃饭吧！

她回复信息：我的事都办完了。少喝酒，叫代驾。

放下手机的欧阳雪，身体像散了架，精神空空荡荡。

从上大学，到工作单位，她兢兢业业，也做了些成绩。之前，社长在多次表扬和谈话间，流露出对她再晋升的可能。随着在澳大利亚阿德莱德的购房，她的事业就这么戛然而止。

此时的欧阳雪，环视着眼前这套德国技术装置的高档公寓，伴着她和丈夫走过了多少个没有儿子在身边的日日夜夜。客厅里的那棵幸福树，随着室内的恒温和窗外的阳光照射，愈加枝肥叶厚。随着辞职，眼前的家也将丢弃这里，成为国外生活中的记忆。唯有想到儿子，是她失去眼前这一切的最大慰藉。

当晚，北京昆仑饭店中餐厅VIP包间里，十人座餐桌座无虚席。周闵和曼丽坐在主人位，周边是周闵请来的两组商家朋友和一组办连锁私立养老院的老板。

此时的场面，该说的话都已经在晚饭前的会议上说得差不多了，剩下的就是酒桌上的增强剂了。

曼丽来到北京，希望做一部养老话题的系列专题。她首先需要跟养老院的对接，还有就是拍摄赞助资金。今晚来的这几组人，正是促成此专题片落成的关键人物。

曼丽的这个项目想法，跟周闵事先谈论了很多次，起初也产生了严重的分歧。曼丽认为这个系列专题，很符合当今的时代需要。她想在专题片里充分介绍养老院养老观念，改变家庭养老的传统模式。她认为这个系列专题片一定有很高的收视率，会发行得很好，名利双收。

周闵在起初的讨论中，从心里不接受将老人送到养老院的观念。为此，他对这个专题片产生抵触，甚至反感。但是，养老方式确实也是目前人们在时代快速发展中，出现的道德伦理争议的话题。

作为反对方的周闵，换个角度地想到这也许正是大家要关注的：老人进养老院，是对还是错的问题。

也许，在发行卖点上会是曼丽所预期的那样，能爆赚一把。为此，周闵不再跟曼丽争论养老院养老问题，而是把这个争论问题留给未来收视的人们。

在项目上，看的是利润。在人的交往上，看的是对路不对路。

在周闵的心里，曼丽显然跟自己不对路。不但不对路，他对曼丽的传统道德缺失，多了反感。

为了此片顺利开拍，早日取得曼丽预期设想的盈利。今晚的宴席，周闵就像一个掌勺的大厨，将这些如同配料的功利伙伴调和在一起，等待制作出一桌美味佳肴。

饭桌上的这些人，在各有所获的心理作用下，显得情绪高涨。周闵做着所有的努力，同样是奔着自己那20%的利润回报。

连锁养老院的老板，看重的是此专题片，就如同给自己的养老院打广告，而带来后续利润。为此，他愿意将养老院作为拍摄场地并提供人员配合等免费支持，但不在此片里分得利润。其他两个商家，一个是冠名赞助，一个是赞助获得滚动广告。这两个商家拿出来的赞助费足以完成这个项目的基本资金。拍摄过程中，再进来的商家赞助作为片尾鸣谢名单，其所有的赞助费应该就成了没有发行前的利润。插播广告，留给电视台。曼丽认为两种发行方式都可以，一是播放权，二是版权买断。如果买断，就一定要价更高。

周闵觉得传媒这个行业还真能赚些钱，自己所在的投资公司，没有涉猎过这一类产业。如果不是怕暴露自己的兼职工作，这个传媒项目的投资也可以作为投资公司的项目推荐。周闵在投资公司作为高管，每月稳定收入数万元，同时借着公司的平台加大社会关系为私利所用，使他非常在意。他脚踏两只船于两个公司，等待赢得双份经济回报。

周闵这个年龄在社会关系网的深度和利益互惠的链接上已是炉火纯青。但是，他对自己的定位，永远是副手，这样可以规避风险。他需要钱，更希望安全。他的这个态度也是欧阳雪很认可的，给了她安全感，保证平稳生活的稳定剂。

周闵甘愿把自己放在副手的位置，也使得他和曼丽的正副关系顺理成章。在曼丽的事业雄心中，周闵给了她足够的风光来显现。在曼丽的心里，不因为周闵是副手而低自己一等。她很清楚，周闵才是隐在自己身后，将事业推向成功的重要人物。

曼丽对周闵是爱在心里，自己却是走不进周闵心里的人。

周闵回到家时已是晚上十点。

欧阳雪已经洗漱完，留着门灯和卧室的台灯半躺在床上似睡非睡。

她听到丈夫进门便起身过去，看周闵满脸酒意，问他是否喝了很多。

周闵说要不是吐在小毛巾上，今晚一定是没少喝。他说一颗心惦着回来跟妻子说话。他总这样宠着欧阳雪，使得中年的妻子，在他面前总会带着些孩子气。

洗漱完的周闵和妻子半躺在床上，关心地问起今天办辞职的事。

欧阳雪将今天的事情叙述了一遍，语气和神情间流露出惋惜。其实在周闵的心里也是很不情愿妻子这么早辞职，可是妻子一心想去跟儿子团聚，弥补儿子从小缺失的母爱，也只好忍痛面对辞职。

周闵感受得到妻子辞职的失落感，他又不停地唤起妻子将在澳大利亚的幸福生活，淡化妻子失去社会职务的失落。

欧阳雪一想到澳大利亚的花园洋房和儿子，心里就又燃起了新的希望，脸上反射出幸福的光色。

她将头靠在周闵的肩上，原本幸福的脸上又多了些困惑地轻声说："我去了澳大利亚，你怎么办？我们多长时间能见面？父母如果来北京一起生活，你去不了怎么办？"

欧阳雪一连串三个怎么办，使得周闵无法更准确地回答。

他揽在妻子肩背的手臂向着怀里搂了搂，微蹙着浓郁的眉头轻叹地说："车到山前必有路。"

"要是没路呢？"欧阳雪望着周闵，像个孩子似的说。

"没路，也要轧出条路。"周闵看着眼前的妻子，顺应妻子的心愿说。

欧阳雪被丈夫的这句话逗笑了，随即又神色不宁地依偎在丈夫怀里说："我这心里突然感到很怕——好多未知等着我们。"

周闵深沉地说："开弓没有回头箭，既然选择了，就要面对。"

欧阳雪轻叹着，不由得说："都是你，一定要年幼的孩子出国，这一走可就走远了。"

周闵的眉头蹙得更紧了些，但是语气仍温和地说："都走到了今天，就不要总想之前的事情了。咱只往以后的好日子上想，去尽力营造更幸福的生活才是。"

欧阳雪从他的怀里向外微微移动着身子，轻声间透着纠结地说：“可是，到处充满着矛盾。”

周闵侧脸望着妻子又一次深叹，强调着说：“再难，还有红军二万五千里长征难吗？最后还是胜利了。只要信念在，就难不倒。”

欧阳雪埋怨的眼睛里隐含着泪水，一只手捂在额头上，声音微微颤抖地回应：“错就错在当初。”

“看看，咱不说之前了，就算是我不对，好在如今儿子在国外发展得很好。”周闵的脸上满是内疚地说。

“是发展得好！——可是，咱上有老人，以后哪能不管，就怕走不了。”欧阳雪说着，眼泪顺着眼角滑落在脸颊。

周闵一手轻轻地将妻子扶在额头的手移下来，一手又将妻子搂在了怀里，轻叹着说：“老人终归有百年的那一天，我们还能没有跟儿子一起生活的时间吗？”

她倒在丈夫的怀里默默地流着泪，没有再说出一句话来。周闵轻抚着妻子静默无语，呼出来的气息散发着酒味。

欧阳雪抹掉眼睛里和脸上的泪水，喃喃地说：“我给你倒杯水，也好解解酒气。”随即起身下床。

独自靠在床头的周闵，闭着眼睛蹙着眉头，他对未来的生活何尝不矛盾。

欧阳雪一手拿着一个保温壶，一手端着杯子走了过来。

周闵坐起了些身子，眼睛里透着温情说：“谢谢老婆关心！”随手接过欧阳雪倒好的一杯温水，几口喝到了底。

欧阳雪接过他手里的空杯子，又倒上了水，说：“还喝吗？”

“谢谢老婆！”周闵说着接过杯子又喝了两口，把杯子放在了床头柜上。

欧阳雪将保温壶放在了杯子边，重新躺回床上，又说起叶子的事情。

在周闵的心里，欧阳雪的事就是最重要的事，他满口答应明天上班后跟相关部门沟通一下。欧阳雪听丈夫这么说，心里踏实了一大半。她再想跟丈夫说话，他已经打起了鼾声。

其实，今天他们两人都已经很累很累了，欧阳雪轻轻唤周闵躺好。她随手关了台灯，伴着丈夫的鼾声，很快地沉睡如泥。

两天后，周闵告诉妻子，可以通知叶子周五上午十点到公司面试。随后，欧阳雪就给叶子打通了电话。叶子感动地哽咽着向欧阳雪连连致谢。欧阳雪叮嘱她去公司不要紧张，相信她能胜任这个工作。

叶子的出国梦彻底破灭，终止了英语学习，而是面对生计糊口度日。欧阳雪因要去澳大利亚生活也不得不停下在北京的英语课，只有麦小青还继续在英语班学习。

距离去澳大利亚的时间还有二十多天，欧阳雪和周闵仍持旅游签证。这个签证至少要持续到儿子毕业后留在澳大利亚的那一刻，以后再等待儿子办理父母团聚的永久居民签证。现在他们又在旅游签证上办了一年多次往返，可以在澳大利亚落地三个月，而后出境，再次返回。

麦小青紧跟欧阳雪的步伐，也办理了澳大利亚一年多次往返的旅游签证。她甚至跟欧阳雪表示，如果需要，她可以随后去澳大利亚帮助他们布置新家。欧阳雪觉得还是等他们把家安顿下来，对澳大利亚有更深入的熟悉后麦小青再来，那时也好对她有实质的帮助。敏感的麦小青表示自己会了结跟康立伟的同居关系，带着钱去澳大利亚也好把自己安顿下来。

对于欧阳雪来说，不是不接受麦小青的投奔，而是希望跟十多年不在一起生活的儿子好好地独处生活。如果麦小青能带着足够安排自己住处的钱来澳大利亚，这也是很重要的条件。

在澳大利亚持有旅游签证不可以工作，麦小青在网络上也有所了解。这也需要她必须有钱去维持自己在澳大利亚的生活，直到跟未来出现的澳大利亚男友结婚。因此，麦小青也更急迫地面对跟现任男友的关系了结，而获得一笔索赔。

叶子在周闵公司顺利地通过面试，很快开始工作，月薪四千元。

这个工资不足以让她继续租住在目前的高档公寓里，为此她搬到了每月一千五百元租金的筒子楼里。她何尝不想跟麦小青一样，办旅游签证去澳大利亚独闯一番。可是，叶子没有结婚证，也没有离婚证，澳大利亚移民局不会接受儿童跟单亲父母的旅游签证。即便可以拿到签证，叶子身上没钱，也是寸步难行。

叶子不但没有实现与伪造英国国籍未婚丈夫移居国外的美梦，还给未婚所生的孩子带来了诸多伤害，让自己走向不幸的深渊。

一两周的时间，叶子原本光亮、紧实的小脸儿，像是缓撒气的小皮球，微皱起了皮儿。那双原本玻璃球一样透亮、闪耀着光色的眼球，如今失去了神采，显得晦暗无力。她只有在公司上班的时候，才努力地提醒自己使气色尽可能好一些。在化妆上，她尽力使用桃粉色的腮红、淡粉色的眼影和唇彩，那双眼睛在极力地表现着美好的光色。可是，她的内心仍在流泪，不知道自己的未来在哪里，只能面对眼前严峻的生计，一天天地挺着往下走。

周闵公司的接待工作一周里还真不少，有着一拨又一拨来谈项目的客人。叶子的茶道接待工作，像转起来的水车，不断循环在一杯杯的茶水里。倒茶虽说不是体力活儿，但是一天忙下来，各种赔笑、客套话也使得她精疲力尽。下了班的她还要到幼儿园接儿子，回家又忙家务，一天到晚忙忙碌碌。她希望警察带走孩子的爸是一个误会，过些日子他就能无事放回来。按目前自己的收入，养活孩子确实吃力，可是又该怎么办呢？她在生活的边缘挣扎。她需要再有一份工作，才可以基本保证生活稳步持续。可是再有一份工作的时间却没有，从幼儿园接回家的儿子需要自己去照顾。

叶子的美好生活憧憬，在未婚丈夫被警察带走的那一刻，昏天暗日地陷入泥泞的沼泽。她恨自己如此轻信，没有丝毫怀疑地接纳了未婚丈夫口中的一切谎言。她奇怪，既然他是个诈骗犯，为什么还要跟自己生下儿子。不过，她也很清楚，这个孩子是自己有意说乱生理安全期怀上的。仔细想想，之前他还真没主动提过婚姻和孩子。——这一切，只能怪自己！

至今，叶子都不敢相信，眼前的这一切都是真的。

在欧阳雪临去澳大利亚之前，姐仨约在了周闵公司楼下的一家日本面馆。约在这里，是为了方便叶子利用午餐时间见面。

她们三人各自点了面，便打开了话匣子。

叶子和麦小青先说了一些祝福欧阳姐澳大利亚生活的话，而后麦小青就说起来她跟男友康立伟提出分手的事。她说男友很不能接受，显得很失态，大喊大叫，还摔东西。

麦小青说为此跟他争吵不休，又说了这些年两人畸形关系给自己带来的痛苦。她强调父母不会同意她没有婚姻，更不要说非婚生子。自己付出了这么多年的青春给了康立伟，应得到补偿，开价五百万元。

说到这里的麦小青，眼睛里闪动着不安。

那天的情景又浮现在她眼前：

康立伟听到五百万的要价，眼睛里放射出突然看破的冰冷和绝望。他大彻大悟地说：“五百万？五百块！你从头到尾就是为了钱。这才是你的本性，我瞎了眼！”

显然，康立伟将这个数字和当年麦小青被室友指使向他索要陪酒费的五百元对接在一起。他彻底看透麦小青跟自己十多年的同居生活，最终的落点还是钱。

可是，麦小青却认为康立伟用超越婚姻的真爱童话欺骗了她，使她付出长达十多年的青春和真情。

麦小青面对从根本上看错了的康立伟，眼睛里充满泪水地号叫着：“是我瞎了眼，被你欺骗了十多年！”

康立伟没有这笔庞大的闲钱付给麦小青，发疯地喊叫：“我绝不会赔！”

麦小青也发疯似的喊叫道：“你必须赔！如果我得不到五百万，就告你上法庭！”

康立伟疯狂地说：“这就是打劫，无耻的骗局！”

麦小青失声喊道："你竟然反咬，你才是无耻的大骗子！五百万的索赔我已经给你留情了，你我已是事实婚姻，我将分得你的一半财产！"

康立伟眼镜片后的眼睛里透着绝望与恐惧，恶狠狠地咬着牙说："这就是你真实的嘴脸——本性！"

麦小青眼睛里止不住流出泪水，混合在开合怒诉的口水里，仇恨地说："是我瞎了眼，这是你应得的报应！"

随着康立伟猛烈的关门声，将两人各自的怨恨和难以说得清的认定，封堵在这扇门板内外。

麦小青瘫坐在了地板上，捂脸痛哭。

康立伟行走在街面，满脸怒气，像一头发疯的牛。

在他的心里，除了钱，更恐惧的是怕事情闹大，波及家庭。如果真到了那一刻，两个女人来分割家产，再加上儿子会因离婚判给女方。这一切对他将是多么可怕的后果，目前想尽办法用钱了断麦小青的事情，应该是最好的办法。

可是，五百万这个数字的赔付确实对康立伟太大了，从哪里才能找到这个数目的钱。他想：咬牙砍价，给她五十万就此了结。

几天后，康立伟把五十万这个数字电话告诉了麦小青，希望她念往日之情接受。麦小青的心里除了如梦初醒的被骗，哪里还有往日之情。往日的每一天，对于她都是耻辱。

她对康立伟提出五十万元赔款坚决不愿意，一定要五百万元。为了安全起见，她不允许康立伟再来公寓，并换了门锁。她提醒康立伟在没有解决五百万索赔之前，如果停租了这个公寓，她将加大索赔金额。

此时，坐在面馆的麦小青，在不断闪回的情景中，又继续叙述着。姐仨的汤面都端上了桌，她们边吃，边继续听着、说着。

欧阳雪喝了一勺骨汤面的高汤，望着麦小青缓缓地说："感情的事很难说得清楚。但是，康立伟有婚姻，确实不能婚外同居。你也不要太着急，冷静处理。至于索赔金额你可以再咨询一下律师，合情合理适可而止。"

麦小青神情有些激动，纤细苍白的手拎着筷子微微发抖地撩着面，说：“我不欠他的，我越来越清醒地看到，这么多年他哄我付出真爱。其实，这不是真爱，是他极端自私，不道德的爱。这些年对我的精神折磨也到了极点。”

吃着面的叶子，眼睛里透着黯然。心想：麦小青比起自己命好到了天上，既没有孩子拖累，又有五百万索赔的可能。自己除了需要养活的儿子，剩下就是每个月的四千元。如果不是欧阳雪帮助，母子两人很快就会沦落街头，或是抱着儿子回到四川老家，成为山民。

欧阳雪与麦小青之后的话，叶子没有再听到。她吞咽着口中的面，眼睛里竟然波动着泪花。

欧阳雪察觉到不说话，神色不悦的叶子，就关心地问：“叶子，在公司的工作还顺心吗？”

叶子咀嚼着面条，被欧阳雪唤起自己的名字而惊抬起眼睛，连忙回应：“顺心，挺好的！多亏姐帮忙和姐夫关照，不然，我这往下的日子——”说到这里，叶子就哽咽了。她低垂的眼睛里掉下来两颗圆滚滚的泪珠，落在了胸前。

欧阳雪安慰着她说：“日子会一天天好起来！我再跟你大哥说说，看看能不能给你再想想办法，解决些生活困难。”

叶子一听就哭出了声，说道：“谢谢姐！——我已经够感谢的了。”

“在北京开销大，我们再想想办法。”欧阳雪面色同情，强调着说。

而后，姐仨又说了一些将来在国内外生活的话题。午饭吃完的这一刻，姐仨相互祝福，愿保持微信联系。就此，姐仨也算是吃了个简单的辞别饭。

走出面馆的欧阳雪，跟漂泊在北京大龄未婚的两个姐妹挥别。望着走开的她们，她的眼睛里噙着泪。

第十一章
接到北京

这些天，欧阳雪忙着给澳大利亚的家购买东西。

有天丝床品、蚕丝被芯，钧瓷花瓶，竹兰梅菊真丝绣，茶台、茶具，豆浆机等生活用品。还给儿子买了很多东西，其中也有戴瑞亚的。这些东西要海运到澳大利亚，竟然装了一个集装箱。

一个半月前，欧阳雪和周闵在北京购买的梨花木古典家具已经海运，等他们交割房子时就会收到货物。其他生活物品，等以后到澳大利亚再添置。

眼看还有几天就要飞往澳大利亚与儿子生活在一起，欧阳雪激动不已。同时，她又对北京的家心存不舍。最令她放不下的，是将丈夫这么一个帅气的大男人丢在北京。夫妻两人以后只能几个月见一次，实实地令她心里如猫抓一样。为此，她跟丈夫总念念叨叨这些事。丈夫劝她不要多想，都是中年的年龄，不会轻易做出毁坏家庭的事。欧阳雪看丈夫认真的态度，心里的担忧也减轻了一些。周闵反过来也半开玩笑地问妻子，在澳大利亚会不会有出轨。欧阳雪一口否定了丈夫的担心，她说这辈子除了丈夫，再也不会有其他男人。她说此生给他做妻子足矣，在她心里正如丈夫说过的那样：下辈子还做夫妻。

而后，欧阳雪又跟周闵说起来叶子的事情。周闵很理解在北京四千元一个月面对租房、养孩子的生活艰难。但是，在公司除了叶子目前的这份工资，实在不好再有其他收入支付给她。欧阳雪提议是否让叶子晚下班一个小时，帮助打扫一下卫生，也好多一点儿收入。叶子只需要把儿子现在的幼儿园换到附近，加班的时间就解决了。周闵觉得这也是个好办法，要去问一下勤杂工的情况。

很快，叶子额外做勤杂工的事情落实了，她每个月多出来一千五百元工资，这一下解决了些生活困难。儿子的幼儿园也换到了附近，她又一次在电话里感激地跟欧阳雪道谢，几度哽咽。在叶子的心里，于人海茫茫的大北京，能遇到欧阳雪是自己不幸中的万幸。她认为自己从富贵梦中惊醒，沦落成勤杂工这也是命。

叶子心里暗暗地认定，虽说欧阳姐即将离开北京，但是姐夫周闵还在，要想在北京待下去就要抱住他们这棵粗树不撒手。她除了以后会在微信里跟远在天边的欧阳姐不断问候，就是在公司好好干，不给姐夫周闵丢脸。

欧阳雪临行前的这几天，又给麦小青通了电话。她再次表明等自己在澳大利亚安顿好生活，等麦小青解决好和男友的事情，来澳大利亚找她。麦小青泪涟涟地抽泣感谢欧阳雪的关心和欢迎她去澳大利亚。她说一定会处理好眼下和男友的事情，带着足足的钱去国外找欧阳姐。

对于麦小青是否真正能如愿以偿地得到康立伟的五百万元索赔，那就要看情况了。在康立伟的眼里，麦小青要钱这个行为彻底翻牌到起初当陪酒小姐的本性里。他没有更多的思维空间，去原谅麦小青要钱的行为理由。他认为和麦小青走到今天的结果，早已定格在要小费的那年晚上。这些年，康立伟确认被麦小青耍了，她的目的就是钱。同样，麦小青认定康立伟的欺骗，自己付出了青春和精神伤害的代价。就目前看，康立伟和麦小青是各有各的理，是官了还是私了，这要看康立伟最终的索赔兑现。

时间，对于大龄未婚的麦小青，每分每秒都是煎熬和重创。父母对她婚姻的催促和牵挂，令她活得极具焦躁和惶恐不安。她知道自己最多还有两三年的时间必须面对婚姻，或返乡回到父母身边。无论在北京，还是在澳大利亚，将是自己尘埃落定前的最后一搏。

心灰意冷的康立伟，被迫尝试四处借钱，却四处碰壁。只差签卖身契的他，目前没有下文。

麦小青最大限度地等待着康立伟的赔款。

在交割房产来临之际，欧阳雪作为房产购买人，顺利完成了海外贷款。她和丈夫心里唯独的这点担心，也石头落了地。贷款成功，这套房产实打实地落定，他们欣喜万分。

周闵在房产交割前的这些天，紧着要把投资公司手头的工作做完。曼丽公司那天晚宴后，几个商家签了合同。养老专题片的开拍仪式，等周闵从澳大利亚回来举行。

在叶子的印象里，姐夫周闵是公司里的大忙人。他不是开会就是外出，匆匆忙忙的，难得跟他说上几句话。

这天，在公司的周闵刚处理了手头的事，坐在办公椅里喘口气，办公桌上的手机来电响了起来。他看是河北老家的叔叔电话，便接听了。

“喂，叔。”周闵说。

“周闵，你爸突然晕倒，现在正送往医院！你什么时候能回来？我担心——你爸，会有危险——”电话里传送着叔焦急的声音。

周闵的头嗡的一下，眼睛里满是惊恐，急切地说：“我这就回去，医院那边叔先照应着，该花的钱叔先垫着……”

还没等周闵说完，叔就说：“没问题，钱是小事，你赶紧回来，到了给我打电话。”

“好的，我这就走。”周闵急迫地说着，收拾桌面上的材料准备离开。

他挂了电话，又给欧阳雪打通了电话：“欧阳，爸在老家晕倒，正送医院，时间紧，我现在就得去！”

“天哪！——我也跟你去。”欧阳雪惊慌失措地说。

周闵慌张地拿起自己的公文包，急促地说：“来不及，我先回去，我们电话联系。”

电话里欧阳雪急切地说道：“也好，你一路注意安全，到了来个电话告诉我爸的情况！”

周闵边答应着挂断了手机，边又用座机给董事长拨了内线电话。他急切地告假自己父亲病重要离京几天，立刻得到了董事长的同意。他挂了电话，迅速走出办公室，经过秘书台交代有事给他打手机。他儿乎是连走带跑地来到了地下车场，一头钻进了私家汽车里启动驶去。

此时的周闵在跟时间赛跑，好在汽车很快就上了高速公路。一路上，他神色紧张，脑子里满是父亲抢救及更可怕的想象。他心里责怪父亲不听劝说，近八十岁的人了还一定要把自己搞得那么忙。特别是亲自领班一连多天的诵唱，再赶着天气不好，别说这么大岁数的人，就是年轻人也不轻巧。母亲又是一个对父亲百依百顺的人，什么都依着他。

父亲在农村的生活，不断映现在周闵的眼前。

如果今天，父亲要是真没了，村里就少了行法事的道长。画符行道，其实是潜在于村民和父亲心里的安抚。道教的这点事儿，给村民带来的是民间信仰中不可或缺的生活内容。

父亲一路走来的模样，就这样不断闪现在周闵远望家乡的眸子里。途中，他几次泪流满面，视线模糊间不断抹擦着。

五天后，周闵就要和妻子乘飞机赴澳大利亚交割房产，父亲突发急症，必将改变行程计划。他很清楚，如果不按时交割房子，就会造成违约，没收30%首付款，还会追加后续再次销售的差额等费用。交割房子应该是雷打不动的事，他看起来是不能同妻子前往澳大利亚了。

在周闵心里，父母的事是头等大事，就是天塌下来也不能动摇。

北京到邢台的高速路一路畅通，周闵的私家车终于到达县医院，在医院门外的路边停了下来。

他边给叔打电话，边健步如飞地来到抢救室。

抢救室门外，母亲一眼看到跑来的儿子，眼睛里噙着泪迎上去拉住他的手，颤颤巍巍地说：“老头子还没出来。”

叔和婶子在一旁面色不安。

周闵边跟叔婶打了招呼，边急迫地问母亲，父亲发病的经过。

母亲惊慌地说："老头子昨天在家里教徒弟还好好的，今天一早说头晕，我就让他躺在了炕上。不多会儿时间他就开始呕吐，这就给你城里的叔打电话。你叔叫了急救车，就把老头子送到了医院。"

一旁的叔，满脸皱纹向着他更为皱起的眉心牵引。他开启着牙齿脱落无几的嘴，喑哑着声音说："送来时，医生问了情况，说是在家里耽搁的时间长了些，会尽力抢救。"

周闵正要说话，抢救室的门开了，医生走了出来，问："谁是周再兴家属？"

"我是！"周闵眼睛里布满恐惧地立即回答，家人随他拥向门口。

医生看着周闵说："周再兴脱离危险，由于送达医院不及时，会留下偏瘫后遗症。病人需要住院，请进来一名家属办理住院手续。"

周闵眼含着泪水，一边万幸父亲留住了性命，一边万般遗憾自己当时不在父亲身边，而耽误了送治的时间造成偏瘫。他跟在医生后面，头重脚轻地走进室内，并没有看到父亲。他想一旁发黄的白色隔帘后，应该躺着急救过来的父亲。

父亲住了院，他意识清醒，但是吃饭时嘴却兜不住流落出来的食物和汤水了。他说话含混不清，一侧的身子整个失去了反应，正如医生说的偏瘫了。无疑这对父亲是一个很重的精神打击，也在家人心里种下了不幸。母亲不断地用干瘪的手抹着从苍老的眼角渗出的泪，一时无法接受突然瘫痪和言语不清的老伴儿。

对于医治，医生说："出院后精心护理、服药，配合一些康复运动，对病人的病情不再恶化有帮助。但是，彻底恢复的可能几乎没有。"

医生的话，如同法官的宣判，又如同圣经般直入周闵心里。他用最大的幻想，期盼康复奇迹的发生。

母亲背着老头子跟儿子念叨着："老人就怕躺下不起，不过三五年也就没了。”

周闵安慰母亲：“儿子会尽最大可能帮助父亲康复。”

母亲灰暗着神情，垂着头微微地摇动着。

欧阳雪的电话始终跟周闵保持热线，时刻关注公公的身体情况。她两天后就要飞澳大利亚，周闵向妻子表明自己必须留在父亲身边，只能她一人去交割房子。

欧阳雪不得不面对眼前突然事件，满口答应着丈夫的决定。她长期以来最担心的事情，就是周闵父母的身体和不得不依附子女的晚年生活。没想到一贯身体硬朗、精神乐观的父亲，瞬间瘫下。

电话里，欧阳雪表述不能与丈夫一起尽孝，而赴澳大利亚生活，这让她心里很撕扯。

周闵宽慰妻子说：“父亲的事情有我在，就会把一切都安排好。既然你把工作都辞掉了，还是要安安心心地按原计划赴澳大利亚。”

欧阳雪觉得丈夫说的也是，由衷地说：“我先把那边的家安顿好，再回来看望老人。”

周闵强调着说：“我会将两个老人接到北京，安排父亲住康复医院治疗一段时间，看看偏瘫恢复情况。即便按医生说完全恢复的可能几乎没有，但是为了一丝希望我也要去争取。至少，康复医院会对病情不再恶化有帮助。”

欧阳雪赞同丈夫的安排，说：“我去了澳大利亚也会咨询一下医生有什么好药，买回来给父亲用。”

周闵感叹地说：“你真是我的好媳妇！”

周闵的两个妹妹知道了父亲的情况，二妹妹周淼为父亲突然偏瘫惊恐并感到惋惜。

大妹妹周遥一阵地丧气、埋怨：“倒霉的事都让爹给摊上了。”她一贯反对父亲在民间的道教活动，责怪地说：“全是些没用的玩意，又没钱挣。他不听劝，不顾年纪地成全人家。现在他倒下了，人家怎么不来成全他？他给人家祈福，谁给他祈福？”

大妹妹周遥就是一个喜欢埋怨的人，结婚以来一直住在公婆家。公婆帮着带大孙子，又给他们做饭。周遥一家三口没交过饭钱，还省了自己买房的钱，少了独立门户养家糊口的压力。可是，周遥却一直不满意，嫌弃丈夫没有能力，不能独立买房单过。她一天到晚指责、埋怨个没完，更不要说丈夫现在腰部又受了损。她最希望的是公婆早早过世，这个房子由他们继承。可是公婆的身体却格外硬朗，长年累月也没个急病，就是公公血压高。她对自己的儿子也是打骂不断，嫌儿子像爸，没有雄心大志，学习不够努力。每次跟儿子冲突，爷爷奶奶百般护着孙子，周遥为此跟他们多次发生争吵。丈夫韩海则长吁短叹，两边也不知劝谁合适。

周遥是一个心气很高的人，她常挂在嘴上的是命不好。其实在外人看来，就她的自身条件，有现在的家，命已经不错了。可是，她却横挑鼻子竖挑眼，看哪儿都不对劲儿。除了自家没有房产，就是儿子不像周子轩一样从小在国外留学。

儿子韩冰长期在她的不满中，逐渐丧失了自信心。他的学习成绩一直上不去，特别是英语总不及格。这让周遥更为恼火，经常对孩子破口大骂，甚至说一些更为过激的话，不是死了算了，就是早晚在街头要饭。家庭长期笼罩着不祥和的气氛，韩冰背地里躲着痛哭过不知多少次。

周闵在二妹妹周淼那里，多少听说了些大妹妹周遥家里的这些事。他多次找时机劝说周遥要知足，要看到更好的一面，特别是对孩子要多鼓励，对丈夫要多包容。

周遥却仍然自以为是地我行我素，一切按着自己的意愿，让每个人都活成自己要的样子。她不但没有看到每个人为她的要求而改变，反而是把她自己每天气了个半死。

这样的一个家庭，如果把父母托付给她照顾，那还不要了大家的命。

欧阳雪去了澳大利亚，周闵将出院后的父亲同母亲一起接到了北京家里。他在医院朋友的帮助下，将父亲住进了北京康复医院，还请了一个护工照顾。母亲平日住在儿子家里，随时跟儿子去医院看望老头子。

到了澳大利亚的欧阳雪，怕影响儿子学习，没有告诉他爷爷身体的事，只说了他爸因工作忙来不了。

欧阳雪在艾米的协助下顺利交割了房产，又陪她给新家添置了些东西。从中国海运来的家具和物品也前后送到了阿德莱德的新家门口，可以说一切顺顺利利。

她和丈夫周闵微信热线，相互通报着情况。

周子轩这段时间仍一边在律师事务所兼职，一边读书。

欧阳雪刚来时跟儿子见了面，布置新家的事情没有让儿子参与，自然也没有让戴瑞亚来帮忙。她只是告诉儿子，会把他的房间留出来，是二层向阳的最大一个套间，有独立卫生间，还有一个大阳台。楼上另外两间小卧室，给未来的孙子孙女用。她和周闵的卧室在一层，也有一个小卫生间。

周子轩礼貌地应和着母亲。

欧阳雪将从中国购买的梨花木古典家具分别摆放在每个房间，还有瓷瓶和装饰物也都装点在最佳的位置。洋房配中国古典家具与饰品，中西搭配也是一种时尚。

她多少次欣赏着走动在这座房子里，幻想着子孙满堂的生活，她眼睛里尽显幸福的光色。

院墙内，那一棵棵粗壮的洋玉兰树，正盛开着乳白略带淡黄色的大花朵，宛如一朵朵荷花。洋玉兰是她第一次见到的花树，花朵的饱满和盛大就像是看到了自己当下幸福的内心一样。那一朵朵盛开的花随着微风的吹拂，将芳香铺满院落，又飘到窗前屋后，着实地令她陶醉。

花园除了铺着小鹅卵石弯弯曲曲的路面，就是平整油绿的草坪。她选择这个大面积都是草坪的花园，是为了以后孙子孙女们在草地上翻滚玩耍。

在一层客厅外，连接着一个木制架和玻璃顶的室外凉棚。地面仍是小鹅卵石铺的，上面摆着一套室外的餐桌椅。欧阳雪将从中国买来的茶具，摆在了室外的桌子上。

这个区域向阳，无论是享受阳光和清风，还是看花或听雨，都是那么惬意。

周闵在微信里看到妻子发来花园洋房的照片，已经在她的布置下成了家的模样。他恨不得立即飞过去跟妻儿团聚，可是又不得不面对偏瘫的父亲和年迈的母亲跟他一起生活。为此，他在微信里跟妻子说了一些对美好生活期望和暖心的话。

欧阳雪百般理解，嘱咐丈夫先照顾好公公婆婆。在她心里，潜藏着一家三口团聚在澳大利亚生活的美好期盼。

第十二章
好友

欧阳雪安好了家，房屋中介艾米建议叫几个女友来给她的新家温锅，也好让她多认识几个朋友。她接受艾米的建议，又说担心自己做菜的手艺不足以拿出手。艾米说不用做菜，可以在超市买来西式冷餐，加上香槟、葡萄酒和饮料就可以了。艾米表态跟她一起采买和布置餐桌。欧阳雪这下才有了信心，能在澳大利亚阿德莱德的家里且在没有丈夫掌勺做中国菜的情况下，用西式饮食招待朋友。

她为此跟儿子打电话，希望他能在这个周日上午回来一起参加聚餐。儿子满口答应了母亲，并说会带着戴瑞亚一起来，也许会叫来几个朋友。欧阳雪当然同意儿子的安排，只是从心里还是不太接受这个跟儿子同居的瑜伽教练戴瑞亚。

欧阳雪想到朋友们周日来一定会参观房间，就电话跟儿子说希望他有时间回来布置一下自己的房间。儿子说房间由母亲看着安排就可以了，现在他租的小公寓的房租已经交到了圣诞节，一时不能搬回来住。欧阳雪听儿子这么说，也就先顺应着。

她心想：也许是儿子舍不得跟戴瑞亚分开，那就只能接受戴瑞亚跟儿子一起住进自己的这栋房子里。不能因为戴瑞亚，失去跟儿子生活在一起。

周日上午十点，艾米来到了欧阳雪家。

在艾米的指导下，聚餐就安排在室外休闲区。

临近中午，艾米将昨天下午跟欧阳雪一起买来的西式冷餐和酒水都摆上了桌。这些食物、酒水和一次性餐具在她的安排下，就像是变魔术，彰显出西方风情和品味。

欧阳雪佩服地跟艾米说：“没想到你不动炉灶，就可以宴席满桌。”

艾米微笑着说：“这样的聚餐方式在国外是最常见的，省时省事，西人喜欢，华人们也接受。”

上午十一点半前后，艾米邀请的华人女友陆续来到花园洋房。

艾米相互介绍着大家，来的朋友有年龄稍大的琳达，也有年龄相仿的丽萨、婇丝与温蒂。除了琳达，那三个女人带来了各自的第二胎，八岁到十岁间的孩子。这些女友都是居家母亲，看她们的气色和打扮，家庭条件应该都不错。她们边寒暄边又走动着评价花园洋房不错。

欧阳雪边引着大家参观，边回应着她们的问话。她又说到儿子一会儿就回来，丈夫刚回了中国。

她话音刚落，儿子周子轩带着女友戴瑞亚就走进了院门。

英俊的周子轩手里提了一个袋子，里面装着买来的几瓶南澳红酒。戴瑞亚像回娘家那天一样手持一束百合花，只是颜色为粉红色。

欧阳雪迎接他们走来，随即跟朋友介绍着。女友们赞扬周子轩英俊帅气，戴瑞亚身材苗条漂亮。欧阳雪欣赏地看着儿子，又扫了眼紧靠他身边的戴瑞亚。

艾米接着跟大家说：“欧阳雪的儿子是学法律的，今年底就毕业，现在一家律师事务所兼职。她的丈夫也很帅气，在国内做投资公司高管。欧阳雪来之前也是知名杂志社栏目副主编。”

“精英家庭啊！”年龄稍大的琳达说。

大家也一致赞同。

欧阳雪跟大家介绍戴瑞亚是儿子的朋友，并没有说是女朋友。大家不住地关注这个金发漂亮女孩和周子轩，认为他们应该是情侣。

餐前。

欧阳雪将戴瑞亚带来的花插到客厅桌子上的花瓶里，让儿子将买来的葡萄酒放在了室外餐桌上。

戴瑞亚一刻不离地跟在周子轩身边，因语言和文化隔阂她显得有些尴尬。

周子轩发现她不自在，就提示着说：“也许这些华人朋友会说英文，你可以跟她们说话试一试。”

“是的，也许！”戴瑞亚应声着，蓝宝石般的眼睛里闪动着不确定。

其实，这个年龄的华人朋友多数是为孩子上学移民来的，英语多数不怎么会说。她们在跟戴瑞亚的对视中，显出有意回避正面交流的神色。

欧阳雪对戴瑞亚的热情也只是停留在脸面上，当看到她满脸欢喜的笑容时，又多了些怜悯。她看儿子喜欢戴瑞亚，也只能是先勉强维持在心里。

她走过来跟儿子说让他去看看自己的房间，又强调二层都给他未来的家庭使用的。戴瑞亚满脸笑容地在一旁，却听不太懂中文。周子轩面色平静地满口应声着母亲。

他正要跟戴瑞亚准备上楼看看，走进院子两个外国小伙子。他们看到院子里的周子轩，立即挥动着手，身后又走进来了两个外国姑娘。

周子轩和戴瑞亚的脸上立即浮现出极为热情的笑容，向他们挥手打着招呼，欢迎他们到来。而后，周子轩向迎过来的母亲做了相互介绍，随后母亲又被艾米叫了过去，忙着拿这拿那的。

艾米请来的这几个女友的英文，确实只停留在最初级水平，只有琳达稍微好一些。由此她们和周子轩的外国朋友之间有着明显的分界线。即便是英语较好的艾米，跟他们因年龄差距，也是有一搭无一搭着。

西式自助冷餐使得朋友自由组合，有站，有坐，又随意走动着边吃边聊。周子轩的那些外国朋友们围坐在花园的草坪上，有说有笑地享受着周日的阳光和食物。

华人女友们基本是围在餐桌边吃着食物，带来的小孩子们边吃边玩耍着。欧阳雪端着餐盘，跟华人朋友们边吃边聊着。

当她走到餐台时，周子轩和戴瑞亚端着杯子走了过来。

周子轩礼貌地举杯跟母亲说："祝贺爸妈在澳大利亚有了家！"

戴瑞亚满面灿烂的笑容，也举过来酒杯。

欧阳雪连忙端起桌上的空酒杯给自己斟上了红酒，迎过去杯子与他们的酒杯轻轻相碰。

欧阳雪边抿着红酒，边觉得儿子的祝福语不对劲。她微笑里夹杂着复杂的神情，心想：怎么是祝爸妈在澳大利亚有了家？这话是怎么个说法？

还没等她缓过神来，戴瑞亚又一次迎过来红酒杯，用蹩脚的中文结结巴巴地说："祝你们，愉快，生活每一天！"

欧阳雪原本喜悦的脸，随着两次碰杯已彻底平淡了下来，甚至略显不悦。

这时，她衣兜里的手机响了起来。她放下红酒杯取出手机，看到丈夫的电话，跟儿子说："是你爸的电话！"边说着边接听着电话，"周闵，儿子在身边，你先跟儿子说说话。"她顺便将电话给了身边的儿子。

"喂，爸，您好！"

"儿子好！看到你的房间了吗？"

"爸，我一会儿就去看。"

"你妈没少费工夫买家具和物品，不知合不合你的意？爸这边有些工作上的事，以后会随时过去跟你们住。"

"挺好的，希望你和妈喜欢这个家。"

"傻儿子，只要你喜欢，就是爸妈最喜欢的！你小时候没在我们身边成长，你妈没少掉泪，这次你妈把工作也辞了，过去跟你一起好好生活。不然，对你的亏欠，她这一辈子都过不去。"

"爸，我觉得没什么，我确实很习惯这里的生活，没觉得有什么不好。"

欧阳雪在一旁听儿子说着，情绪复杂地波动着。

一旁的戴瑞亚闪动着蓝色的眸子，完全听不懂周子轩在说什么。随后，周子轩礼貌地将电话交给了母亲，和戴瑞亚手持酒杯回到他们的朋友中去了。欧阳雪继续和丈夫对话。

她跟丈夫交换着儿子话里话外的意思，他们相互安慰不要想得太多，儿子说那些话也许是宽他们的心。

欧阳雪的脸上又泛起了希望的光色。

午餐后，琳达走过来跟欧阳雪主动添加了微信。她说自己的儿子在阿德莱德成了家，她有的是时间，愿好友间经常走动。其他几个女友也都来相互添加了微信，大家一致说多联系。

随后，女友们一一告辞。艾米留下来帮助她收拾餐具。

周子轩也送走了他们的朋友，正准备跟母亲道别。欧阳雪带着无尽的希望，提示儿子看看他的房间。周子轩随口答应着母亲，拉着戴瑞亚上楼看房间。

欧阳雪跟儿子一起走上楼并认真地介绍着，关注着儿子的情绪。周子轩手拉着戴瑞亚的手，面色平静地看着母亲收拾出来的卧室。

欧阳雪看儿子没有太喜悦，就强调着说："不知布置的样子你是否喜欢，如果不喜欢可以根据你的需要再换。"

周子轩迎合着说："没问题。"

戴瑞亚大概明白这应该是给他们留的房间，不以为然地微笑着默不作声。

周子轩在母亲不断详细介绍着每一件东西和摆设中打断了她："妈，我们还约了朋友，现在就要走了。"

欧阳雪情绪高涨的介绍被儿子的这句话戛然而止，随即顺应着又微笑着说："好的，那你们赶紧去吧！妈随时等你们回来住。"

周子轩向母亲礼貌地道别、拥抱，而后拉着戴瑞亚的手离开了花园洋房的家。

艾米在厨房收拾完餐具，边摘掉围裙边向走来的欧阳雪道别。

欧阳雪一阵感谢的话，送走了艾米。她关上了院门，花园洋房顿时显得寂静。

她走进客厅坐在沙发里，环视着这个精心布置的家，突感清冷。她深感一阵不安，渴望儿子尽早回到这个家里生活，期盼丈夫能经常回来。她不敢想象以后的日子，这个家里只有自己。这么多年来跟儿子的分离，眼看儿子长大成人处处显示独立，儿子遗失的母爱，但愿不要成为自己终身的遗憾。她不由得陷入对丈夫的谴责和自责中，又不得不安慰自己：应该有足够的耐心，来补偿陪伴儿子成长的情感缺失，赢得儿子回归家庭。

欧阳雪眼睛里蕴含着希望，又上了楼，在这层属于儿子的生活区域，深情地看了又看。夕阳投进窗内，反射在她温情的脸颊。

周日朋友聚会后，保持微信联系的除了艾米，就是琳达。

在欧阳雪的印象中，琳达这位六十岁左右的女人知性而有主见。在她不再年轻的脸上依稀能看到她年轻时的秀丽，特别是她的眼睛里传送着不甘衰老的活力。她对身材的严格控制，使得她看上去竟然是个姑娘的身材。

她们第一次见面，琳达就直言不讳地说自己每天穿紧身衣，以免身材走样的私人话题。琳达快言快语，性格开朗，这为她和新朋友之间赢得快速走近的有利条件。

这天，琳达主动约见欧阳雪喝咖啡。欧阳雪为了消遣，打发一个人无聊的时间，满口答应了。

七八月的阿德莱德已是秋冬季，依然处处可见鲜花、绿草。

欧阳雪穿着一件乳白色长款羊绒衫，一条驼色紧身裤，一双黑色皮短靴赴约而来。

咖啡馆室内，买好两杯咖啡的琳达，身穿黑色紧身羊毛连衣裙，颈部系着一条酒红色丝巾，已经坐在那里等她了。室外走来的欧阳雪隔着窗子看到俏丽的琳达，一副幸福女人的模样。

两人见了面，拥抱、寒暄，好似多年的老友。

她们的闲聊在琳达开朗的性格中，毫无设防地展开了。聊天中，欧阳雪感受到的是一个跟实际年龄完全不同的琳达。她渴望爱情和属于自己的生活，却没想过成为帮儿子带孙子的奶奶。

欧阳雪跟她的思想不同，两人各有各的生活理念。

琳达移居澳洲已经有六年时间。十多年前，澳大利亚国籍的儿子给她和丈夫申请了亲属团聚移民，在长达十年的等待中获得了永居身份。不幸的是，她的丈夫在获得永居身份的第二年，因病撒手人寰。从此，只有独子的琳达常住澳大利亚，成为儿子四口之家中的一员。她在儿子的家庭中，越来越发现自己跟他们的行为和观念格格不入。就连在家居物品和衣物洗涤的使用上，也总被儿媳提醒不要这样或那样。他们之间的生活变得也越来越无趣，儿子儿媳跟她的话也越来越少。出生在国外的小孙子、孙女，也不需要她看管和接送上学，不喜欢吃她做的饭。有个性的琳达在极度不适应中，决定搬出儿子的家，用中国自住房的出租款在澳大利亚租房独立生活。再寻找个伴儿，成了她在异国他乡的最大心愿。

今天的聊天，欧阳雪听得多，说得少。

琳达说对她的印象非常好，自己以前是做旅游文化的，很喜欢跟知性的朋友交往。在她不断地叙述中，眼睛里时而灰暗时而明亮地交错着生活的无奈与希望。

她说："跟外国的几个异性男友交往中，让我感受到他们对爱情的渴望。他们的这个渴望，把我也一下变得更年轻了。不单单是找老伴，还是找爱情。"这时的她，脸上洋溢着年轻的神采。

"当然有爱情的结合是最完美的。"欧阳雪浅浅地喝了口咖啡，微笑着说，"可是——能寻找到合适自己的人，在这个年龄也不容易。找一个外国人，两人之间的文化差异和语言障碍也是不得不考虑的。"

琳达兴致地说："语言我觉得不是问题，我也一直在学习英语，就目前的这些基本英语足够开始交往。文化差异，只要你喜欢那个人，就会接受他的文化。"

欧阳雪微笑着说："跟他一起每天吃三明治，还有烤肉和沙拉？他要是坚决不接受中国饮食，那你可要一直西餐了。"

"那也不绝对。"琳达自信地说，"要有改造他的能力，但是首先是要让他爱上对方。"

在欧阳雪看来，琳达能有面对寻求异国男友的心态，跟她之前从事的旅游文化职业有关系。

琳达又接着说："一定要有自己的家，活出自己。"

欧阳雪微笑着关心地问："那你的男友现在确定下来了吗？"

"接触过几个，都不合适。一个年纪大我十五岁，另一个大我六岁，他走起路来腿有些不便。还有一个大我十岁的，体格倒是健壮，后来才知道他有严重的眼疾，一只眼睛看不见。"

"哦，这些年龄的人，难免身体会出现这样那样的问题。"欧阳雪同情地说，"他们都是朋友介绍的吗？"

"没有，是我在微信'摇一摇'里认识的。这些单身的外国人还都很有素质，也都是家附近五公里内的人。"

"外国人也用微信啊？"

"是啊，我也是奇怪，怎么这么多外国人都用微信。真是不摇不知道，一摇吓一跳。"

"你不担心这些陌生人，有不安全吗？"

"没什么不安全，自己要有判断。我认识的这几个外国人都很绅士，都请我吃过晚餐，很懂得浪漫。从聊天里感到他们对待感情很认真，也很需要稳定的关系，有一个长期陪伴。"

"你说的长期陪伴，是婚姻吗？"

"他们倒是不需要婚姻，而是同居伙伴，英文叫Partner。"

"可是，同居时间长了，也会产生事实婚姻。"

"外国人想得开，我也想得明白，应该会在同居前做财产公证。其实对我而言，不会在意财产，而是实实在在爱的陪伴。"

欧阳雪佩服琳达的勇气和自信，在仅有的英语基础条件下和不再年轻的年岁里，面对选择国外男友的新生活。欧阳雪庆幸自己有婚姻家庭和宠爱自己的丈夫。她们对话间，欧阳雪的眼睛里掺杂着游离，混合着对丈夫的思念和与儿子一起生活的美好期盼。

第四卷

第十三章
我的决定

欧阳雪在阿德莱德生活的这段时间，一边惦念着丈夫，关心着公婆的健康状况，一边在网上学习总也记不住的英语单词，还有就是学习如何做菜和种植花草。她得知丈夫将公公送到康复医院的后续安排，心放下了一大半。

周闵期待康复医院能给偏瘫的父亲带来康复，为此他花费了不少心思。欧阳雪说三个月后就回去看公婆，正好那个时候儿子硕士毕业，争取把儿子一起带回北京过圣诞节。

欧阳雪每天都会给儿子发短信息关心他，儿子也非常礼貌地回信息给母亲，希望她每天生活得愉快。母亲则不忘跟儿子说每周末回到家里，给他做好吃的。

儿子答应周六下午回到母亲家里，周日下午返回自己的住处。儿子的这个安排对欧阳雪来说，好像要过大年似的令她欢喜。她在周末到来之前的每一天里，给自己布置了更多的任务。她除了学做菜，就是将购买来的花籽种植，又将新买的植物在屋里屋外摆放着。她还买来了薰衣草精油熏香，希望儿子回到这个家里能感受到家的温馨与幸福。

这些天，叶子和麦小青的微信问候，就像约好似的在每天上午前后传送给欧阳雪。欧阳雪除了回应问候，有时在晚上也会多聊几句。欧阳雪得知叶子工作顺利，麦小青和康立伟的事情还没有结果。

微信里叶子说大哥看起来工作很忙，希望姐电话里多嘱咐大哥注意身体。

欧阳雪很清楚，近来家里家外的事够周闵忙活的。

叶子对曼丽公司及曼丽本人仍一概不知。周闵在投资公司基本做到对曼丽公司的业务滴水不漏。况且还有个叶子在眼皮子底下，更要注意不要将曼丽此人传递给欧阳雪，以免女人们之间节外生枝。至今，欧阳雪仍不知曼丽公司迁址北京和丈夫合作的事。

曼丽公司的事，周闵兼顾着紧锣密鼓地推进开拍。

周闵父亲突然偏瘫，给他的经济带来了大笔支出。父亲长期在农村，现在接到北京，看病、请护工，一个月将近两三万元的开支都由周闵担负。他的两个妹妹一贯表露经济紧张，从没有给过父母钱，好似这个责任和义务就得是作为周家儿子的专属。周闵心里从来也没有指望过嫁出的两个妹妹来照顾老人，而是心甘情愿地做他应该做的事。

曼丽得知周闵家里的事，也很关心，并拿出十万元送给周闵。周闵感谢她的关心，但是没有接受钱，客气地说经济过得去。在曼丽的心里是多么希望周闵接了这个钱，这样他们的关系会更近一步。可是，周闵知道曼丽这个单身女人，恨不得将自己这条鱼一口吃到肚子里。尽管周闵坚决杜绝和曼丽私下关系来往，但毕竟欧阳雪远在海外，难免使得孤男寡女有水到渠成的隐患。

曼丽原本准备在东五环以外中央别墅区购置房产，但是考虑到工作方便，就在公司附近买了层南北通透的高档公寓住宅。她在北京安了家，就等传媒事业在北京开花结果了。她的家里没有请保姆，宁可用小时工，也不愿意破坏自己的这块极其私密的空间。她断定周闵和欧阳雪两国分居，扛不过时间的考验。由此，她心里暗喜上天的安排，自己将在北京财色双收。

周闵在北京除了照顾两位老人，就是继续做一位称职的丈夫。他每天早晚跟妻子问候、关心着她远在天边的生活。他想给自己几年时间，多赚些钱，再把老人照护好，等老人百年之后跟妻儿在国外安度晚年。现在，他再苦再累都甘心情愿，好在妻子跟儿子在一起，也算是圆了妻子这么多年的愿望。他在妻子面前长期的负罪感，也放下了些。

儿子留学的这十多年来，欧阳雪多少次在梦里哭喊着儿子的名字惊醒。直到现在去了阿德莱德，这样的愧疚也未彻底消除。欧阳雪现在会经常愣神，脑子里全是戴瑞亚抢了自己儿子的神魂画面。金发女孩的出现，使她意识到自己出现在儿子面前确实晚了些。儿子最需要母亲的时期，已经不复还。她每想到这时，眼泪溢满眼眶。

每当她看到高大、英俊、帅气的儿子，除了看也看不够的欣赏，就是为他突然长大成人而感到无比的亏欠。

周末，周子轩带着戴瑞亚回来小住。

欧阳雪除了一贯将房子收拾得一尘不染，就是把学会做的菜一个个端上饭桌。

周子轩很礼貌地道谢母亲为他们做的菜，戴瑞亚也随着称赞美味。欧阳雪明知自己做菜的手艺很不娴熟，勉勉强强，可是听到他们的称赞，心里无比的温暖。

周子轩和戴瑞亚对食物的选择非常注重健康需要，而不仅仅是满足食欲和口感。虽说欧阳雪对饮食有健康认识，但是比起他们结合健身的食谱还是有距离。

他们吃得不多，却在满意的神色中不断称赞。在欧阳雪看来，他们多了些生分和客气。她安慰自己继续用最大的耐心和时间，来拉近儿子与自己的距离。

饭后，戴瑞亚坐在沙发上看电视。欧阳雪和儿子坐在餐桌边又聊起了天。

欧阳雪笑容满面，疼爱地望着儿子，说："儿子，转眼你就要硕士毕业，妈想今年带你一起回去过圣诞节，看看爷爷奶奶。"

周子轩对母亲提出的这个说法感到突然。圣诞节在这里就是新年，相当于中国的春节，是一年里最重要的节日。他眼睛里波动着不稳定，显得不知所措地说："我很愿意回中国看爷爷奶奶，可是——我却答应了戴瑞亚去意大利。——我们的这个计划，有一年的时间了。”

欧阳雪原本满面微笑的脸显得凝固，那温和的眼睛交映着失望，语言却还在机械的愉快中迎合着：“哦，是吗？——很好啊，没问题，等你们从意大利回来后，再回北京过春节更好！”

周子轩仍难掩不知所措，努力地使自己镇静，并认真地说：“妈，我原本想等以后告诉你们我的决定，没想到今天就要说这个事情。我想毕业的那一刻，也就是这次去意大利旅游，我要向戴瑞亚求婚。”

戴瑞亚坐在客厅的沙发里看着电视，她原本就听不懂中文，完全不顾及他们母子的对话。

欧阳雪听了儿子的这个决定，眼睛里透着惊讶，神色难掩着不平稳。她从心里不同意这门婚事，没想到儿子却一步走到了婚姻的大门口。她的睫毛抖动，强颜笑脸地说：“儿子——你想好了吗？婚姻是大事，不能儿戏。”

周子轩绷着嘴微笑着，进而认真地说：“当我见到戴瑞亚的那一刻，这一切都已经注定了。现在我可以更加肯定这个决定，我爱她，就像爱自己的生命！”

儿子的这个充满诗意的誓言决定，像电流冲击着欧阳雪的每一根神经。她也显得不知所措，支支吾吾地说：“儿子，爸妈原本——”

“妈，我希望把选择相伴终身妻子的权利交付给自己。我是一个可以完全独立思考，承担法律责任的成年人。”周子轩轻声地字字句句地强调着说。

周子轩在母亲的眼睛里看到了不确定和不能一口应许的闪动。他爱怜地看了戴瑞亚一眼，又跟母亲耐心、轻声地说：“我知道爸妈希望我找的不是戴瑞亚这样家庭的女孩，可是她却是我此生不能割舍的人。妈，请相信儿子靠自己会有所成就，不需要官员家庭来维持我的幸福。因为那原本就不属于彼此，而是各自的荣誉和尊严。我要在圣彼得大教堂，向戴瑞亚正式求婚的计划不能变。”

欧阳雪在儿子的话语间仍然显得不知所措，却极力保持着面部的温情。这个突然的决定，就像是儿子口中的一则法条，不可抗拒。

周子轩也没想到这个求婚的事情会在此时说出，又在极为不平静的内心中，语言显得唐突。

欧阳雪看得出儿子是铁了心跟戴瑞亚结婚，也感受到话语中的主见，有一股无形的力度支撑着他。他思维敏捷，头脑清晰，眼神中映射出的认定，就像是一个大法官。

欧阳雪是那么疼爱儿子，又那么不愿意接受这个瑜伽教练金发女孩戴瑞亚。可是，她又不能跟儿子在没来得及填补母爱的缺失中，再雪上加霜。

她极力保持着微笑，声音虚飘，牵强着说："只要儿子决定了——妈没意见。但是——也要通知一下你爸。"

周子轩立即微笑着轻声说："当然，我会告诉爸这个重要决定。"

儿子的这个决定，在欧阳雪的头脑里又像是天上的一道电光，穿过七窍刺痛着她。

晚上，躺在床上的欧阳雪跟丈夫发着微信，将今天儿子的这个惊人的求婚决定告诉了他。周闵感到震惊，气愤地说要跟儿子好好谈谈。欧阳雪劝他先不要暴露知道此事，直到儿子亲自跟他说的那一天。周闵理解妻子的良苦用心，原本恨不得立即就打通儿子的电话怒吼一番，为此也就先吞忍了。

欧阳雪劝丈夫不要动怒，儿子会从意大利旅行之后回北京过春节，那时再跟儿子好好聊聊。周闵一边为儿子对父母家庭全然不顾而恼怒，一边又对儿子能回国过春节抱有希望。

欧阳雪深感儿大不由娘，再加上对儿子放手太早造成的家庭观念淡薄。

丈夫问她是否告诉儿子爷爷的身体情况。欧阳雪说担心影响儿子毕业考试，等他春节回北京再说。周闵又问儿子是否喜欢自己的房间。欧阳雪说还好，但是儿子没有近期搬回来住的计划，他的房租还没有到期。

周闵听到最后这一句就更为恼火了，说儿子简直是有了媳妇忘了娘，春节回来再教训他。

欧阳雪眼睛里噙着泪。

这一夜，欧阳雪失眠至窗外渐亮，鸟儿啾鸣的那一刻。而后，伴着鸟叫，她又混沌地睡着了。

清晨，戴瑞亚和周子轩跑步回来，戴瑞亚做了早餐。周子轩看母亲没有起床，便轻手轻脚，怕打扰母亲睡懒觉。

欧阳雪一觉睡到了上午十一点。她醒来一阵懊悔，怪自己怎么睡到了中午，宝贝儿子难得回来。

她立即起床、洗漱，走出了卧室。

戴瑞亚正在开放式厨房准备午餐，周子轩在一旁帮忙。他们见母亲走了出来，并向母亲问好。

戴瑞亚做了西式午餐，鸡胸蘑菇、土豆泥，还有一个蔬菜沙拉。

午饭间，欧阳雪一边夸戴瑞亚菜做得好，一边又跟儿子表示希望尽快搬回家里住。周子轩没有直接回答母亲，而是微笑着缓缓地咀嚼着食物。

欧阳雪强调自己学了不少中国菜，就等着做给他们吃。她说儿子小时候最喜欢吃爸爸做的红烧肉，她来阿德莱德之前也学会了。原本想着中午做这个菜，没想到一觉却睡到现在。

周子轩吃着午餐，默默无语的脸庞挂着淡淡的微笑。戴瑞亚带着满面阳光般的笑容默默地坐在周子轩身边，轻巧地切着餐盘里的食物。

欧阳雪渴望听到儿子回来住的答复，却一贯落空在儿子的微笑里。她坚持在儿子绷着嘴唇的微笑中，继续等待最大可能的答案。

饭后，儿子按原计划要跟戴瑞亚离开父母的家。临行前，欧阳雪跟他们拥抱，欢迎他们随时回来。

欧阳雪辞掉工作迫切地住进这个向往了十几年的家，可是却没有像想象的那样，迎来一家人的团圆。

一连几个星期，周子轩和戴瑞亚只回来住过一个晚上。

之后，他解释要毕业，加上在律师事务所的兼职比较忙。他还说律师事务所等待他毕业后，会将他转入正式人员，也可以为他申请技术移民永居身份。

儿子后面这番话，是唯一抚平欧阳雪内心的失落，给予无比喜悦的好消息。她激动地跟儿子电话里说：“这是天大的好消息，爸妈为你高兴和祝福！如果顺利的话，爸妈很快也会随儿子申请亲属团聚的永居身份了。”

儿子说：“没有问题，只要我的身份确定下来，立即就给爸妈申请。其间可以给爸妈办探亲签证，这样就可以在澳大利亚停留生活的时间长一些。”

对于欧阳雪夫妇来说，除了儿子和戴瑞亚的事出乎意料，儿子的事业和澳大利亚身份是早预料到的。激动不已的欧阳雪立即将这个大好消息告诉了丈夫。周闵得知这个消息激动万分，期盼接下来的事顺利实现。

他跟妻子说给父亲计划至少住在康复医院半年，看看病情是否有好转，或是有所控制。他争取春节的时候将父亲接回家里过年，正好儿子也会回来。欧阳雪赞同丈夫的安排，并提出早些给她买回程机票，担心圣诞节前机票紧张。

周闵原本希望妻子能跟儿子一起回来，以免儿子借口不回。但是妻子目前是旅游签证，必须三个月后离境澳大利亚。

周子轩和戴瑞亚计划的这次欧洲浪漫订婚之旅，会在意大利境内租车自驾。从罗马驱车去佛罗伦萨、威尼斯、维也纳，最后到米兰返回澳大利亚。他们全程住公寓式酒店。

戴瑞亚工作没有那么忙，一天里会有很多空闲时间。周子轩将旅游需要入住的公寓酒店和租车预订交给她办理，让她根据自己的喜好选择房型和汽车。戴瑞亚乐此不疲地在网络上反复浏览，想象着享用时的快乐，感受着周子轩对自己的爱。

此次出行的费用，是周子轩一年打工剩余下来的钱，还又为戴瑞亚买了一枚求婚戒指。

周子轩和戴瑞亚同居租住的小公寓房租就要到期了，戴瑞亚提出续租。周子轩很清楚自己的父母希望他们回到家里住，他本意是不想回去住，明知戴瑞亚也不会愿意。但是，他还是想尽可能地跟戴瑞亚沟通一下家里的情况，一是确定她的态度，二是争取总能回去小住。

这晚，他们躺在床上。

周子轩穿着一件背心的胸膛宽厚有型，健美的臂膀揽在戴瑞亚雪白的颈后，手搭在她圆润的肩上。戴瑞亚一身棉质白睡裙偎依在他的怀里，一只手伏在他的胸口。她蓝宝石般的眼睛，水灵灵地望着周子轩。

周子轩若有所思地看着眼前美若仙子的戴瑞亚，不由自主地轻声说："你试想过和我的父母一起同住吗？"

戴瑞亚明亮闪动的蓝眼睛里带着疑惑，问："我们不是已经去住过吗？"

"哦，对不起，我没有说清楚要说的意思。"周子轩突然清醒地说。

戴瑞亚仍满脸疑惑地说："什么？"

周子轩的脸上多了些担忧，轻声地说："我是说，你试想一下，如果以后我们每天都和父母生活在一起。"

戴瑞亚的神色立即显得不安，惊讶地说："哦，这不是我们的生活。我们应该有能力安排好自己的生活和家庭。正如你之前所说的，我们会有一个家。"

周子轩神情肯定地望着她说："是的，戴瑞亚，我从没有改变过这个愿望和努力。"

戴瑞亚的蓝眼睛里透着赞同，并认真地说："我也跟你一起努力，我们一起买一个属于自己的房子。"

周子轩望着美丽的戴瑞亚，继续轻声说："是的，我明白！可是，我的父母却跟我们想要的不一样。"

戴瑞亚从他的臂膀里移出了些身子，淡笑着说："我不明白，你在说什么？"

周子轩进而又搂了搂戴瑞亚半移出的身子，说："是的，我懂你的意思。可是，我的父母——想要我们跟他们一起生活。”

“哦，这不公平，这是我们的权利，是属于我们的生活选择。”戴瑞亚不理解地说。

“戴瑞亚，请允许我向你慢慢说明好吗？”周子轩满脸惆怅地问。

戴瑞亚不解的眼神望着他回答：“当然。”

“亲爱的，在我很小的时候，就听我爸妈说儿子一生都要跟父母生活一起。等我长大一些，开始关注这个规矩，不认为这样是可行的。可是，在我的家里，这个规矩就像跟随父姓一样，不可改变。”周子轩极为耐心地轻声说。

戴瑞亚不能接受地说：“哦，不，我不能同意这样的生活。我需要有自己的家庭，如果跟你的婚姻一定要这样，那我们还是要认真考虑是否可以继续？”

周子轩明知戴瑞亚会有这样的反应，但是眼前的现实又不得不跟她慢慢说明：“戴瑞亚，我很明白你所需要的生活，我想尝试跟父母说明白这些，也许会得到我们想要的生活。你看——我们保持偶尔去跟他们同住一晚，会不会是最好的办法？”

戴瑞亚立即说：“住一晚没问题，但不是个规定，我们是自由的。”

周子轩眼里充满理解和无奈，说：“我会尽最大的努力想办法改变父母的观念。戴瑞亚，亲爱的——相信我们会拥有自己的生活，请不要轻易走开。”

戴瑞亚望着周子轩，她蓝宝石般的眼睛里闪动着爱的光色，说：“当然，也是我希望的，我们不离开彼此。”

周子轩这一夜没有睡好，他知道这将是戴瑞亚和自己的父母之间的又一个严峻问题。也许，会导致自己失去与戴瑞亚的婚姻。

第十四章
小院儿

周子轩对转变父母让他们回去同住的想法，目前唯独的办法就是用实际行动让他们感受到不同的态度，先继续借忙毕业和工作为由。对于他和戴瑞亚的婚姻，他有足够的信心赢得两人的生活。

他们继续租住在小公寓里，过着同居的温馨生活。周子轩向戴瑞亚承诺会处理好跟父母不同住的事情，还会在工作的第二年贷款购买属于他们的房子。

转眼，阿德莱德又到了蓝花楹满树绽放紫色花朵的时节。

自从戴瑞亚离开父母的家，同住在周子轩租来的小公寓里，她父母的生活冷清了不少。除了安妮时而弹奏出舒缓的钢琴声，就是安静的小院里传来的鸟鸣，却少了女儿戴瑞亚的欢声笑语。

小院里，蓝花楹树盛开着满树的紫花，又是如诗如画、如梦如幻的一年。温暖的阳光，洒在穿着淡蓝色毛衣的加纳森身上。他走到蓝花楹树下，仰望满树花开于女儿房间的窗前，他褶皱的眼角潮湿了。

他思念女儿，眼观这载满几十年生活记忆的小院儿。从女儿牙牙学语，到小院儿的草坪上玩耍，花树下和爸爸妈妈嬉戏。女儿的成长伴随着小院儿里的花开花落，她已到了谈婚论嫁的年龄。

都说女儿是父母的贴心小棉袄，这句话不但中国这样讲，在外国人的心里也是如此。

戴瑞亚的母亲安妮在女儿搬出去住不久，就整日不断地说起女儿。

这天下午，阳光照射进加纳森家宽大的玻璃窗内，投在了靠坐在沙发上闲聊的老两口身上。茶几上摆放着两杯热腾腾的咖啡和一小盘饼干。

安妮和加纳森依偎在一起，翻看着积攒了几十年的影集。每一张照片都引起他们无尽的回忆，他们在描述当时的情景时相互提示、补充，甚至纠正着你说得不对，我说得对。

他们又在略显激动的争论中，随即一笑了之。

加纳森动情地说："感谢上帝赐给我们女儿，使我们有那么多年养育她的快乐。"

"是的！——如果时间把我们忘记，停留在女儿需要我们的那些年月该有多好！"安妮缓缓翻动着照片说。

加纳森一只臂膀揽着安妮，望着眼前的照片说："时光从不忘记任何人，正如它送给女儿一段段的人生，等待着她体验和走过。"

安妮停下翻动影集，头轻轻地靠在加纳森的肩上，动情地说："女儿正在品尝爱情的甜蜜，真为她高兴！"

加纳森在安妮的额头上亲吻着，感慨地说："是的，正如我们年轻时一样。不久，他们还会有一个属于自己的家和可爱的孩子。"

安妮望着加纳森轻声地说："她将体验养育孩子的快乐，就像那时的我们。"

加纳森望着妻子，脸上布满欣慰地说："是的，我亲爱的！"

此时的加纳森和安妮，除了为女儿的未来祝福，没有比这更重要的了。加纳森一手从茶几上端给安妮一杯咖啡。

安妮说："谢谢，亲爱的！"她坐直了些身子，喝了一小口。

加纳森也端起了自己的那杯咖啡喝了口，说："几天前，我见了老友海威特，他的精神还不错。可是，我却听到了不好的消息，他不幸患上了癌症。"

安妮吃惊地说："哦，我的上帝！"

加纳森轻叹着说："是胃癌，需要特殊护理。"

安妮一只手无意识地按在了嘴唇上，轻声地说："哦，简直不敢相信，上帝会这样安排他的命运。"

加纳森放下手里的咖啡杯，靠在沙发上接着说："他跟同居两年多的日本裔女友樱子提出了分手。海威特跟樱子说，他不能给她幸福，将卖掉自己的房子，住进养老院。"

安妮立即问："樱子同意吗？"

"樱子不同意，她说可以去照顾他，而不是住进养老院。可是，海威特觉得这样对她不公平。他说卖房子的钱，可以住进一家私立养老院，拥有一套个人公寓。"加纳森缓缓地说着，眼里透着无奈与伤感。

今年七十八岁的海威特，有一儿一女都住在阿德莱德，他们有自己的家庭和孩子。五年前海威特的老伴不幸去世，留下他一个人居住在老旧的小宅院里。那段时间里，他显得很孤独，脸上少了笑容。他经常一个人在家里没日没夜、时间颠倒地生活着，吃饭基本都是在超市里买回来的半成品。家里除了自己摆弄东西发出的声音，就是时不时地传来电视声。院子里的花草也由他独自一人修剪，生活得死气沉沉。他那台有悠久岁月的老款奔驰轿车，除了到超市和诊所开动外，其他时间都沉睡在车库里。

海威特的儿子、女儿极少看望父亲，即便来一次也是仓促。但是，见到他们时的海威特，脸上却散发着难得的笑容。

海威特妻子去世两年后的一个偶然机会，他散步时遇到了七十二岁的樱子。海威特跟几个老友幸福地说起遇到樱子后，自己好像找到了丢失在森林里的那根拐杖。樱子也跟朋友说她遇到海威特后，看到了生活下去的希望。

那时老友们聚会为他们庆祝的画面，至今还时常在加纳森和安妮的记忆里闪现。

此时的安妮伤感地说："没想到，樱子和他的幸福生活会就此了结。"

加纳森坐直了些身子，耸着肩说："是的，海威特的胃癌很严重。他不可改变的决定，使樱子只能无奈地离开。"

安妮不由得说："愿上帝眷顾他们！"

加纳森的眼睛里透着哀伤地望着妻子，发自内心地说：“我亲爱的安妮，用你对上帝的信奉为我们祈祷，让我们永远在一起。”

“是的，亲爱的，我从来也没有停止过祈祷。”安妮说着，眼睛里闪动着零碎的泪光。

加纳森缓缓地揽过安妮，在她苍老的嘴唇上深深地吻着。

加纳森和安妮原本计划女儿结婚以后，卖掉这个小院，搬到公寓里。可是，当他们想到真要卖掉它时，就像是舍弃他们的女儿一样心痛。这个带给他们一家三口幸福时光的小院，在女儿搬出去住之后已经成了两人不断追忆往昔生活的精神支柱。由此，他们决定，先不卖掉这个小院。

他们不但不卖掉这个小院，还像对待女儿一样倍加呵护着，在这个小院里维持着家的幸福感受。

安妮想买些马蹄莲栽种在院墙下，加纳森很赞同妻子的这个安排。他们知道马蹄莲的根会在土地里蔓延开来，连成一片生长。不久，小院的院墙下会长满密密麻麻的马蹄莲，开出一朵朵洁白的花，就像女儿圣洁的笑脸。

安妮和加纳森商量在客厅窗下，栽种上紫色的勿忘我花。栽种这些花草用了一个多星期的时间，他们为之幸福着。

他们祈祷身体健康，继续生活在这个载满爱的小院里，而不是住进养老院。他们的中国旅游计划，会在新一年上半年开始。他们去旅游时，小院里的花草浇灌会请老友来帮忙。

他们计划第一个旅游目的地是中国的新疆和甘肃敦煌，这也是加纳森一直的梦想。他早已查阅过新疆的交河故城、千佛洞、吐鲁番的火焰山和敦煌千年石窟的相关资料，就等圆梦之旅。

周末，戴瑞亚带周子轩回到了父母焕然一新的小院。

戴瑞亚告诉父母这个圣诞节要和周子轩去意大利游玩，加纳森和安妮为他们的这个计划感到高兴。她问到父母如何度过圣诞节，加纳森说他们会在新年上半年去中国的新疆和敦煌旅游。他和安妮圣诞节会乘坐游轮到周边小岛游玩。在阿德莱德的夏季，乘船出海是最好的选择。

戴瑞亚和周子轩表示这是非常好的计划，还提醒他们在去中国旅游之前要买健康保险，也好应急使用。

加纳森一边赞同，一边说此次旅游没有计划去北京，只能在以后找机会跟周子轩父母见面。他们期待跟周子轩父母的见面，会是在戴瑞亚和周子轩不久的婚礼上。

说到婚礼，周子轩说自己毕业后会落实律师事务所的工作转正。加纳森和安妮非常愉快地为他祝贺，并期待着周子轩说出毕业后正式向女儿求婚的话题。果不其然，周子轩说到了此次意大利之行，会在圣彼得大教堂向戴瑞亚郑重求婚。

加纳森和安妮为女儿和周子轩即将迎来的幸福时刻而激动不已，加纳森说："我有一个礼物。"说完他转身走进了房间。

安妮满脸幸福地跟女儿和周子轩说着祝福的话。

加纳森从房间里走出来，手里拿了一个深红色的小盒子。安妮望着走来的加纳森，眼睛里蕴含着温情。

他们四个人坐在满树紫花的蓝花楹树下，就像是一幅画。

戴瑞亚和周子轩望着加纳森，眼睛里透着好奇，等待着他打开这个深红色的金丝绒礼盒。

加纳森手持礼盒，温情地说："——好像时间回到了几十年前的那个下午，在我即将向安妮求婚的前一刻，我得到了手中的这个礼物。"安妮和他的脸上泛着光色，映现出几十年前的那一天。

那天下午，在一个坐落在山脚下、茶花满园的老宅院里，年轻的加纳森和安妮端坐在两位长辈的面前。安妮的父亲手持这个深红色的小礼盒，母亲在一旁微笑地望着他们。父亲将礼盒交给加纳森时，叙述着缘由和祝福的话。

如今，安妮的父母早已沉睡在墓地。他们生前的那个房瓦上长满青苔，茶花满园的小院随着他们的离世卖掉了。现在，只有当年安妮父母送给加纳森的这个小礼盒，依然保存得完好。

此时，白发稀疏、满脸温情的加纳森，望着周子轩说：“今天，我把这个礼物送给你，希望你们此生相互关爱、珍惜幸福。”

而后，加纳森将这个深红色的礼物盒交到了未来的女婿周子轩手里。

周子轩接过加纳森又一次送的礼物，显得神情凝重。他小心托着这个手中的礼盒，望了眼身边的戴瑞亚。戴瑞亚的神情仍然惊奇，并看了眼一直微笑着的父母。加纳森示意周子轩打开这个深红色的金丝绒礼盒。

周子轩紧绷着嘴唇，小心地缓缓打开。

礼盒内，一块金黄的老式怀表，在阳光的照射下反射着古老的光色。周子轩和戴瑞亚简直不敢相信，这看似古董的怀表，出自什么来历和寓意。

周子轩从金丝绒礼盒里小心地拿起了这个沉甸甸的礼物，满脸欣喜和惊讶。“很珍贵的礼物！”他望着加纳森和安妮说，“谢谢！”

周子轩手中金色的怀表，金表盘上精雕细刻着欧洲风景画。金色的表针竟然还在走动，时间跟现在一致。

加纳森温情地看着女儿和周子轩，认真地说：“这块金表已经有近两百年的历史，是英国货。你是接到这块表的又一代人，无论是儿子还是女儿，都会传给他们的爱人。时间不停地走，没有人可以阻止日出日落。今天，这个时钟在你的手里，希望你们珍惜分秒，相爱相伴一生！”

周子轩认真地看了戴瑞亚一眼，又望着加纳森和安妮，郑重地说：“我会用生命的全部时间，深爱着戴瑞亚！”

蓝花楹满树紫色的花儿，轻轻摇曳在他们围在一起的幸福时光里。他们的脸上洋溢着幸福、惬意的笑容。

加纳森又告诉他们，他和安妮决定先不卖掉这个小院，等以后实在需要卖的时候再卖。加纳森说自己还有很多时间需要在小院里度过，而且实在放不下这个家和喜爱的花草，这些就像是他们的孩子。

安妮微笑地望着此时跟前的丈夫加纳森，眼睛里闪动着泪花默许着。

戴瑞亚觉得父母的想法都是他们需要的，任他们喜欢。她看到父母对这个家的不舍和相互的依赖，正如父母说的那样，他们正在面对着人生的又一个阶段。

圣诞节前的这个月，欧阳雪将自己家院子里的花草精心修剪、割平。她想：一回中国，最快也要过了春节再回来。那时，这院子里的草应该也会长到半尺高了。尽管艾米和琳达都说会来帮忙浇水、割草。但是，割草这个活儿，哪好意思劳累她们。

这个家倾注了欧阳雪积攒了亏欠儿子十几年的母爱，她该布置的、该准备的、该学的、该做的都做了，就等着儿子回到这个家里。

欧阳雪来到澳大利亚阿德莱德居住的这些日子，多少个漆黑的夜晚她跟孤独和恐惧对抗着。

其间琳达来家里喝茶聊天，她羡慕欧阳雪在阿德莱德有自己的房子。琳达就是卖了自己在中国的住房，也没有足够的钱在这里买属于自己的房子，也不好贷款。她更多的希望，仍寄托在寻求自己的另一半。琳达清楚，即便是找到了另一半同居在一起，一旦关系不成，还是要回到一人租住的房子里。

琳达在聊天中得知欧阳雪不能唤回儿子常住在家里的痛苦，劝她要想得开之类的话。

可是，琳达的劝说对欧阳雪却没有任何作用，她不能接受儿子自顾自的生活理念。同时，又怨恨自己和周闵，造成跟儿子成长间的感情疏远。

琳达强调着又说起自己不是不爱儿子，是已经把抚养孩子的任务完成了，曾尝试协助他们的生活，可却发现自己插在他们的生活里是那么的难堪。夹缝中的生活，既没尊严，又好似生命枯竭。当她搬出儿子家庭，独自生活的那一天，好像又活过来似的。她开始化妆、讲究穿戴，重新关注起自己的外表。这边华人和西人搞的社会活动，她尽可能都参加，一是增添生活色彩，二是寻求西人老伴儿。她认为外国人更把个人生活看得重，而不是活在儿女的生活里，这个观念跟自己一样。她也尝试过在华人开办的婚介所寻找西人老伴儿，可是并不像她想的有更多可选的西人会员。由此，她从婚介的资料库里彻底退了出来。她相信只有缘分是挡不住的，无论是在手机里周边摇一摇地寻找，还是在诸多文化活动里寻找。她确信，只是缘分没到。

她和欧阳雪之间更多的是你说你的，我想我的。在看似热火朝天的聊天中，隐含着两人相抵触的生活理念。她们的持续交往，对欧阳雪来说就是打发时间，琳达则是有个说心里话的朋友。

这段日子里，除了琳达来欧阳雪家，就是麦小青和叶子持续在微信里和她语音聊天。这些聊天，也填补了不少她孤独、冷清的生活。

叶子微信说孩子的爸已经正式被捕，案件还在调查。她又说老家的弟弟查出白血病，需要骨髓移植，家里没有那么多钱，再加上已是晚期。她说自己在北京生活的日子不知还会有多久，弟弟如果不在人世，也许会被父母叫回老家一起生活。就算是父母破天荒同意来北京跟她一起生活，自己也没能力接他们来。

叶子的命运不断发生着巨变。

一向不相信鬼神和命运之说的欧阳雪，为叶子突发的一连串遭遇所震惊，难免感到冥冥之中真有命运的安排。

叶子说她这辈子苦命已经确定了，拖着幼小的孩子，又加上等她赡养的父母，哪还会有翻身之日。她恨那个该死的孩子爸，如果他不是诈骗犯，一切都不会突然变得这么糟糕。叶子痛恨自己没有多读书，没能有出息，而是靠人养活着走到今天这个被动的地步。即便欧阳雪帮助，她也明知自己是一个社会低收入的人。

欧阳雪同情叶子的遭遇，她说回去尽可能看看怎么再帮助她。叶子在微信语音里，感激得几度哽咽。

麦小青在微信里跟欧阳雪说，康立伟没有那么多钱赔给自己，为此她坚决不同意。

麦小青的事情比起叶子要简单得多。只要麦小青能如愿拿到这笔钱，即便是她不出国，在国内也够她和父母生活所用了。

欧阳雪希望麦小青跟康立伟彻底了结以后，认真考虑自己的下一步安排，不可再感情用事。

第十五章
两边跑

澳大利亚阿德莱德大学，周子轩毕业典礼，戴瑞亚和欧阳雪前后来到了现场。

欧阳雪看到了身着硕士服，手持毕业证书的儿子，她心里无比幸福和荣耀。戴瑞亚望着周子轩时那对蓝宝石般的眼睛里满是幸福和欣赏，欧阳雪提出跟儿子一起在大学礼堂的大门外拍合影照片，儿子满口答应着，三人一同愉快地走了出去。

戴瑞亚为母子俩连续拍了些照片，又请旁边的学生为他们三人拍了合影。欧阳雪面和心不和地跟手挎着儿子小臂的戴瑞亚微笑着合了影。

随后，欧阳雪给周闵打了视频电话。周闵看到身着硕士服，手持毕业证书的儿子，激动得满眼含泪，连连祝福。

周子轩硕士毕业，总算是在他的学习生涯里画上了一个句号。这是离家十几年的终极收获，对于一个人的学习过程应该是圆满的。

而后，儿子脱下了硕士服，里面是一身笔挺的深蓝色西服，白色衬衫的衣领下还扎着条浅蓝色的领带。儿子显得英气逼人，仪表堂堂。欧阳雪看着儿子的眼睛里充盈着欣喜的泪花。

戴瑞亚那朝阳般的笑容更加灿烂，她手挽着周子轩不断地用手机自拍着。

欧阳雪见状，也只好提出为他们拍摄。拍摄的时候，心里还想：唉，儿子这么出色，我们的家庭付出了这么多年的分离之苦和对儿子学业的支持，真是便宜了这个黄毛丫头。

事后，周子轩去了戴瑞亚家里，戴瑞亚的父母为他祝贺。

周子轩至今没有把母亲介绍给他们，是觉得还不到时候。他跟戴瑞亚说希望从意大利求婚之后，等父亲来了，大家再正式见面。戴瑞亚满脸欢喜地说没有问题。

临近圣诞节，欧阳雪给北京家里的老人买了很多保健品和礼物，足足装满了一大箱。

周子轩和戴瑞亚也做好了去意大利的全部准备。

他们行前和欧阳雪见了一面，她嘱咐儿子在外面要注意安全，等儿子回北京过春节。

儿子微笑着望着母亲，也祝她回国愉快，给家里人代个好。

隆冬的北京。

欧阳雪从澳大利亚的夏季，一下走进白雪皑皑的冬季北京。她心里默念：瑞雪兆丰年，好日子的兆头。

周闵去机场接她，一路询问着她和儿子的生活情况。欧阳雪一边应和着挑好的事情说着，一边关心公婆的情况，她说想先去康复医院看望偏瘫的公公。

周闵为有这样的好妻子而幸福，并满口答应。

在康复医院，欧阳雪见到了卧床的公公，眼泪一下掉了下来。公公望着他们，神色也显得激动，微颤着嘴唇竟然说不出一句话来，昏暗无奈的眼睛里隐含泪水。

欧阳雪抹去满眼泪水，安慰着公公一切都会慢慢好起来。公公含混不清地应和着，微微地摆动着头。她又说只要配合医治，就会有好转之类的话。

护工站立在一旁。

随后，她将带来的保健品，边一一地摆在床边和床头柜上，边跟护工说着怎样用。而后，取出羊驼绒毛衣、毛裤放在公公的眼前并介绍着。随即，她又将一些生活用品拿了出来，跟护工嘱咐着。

公公眼角渗出了眼泪，含糊地支支吾吾着。

……

走出医院病房的那一刻，欧阳雪又掉了泪，哽咽着说：“没想到，突然间爸会是这样。我在那边也询问了医生，对此也没有更好的医治办法。”

周闵面色伤感地安慰着她说：“是啊，我们尽力了！目前看，康复情况不明显，病情倒是没有再发展。”

欧阳雪又提醒周闵不要工作太累，多注意身体。

回到家里，欧阳雪见到明显消瘦的婆婆，婆媳两人不由得哭作一团。周闵在一旁也满眼噙泪。

这晚，因与母亲同住，分别三个月的夫妻，压抑着声响，享受着床第之欢。事后，欧阳雪和周闵已是筋疲力尽。他们一肚子话，又在语无伦次的疲惫中进入深睡。

欧阳雪离开北京的这几个月，周闵没有跟任何女人有染。

其间，曼丽一边在多地拍专题，一边回北京小憩。她想方设法找机会跟周闵独处，都被他找借口回避掉了。曼丽难忍无性生活，再多的财富和忙碌都不能代替似火的欲望。

给曼丽开车的小伙子曹俊，一米八的身高，五官端正，精瘦英气。他是面试到公司的京漂一族。他出生于山东日照市的一个郊县，今年二十六岁，驾龄七年，中学学历，喜欢开车，爱车如命。

曹俊性格内向，工作敬业，赢得曼丽的信任。曹俊不但是司机，还充当着贴身“助理”的角色。曼丽走到哪里，身边都有拎包拉箱子的英俊小伙曹俊。

在曹俊的心里，照顾好老板是自己的职责，同时也有机会慢慢受到重用。他学历不高，但是略有心思。他总会话里话外说道，后悔当年没有好好学习考上大学。他是靠着一个远房亲戚来到北京，学了开车。开过货运大型汽车的他，驾驶上老板的轿车，这就是他事业道路上的一个腾飞。

对于曹俊，不但驾驶轿车，而且是给文化公司美女老板开车。这让他的工作更具有吸引力，对美女老板多了倾慕之心。

曼丽的心思除了在工作上，就是想着跟周闵走得再近一些。她对身边的这个开车的毛头小伙子曹俊，根本没当回事。但是，毕竟年轻英俊的曹俊总在她的身边出现，难免引起她不经意地多看几眼。

当曼丽从轿车里下来的那一刻，曹俊总会一只手挡在汽车门头，一只手臂伸出请美女老板手扶着下车。第一次扶着曹俊小臂下车的曼丽，心头突然有一股热流穿越着她。

几次在外面应酬，多喝了几杯的曼丽，在曹俊的搀扶下难免会东倒西歪在他笔挺的胸前。他们不可抗拒地接受着彼此近距离的呼吸和体温，触碰着他们敏感的神经。有时，酒后的曼丽，难掩情欲之火，使得她身体更加柔软地全然倒进曹俊血气方刚的怀里。她在酒精和半清醒间跟自己的情欲搏斗。

在梦里，曼丽陶醉于性欲的满足里，那个与自己缠绵的男人像是周闵，又像是曹俊。两个男人，模糊不清地翻滚在她的快感中。醒来后的她模糊地回想梦中的男人，当曹俊的模样映现在眼前的那一刻，令她心惊肉跳。她知道自己太久没有性爱，又被美男曹俊潜在吸引。

长期以来，曼丽不能如愿得到浑厚男人味的资深大帅哥周闵，小帅哥曹俊倒是每天跟她形影不离。由此，公司员工传言曼丽和曹俊关系走得很近，怀疑两人有床上关系。

欧阳雪回北京的这些天来，跟周闵没少聊儿子的情况。

这天午饭后，她在自家的茶桌边，又跟丈夫说到儿子去意大利向戴瑞亚求婚的事。

周闵一听到这个事，就生气，愤怒地说："求婚毕竟是大事儿，儿子应该跟我们先有个商量。他这样做，简直太不把我们放在眼里了。"说着他将茶碗重重地放在茶桌上，溅出了茶水。

欧阳雪连忙用毛巾抹擦着桌面上的茶水，又无奈长叹，略带埋怨地说：“儿子现在的确是越来越有主见了，这跟他从小不在父母身边生活有关系。”

周闵眉头紧蹙着说：“有主见可以，但是也不能成混蛋了！”

午休的母亲闻声从卧室里走了出来。

欧阳雪连忙跟婆婆说：“妈，没事，您休息，我跟周闵闲聊会儿。”

老母亲关心地望了眼周闵说：“那就好，你们慢慢聊。”转身回了房间。

他们压低声音，来来回回又说着儿子和戴瑞亚的事情。儿子目中没有父母，一切都由自己说了算，使周闵气得胃疼。

周闵这段时间操劳，黑发里的白发也渐多了些。欧阳雪难免心疼，不住地叮嘱他不能太劳累。其实周闵更多的是心理压力，除了工作上繁多的事情，就是父亲的身体和年迈的母亲。现在儿子又自作主张，跟父母玩表面活儿、玩推手。还有就是妻子已经去了澳大利亚生活，等待丈夫团圆生活。这些事情总会令周闵心神不安，隐隐作梗，甚至莫名烦躁。

欧阳雪此次回来，还是希望跟两个妹妹再聊聊老人的事。她坚持认为两个妹妹家要想办法轮流照顾一下老人，这也是做儿女的应该做的事。

每当说到这个话题，周闵就显得更烦躁。

这晚，临睡前欧阳雪又不厌其烦地说：“我们的家未来在澳大利亚阿德莱德，即便是我先去，你也不能总不去吧？你的两个妹妹同是父母亲生，应想尽办法面对赡养老人。”

周闵不耐烦，但是又极力保持平静地说：“你不要忘了，两个妹妹还有公公婆婆，哪有自己的爹妈住进出嫁女儿家里的？况且也没地方住。”

“那我们未来的生活就得长期分居了？”欧阳雪几乎带着哭腔说。

周闵皱着眉头，无奈地说：“目前看，只能找时间，两边跑。”

欧阳雪面色晦暗，心情也跌到了谷底，说道：“眼看儿子跟父母感情疏远，咱再不能早日跟儿子团圆生活，恐怕这辈子都没机会了。”此时，她涌在眼眶里的泪水哗啦掉了下来。

说这些话时，他们尽可能地压低着声音，生怕被母亲听到不好。可是周闵烦躁不安间难免声音过头。但是，母亲好像是从来都没听到过一样。

近来周闵心神不宁，曼丽看在眼里。她总以工作为由，请周闵多留下来坐一会儿，关心闲聊。

曼丽毕竟是老同学，压抑在周闵心里的这些家事，特别是老人的事，会不由得说出口。周闵好似一个徘徊在十字路口的人，左右为难。聪明的曼丽看得出周闵的孝心与现实生活间的矛盾，她微笑着拿起手提电脑走到周闵的座椅旁坐了下来。

她说："给你看一些图片，是我近几个月的工作。"

她明知周闵不接受养老院养老方式，当然不能直接推荐，只能以工作沟通来渗透。周闵微蹙眉头，不得不听她说工作。

曼丽娴熟地操作电脑，打开着图片说："专题拍摄走访了诸多私立养老院，条件各有不同，但是都能基本保障生活所需。送老人去养老院养老已经成了不争的现实需要，你看这是一些私立养老院的图片。"

周闵的脸色阴沉，散神观看。

曼丽一边翻动着照片，一边讲解着。

周闵看到这些照片里，条件好的私人养老院像宾馆，有健身房和大花园。多数房间是两人间，根据个人要求加费可住进单人房间或大套房。饮食都是在集体餐厅。一般条件的养老院像宿舍，整个环境简化。

此时曼丽强调着说："这些条件好的养老院价格，一个月从五千到一万元不等。住得起这样养老院的老人，家里的经济条件应该不错。养老院三千到五千元一个月的条件也不错，一两千元一个月的养老院，条件比起前者差距就大了。"

周闵仍神色黯然。

曼丽看他不作声，又说："如果家庭条件好，住在高标准的养老院将是好的选择。这样，会减轻在子女家养老的负担。"

周闵之前在谈论这个专题的时候，已经表明过自己对于养老的态度，今天他不想再重复。

其实在曼丽的心里，当然不希望周闵远走高飞于万里之外的澳大利亚生活。她想：即便他的父母住进养老院，就凭他的孝心，也不会长期远离北京。

她对周闵除了个人私情，就是工作需要。可是，周闵父母在家里养老，也确实会给他们的工作带来不少影响。

她又想：今天不如彻底给他再洗洗脑，大不了他不接受。

周闵微蹙的眉头，始终没有松开。

她又接着说："其实，我想告诉人们的是，把老人送到养老院，不是不孝顺。儿女能为老人每个月拿出那么多钱给养老院，这不就是孝顺吗？老人在家里养老，儿女顾及不到，老人健康风险会更大。"

周闵不认可地说："可是，在老人的心里，又有谁能代替亲生儿女的情感需要呢？"

曼丽小心地回应："可是，又有多少儿女能日日照顾年迈的老人？现实生活里又有那么多其他的因素，使得儿女们不能坚持做到。"

周闵淡笑着不服气地说："这也要看人和每家的情况了。把老人送到养老院，说不好听的就是多嫌老人。"

曼丽的微笑已经僵固地贴在脸上，眼前的周闵和她的理念很难靠近。周闵的反应，使她的说辞显得艰难。

他们之间应了那句老话："话不投机半句多。"

周闵看了手表："我还有事，你的工作说完了吧？"

曼丽强颜微笑，望着他说："周闵，希望你一切都好！我很愿意为你消愁解难，如果你觉得我还可以的话，我们随时沟通。"

周闵嘴角一侧上扬，勉强做出微笑的样子回道："谢谢你的关心，我想自己会处理好。"说完他转身就要离开。

"周闵——"曼丽不舍他离开地脱口而出。

周闵回过身望着俏丽的曼丽伫立在玻璃墙旁的座椅前，眼睛里透着不舍。

他微蹙着眉头，冷静地说：“还有事吗？”

“哦——没，没有事了，回见！”曼丽黝黑的眼眸，在浓密的长睫毛内显得不稳定。

“回见。”周闵微蹙着眉头说。

走出曼丽办公室的周闵深吐了一口气，迎面碰上了正要走进曼丽办公室的司机曹俊。

曹俊面色寻常地问候：“周总好！”

“你好。”周闵平淡地回应着走了过去。

曹俊的嘴角轻扬了一下，从鼻子里哼出气流，随即走入曼丽的办公室。

长安街CBD。

驱车的周闵，满面踌躇。此时，车载电话响了起来，他看是二妹妹的电话，随即接听着。

“大哥，韩冰跳水库了！”

“什么？跳水库了？”

“是啊！亏了路人看到给救了上来，现在正在怀柔第一医院抢救。我和陈远现在正往那边去，哥你也过去吧！”

“好的，我现在就去！”

晚高峰汽车如一条条火龙拥堵在街面，周闵心急万分，他决定把汽车停下来而乘坐地铁。

一个小时后，周闵急匆匆地来到怀柔第一医院。

周淼、陈远和周遥一家都在抢救室门外了。韩冰的爷爷面色紧张，奶奶哭啼不止。

惊慌的韩海看周闵来，连忙迎了过去，叫了声“大哥”，眼泪就掉了下来。

“孩子怎么样了？”周闵紧张地说。

“还没有脱离危险。”韩海说着呜呜地哭了起来。

周遥看韩海哭泣，立即冲过来对着他骂道：“你哭丧呢？儿子还没死，你们这是哭的什么丧？！”

周淼连忙去拉周遥，周闵见大妹妹这般无理，不由得发火：“够了，你少说几句不行吗？孩子有今天，你也想想自己的责任！”

“我什么责任？我把一颗心都给他吃了，他不争气！爹也不成器！”周遥喊叫着说。

周闵气愤地说：“你还这么骂？如果不这样骂，会是今天这个结果吗？孩子需要鼓励，丈夫也同样需要。”

周遥变本加厉地喊着说：“韩海都黄土埋一半儿的人了，还怎么鼓励？整个不可救药！”

“姐，你少说几句吧！”周淼强制地晃动着周遥的双臂说。

一旁的爷爷手捂在心口上，身子往座椅下滑。

奶奶见状满脸是泪地呼喊着老伴儿：“老头子、老头子，你怎么了！”

周闵和韩海立即冲过去呼唤着老人，围观的人提醒他们赶紧叫大夫。

抢救室外一阵慌乱。

深夜。

韩冰脱离了危险，爷爷急救做了心脏搭桥手术，从手术室推到了住院部。奶奶眼睛红肿，摇摇晃晃的几乎站立不稳，周闵让陈远和周淼将母亲送回家里。因时间紧迫，周闵没有通知妻子。此时他看到因上班调至无声的手机，有妻子多个未接电话，便立刻回电话给她。

欧阳雪得知这一切惊愕万分，并嘱咐周闵要找个时间跟大妹妹认真聊一聊，不能再让今天的悲剧发生。周闵心情沉重地应声着，他心知肚明大妹妹周遥的性情已固若金汤。

疲惫的周闵回到家时已天色渐亮，欧阳雪为他留的门灯和床头灯都还亮着。

这一天，就这样淹没在大妹妹周遥家的突发事件里。

这半年来，家里家外的事情都向周闵袭来，加上儿子又像即将断线的风筝令他们失去掌控。为此，他又憋了一肚子气。

这天中午。

欧阳雪和叶子、麦小青，在CBD写字楼下的那家面馆又见了面。欧阳雪给她们带了两套澳大利亚绵羊油面霜，还给叶子的儿子带了一只玩具袋鼠。

短短几个月的时间，叶子看上去老了好多岁。她眼角的多条鱼尾纹细细长长地在情绪波动中隐现于脸颊两侧。如果没有欧阳雪的帮助，她现在的生活处境会更糟糕。

麦小青好像也更瘦了些，原本就血气不足的肤色，看上去显得更为煞白。但是，那双漂亮的眼睛，却透着精气神。

她们三人照旧点了各自的面，欧阳雪又加了两个小凉菜，糖醋瓜条和清拌海带丝。

叶子愁容满面地说："这个春节我要带着儿子回四川老家，弟弟的病情估计活不过明年春天。"

姐俩的神色，随着叶子的字字句句显得黯然和伤感。

欧阳雪同情地跟叶子说："人生无常，我们都要勇敢地面对。你弟弟骨髓移植的费用确实不是笔小钱，我这边看看能不能帮你凑些钱出来？我也只能试一试，现在家里用钱的地方确实很多。"

麦小青接着她的话说："欧阳姐，叶子家为了给她弟弟治病已经欠了十几万元的外债，我也借给她了两万元。"

叶子拥挤在眼睛里的泪水倾泻而下，哽咽着说："谢谢姐关心！我父母和弟弟都决定放弃骨髓移植，得了这个病就是没有救。"

麦小青一旁解释着说："是的，欧阳姐，听说骨髓移植也只有30%的概率维持三五年生命，终究还是不治。"

欧阳雪眼睛里闪动着泪花说："可是，毕竟还有几年生存的希望。如果我孩子的爷爷不突然偏瘫住院，我不在澳大利亚阿德莱德买房，就能把钱拿出来借给你。”

叶子抹着泪，用餐巾纸拧着鼻涕说：“不用了姐，我们家认了弟弟的这个命。我这次回去跟公司也说了，可能要有一段时间。姐再跟大哥说一下，看看是否能保住我的工作位置？以后我究竟在哪里，还要回去看看父母的情况再定。”

欧阳雪同情地说：“工作，我跟你大哥说一下，尽可能给你留着。你走之前我争取给你凑出些路费。”

叶子泣不成声地点头感谢着。

店员陆续端来了小菜和三碗面。

欧阳雪和麦小青又一阵安慰着叶子，叶子不断地点头抹着泪。三人在沉闷的心情中，边吃着、聊着。

饭间，麦小青说到自己的事情。她说父母很着急让她回去，不同意她去国外。父母说就她这一个女儿，担心那么远，有点事不好见到，他们以后也没有信心去国外生活。她还说康立伟答应年后了结这个事。在钱上，康立伟认定她始终算计的就是钱，这成了她一辈子也说不清楚的事。

欧阳雪说到麦小青了结康立伟的关系，去国外的事确实要跟家里认真商量一下，不一定去了国外就能如愿。

麦小青同意欧阳雪的建议，但是她心里仍下定决心去国外闯一闯。她自认为学了这么久的英语，不能再回到齐齐哈尔。虽说齐齐哈尔是她的家乡，有着格外清新的空气，蓝天白云，白鹤栖息的地方，但是，对于多年住在首都北京的她，齐齐哈尔毕竟是一个遥远而安静的北方中小城市。她不甘心独闯北京十多年，除了即将得到索赔的钱，婚姻和事业一无所有。

对于欧阳雪看来，康立伟能赔给麦小青五百万元，已是天文数字。如果这笔索赔金额能如愿，麦小青在北京闯荡也算是最大的收获。在叶子眼里麦小青简直是爆赚了一笔巨财。可是，内心倔强的麦小青，绝不甘心就此回到家乡。

第十六章
不违法

梵蒂冈。

在圣彼得大教堂，周子轩面对着他和戴瑞亚人生的重要时刻：求婚。

他们走进这座穿越历史、神圣庄严、世界最大的教堂。阳光透过大殿顶部的一个个小窗口，一束束投射在华丽的大理石地面、石柱、拱门和诸多神像上，又折射、交映着教堂的富丽堂皇。

周子轩和戴瑞亚被眼前的壮观而震撼，他们的面色随着众神塑像的神圣而肃穆。周子轩选择在这里向戴瑞亚求婚，就是要在众神面前感恩遇到戴瑞亚，见证他的真心。

他们肃然起敬地经过众神塑像，走到圣母和耶稣神像前。周子轩望着圣像的眼睛里竟然隐含着泪光。他侧过英俊的脸，望着身边美丽的戴瑞亚，一只手拉住了她纤细、绵软、微凉的手。

戴瑞亚望着周子轩的蓝眼睛里，也闪动着激动的泪光。

周子轩正过身来，将她的双手托在自己的唇边深深地吻着。而后，他缓缓地抬起头再次望着戴瑞亚，郑重地说："亲爱的戴瑞亚，感谢上帝把你送到了我的生命里，让我的生命更有了意义。——我愿意用一生来爱你，为你可以付出我的生命！"

戴瑞亚激动地颤抖着，深情地含泪注视着英俊的周子轩。

随即，周子轩从口袋里取出了一个深红色的小首饰盒，再次深情地望着戴瑞亚说："——戴瑞亚——嫁给我好吗？"

戴瑞亚激动的泪水在蓝宝石般的眼睛里晃动，嘴角上扬微颤着说：

“是的——是的——我愿意！”

周子轩将小首饰盒里的戒指戴在了她的无名指上，并说道：“让我们永远记住这一刻。”

戴瑞亚眼含热泪深情地望着他。

他将戴瑞亚拥进怀里，两人深情地相吻。戴瑞亚幸福的眼泪顺着眼角滑落于光滑的脸颊。

他们陶醉在深情的相吻中。

许久，他们松开了热唇，幸福的泪眼注视着对方。

周子轩柔声细语地说：“戴瑞亚，上帝是我向你求婚的见证人，让我们再次祈祷和感恩！”

戴瑞亚连连点头，深情地说：“是的，是的，让我们感恩，为幸福祈祷！”

他们面对上帝和圣母像，双手相扣，闭上眼睛虔诚、肃穆地祈祷。

求婚之后，周子轩和戴瑞亚在罗马城和周边畅游了数天，又按计划驱车去了佛罗伦萨、威尼斯、维也纳和米兰。这次旅行虽说是求婚，却像是蜜月之旅。他们沉醉在一个个迷人的、散发着浓厚文化底蕴和浪漫色彩的古老城市。在历史的脉搏上，感受着它们的温度。

他们入住的每一个公寓酒店也是那样的沉香，鲜花、美食和美酒，一切是那么的惬意和美好！

其间，戴瑞亚的父母顺利地登上巨轮豪华游艇，享受圣诞节的海上之旅。

大游轮就是漂浮在海面的一座城。

游轮里有商场、电影院、剧院、赌场、酒吧、舞厅和餐厅。游轮甲板上有大型泳池、露天电影、酒吧、游乐和步道，还有可以展望大海的休息区。

加纳森和安妮享受圣诞假期，不时地说起女儿和周子轩意大利幸福之旅的话题。

三天后，游轮靠近了一个迷人的小岛，停留一天时间供游客登岛游玩。这个美丽的小岛，居民不多，处处皆美景，鲜花、绿地、花树各异，美不胜收。居民房屋散落在美景里。商业街的商品和餐饮，具有地域特色。他们体会着当下的美好和相依相伴的老年生活。

临近春节的北京。

周闵和欧阳雪准备将父亲从康复医院接回家里，过一个团圆年。北京的家在欧阳雪的布置下，充满年的气氛。

她特意从王府井工艺美术商店买来了彩色剪纸窗花，将这些花样各异的窗花粘在玻璃窗上。她又将买来的红色中国结和一些新年小饰品挂放在合适的位置。那幅精心挑选的春联和大“福”字，等着农历腊月二十九贴在大门上。

今年欧阳雪同样给公公、婆婆买了新年礼物，准备了两个红包。

在欧阳雪把年货都准备齐的这一刻，想到儿子此时应该已经回到了澳大利亚阿德莱德，只差督促儿子尽快回到北京过春节。

周闵顺利地将父亲接回北京家里，他又给父亲买来一个高级电动轮椅，人可以不离开这张椅子解决日常需要。照顾父亲的护工，也一起来到了家里。春节不回家的护工，周闵同意支付给他双份工资。三室一厅的房子，立刻住满了人。

父亲不能言语，从他的眼睛里看得出焦虑和无奈。母亲安慰父亲积极治疗，有好心情病情就会有好转。

晚上，周闵和妻子躺在床上又说起了话。周闵说等过了年，让父亲再住半年康复医院看看恢复情况。欧阳雪同意，并提议如果经济上可以支撑得住，就让父亲在康复医院多住些时间以便康复。周闵觉得妻子说得有道理，并说钱上还可以应对。

父亲自从住进了康复医院，周闵每周去探望三四次，母亲除了跟儿子一起去，每天自己还坐公交车去看老伴儿。周闵的两个妹妹只去过一次，她们都说忙，相信大哥和康复医院能照顾好父亲。她们也没有专程来大哥家看望过母亲。

今晚，欧阳雪和丈夫又说到春节家人聚会的事。“周闵，正好赶着春节，咱应该邀请两个妹妹来家里跟爸妈聚聚。”欧阳雪说。

周闵听到两个妹妹就心烦，说：“现在家里，坐不下妹妹们两家子人。”

欧阳雪一心想跟两个妹妹多联络感情，以便她们能多照顾老人，就又说：“大过年的，兄妹们也得跟爸妈聚聚，不行咱们就去饭店。”

周闵何尝不想阖家欢乐过大年，也是对父母的孝敬，说道：“嗯，爸有护工和电轮椅，出行应该没问题。正好儿子也回来。”

欧阳雪满意丈夫的认可，又说：“咱家里住得满满的人，儿子回来住哪儿呢？”

“儿子回来估计也不会太多天，就住家附近的酒店。”周闵说。

欧阳雪轻叹：“要不是赶着儿子刚毕业这个空当，还不一定能回来。”

周闵怜爱地望着妻子，说：“是啊，难得儿子借此回来过春节。”

“周闵，也不知现在大妹妹家的情况怎么样了，有时想起来还真为她和儿子的相处担心。”欧阳雪望着丈夫，又想起来说。

周闵转而眼望天花板，叹声说道：“我跟她打电话问起过，也聊了聊。可是，她仍然觉得自己生活得很不如意，一心想让儿子出国。她说韩冰的英语成绩一直不好，其他科目分数也一般，她为此很生气。这就是她不快乐的根源，再加上韩海的身体又不太好。”

欧阳雪轻叹：“你应该告诉她，孩子不一定要送到国外发展才是最好，在国内也有好大学和好工作。我就很后悔，把儿子那么小送出国外……”说着眼睛里又一阵泛酸。

“好了，咱不再说后悔话了。儿子现在学有所成不是很好吗？有得必有失嘛！”周闵安慰着她说。

“我再多说，你又要说我了。——你说，我们的未来到底怎么过？我心里一点儿底都没有。”欧阳雪心情沉重地说，“爸妈不能不管，你的两个妹妹又不能临时接手一段时间。我想，这次回来再好好跟她们说说，在你出国的那些天，让她俩轮换住在我们家，也好照顾一下母亲——你说呢？”

周闵深叹：“唉！——只能试着跟她们说说。但是，最好不要抱太大希望。特别是大妹妹周遥，原本性情就暴躁。小妹妹在理发店工作，下班也要晚上九点以后，好在她的性情不像大妹不好沟通。”

欧阳雪强调着说：“你说这些事的时候，尽量避开爸妈，他们听到了不好。妈跟我多次说到他们是没用的人，拖累我们的生活。我也总宽慰妈不要这么想，照顾他们是我们应该做的。”

周闵借着台灯的光线温情地望着眼前的妻子，又将她搂在怀里，说：“——我的好媳妇，我们下辈子还做夫妻。”

“嗯，下辈子还做夫妻。”欧阳雪依偎在周闵怀里说。

春节将至，周子轩没有一点消息。

欧阳雪有些耐不住等待了，给儿子打了国际电话。儿子反馈的消息令她又一次震惊。

电话里，儿子说：“妈，戴瑞亚怀孕了。我们想要这个孩子，担心回北京一路颠簸对胎儿不利……”

欧阳雪听到“怀孕”这个词，其他的话都没有听进去，震惊的神色里透着绝望，心里想：生米已做成熟饭，不但求了婚，还有了孩子！戴瑞亚彻底成功地拥有了我优秀的儿子周子轩。

“妈，您在听吗？”

“哦，我在听。”

“妈，我想最好留在戴瑞亚身边照顾她，请等我再考虑一下是否回去好吗？”

“哦，好的，儿子，妈等你的消息。”

挂了电话的欧阳雪，直愣愣地缓不过神来。而后，她机械地点出手机上丈夫的电话打了过去。

独自在办公室的周闵接听了妻子的电话，当得知这一切时，竟然发起了火，愤怒地说："太不像话了，简直是目空一切。我现在就给他打电话，好好教训他！"

欧阳雪担心儿子被父亲骂，连忙嘱咐周闵千万注意言辞，不要和儿子再产生隔阂。气呼呼的周闵勉强答应着妻子，便挂断了电话，接着拨通了儿子的电话。

周子轩和戴瑞亚此时正在自己的小家里，他看到是父亲的电话就接听了。

"喂，周子轩，你现在终于成人了，可以目空一切地把父母不放在眼里了！求婚这么大的事你至少要先跟父母打个招呼，也表示尊重吧？还有就是没结婚就先怀孕，这又成何体统？这个春节你最好回到北京，我们好好谈谈！"

周子轩听父亲大发雷霆，有意走向了阳台。但是，敏感的戴瑞亚已经听到电话里高喊的声音，她眼睛里全是不解和疑惑。

走到阳台的周子轩，尽量压低着声音跟父亲说："求婚的事原本是要见面告诉您的，没想到戴瑞亚意外怀孕，所以我就把这一切都告诉了我妈转告给您。我向您道歉，不是我不尊重你们，只是——"

"只是？只是什么？爹妈供你读书，你刚毕业就无视父母的存在，不是不尊重又是什么？！"周闵的眼睛里喷着火似的喊叫着。

"爸，您不要着急，听我解释。"

"我能不着急吗？一切还没有稳定，你的工作刚要真正面对，却这么快走进婚姻。那么多优秀的姑娘你还没有见过，就一下跟遇到这个女孩走这么深。她就是一个瑜伽教练，你不是成心要气死我们吗？这么多年你妈因为我把你过早地送到国外，失去了母子相处的时间，没少跟我埋怨和掉泪。我们付出了那么多，就是希望你有更好的人生。可是，你却一下把自己的生活放进了一个平庸里，我们能不生气吗？！"

"爸，您千万不要生气，听我说好吗？"

"我早就应该听你说，你却这么晚才说！"

“爸，您先消消气。我再次向你们道歉，给你们带来不愉快！但是，爸，婚姻——是我自己的事情，我有决定的权利。”

“够了！——跟我谈权利了，真是管不了你了——你是有权利，但是——你至少先告诉我们一下，我们也好给你一些意见吧？！”

“爸，我不告诉你们，并不违法。”

“混蛋！”

周闵气急败坏地断掉了电话，将手机摔在了地上，手机的钢化膜立即粉碎。

此时，门外有人轻轻敲门。

周闵气得用手拍脑门，又不得不立即捡起手机面对敲门的人。他强制自己必须冷静，随口说：“请进！”

轻轻推开门的是女秘书，她早已听到办公室周总一直在愤怒地打电话，所以没好打内线电话来。她看周闵一脸未消的怒气，小心地说：“周总，您约的客人已经到了，在会议室等您。”

周闵突然想起会议时间，连忙说：“好的，我这就过去。”他跟儿子的这个电话，简直是气昏了头。他希望能尽快见到儿子，好好跟他谈谈。

周子轩被父亲中断了电话，沮丧地站在阳台，紧闭着眼睛，希望自己尽快平静下来。

房子里的戴瑞亚，关心地走到了阳台，在他的身后轻声地说：“亲爱的，有不好的事情吗？”

周子轩转过身来，强颜微笑地看着戴瑞亚说：“没什么事情，爸妈只是想让我们一起回北京住几天。”

戴瑞亚原本疑惑的脸上泛起了笑容，但是又不解地说：“那为什么电话里的声音像是在喊叫？”

周子轩扶着戴瑞亚的肩向屋里走着说：“因为他们太想我了。”

“太想一个人，就会喊叫吗？”戴瑞亚不解地说。

周子轩上扬着嘴角表现着微笑，随着戴瑞亚走到客厅，坐在了沙发上。

戴瑞亚接着说：“你的父母很想让你回去，那你就不要让他们总喊叫。我可以照顾好自己，你回去看看他们。”

周子轩望着懂事的戴瑞亚，心里很矛盾。他很清楚父母多么希望他能回去。可是，戴瑞亚刚怀孕又舍不得离开她。

戴瑞亚又说：“我可以回到父母家里住几天，你不用担心。当然，我每天都会想着你。”

周子轩深沉地说：“谢谢你戴瑞亚，我再想一想，而后决定。”

纠结了几天的周子轩，还是决定不但守在戴瑞亚身边，还要在近期跟已怀孕的她办理结婚手续。原本结婚的事情，作为周家大孙子的周子轩应该回到北京，举行中国式婚礼。可是戴瑞亚意外怀孕，他决定取消这个常规的中式婚礼。

他和戴瑞亚商量在中国春节之后，通知他的父母来阿德莱德参加他们的西式婚礼。为此，他不得不跟父母说他和戴瑞亚的这个决定。

他明知父亲的脾气，估计再说不回去过春节的决定时，父亲就会大发雷霆，更不要说结婚的决定。他不由得想到先跟母亲电话说一下，让母亲转告给父亲。这个电话一定要背着戴瑞亚，以免电话里不愉快，使得她担忧。

为此，他借口出去办点事，走到家附近的一个花园给母亲打通了电话。

欧阳雪在家里正跟婆婆做着备用春节家宴的食材，煎炸肉丸子、酥肉、带鱼、五花肉、鸡块、藕夹等。

这时，她放在炉灶旁的手机铃声响起。她看是周子轩来电，连忙跟婆婆说是她大孙子的电话，顺手把漏勺和筷子递给了满脸笑容的婆婆。她心想：儿子一定是要告诉她回北京的航班时间。

她喜悦地接听着儿子的电话，走出了厨房，站在客厅幸福树旁的窗边。

客厅里的电视开着，公公坐在轮椅上，护工正在喂他水果。

窗前远望的欧阳雪，随着手机里儿子传来的话语，她脸上波动的幸福纹路也逐渐静止。她惊讶的神色里，布满冬日的阴霾。儿子如法条的一个个决定，使她无言以对。

周子轩强调请母亲转达给父亲，年后在澳大利亚参加他和戴瑞亚的婚礼。欧阳雪随口应声着。

随即，周子轩礼貌地跟母亲结束了通话。

欧阳雪沾着油的手握着手机还停留在耳边，那些意外的消息还在耳边回荡，犹如狂风暴雪，瞬间将她的全部热情和希望覆盖。

一颗温热的眼泪，从她的眼眶滑落在无色的脸颊上。

回到厨房的欧阳雪，强打笑颜地继续跟婆婆煎炸着一盆盆拌好作料的食材。婆婆关心地问大孙子什么时候回来。她在麻木的脑袋里极力寻找着周子轩不能回来的借口。

她潮湿的长睫毛闪动着不安，又极力地稳定着情绪开始善意的谎言："妈，您的大孙子一毕业就被律师事务所录取了。他刚才电话里说——现在手头上有一个要上庭的案子，他不能回来过春节了。"

婆婆原本满脸笑容，随着儿媳妇的话消耗了一大半，随即又说："轩轩工作要紧，以后还能找出时间回来——"

欧阳雪强带着微笑说："是的，妈，以后有机会。"而后她又解释道："——妈，因为子轩一直在国外，又赶着毕业和工作，我没有告诉他爷爷身体的事。"

奶奶边往油锅里放着裹满蛋清和芡粉的鸡肉，边说："不要告诉他，不要影响他的工作。我们有你和周闵照顾已是天大的福分，你是我们的好儿媳，周闵找到你是周家的福。"

"妈，这都是我们做儿女的应该做的。"欧阳雪未加思索地说。

婆婆轻叹着说："我看你爸这一偏瘫，是永远也站不起来了。年后，康复医院也不要去了，瞎扔钱。我现在身体好，也可以在老家照顾你爸。过了春节，你们把我们送回老家就行了。我们不能再拖累你们了。"

"妈，您不要这样想，不能说拖累。你们为儿女付出的，是儿女们永远做不到的。你们不能回老家，你们年岁大了跟儿子住在一起会更方便。

春节后，我回澳大利亚阿德莱德照顾儿子，有空就回来。”

“唉，爸妈对不住你们！”

“妈，真不要总这么想，这就是你们的家。”

“——你对我们的好，都记在我们的心里。”

她和婆婆说着话，心里又搅和着儿子刚才说的婚姻大事，油锅里炸的东西只见变黑。说话间，婆婆总提醒她要快点儿捞出来。她心思却不在手上，而是在油锅上飘飘忽忽、似是而非着。

她一边听婆婆催促捞油锅里炸过头的肉，一边又想：儿子今天说的事，最好跟周闵在外面说，以免他发起火来惊动公婆。

第五卷

第十七章
婚房

这个春节，周闵和欧阳雪潜藏着对儿子的强烈不满，又跟年迈的父母履行孝心欢度着。

周子轩之前电话里跟母亲说他和戴瑞亚的婚期，定在中国春节过后的第三个星期。在周闵心里，私定婚期就是儿子胡闹出来的儿戏。他心里一万个恼火，如果儿子在身边，估计一巴掌也就扇在了他的脸上。

欧阳雪对儿子这档子闹剧也是不知所措，内心同样是憋着气。可是，又舍不得把这股憋足了的气撒在儿子身上。她跟丈夫一样眼睁睁地看着像模像样的儿子，走向平庸的婚姻。她心疼儿子以后的人生路会很辛苦，是一点儿都借不上岳父家的力。她从心里怪儿子不够成熟，怪自己没有把这些道理掰开了揉碎了灌输给儿子。儿子就像是一块璞玉落到了不识货的匠人手里，恐怕要糟蹋了这块好料。她和周闵除了白天满脸堆笑地陪父母吃喝、聊天，晚上两人躺在床上说起儿子就是长吁短叹。

南半球的阿德莱德，夏季阳光和雨露时不时地交错着。蓝花楹树的紫花飘走最后一朵时，嫩绿的叶子已是满树。

周子轩和戴瑞亚顺利地领取了结婚证书。同时，周子轩向移民局提交了夫妻团聚的澳大利亚永久居留权申请，而不再选择技术移民申请。

他们将怀孕和婚期的事情，告诉了从游轮回到家里的加纳森和安妮。老两口在免提电话里得知这一连串可喜、惊人的好消息，几乎是随着不断惊呼而祝贺着。

周子轩跟加纳森说："戴瑞亚意外怀孕，使得婚期提前。我原计划在结婚之前贷款买一处属于我们的房子，不得不推迟了。我们会继续租住在公寓里。"

加纳森耸耸肩说："哦，我亲爱的！如果你们愿意，我们可以互换住处，直到你们有了自己的房子。"

安妮一旁也愉快地说："是的，我完全同意。"

"哦，不，不，我们很喜欢现在的这个住处。只是我之前对戴瑞亚和你们的承诺推后，其他都没有改变。"周子轩认真地解释着。

他身边坐着的戴瑞亚也随着说："是的，我很满意。爸爸，谢谢你们的爱！期待在婚礼上见到你们。"

"我亲爱的女儿！我们为你们高兴，期待那令人兴奋和难忘的一刻到来！"加纳森说着，安妮又对着电话跟女儿一阵亲吻和甜蜜的祝贺，"我亲爱的宝贝，简直是太令人兴奋了！如果需要，我愿意帮助你做一些准备。"

戴瑞亚愉快地说："哦，谢谢妈！我们都会安排好。婚礼将是以简单的方式进行，记得邀请你们的好友来。"

他们来来回回又说了一阵，挂了电话。

加纳森和安妮久久地沉浸在这一连串惊人的喜讯里，他们布满皱纹的眼角渗出了幸福的泪水。加纳森搂过来安妮，两人苍老的嘴唇相吻在了一起。

眼看这个新年就要过去了，身在北京的欧阳雪，心里很不情愿面对儿子这门看似儿戏的婚事。但是，毕竟儿子已经做出了义无反顾的决定，无力再跟儿子有一丝雪上加霜的情感隔阂。她劝周闵也要接受眼前的事实，面对儿子选择的这个婚姻。周闵一时很难接受，但是婚期将近，又使得他来不及阻止。

欧阳雪计划尽快回到阿德莱德的家里，给儿子布置婚房。周闵说自己会在婚前一两天赶到，北京家里的事也会尽力交代两个妹妹留心。父亲还送到康复医院，再住一段时间看看。

欧阳雪在北京给儿子的婚房买来了天鹅绒的秋冬被和蚕丝的夏凉被。棉被的被套和枕套是在王府井“瑞蚨祥”买的锦缎，各做了六个，图个“六六顺”之意。

锦缎面料图案有：红色为底，金丝与彩丝织制的百子图，象征着子孙满堂；红色为底的金丝、彩丝织制的祥云彩凤和绿色为底的金丝与彩丝织制的祥龙，象征龙飞凤舞吉祥；玫红色为底的金丝与彩丝织制的牡丹，象征着富贵；黄色为底的彩丝织制的“双喜”字样和龙凤，象征双喜吉祥。

她又买了六套婴幼儿锦缎衣物和几个锦缎小帽子、小鞋子。她给儿子和儿媳各买了两套蚕丝睡衣。在周大福金店，她给儿媳妇买了一对足金的手镯，给未出生的孩子买了足金的长命锁和手镯、脚镯。在工艺美术礼品店买了剪纸“双喜”字和一些新婚红色挂件的装饰物，还有一对中国彩瓷福娃。

临行前，周闵给儿子准备了一块欧米伽手表，让欧阳雪先带去。欧阳雪觉得送一块只给儿子，不给儿媳妇不合适。她决定到了阿德莱德再给戴瑞亚买一块欧米伽手表。谁让自己的宝贝儿子选了这么个儿媳妇，既然如此当娘的也得认。

挥别了北京的亲人和朋友，独自回到阿德莱德的欧阳雪，不顾飞行十个小时的疲惫，将屋里屋外彻底打扫干净。而后，她打开托运来的两只大箱子，从里面取出几个真空压缩的蚕丝被子、蚕丝枕芯和锦缎被套，立即开始布置起儿子的婚房。

在她看来，周家给儿子布置新房是必须的，至于儿子和儿媳以后是否能长期住下，需要时间来赢得。

欧阳雪在锦缎被罩中，挑出来大红色为底的金丝与彩丝织制的百子图，象征着子孙满堂的被套，装进了蚕丝夏凉被，铺在了婚床上。把两个同样锦缎的枕套也装进了蚕丝枕芯，摆放在了床头的位置。她欣赏地站在床的对面，看了又看，觉得漂亮、喜庆。她把一个个被芯、枕芯装进花色各异的锦缎被套和枕套里摆在了床上，红红、绿绿、粉粉、蓝蓝，艳丽夺目。

她看着眼前这么多好看的被子，又按中国传统的方式叠好摆放在了床上。而后，她担心儿子和儿媳睡觉时不便，会将增添婚庆气氛的被子放进柜子里，她又把被子一个个叠成长条形，放在床脚的长凳上，满意地欣赏一番。她把蚕丝睡衣挂在了衣柜里，婴幼儿的锦缎衣服、鞋帽也都摆在了里面。

她接着把带来的饰物，一件件地悬挂和摆放在满意的位置。在婚房卧室的门上贴上了大红色的剪纸“双喜”字。她决定在典礼前晚，再把家里的窗户和大门上都贴上“双喜”字。

她买来了几十盆红玫瑰，在家里的窗前、门前密密麻麻地摆放着，散发着幽幽的芳香。

之后，她约了艾米跟她一起去给儿媳买了手表。

几天下来，她竟然累得尿了血。

她在还没来得及割草的花园里，看到了开着白花的蒲公英，便剜了出来煮水喝了。蒲公英水可以治疗泌尿系统炎症，只要喝几天蒲公英水就会好起来。这个使用方法是从她母亲那里得知的，她记得母亲喝过多次，很见效。欧阳雪知道自己是太累了，引起尿血，并提醒自己注意休息。

回到阿德莱德的这些天，她除了给儿子打过几个电话，儿子没有回来见面，也没有主动打来电话。她想：也许，儿子太忙了。

布置完新房，她又跟儿子打电话，希望他们有时间回来看看布置好的婚房是否满意。儿子嘴上答应着，但是一直没有回来。

欧阳雪喝了蒲公英水，身体见好。婚期近在眼前，她想：应该跟儿子见面沟通一下结婚相关的事情。毕竟这是儿子的终身大事，也是周家的大事。

由此，她给儿子又打了电话。

“妈，结婚之前的那一天我会把教堂地址发送到您的手机信息里，您和爸直接去就可以了。其他的事情不用你们安排。”

“你是说在教堂里举行结婚典礼吗？”

“是的。”

“那婚宴在哪里？我来付预订费用。”

“婚宴就不用了，戴瑞亚和我商量，决定只在教堂典礼。”

“那怎么能行？婚姻大事，咱家不能在你岳父岳母家丢脸。这个婚宴的钱我们拿，你选饭店，妈去付押金和最后结账。”

“哦，妈，不用了。戴瑞亚孕期有食物反应，我担心她看到食物会不舒服。我们还是不办婚宴为好，这是我们的决定，我也会告诉她的父母。”

欧阳雪听儿子这么说，心里的委屈就更大了。自己的儿子婚姻大事，就这样从简在这个孕期食物反应的儿媳妇身上。原本就不能回中国大办婚礼和酒席，在阿德莱德又这么简单，这真是太委屈了自己的宝贝儿子。以后随着戴瑞亚的肚子一天天渐大，补办婚宴酒席也显得尴尬和多余。欧阳雪心里别提有多对不住儿子，她的脸色显得苍白，眼睛里透着灰暗和怨恨。

电话里，她不得不勉强回应儿子，说：“好的，那也只能这样了！爸妈还给你的婚姻大事提着劲儿呢，原本想着大办一场。”

“哦，谢谢您和爸！就这样决定了，我们觉得没问题。这些年你们为我支付了那么多学费和生活费。特别是大学以后的学费，我还说以后慢慢积攒还给你们。”

“你不要提还钱的事，这是爸妈心甘情愿为你做的。你还钱爸妈心里会很不舒服。儿子，你爸会在你们婚期的前两天来到阿德莱德家里，我们可以自己开车去教堂。只是，在你们的婚期前，我们是否先见一下戴瑞亚的父母？以免，婚期的那天见面太生疏。”

“哦，我会跟他们联系一下，请他们来家里见面可以吗？”

“当然可以！请他们来喝茶，饭就不吃了，爸妈怕做不好西餐。正好他们来，可以看看你们新婚当晚住的婚房。”

“好的，我邀请一下他们，再告诉您。”

周子轩对母亲说到新婚当晚住的婚房，并没有直接表态。他想先跟戴瑞亚商量，看是否可以将新婚之夜住在母亲布置的婚房里。他从心里希望能如母亲的愿，大家皆大欢喜。

周闵如期而至地回到了阿德莱德的家里，他当天把花园的草坪割得平平整整。

第二天，戴瑞亚的父母随周子轩和女儿来到了周家。

在周闵和欧阳雪面前，加纳森和安妮的年龄高出他们一二十岁，像是戴瑞亚和周子轩的爷爷、奶奶。这令他们很意外，但是看上去加纳森和安妮的精神很好。

周子轩为大家翻译着。

他们看到花园收拾得整洁美丽，又为窗前和门前诸多的红玫瑰欢心不已。周子轩的脸上也多了份感激和潜在的复杂心情，戴瑞亚的脸上更多是惊讶。

欧阳雪已经在室外的桌子摆上了中国茶，还有水果和瓜子。他们在周子轩娴熟的翻译下交流着。

加纳森和安妮有着书香气息，说起话来亲和、礼貌，这使得周闵和欧阳雪有所好感。可是，实际年纪确实不小的他们，又使得周闵和欧阳雪担忧。他们的宝贝儿子刚出了学校门，将很快面对岳父岳母老有所依的担当。他们心照不宣着：儿子的生活累了。儿子将在不久之日应验着那句老话，“上有老，下有小”的日子。

加纳森夫妇在聊天中称赞女儿找到了她的幸福，他们非常喜爱优秀的周子轩，万分感激上帝的恩赐。欧阳雪和周闵也客气地回应他们，戴瑞亚是一个漂亮、懂事的女儿。

随后，加纳森又说：“你们家的位置很好，花园也很美。欢迎以后到我们家，我们可以经常见面。”

安妮一旁接着说：“我给你们做澳大利亚美食，这是我喜欢做的事，当然还有甜点。”

周子轩边拉着戴瑞亚的手，边一旁翻译着。

周闵和欧阳雪听儿子的翻译，脸上浮现愉快的笑容。

周闵用简单的英语说："谢谢！"

欧阳雪随着说："谢谢，也欢迎你们以后来品尝我先生做的中国菜。"

周子轩不断地两边翻译着。

加纳森又说："太好了，我是个很喜欢品尝各种美食的人。我和安妮很喜欢吃中国饺子，但是却怎么也做不好饺子。"

周闵接着说："我会拌馅、擀皮子和煮饺子，欧阳雪包饺子。"

欧阳雪愉快地说："孩子婚后，找个时间我们聚一聚吃饺子。"

她给安妮和加纳森又添了茶水，抓了瓜子放在他们的果盘里。

加纳森看着眼前的瓜子，风趣地说："看起来今天我要当一次鹦鹉，用舌尖巧妙地把瓜子壳剥去。"随即，抓起了几粒瓜子投进了嘴里，努力地鼓动了几下吞咽了下去，"哦，可惜，鹦鹉的本领太高了，我不但舌尖不灵活，肚子也总会急着接受进嘴的食物。"

加纳森的表现，伴着周子轩翻译，引得大家都笑了起来。

周子轩顺隙跟母亲补充着说："妈，外国人不会吃带壳的瓜子，您可以请他们吃水果。"

欧阳雪这才明白，连忙示意请他们吃水果。

大家在欢乐的气氛里，不断地说着、笑着。

欧阳雪又说："婚房都给孩子们准备好了，一会儿我们就去楼上看看。"

周闵接着说："我们的这个房子就是为儿子买的，等以后这也都是儿子的财产。我和妻子住在楼下的卧室，楼上都归儿子、儿媳妇使用，还有他们以后的孩子。这个花园的草坪面积大，这也是我妻子之前考虑给未来的孙子、孙女玩耍的。"

周闵说的这番话，周子轩并没有逐句翻译，他只是大概地说这个院子和家的介绍。虽说欧阳雪在中国学过英语，但是还听不懂儿子流利的翻译。但是，从儿子翻译的句子长短上，周闵和欧阳雪都发现应该被他省去了很多内容。两人不由得看向儿子，眼睛里透着难掩的不满，但是脸上仍机械地挂着微笑。

周子轩的神情显得不平稳，他尽可能地用英语跟戴瑞亚和她的父母说了一阵。

他们只见戴家三人微笑着连连点头，也不知儿子又说了什么。

趁儿子刚落话音，周闵脸挂着微笑，语言却显得生冷地小声问儿子："你刚才把我的话都翻译给他们了吗？你小子别戏弄老子。"

"爸，我基本上都跟他们说了。"周子轩认真地说。

欧阳雪一旁用脚碰了碰周闵，脸上挂着微笑，眼睛里透着责怪地跟丈夫说："儿子怎么能不翻译你的话呢？你不要这么说儿子。"

戴瑞亚坐在边上突然又一阵反胃，很快就平静了。周子轩轻声地关心询问着她。

欧阳雪看大家坐的时间也不短了，就说："我们去房子里看看吧！儿子你仔细帮妈翻译，妈介绍给他们。"她激动地说着就站起了身。

周子轩也随即站起了身来。

大家高兴地起身，随着他们进房子参观。周子轩拉着戴瑞亚的手，心里打着鼓，担心戴瑞亚不高兴自己父母的做法，但又不得不硬着头皮跟着母亲往屋里走。

欧阳雪一心想着，自己精心布置的婚房定能感动儿子和儿媳，从此就住在这个为他们准备的家里。周闵对儿子不满，他正要看看儿子下面的戏怎么唱。

戴瑞亚一家三口乐呵呵地走进屋里，不时地称赞房子好，收拾得有品位之类的话。

周子轩来不及跟戴瑞亚耳语几句，就边翻译，边跟着母亲的步伐引领大家走向通往婚房的楼梯。

欧阳雪不停地介绍着，并由周子轩翻译。

当大家走到婚房的门口，看到大门上贴着一个大红"双喜"字，戴瑞亚和父母的脸上布满震惊。周子轩还没有来得及解释，欧阳雪一手推开了房门，房间红色为主，挂饰、摆件和彩色锦缎，满屋喜气腾腾。

戴瑞亚看到眼前的一切几乎惊呼出声音，她纤细的手指顶在张开的嘴上，眼睛里全是惊讶。加纳森和安妮也为之再次震惊，看着眼前跟结婚有关系的房间，不由得望着周子轩，等待他翻译。

周闵在他们的身后，冷眼看着眼前的一切。他知道儿子和儿媳妇是不愿意回到这个家里生活。至于戴瑞亚的父母，他倒是摸不清楚他们的心思。他本人也在等待看看儿子明天婚礼，是否回到这个新房。

欧阳雪只顾欣赏精心布置的婚房，热情饱满地详细介绍："这是我给儿子和儿媳布置好的婚房，不知道他们是否满意？这些饰品都表示吉祥如意，还有这一张张被子上的图案，也都是吉祥富贵的意思。铺在床上的图案是中国的'百子图'，预示着多子多孙，富贵满堂。"她说着就打开了房间的衣柜，又介绍："这是婴幼儿的锦缎衣服和锦缎花帽与小鞋子。"随即，她取出了一两件。"你们看看这做工多精致，都是中国百年名店的手工制作。我还给儿媳妇买了结婚礼物，一会儿给她。"她跟儿子强调，"快帮妈认真翻译一下。"

周子轩跟他们翻译着。

欧阳雪满脸笑容地在一旁很认真地听着，欣赏着儿子这满口漂亮的英语。戴瑞亚听着周子轩讲解，她放在嘴上的手指始终没有放下来，蓝宝石般的眼睛左右地观望。加纳森和安妮随着周子轩的介绍，不断欣赏地点着头。周闵靠在婚房的门框上，看着眼前的他们和妻子布置的漂亮婚房，揣摩着他们。

当周子轩翻译介绍完以后，戴瑞亚转向欧阳雪微笑着，用蹩脚的中文结结巴巴地说："谢谢！我，可以带走一些吗？"

加纳森和安妮不明白女儿说的中文，但是看到她的微笑，他们的脸上洋溢着幸福。

周子轩听戴瑞亚这么说，心里一阵紧张，眼睛立即投向了母亲。

靠着门框的周闵说起了话："戴瑞亚，这就是你们的家，想拿什么都可以。”

周闵快速地翻译给戴瑞亚：“我爸说你喜欢的都可以拿。”

戴瑞亚满脸笑容地看了眼室内的欧阳雪和靠在门边的周闵，仍用蹩脚的中文说：“太好了，谢谢！”

欧阳雪脸上一阵红、一阵白地交映在勉强的微笑里。周闵的脸上也是皮上和悦，皮下神经已经开始抽扭。他恨不得跟儿子和儿媳妇立刻翻脸，但是却强忍在假象的和谐里。

从戴瑞亚的语言里，周闵和欧阳雪很清楚儿子并没有把所有的话翻译给他们。为此，两人心里憋着气。欧阳雪后悔，今天应该把好友艾米叫来翻译，让儿子翻译是个错误。

戴瑞亚的父母称赞着，愉快地走出房间。他们又看了看周边的几间房子后，跟着欧阳雪的步伐下了楼。

加纳森和安妮不断愉快交流着。

戴瑞亚跟周子轩轻声地说：“我有点累了，想回去。明天就是婚礼，我们还要在家里准备一下。”

周子轩正要开口跟母亲说，欧阳雪突然想起来什么地说：“哦，差点给忘了，我这就把给你们的结婚礼物拿来。你们先在沙发上坐一会儿，我这就来。”说着，就拉着丈夫走进他们一层的卧室。

周子轩一边翻译母亲的话，一边请戴瑞亚父母坐下来。

欧阳雪在房间里取出礼物，又嘱咐丈夫：“千万不要带情绪，明天就是儿子大婚的喜日子，不要破坏了气氛。有问题过了明天再说也不迟，况且跟儿子沟通不畅，也是这些年总不在一起造成的。”

欧阳雪嘴上这么说，完全是看在大局和心疼儿子的份儿上。可是她的心酸，要胜过周闵不知有多少倍。

周闵紧蹙着眉头，从鼻子里发出沉闷的声音：“嗯！”

当他们拿着礼物走出卧室的那一刻，脸上又堆着笑容，并坐在了客厅一侧的沙发上。

欧阳雪热情地说：“在中国，儿子结婚是大事，我想在国外也不例外。我们没能在中国给儿子办婚礼，感到很遗憾。我们给他们买了点东西，不知合不合他们的意？这些东西，在婚礼上也是图个吉祥。”她带着遗憾的笑脸看着儿子，等待儿子翻译后，将礼物送给他们。

这一次，周子轩逐字逐句地翻译了下来。

欧阳雪和周闵在他们的情绪反应中，看得出儿子翻译得清清楚楚。随即，她将手里的礼盒递给了戴瑞亚。

加纳森和安妮脸上浮现着幸福的笑容。

戴瑞亚漂亮的笑脸泛着亮，闪动着长长的睫毛，小心地打开这个大红色的金丝绒礼盒。眼前是对闪耀的金手镯，等着主人佩戴。她欢喜地说：“太漂亮了，我很喜欢。谢谢！”

安妮和加纳森也随着称赞很漂亮。

欧阳雪看她喜欢，又看了一眼儿子，从周闵手里接过来两个礼盒递给了儿子和戴瑞亚，说：“子轩，爸妈再送给你们各自一份礼物。”

这是有着红色外包装纸的两个厚重的礼盒，方方正正。

周闵微笑着说：“打开看看吧！”

周子轩和戴瑞亚相视微笑，同时揭开包装纸，看到一个有着金色欧米伽字样的红色真皮礼盒。他们的眼睛里透着喜悦，轻轻地翻开了礼盒盖子，欧米伽金表闪现在眼前。

周子轩激动地说：“哦，谢谢爸妈送给我们的礼物！”

戴瑞亚随即也激动地道谢着：“谢谢你们！”

加纳森和安妮幸福满面地望着，不时地赞言着。

转眼太阳已经溜到了客厅的西窗，第二天随着太阳重新升起，周家将迎娶跨国儿媳戴瑞亚。为此，大家不得不告辞，准备迎接婚礼的到来。

送走了他们，坐回客厅沙发上的周闵和欧阳雪突然沉默了。

他们不知话要从哪说起，或是干脆不说。他们的心情应该是一样的，对于儿子是否能回到阿德莱德的这个家，没有足够的信心。

欧阳雪心里想：明天结婚典礼之后，如果儿子和儿媳回这个家里，那就是一个巨大的喜悦。如果没有回来，那将是多么不能接受的现实。

周闵看着若有所思的妻子欧阳雪，充满同情和爱怜。他知道等待这一天的到来，欧阳雪等了十几年，她把所有的希望都寄托在这个家里了。可是，如果真的不能如愿，担心这个打击对妻子不是个玩笑。

这十几年来，欧阳雪要保住工作供儿子留学，没有孩子在身边就像丢了魂，每日每夜饱尝着精神折磨。如果不是她将思绪倾诉在日记本里，那还不早就折磨出了病。她写日记的事情，周闵从没有注意到。

日记一写就是十几年，里面配合文字还张贴着每次与儿子团聚时的照片、电影票、车票、门票和儿子随手画的小画与吃过的糖纸等。还有每一次儿子飞往澳大利亚，父母在机场外的记录和周闵用手机拍摄妻子追赶飞机的一些画面。这些机场外的事情，儿子周子轩至今都不知道。只有日积月累的日记，随着时光一页一页地翻动，看到文字与图片中的儿子一天天长大成人。这些日记就像注入母亲灵魂的血液，使她的生命在对儿子的思念和团圆的期盼中有了寄托。

周子轩小时候跟着父母生活，他三岁入托儿所，晚上接回来。有时他们会出差，或是周六日加班，跟儿子在一起生活的日子掰着指头算算加起来也确实不多。尽管他们只要跟儿子在一起就尽全力地爱他，可是儿子还是过早地被送出了国。

经历了这么多年思念之苦的欧阳雪，就像是一只张开着翅膀的母鸡，要将自己孩子扑在怀里，给予爱的护翼。可惜，她现在扑的却是不再需要庇护，羽翼丰满的雄鸡。万般惋惜之下，如今她愿意将这份母爱转换给未来的孙子孙女，期盼子孙同堂的幸福生活。

晚上，她将多个红色“双喜”字一一贴在了家里的大门和多个窗户玻璃上。房门口窗下一盆盆深红色玫瑰花，散发着幽幽花香。

临睡前，她看到手机微信里麦小青和叶子祝贺周子轩大婚的祝语，每人发送来六百元微信红包。

她随口跟周闵说：“麦小青和叶子还给了微信红包，挺懂事的。”而后，她回复了微信，表示感谢。

她说到红包的事，提醒了周闵。

周闵连忙起身从包里取出了三个红包，“你不说红包我都差点给忘了，明天你记得把这几个红包给儿子。这是爷爷奶奶给的五千元，还有两个妹妹各给的一千元。”说着将手里的三个红包递给了欧阳雪。而后从包里又取出了一个厚厚的红包，交给了妻子，“这是咱俩给儿子和儿媳妇的钱，我特意在国内银行找朋友换了一万崭新的澳元。明天你一同给他们吧！”

欧阳雪接过红包说：“好的，就用你这一份。我准备的澳元是从这边银行柜台取的，不是新钞票。”

周闵看着妻子疼爱地说：“时间不早了，我们也休息吧，明天还要早起！”

第十八章
周末见

清晨。

欧阳雪和周闵早早地起床，他们简单吃了点早餐，检查好包里要带的东西。欧阳雪将家里开窗通风后，在客厅和儿子的婚房里熏上了玫瑰精油。

此时周闵已经西服革履穿戴整齐，一身笔挺收身的深蓝色西服，白色衬衫衣领下系着一条枣红色领带。他虽说两鬓隐现银发，整体看仍英姿俊帅。

欧阳雪回到卧室的化妆台前，化了淡妆，松绾着头发。在耳垂上戴上了一对金色珍珠耳坠，颈部也佩戴了金色珍珠项链。她在大衣柜里选了一套中国旗袍，米色为底的锦缎上有金丝和彩丝织制的花鸟于前后衣角上，穿在未因时光走样的身材上；脚穿一双米色的中跟皮鞋，她整体显得典雅大方。

周闵将儿子给的地址输入汽车导航，载着妻子驱车向教堂驶去。

上午十点，周闵夫妇和戴瑞亚的父母前后来到了位于市区，这座哥特式的古老教堂。

此时，一身浅蓝色西服，白色衬衫，打着蓝色领结的周子轩已经在教堂的婚礼现场。周子轩来帮忙的朋友也早到了，他们不断地跟神父交流着婚礼程序上需要配合的事情。周子轩看到走进来的父母，便迎过去拥抱、问好。

欧阳雪看着眼前英俊帅气的儿子，激动得满眼是泪，周闵也是眼圈见红。欧阳雪从包里取出了几个红包，说明着递给了儿子。儿子接过红包连连致谢，并请母亲先替他拿着，等婚礼以后再从母亲那里取回。母亲看儿子眼下也没有可放之处，就又放回了包里。

就在此时，戴瑞亚的父母也走进了教堂。

加纳森身着浅灰色西式礼服，白色衬衣的衣领下打着一个酱红色的蝴蝶结。随在他身边的安妮化了淡妆，嘴唇却涂着大红色唇膏，耳垂上戴着一对绿色小宝石耳坠。她身穿墨绿色针织套裙，上衣的领口一圈缀着两排小颗粒淡绿色仿真小宝石，脚穿一双黑色矮跟皮鞋。他们看到了周子轩和他的父母，微笑着微微挥动手边走了过来。他们相互拥抱，行了西式礼，又向周子轩说了祝福的话。

周子轩为他们翻译着。随后，加纳森和安妮请来的好友也陆续走了进来，他们又分别跟好友寒暄着。

周子轩的朋友走来告诉他时间差不多了，神父希望大家尽快入席。朋友们忙着请大家开始入座。

教堂外基本上是周子轩和戴瑞亚的一些年轻朋友，等候迎接新娘到来。这些帅男靓女有二十多位，大部分是外国人，有个别是来自新加坡和中国的华人朋友。他们打扮得时尚、摩登。

教堂内，周子轩和神父已在里面等待了。亲友们都端坐在座位上，等待令人振奋的时刻到来。戴瑞亚的父亲在教堂门口，等待将女儿牵引到教堂里新郎的面前。

上午十点半。

随着教堂外的一阵欢呼，教堂内的人们回头向门外的方向看去。

教堂大门外，台阶前的一片空地，一台白色敞篷轿车载着新娘和伴娘驶来。幸福满面的新娘戴瑞亚化了妆，高绾着头发，头顶婚纱，身穿白色婚礼裙，手持系着白色绸带的鲜花，在伴娘的陪同下缓缓地下了车。

教堂门前的年轻人欢呼着，将手里的彩带和彩纸屑撒了出来，落在新娘的全身。新娘的父亲加纳森，走上前去抬起了右臂，女儿戴瑞亚轻挽着他的小臂走进教堂。伴娘在她身边陪伴着。

教堂内，他们伴着教堂音乐，经过通道两边站起的朋友身边，走向主殿。

新郎周子轩在神父身旁，面向走来的新娘戴瑞亚，激动的心不能平静。

加纳森无比幸福地将女儿送到周子轩和神父面前，他回到了前排座席。

婚礼在神父的主持中有序地进行。

前排席位上的双方父母，神情都格外激动，眼睛里闪动着幸福的泪花。

戴瑞亚的母亲将手握在加纳森的手上，加纳森托起她的手在唇上轻轻地吻了一下。

心情复杂的欧阳雪几次热泪夺眶，身边的丈夫周闵不时地将一只手抚在妻子的手上抚慰。

欧阳雪泪眼看着殿前的儿子，眼睛里叠映出他小时候的样子，那记忆深刻的时光画面：

那是一个周末的中午，小周子轩三四岁，他和妈妈午饭后剥橘子吃。妈妈把剥好的橘子递给他，他接过来说："谢谢妈妈，我也剥一个橘子给妈妈吃。"

他说着小手就拿起一个橘子，剥着厚厚的橘子皮，好一会儿才把一个橘子剥了出来，两个小手托着递给妈妈。妈妈感动地接过橘子，在他的小手上亲了又亲。儿子被妈妈亲得小手痒痒的，他咯咯直笑。

妈妈放下他的小手，就和儿子吃起剥好的橘子，还一边叮嘱着："小心橘子里面有籽，不要卡着了。"

小子轩拿着妈妈剥给他的橘子，愉快地边吃，边答应着："好的，妈妈，我知道了。"他往小嘴里放着一瓣瓣橘子。

妈妈望着他，也一瓣瓣地吃起儿子用小手剥的橘子，心里无比高兴。就在这时，儿子原本愉快的笑脸，突然愣住了，眼睛里全是惊恐地望着妈妈。

妈妈看到儿子这样以为是橘子籽卡住了儿子，脸色紧张地问："轩轩，怎么了，卡住了吗？快告诉妈妈！"

儿子看到妈妈的神情，吓得小脸儿一下红了起来，哇地哭出了声。这下可把妈妈吓坏了，妈妈连忙把他抱过来，让他张开小嘴，看看是不是被卡住了。

她看儿子哭声嘹亮，呼吸正常，不像是被卡住的样子，又焦急地问："轩轩不哭，告诉妈妈你怎么不舒服了，是被橘子籽卡住了吗？"

儿子痛哭流涕，眼睛里仍然带着恐惧。"妈妈，我——我把橘子籽吃进肚子里了，我的肚子里会长出小树吗？"他泣不成声，结结巴巴地哭着说，"妈妈我会死吗？妈妈，我不想死！"

妈妈听儿子一连串的哭诉内容，倒是松了一口气，紧张的神情也散去了一大半。她看着惊恐的儿子，怜爱地把儿子抱在了怀里，强调着说："轩轩肚子里不会长出小树，轩轩会活得很好。橘子籽会在你的肚子里游玩，而后会在你便便时溜出来。"

小周子轩听妈妈这么一说，脸上挂着泪，立即不哭了。转而他又担心地哭腔着说："那橘子籽要是不出来呢？"

妈妈微笑着抹去他小脸儿上的泪珠说："橘子籽不会不出来的，因为它也需要出来透透气啊！它还要出来跳到泥土里长出小树，结出小橘子呢！"

小子轩满脸认真地听妈妈说着，心里想象着，小脸上又露出了笑容。他又认真地跟妈妈说："妈妈，我不想死，也不要你死。"

妈妈连忙说："我们都不会死，还有好多日子等着我们呢！"

小子轩倒在妈妈的怀里喃喃地说："妈妈，我要和你永远在一起。"

妈妈搂着儿子，怜爱地说："会的，妈妈永远跟你在一起。"

此时，教堂里的音乐又一次奏响，将欧阳雪的思绪从往昔的时光带到现实里。

新娘戴瑞亚正挽着新郎周子轩的小臂从前殿转过身来，走过又一次站立起来的亲朋好友身边，向教堂门外走去。

周闵跟妻子耳语："婚礼前华人小伙子告诉我，当新郎、新娘从教堂走出去的时候，婚礼仪式就结束了。"

欧阳雪含泪不舍地望着走向教堂大门的儿子，轻叹着说："儿子也算是完成了他的婚姻大事。"但神色中欧阳雪难掩心酸。

人们随着走出去的新郎和新娘，也陆续走了出去。大门外簇拥着的年轻人又欢呼着向一对新人抛撒彩带、彩屑。

走出来的人们向新郎、新娘祝福着。周闵夫妇没来得及问儿子晚上是否回家里的婚房，只见儿子手挽着新娘上了白色敞篷轿车。

新郎、新娘满脸幸福地向着教堂门外的亲人、朋友挥别。

随着年轻人们一阵欢呼，敞篷车载着新郎、新娘缓缓启动。紧随其后的几台汽车由年轻朋友们驾驶着驶出教堂区域，渐渐走远了。

亲友们相互道别，愉快地各自散去。

教堂门前，站立着道别朋友后的两家父母，他们顿感无法语言交流的尴尬。加纳森望着周闵和欧阳雪微笑着耸了耸肩，安妮微笑着不知道说什么好。周闵嘴角上扬做出微笑的样子，欧阳雪用简单的英语向他们道别。他们心照不宣着因语言障碍，不得不就此告辞。如果不是这个原因，中午一定会聚餐畅聊。

他们再次拥抱，行了西式礼，分别驱车离开了教堂。

回家的路上，欧阳雪迷茫地看着车窗外，说："儿子大喜的日子，两家人和他们连个合影都没有。——也不知今晚他们会不会回来？"

周闵驾驶着汽车微蹙着眉，安慰妻子说："你也不要多想了，这也许就是国外的方式。儿子晚上应该会回来的。"

欧阳雪心怀希望地说："是啊，他们已经看到了我们为他们准备的婚房。——也许，今天下午就会回来。"

"会的。"周闵机械地回应着，咬紧的牙关使得两腮紧绷，他心里基本清楚儿子八成不会回到这个家里。

他对儿子目无父母的看法也不是一两天的事了，今天婚礼后旋风般离开，也是没把父母放在眼里。在周闵心里，儿子周子轩已经是一个完全失去父母控制的人。儿子这个捏在父母手里的风筝线，确实已经脱手。学文科的欧阳雪习惯把现实变为理想中最美好的幻想，给自己设置出一个个幸福的场景和期待。阿德莱德这个家，是她与儿子分别十几年后，期盼汇聚高浓缩幸福生活的家。

在周闵看来，善良、淳朴的妻子，有时候就像是一个没长大的孩子。特别是在他和儿子的面前，妻子的才学和智慧几乎全部消融在赤裸裸的、本真的爱里。在他的心里，妻子的这份本真，是难能可贵的。但是，他又担心妻子为此受到伤害。妻子在感情上显得脆弱、敏感、彻骨和纯粹。

这十几年来，在两人床头闲聊中，欧阳雪流露自己是一个抓不住完整家庭的人。从表面上看，她有丈夫、有儿子，幸福家庭的模样。可是，作为一位母亲，孩子却不在身边，幸福家庭在她的心里，走了形、变了样。

周闵为此没少开导她不要这样想，表明自己是那么深爱着她和这个家。为了这个家和儿子，他们也一直在努力工作。孩子不在身边，可是他们的心都在孩子身上，孩子是他们生命的意义。他不断表达婚姻有多种模样，重要的不是形式，而是内心的实质存在。

欧阳雪知道有不同的人，就有形形色色的婚姻和家庭。但是，自己需要的家庭，不是丈夫将幼小的儿子送到国外读书的样子。这个当年使自己矛盾，不知如何是好，而顺应丈夫的最终决定，成了她终生的遗憾和不幸。这么多年唯独支撑着她的，除了丈夫的宠爱，就是以后跟儿子团圆生活的希望。

此时，望着车窗外的欧阳雪，眼睛里渗透着期盼。

下午。

加纳森和安妮驱车来到了阿德莱德山顶。

他们停了车，相互搀扶着走到观景台。一身盛装的他们，引起周边游人的注意，以为他们不是刚结婚，就是浪漫的结婚纪念日。

在他们手持手机自拍时，一对西人年轻情侣经过，女孩主动问道是否需要帮助他们拍合影。他们愉快地接受了女孩友好、热心的拍摄。

他和妻子安妮相拥、相吻，连续拍了好几张照片。他们也热心地给年轻情侣拍了几张合影。而后，大家相互致谢间，小情侣愉快地走开了。

加纳森和安妮满面笑容地望着走开的小情侣，好像看到了自己的女儿正跟着男友欢快地边走边回头微笑地望着父母。

他们远望的神色，在挥别的微笑中，回到了彼此的眼睛里。

他们苍老的双手相扣，回身扶着观景台的栏杆，眺望着山下远处棋盘式的城区。密密麻麻的建筑群，一座座房子、一户户人家，在浩渺中的人们显得那么微不足道。他们不由相视轻叹，又将手搭在了一起，手的温度迅速传递在两人的身体里。山风吹动他们的白发，两人凹皱的眼窝里灰蓝色的眼睛透着孤单。安妮将头靠在加纳森的肩上，相互依偎着。

山顶的灯塔旁，有几把超大的白色太阳伞，大伞下面闲坐着喝咖啡的游人。他们从观景台缓缓走到太阳伞下，也闲坐在了其中，点了两杯无脂牛奶热咖啡。

他们品味着咖啡，放眼欣赏山下的景色。

加纳森轻抹着上嘴唇白胡须边黏附的咖啡沫，深情地望着眼前的安妮，说："亲爱的，我们能在一起是此生的幸运。——你知道，我有多么爱你！"

"哦，我亲爱的！我同样是那么爱你，幸运与你此生在一起。"安妮花白的头发在照进遮阳伞的阳光下丝丝发亮，深凹在褶皱眼窝里的灰蓝色眼睛闪动着温情。她将微胖且有着老年斑的手，抚在咖啡杯边加纳森干皱出骨骼和青筋的手上，轻声地说："你知道，有时我会突然感到恐惧——"她的眼睛里渗透着哀伤。

加纳森扬了扬银白的长眉，眼睛里也透着些伤感。"让我们祈祷上帝，对我们的怜悯，让我们永远陪伴。"他托起安妮的手，放在唇边吻了一下，深叹着说，"我想，你还记得老友汉斯去世在家里的事。"

“是的，我当然记得。那是一个可怕的早晨。”安妮眼含惊恐地说，“那瓶从冰箱里取出来的冰可乐，使他倒下，再也没能醒来。”

加纳森轻轻地将安妮揽在身边，又在她的额头上深深吻了一下。“是的，他永远安息了。”他眼睛潮湿，迷茫地望着山下的城区，声音低沉地说，“更可悲的是，他去世两周才被发现。——葬礼的那一天，他的儿女出现在棺木前。可是，他却随着覆盖在棺木上的泥土长眠。”

“哦，我亲爱的！——那真是不幸的一天。”安妮望着太阳伞下满头稀疏白发和白胡须的加纳森，眼睛里透着伤感说，“是的，非常遗憾。汉斯的性格过于孤僻，如果他能找到一个伴侣，一切都会好很多。”

“是的。”加纳森深情地望着安妮说，“我亲爱的，让我们不要去想令人心碎的事。今天，我们女儿婚礼，我们应该高兴才是。”

“是的，我完全同意你的说法。我们的宝贝女儿，从此有了自己的家庭。”安妮温情地说着，那灰蓝的眼眸里透着对女儿不舍的光色。

加纳森微笑望着安妮，说：“亲爱的，来，让我们为女儿和我们未来的生活祝福！”他端起了咖啡杯示意。

安妮端起杯子迎合着说：“是的，祝愿我们的女儿家庭幸福，爱情甜蜜，顺利生下他们的宝贝！”

加纳森接着说：“也祝我们相爱、相伴一生！”

“是的！”安妮说着，眼睛里溢出泪花。

加纳森望着安妮感慨地又说：“感谢上帝恩赐给我们美丽、聪慧的女儿，使我们在养育她的成长中，得到幸福和快乐。——那是多么美好的时光！”

“我亲爱的加纳森，你知道我多么怀念那些生活。”安妮手握咖啡杯略带伤感地说。

“是的，我理解！就像我们当年离开父母，走进自己的生活。我们不知道父母当时和之后的心情，甚至我们也没总想到跟他们团聚。”加纳森眼睛里流露着惋惜地说，“当我们意识到这些，他们已长眠在天国。——有时，当我想到这些，总会感到不安。我又不得不安慰自己，唯独理由是：他们并没有表示过要经常看到我，也许在他们的生活里不一定需要我——现在才明白，他们希望我们生活得有趣，而不去打扰我们。可是，他们却是那么地想念我们。”

“是的，一定是这样，就如同我们现在对女儿。”安妮肯定地说。

加纳森深叹道：“直到母亲临终前，我回到她身边的那一刻，她瘫坐在躺椅里看到我时竟然一下哭出了声。她张开颤抖的双臂，等着我向她走来。我走过去拥着她，她哭个不停地重复说‘感谢上帝、感谢上帝’！我安慰她不要担心，身体会好起来。”加纳森叙述着，眼睛里集满了泪水，嘴唇颤抖着又说：“而后，我就和家人聚餐去了。当晚我住在了酒店，第二天被电话唤醒——得知母亲已经在睡眠中再也没有醒来——她就这样安详地走了！那晚该死的聚餐带给我欢乐，却未能多陪伴母亲。这些总会出现的画面，竟然成了折磨我后半生的遗憾。”

此时，滑落的眼泪在他脸上那弯弯曲曲的皱褶里流淌着。

安妮入神地听着加纳森从未跟自己详细描述过的这些情景，脸上映着惋惜地说：“我们就像不断成长的孩子，很多事现在才开始明白。”

加纳森迷茫地远望，泪水浸湿了他棕黄的睫毛。

他们在太阳伞下坐了两个多小时，阳光不断地变幻着位置。在光线开始减弱的那一刻，他们两手相扣起身离开了。

天色渐晚，欧阳雪和周闵守候在张贴着“双喜”字的家，等着儿子儿媳能回到婚房。

他们一直等到了晚上九点多，还是没能见到儿子和儿媳回来。在晚间调暗的灯光下，红色的“双喜”字和门前、窗下幽香的红玫瑰，弥散着与其反差的清冷。

坐在沙发里的周闵皱着眉头，两眼瞪着墙上的钟表，已是满脸怒气。忍耐已经到了承载的边缘，他的手指无意识地敲击着沙发扶手。

欧阳雪不断地往门外留意看着，又分辨听着外面的汽车声，却都是途经未停走远的汽车。她忍不住地跟周闵说：“不然，打个电话给儿子，问问情况？”

周闵鼻翼硬着，像是要从鼻孔中冲出两头牛，眼睛里像要喷射出火焰，生气地说道：“不要打电话，我倒是要看看他们到底唱的是哪出戏！”

欧阳雪看他怒气在胸，强忍着对儿子的失望，安慰着他说：“你先不要生气，再等等，也许儿子跟朋友还在聚会。今天是大喜的日子，你不能跟儿子不高兴。”

周闵皱眉瞪眼地紧绷着嘴，从鼻子里出着粗气。

晚上十点四十分。

欧阳雪家客厅墙壁上挂着的钟表，一针针清晰地发出嗒嗒的摆动声。坐卧在沙发上的欧阳雪和周闵，随着摆动的表针混混沌沌地有了睡意。

晚上十一点半。

欧阳雪的手机响了起来，惊醒了睡着的他们。

欧阳雪第一反应：“一定是儿子的电话。”她连忙从茶几上拿过手机看到是儿子的来电，便接听着。

“喂，儿子，你们回来了吗？爸妈还在等你们。”

“哦，妈，您告诉爸一下，我们今晚不回去了，我们的朋友刚走一会儿。戴瑞亚今天太累了，现在已经睡着了。我们周末见可以吗？”

“哦，不回来了？——婚房——都给你们收拾好了，原本想着今晚你们要回来的。”

“谢谢您和爸，我们周末再回去看你们可以吗？”

还没等欧阳雪回答，周闵一跃而起抢过了电话。欧阳雪又从他手里往回抢，生怕他破坏了儿子新婚的心情。周闵一下将欧阳雪推倒在沙发上，手持电话疯狂地跟儿子喊叫着语无伦次的话，语句又在怒吼中变得模糊不清。

欧阳雪为眼前的局面所失望，倒在沙发里捂着脸闷声地哭了起来。周闵怒气冲天地连说带骂了一阵，不由儿子分说地挂断了电话，一屁股坐在了沙发里，将手机重重地撂在了茶几上。

欧阳雪哭出了声，是那么痛苦和绝望。

第十九章
健康家庭

周闵骂了儿子，三天后的周末没有迎来儿子、儿媳，也没有他们的电话。

周闵皱着眉头，怒气又开始升温，心想：儿子不回来，也许是担心见面会再次激起我的愤怒，或是儿子确实不想回到这个家里生活？

周闵用最大的耐心和妻子一起继续等待着儿子、儿媳。

周六，临近中午，还是不见儿子儿媳回来。直到下午三点，欧阳雪坐不住了，责怪周闵太不冷静，不应该用那么粗暴的方式对待长期不在身边生活的儿子。周闵除了觉得自己是过于粗暴以外，认为自己说的话没错。但是，欧阳雪却认为粗暴方式是根本的错误。

因周闵这个周日下午就要回国，欧阳雪不忍跟他争辩，可是脸色黯淡无色。

周闵看着客厅的钟表正随着阳光一分一秒地走过，他想：如果今天见不到儿子，再次见面不知要等到何时。他让妻子给儿子打个电话，约他一会单独回来聊聊。

电话里，儿子同意见面，提出约见地点是他公寓附近的咖啡馆。

周闵念叨着："臭小子，心思还不少，约在外面见面，不就是担心我在家里会对他不客气吗？"

欧阳雪认真地说："你真的不能再不顾一切地跟儿子发火，你必须向我保证。"

周闵蹙着眉，勉强地说："行，我争取不发火。"

“不是争取，是一定不要发火，况且我们和儿子约见是在公共场合。”欧阳雪边拿起边柜上的包，边强调着说。

咖啡馆。

欧阳雪和周闵提前来到，还给儿子点了巧克力蛋糕。

咖啡馆外，周子轩一身休闲装从马路对面款款走来。他脸色阴郁，心事重重的样子。在即将走进咖啡馆的那一刻，他打通了母亲的电话。他希望母亲能交代父亲千万不要在咖啡馆发火。欧阳雪答应着儿子便挂断了电话，向周闵再次提醒不可发火。周闵点头同意，他何尝不想跟儿子好好说话。

周子轩走进了咖啡馆。

三人围坐在咖啡桌前，欧阳雪疼爱地看着儿子，把点好的巧克力蛋糕和咖啡摆放在儿子的面前。

周闵望着儿子的眼睛里有怜爱，也有内疚，微蹙着眉说：“儿子，爸爸向你道歉，请你原谅我那晚发火。”

周子轩连忙轻声地说：“哦——对不起，是我惹爸生了那么大的气。”

周闵的眼睛突然热酸，眼泪瞬间堆在眼眶里。他极力地克制着，使得眼泪退去。他嗽了下嗓子，仍微蹙着眉说：“儿子，爸明天下午的飞机，就要回北京了。再来不知什么时候，你妈妈和你在阿德莱德，我也放心。我们一直没有告诉你——你爷爷半年前偏瘫了，现在在北京。”

周子轩满脸惊讶：“哦，天哪！”

欧阳雪抚着儿子的肩膀，轻轻地拍了两下，安慰着他。

周闵微蹙着眉头，说：“你奶奶也接到了我们北京的家里，你爷爷、奶奶年纪大了，身边需要我。你两个姑姑家也有老人需要照顾，爸就专心照顾你爷爷、奶奶，以后爸会经常在北京。我们也给你爷爷请了一个护理工。”

周子轩听父亲说着，好像有话在嘴边，但是又没说出来。

周闵嗽了声嗓子又说：“爸在工作上还有些项目没有做完，需要些时间。——等你爷爷和奶奶百年以后，我彻底过来跟你们一起生活。”

欧阳雪细微关注着爷俩的神情，她希望此次谈话能和谐下去。

周子轩神情严肃、默不作声地听着。他微微转动着手中精致的小叉子，竟然没有怎么吃盘中的蛋糕。

周闵微皱着眉，又说：“我们在阿德莱德买的这个家，其实就是为我们未来的生活所做的安排。听你妈妈说，你已经办理永居申请，很快就会批下来。你接着就为我们办理父母团聚永居身份，爸妈心里很高兴！”

周子轩情绪复杂地交映在父亲的话语中，他无心吃蛋糕，将手里的小叉子轻轻地放在了盘边。

欧阳雪提醒儿子吃蛋糕，他好像没听到似的，沉浸在父亲的述说里。当母亲再次提醒他说：“儿子，吃蛋糕。”

他才被惊醒似的，机械地回应：“诶。”随即，机械地挑起一点蛋糕放进了嘴里。

欧阳雪喝了口咖啡，怜爱地看着儿子，小心地说：“儿子，如果妈哪些做得不如你们的意，要告诉妈。”

周子轩咽下蛋糕，轻声地说：“妈做得很好，我们很感谢！”

欧阳雪和周闵互换了一下眼神，心照不宣地感受着儿子与父母间的客气。

周子轩一脸心思地轻声又说：“爸、妈，我刚才听到爷爷的身体情况，心里很难过！我希望爷爷的生活不会因瘫痪而变得更糟。当然，我也相信爸爸对爷爷会全力照顾。”

周闵和欧阳雪听儿子开始表达心里话，满脸欣慰。他们微笑地望着儿子，认真地听他的每个字、每一句话，生怕遗漏了一丝内容。

周子轩又说：“可是，我想如果把爷爷送到专业护理机构，会更适合他的健康需要。”

周闵听儿子这么说，微笑着立即回应道：“儿子说得很对！爸妈为了爷爷的健康恢复，已经安排住在康复医院，帮助恢复身体。”

儿子原本紧绷的嘴唇，微微上扬着两侧嘴角，眼睛里透出满意的神色。转而，他又说："我刚才听爸说两个姑姑家也在照顾老人。其实，老人年纪大了，不太能照顾自己的时候，应该在养老院生活。"

周闵一听儿子这么说，脸上的微笑立即僵化了，一股怒气又向着眉心涌去。欧阳雪看丈夫的脸色有变化，就用桌子下的脚碰了碰丈夫的脚。周闵蹙着眉向她看过来，她趁儿子不注意，向丈夫使眼色提醒他不要发火。周闵僵硬的鼻翼微微张动，胸前鼓起的怒气，在努力地往下沉落着，极力恢复着温和的神色。欧阳雪维持着满脸微笑迎合着儿子。

周子轩不以为然地喝了口咖啡，像是有一份使命似的继续表述着："我知道，这样的办法在你们和姑姑的家里很不容易做到——就像刚才爸说的那样，儿女需要照顾自己的父母。但是，这样的照顾——是不够理智的，因为这里面有很多做不到的事情。比如，照顾瘫痪老人，或是其他复杂的身体疾病带来的问题，应该是一个专业护理机构的工作。"

周闵用最大的忍耐力控制着不愉快的情绪，听着儿子一板一眼地表述。欧阳雪在儿子的表述里越来越清晰地发现和证实着，他们之间存在不小的人生理念距离。

周闵强忍不满，表现着和蔼，说："儿子，那爸问你，如果老人不需要护理工，但是上了年纪，你说怎么安排？"

欧阳雪担心地看着他们两人随时会出现不愉快，紧张地保持微笑地听着。

儿子自信、坚定地说："老年生活应该属于自己人生的一部分，正如以后我要面对的生活。老人用积蓄把自己交给服务机构，是正确的选择。"

他们听儿子这么说，心里别提有多不能接受。

周闵强忍心寒地又继续问："如果老人没有经济能力，怎么能把自己安排到服务机构呢？"

周子轩从容地说："当然，除了自己的财产和积蓄，在这里要跟政府的养老福利直接联系，解决养老院所需资金的支出方案。当然，如果儿女经济条件允许，也可以帮助支出，住进条件更好的私立养老院。"

周闵淡淡地笑了笑，看着眼前的儿子，觉得他是被西化了的思维，一时不知怎么跟他说得清楚。在儿子的道理中，除了儿女可以帮助支付资金，还是要把父母交给养老院。他和欧阳雪心照不宣，眼睛里透着难掩的心酸，两人的心正被儿子法条般的语言割锯着。

其实，他们从来也没想着未来让儿子养活，或是被他照顾。如果不是今天说到爷爷偏瘫的事，儿子还不会说到这些话题。他说这些话，在父母心里确实缺少了些人情味。可是，在他的心里，这个告知却是一份责任和使命。

周闵不想再跟儿子讨论老年生活，而是要切入主题地聊聊现在一起生活的事情。他不由得嗽了嗽嗓子，说："我和你妈还没有老到那一步，以后的事情也不会拖累你。"

欧阳雪脸上仍维持着微笑，桌下的脚又碰了碰他，提醒他注意说话方式。

周子轩听父亲这么说，心里很不理解，还没等他再解释，父亲又说："我之前说过，你妈把工作辞了，就是下定决心长期跟你生活在澳大利亚，也是我未来团聚的愿望。现在北京家里的事情不用你妈操心，我都已经安排好。她觉得此生最对不住的人就是你，没能陪伴你成长。你要理解，你妈对你的一片苦心。"

欧阳雪挂着微笑的脸上隐现着酸楚。同时，她又担心丈夫哪句话说得不合儿子的意，儿子反过来的话再激怒他。

周子轩听父亲说这些话的神情显得复杂，他知道父母的意思，但是自己毕竟不再是需要父母抚养的孩子。他努力地小心说："我知道你们对我的爱，其实这么多年的国外生活，我确实早已经习惯。"

周闵和欧阳雪的脸色交映着酸涩。

周子轩心重地看着眼前的母亲，轻声地又接着说："妈，您不要总想之前的事，我出国学习和生活对于我来说是很好的选择。起初是想家，后来习惯了也就好了。"

欧阳雪听到儿子说到想家时，眼睛发酸，泪水直往眼眶涌，没来得及掩饰就掉了下来。

周闵望着欧阳雪，他的眉头又紧蹙了。

周子轩立刻说："妈，真的不要再难过，我现在不是很好吗？我很快就可以给你们办理澳大利亚永居身份申请，这样我们不就总可以见面了吗？"

欧阳雪含泪迎合着点头。

周闵一旁闷声说道："什么话？你妈舍弃北京的工作和家，来到澳大利亚就是为了跟你总见面吗？"

欧阳雪立即抬眼看着周闵，眼睛里布满担心，示意他不要这样说。

周闵不但没有接受妻子眼睛里传递的示意，而是更进一步地说："养儿防老是中国的传统，我们没指望着老年靠在你身上，我和你妈的钱够养活自己。但是，儿子跟老子住在一起不为过。虽说时代在变，但是一家人的亲情不能变。我不管别人家怎么样，咱们家的情况不同。我们就你这一个儿子，我们所做的一切努力也都是为了你，财产也都是你的。我们付出了大半生的努力，与儿子一起生活的这点愿望都不能实现吗？你无法想象一位母亲和孩子分开十几年的情感折磨！"

"周闵，"欧阳雪眼睛里透着责怪，"你不要这样强迫儿子。"她爱怜地看着周子轩，微笑着又说："儿子，爸妈尊重你的意见，也许我们的想法不同。妈没有一定强迫你回来住，只要你在外面住得开心，妈就高兴。"

周闵听妻子这么说，脸色就更不好看了，眼睛里喷射着怒火，鼻翼又向两侧张开、发硬。

周子轩看父亲变了脸色，担心他在公共环境暴跳如雷，连忙说："爸，我会尽力跟戴瑞亚商量，回到家里住。"

其实在周子轩的心里，是不接受与父母住在一起的，眼下只能把话先推到戴瑞亚身上。

周闵刚要开口，欧阳雪眼睛盯着他说："我们这是在咖啡馆。"

周闵的鼻孔出着粗气，紧蹙的眉心深陷出"川"字。他压制着即将喷发的怒火看着儿子，低沉有力地说：“这，分明是有了媳妇忘了娘！”

欧阳雪立即阻止着丈夫，说：“不要这样说儿子，都是你自己那么想的。”

周子轩脸色显得紧张，压低着声音耐心地说：“爸，您不要生气。请允许我再说几句，但是您不能发火，不然很难进行。”

周闵强忍着怒火，沉闷地说：“我知道你有一千个理由等着说，但是，你不能忘本。你爹妈不会拖累你，我们现在的争取，也都是为了你们，为了咱们这个家。”

周子轩轻声地说：“爸，我明白您的意思——只是，我们的想法不同，国情也不同——”

还没等周子轩说完，周闵立即说：“什么国情也不能不认爹娘！”

欧阳雪听周闵跟儿子说这么难听的话，坐不住地又说：“周闵，如果你一定要这样跟儿子说话，那今天就不要再说了。”

周闵憋着一肚子气，只好强忍着，闷不作声。

周子轩觉得今天跟父亲再多说自己的观点，已经显得非常牵强。但是如果不说，又不能面对立即回来住，矛盾会因此加深，事情也会更为复杂。继续说，还是不说？两条思维线路在他脑海里交织、纠结着，不知怎样是好。

欧阳雪觉得对儿子应该更有耐心，毕竟分开了这么多年。她认为和儿子之间无论从哪个角度造成的隔阂，都需要用时间来解决。丈夫今天的表现过于急躁和独断，这样会适得其反。为此，她不再苛求今天有期望的结果，而转了话题。

她看了周闵一眼，关心地说：“你回北京照顾好爸妈，我跟儿子在这边也好放心。还有大妹妹家，你要多关心一下，不要让她太情绪化，其实她的生活现状还是可以的。韩冰一定会有他的未来，父母也不能太强求孩子一定要在国外的好。无论大妹妹性情多么不好，二妹妹有多忙，也要让她们抽出点时间看看老人。孝敬老人，给晚辈们做榜样。”

周闵蹙着眉说：“是啊，她们两家是各有各的理，我当大哥的也是话说到，怎么做还是要看她们自己。你看看这来到国外的孩子，也不认爹娘了。周遥怎么就一定要儿子出国，等着儿子不认她！”

欧阳雪立即说：“周闵，不要这样说好吗？”

周子轩的嘴唇紧紧地绷着，眉心同父亲一样紧蹙着。

欧阳雪怜爱地看了儿子一眼，跟周闵说：“时间也不早了，我们也要回去了。你明天要走，给爸妈买的东西还没有收拾。”

“那点东西，好收拾！”周闵带着气，转而对着儿子说，“我跟你说，儿子，我回北京以后，希望你回阿德莱德咱这个家生活——就算是圆一下你妈妈十几年没跟儿子一起生活的心愿。我想，你的媳妇也应该理解！况且，生活在一起也不妨碍你们小两口的生活，你们住楼上一层，平时又上班。我们除了关心你们的生活，给你们温暖，还能祸祸你们的日子吗？”

欧阳雪正要说话。

周子轩难以抑制地强调说：“其实，分开生活是健康家庭的模样。两家人在一起生活会有很多不方便，对谁都不好。”

周闵眼睛瞪得又大又圆地看着眼前这个陌生的儿子，欧阳雪也为儿子的这些话找不着理解的头绪。

周子轩眼睛里透着坚定和使命，说：“分开生活，会更方便以后你们需要去养老院时处理自己的房子。”

欧阳雪因这些话，脸上已全然没有了一丝微笑，眼睛里全是不理解地望着眼前的儿子。

周闵的每一根头发都要气得竖起来了，他咬着牙，尽可能地压低着声音闷声说：“想得还挺远，我们养老自有安排，不用你计划。除了学业，这些认识就是你在国外的最大收获吗？我说过，我们以后的养老不用你管！”

周子轩认真地说：“爸，不是我不管，是我可能管不好。你们最后去养老院是必然的。”

周闵气得只差起身走人，欧阳雪用手按着他的腿，眼睛里竟然充满泪水。她顺势侧向窗外，抹掉了眼泪。

而后，她强颜欢笑地跟儿子说：“儿子，我们说的确实太远啦，爸妈还没那么老，等去养老院的那一天还有很多年。还是那句话，儿子在外面住，妈没意见，你爸也同意。”

周闵眼光盯着桌面，咬紧着牙关，两腮一鼓一鼓，强压着声音气愤地说：“你走吧！我跟你妈再坐一会儿。”

周子轩满脸的不自在和不解，望着母亲准备告辞。

欧阳雪看事情发展得这样复杂和难以理论清楚，看着儿子轻声地说：“儿子，爸妈会认真考虑你说的话。你爸说话不好听，你不要往心里去——”

还没等欧阳雪说完，周闵眼皮也没抬地跟儿子说：“好了，你回去吧！”

周子轩满脸愁容地缓缓站起来，轻声地说：“好的，爸、妈，我回去了。明天我要陪妻子去做孕期检查，爸回中国我就不能送机场了。”

周闵蹙着眉说：“不用送，你走吧！”

“好的，爸明天一路平安——再见！”周子轩说着离开了咖啡桌，向门外走去。

望着走出去的儿子，欧阳雪趴在咖啡桌上闷声哭了起来。周闵的眼泪在眼睛里打着转，许久说不出一句话。

第二十章
幸福生活

阿德莱德国际机场，周闵不舍地拥抱妻子欧阳雪。欧阳雪依依不舍，难掩愁容地让他放心，自己会慢慢处理好跟儿子的问题。他耷拉着眼皮不抱希望的样子，勉强应和着妻子。欧阳雪嘱咐他在北京工作要多注意身体，劳逸结合，安排好家里和工作上的事就来住几天。周闵满口答应着，再次拥抱妻子，随后转身向入港口走去。

欧阳雪目送丈夫走进入港口。

蓝天白云下的高速公路，驾驶着私家汽车的欧阳雪，心情极为复杂。她突然感到自己在阿德莱德没有儿子在身边的生活，就像头顶游动的浮云。她认定儿子和他们的这个局面，全怪他们起初的决定，不怪儿子。心里的酸楚莫过于失去当年对儿子的抚养，一股酸水又涌出眼眶模糊了视线，她不停地抹着眼泪。

车窗外，陌生、美丽、人口稀疏的阿德莱德显得清冷。在这个国土上，她唯独的亲人就是自己的儿子。

此时，她耳边回荡着丈夫在北京全聚德烤鸭店家宴时的话："儿子在哪儿，我们就在哪儿。"这句话不但是丈夫的心里话，也是她心里的话。她抹着泪，心想：儿子在哪儿，我们就在哪儿，死都不回去了。百年以后也好在这块土地，守望着儿子。

此时，车载电话响了起来，她不由得按了方向盘上的接听键。

"喂，亲爱的，我是琳达，你在哪里？"

“嗨，琳达，你好！”

“你好！我现在你家附近，有时间坐会儿吗？”

“哦，我现在回家的路上，要二十分钟才可以到。”

“没问题，如果你有时间我们一会儿见？”

“好的，一会儿见！”

琳达和欧阳雪在阿德莱德有大把的时间，凑在一起聊天解闷。

回到家的欧阳雪，很快在院子里摆上了茶具和零食。随后，琳达愉快地来到了这个美丽的院落，她们在茶桌前坐下，聊起了天。

琳达喜气洋洋地跟欧阳雪说她找到了一个新的外国男友，这个人很绅士，比她大九岁。但是，他从体格上看很年轻，每天进健身房。她给欧阳雪看了手机里的照片，看上去确实不显老。从穿衣打扮上看，他洋洋洒洒，风度翩翩。

欧阳雪被她激动的情绪所感染着，不由得说：“真是祝贺你，找到心仪的男友。”

琳达满脸幸福，爽朗地说：“是啊，这回算是找到了合适的人。这个男人住在富人区，有一栋大房子，一台宝马敞篷轿车。他的妻子一年前去世了，我们已经见过几次面，相互都很喜欢。他说最近想把大房子卖掉，再买一个独栋的小房子。我觉得也挺好，这样会显得更温馨，也好打理。他说让我陪他一起去看看要买的房子。”

欧阳雪看琳达喜悦得像一个即将结婚的新娘，并认定着说：“这么短的时间他就跟你谈生活计划，看起来他对你们的关系是认可的。”

琳达一口喝掉了小茶碗里的茶，喜上眉梢地说：“是的！我男友对生活品质很有要求。他很浪漫，每一次见面都要送给我一支玫瑰花。”

欧阳雪边给她添着热茶，边提醒着说：“不过，外国人都很现实，钱财应该分得很清楚。”

“对，外国人对财产是分得很清。谁的家产就是谁的，没错。”琳达直言地说，“不过，我们见面时的花销，都是他付费。其实，就像我之前说的那样，我不图钱财，只图在一起。只要在生活消费时不分得太清楚就行。我能感觉得到，他很需要陪伴，很珍惜我跟他的缘分。”

欧阳雪很欣赏琳达对美好生活的追求和难得的超脱。但是，她又想：每家各有情况，不能一概而论。按之前琳达所说，她辛苦拉扯孩子长大，现在要有自己的人生。她是带够了孩子，我是没怎么带孩子，当然不一样。

琳达喝了口茶又说：“这个男朋友是我在手机里遇到的，真是幸运。我还看上他重要的一点是重感情。他说妻子去世前瘫在床上五年，除了每天每夜由上门护工特殊护理，他没有离开过她。”

欧阳雪好奇地问：“他们有儿女吗？”

琳达说：“当然有，一个儿子和两个女儿。他们也都有自己的家庭和孩子，在其他城市生活。听他说，儿女们只有在圣诞节回到父母家里小住几日。”

欧阳雪淡笑着说：“都说外国人很注重家庭关系，在我看来他们的感情显得淡薄，各过各的。”

“亲爱的，我倒是觉得不是淡薄，是想得开。”琳达放下小茶碗说，“有很多事情求之不得，不如不求。我看很多外国人就是看明白了这一点。在我男友身上，就看到了‘放下自在’。”

“哦，是吗？问题是他是否真从心里放得下，那也只有他自己知道了。”欧阳雪边给琳达茶杯里添着热茶，边淡笑着说，“我看他这么热情地追求爱情，还是因为孤独和害怕孤独。”

“你说怕孤独，我承认，特别是老人没有不怕孤独的。但是从他的表述中并没有听到他说孤独。”琳达微笑着说。

欧阳雪给琳达的果盘里添了几块水果，说：“人是要看行动，不是听怎么说。我相信他不缺钱，但是不一定不缺温暖。听你刚才说他妻子卧床五年都有上门护工日夜护理，你说他妻子心里是幸福的吗？”

“我看，有这个条件上门服务，又有丈夫陪伴，也算是幸福了。”琳达微笑着边说，边将一块水果送进了嘴里。

“如果没那么多钱，又没有丈夫陪伴呢？”欧阳雪说。

“有政府福利啊，听说可以享用不少呢！”琳达笑着立即说。

“人是感情动物，不是机器，坏了修修就没事了。”欧阳雪往茶壶里续着水说，“人心肉长，儿女就能彻底撒手不管？我就不相信外国人的心，跟我们的心有什么不同。”

两人一言一句间擦碰出不和谐，她们各自心里也是七上八下，面色几度尴尬。

欧阳雪不得不提醒着她说：“琳达，你刚才说你男友也是在手机里遇到的，他的情况不会是假的吧？”

“不是假的，我已经多次去过他的家里。”琳达认真地说，“当走近他才知道，他对待感情有多认真。其实这就是对自己负责任，他竟然把去世后的事情通过律师全部都安排好了。他和我之前遇到的几个外国男友一样，渴望同居，而不是婚姻。也许，他们认为这样的关系会更简单。我倒是觉得结婚好，可是又不能苛求。其实，你刚才说得也对，我之前去过几个外国男友的家，无论房子大小，富有或普通，一个人的日子确实不好过。看看这些缺少老伴的人，再看看你多有福。”

欧阳雪微笑着，心里却是五味杂陈。“各家有各家的难。”她望着琳达，端起小茶碗由衷地说，“以茶代酒，为你找到心仪的男友祝贺！”

琳达立刻端起自己的小茶碗迎了过去，脸上露出由衷的笑容。

她们在玉兰花开的花园，聊了大半天。

送走了琳达，倒在沙发上的欧阳雪显得有些疲惫。

她随手拿起手机翻看着，麦小青发了很多微信留言。她说和康立伟的事，迫于对方律师的压力，最终她同意以三百万元私了。目前她正在准备来澳大利亚，到时候请欧阳姐先帮她看看租住的房子。欧阳雪回复会尽力帮助她，同时再次提醒她对于是否出国要考虑成熟。麦小青说早就考虑清楚了，这是最后一次闯荡，寻求幸福生活。现在就是父母不同意，她在努力说服他们。

她们对话中又说到了叶子。近来叶子的微信很少，她们猜想也许是她回到老家，看望癌症后期的弟弟和年迈的父母，心情不好。

麦小青说叶子回老家之前她们见了一面，叶子表述不知道自己未来的幸福生活在哪里。弟弟去世后，如果回老家生活，她和孩子就是另一个命运。可是如果不回去，父母在老家以后年纪更大了又不知怎么办。

叶子的命运随着未婚丈夫被捕急转而下，而越发的不幸接连发生着，看不到一点出路。欧阳雪和麦小青的对话间，对叶子家里的事情很同情。

放下手机的欧阳雪，环视空荡荡的家，眼角渗出了泪。只有自己的房子是那么安静，又带着夜晚的恐惧。

她想：我的幸福生活又在哪里呢？怎么活着活着，把自己活成了一个人！不行，这样下去一定不行，至少家里要有丈夫。虽说父母跟儿子过，但是，毕竟他还有两个妹妹，怎么也要帮着照顾一下父母。不然，我们这日子真的没法过了。如果我回去跟丈夫团圆，这辈子跟儿子就真是天涯各一方了。即便儿子目前没有回到这个家，却同在一个城市，说见就能见到。戴瑞亚已有身孕，孩子出生更是需要人帮忙，我也正好帮着他们带带孩子。

都说隔代亲，此时的欧阳雪更能体会到这句话的含义。她对幸福生活的渴望，寄托在孙子或孙女出生的那一天。

转眼周闵回去了两个月。

他的父亲周再兴含混不清地强烈喊着，挥动着手，表示要出院。

周闵看父亲偏瘫没有一丝康复，唯独一点侥幸心理也在父亲的烦躁中扑灭。母亲将儿子儿媳的分居生活看在眼中，急在心里，并不断要求儿子把他们送回老家。周闵不放心，坚决不同意。由此，他的父母也就真正住在了北京家里。

护工除了照顾偏瘫的老爷子，还做家务。

周再兴这辈子吃惯了老伴儿做的饭，改了口，胃口就更不好了。为此，做饭基本是老太太。周再兴偏瘫的肢体总显得浮肿，护工一天多次给他局部和全身按摩。周闵还给父亲请来了私人中医，上门扎针灸，又配合一些中药偏方。

除了家里的事情，周闵公司在每年上半年是最忙的时候，加上曼丽公司的项目交织在一起。

曼丽对周闵可望而不可即。

司机助理曹俊形影不离，出出进进曼丽的办公室和家里，早就跟她伺候到了床上。这么个小伙子生龙活虎，超能量地满足着曼丽的身体需要，但是却走不到她心里一星半点儿。

曼丽除了在钱上堵着曹俊的嘴，又在跟她的特殊关系上给了他一个光鲜兼职：接待办副主任。

这个职位，在非常特殊的客户出现时，曹俊会亲自接待。其他的时间，他还是专属在曼丽身边继续做专车司机。

曼丽交代曹俊不要说出去跟自己的关系，不然就会失去公司工作。曹俊嘴上答应不说，可是行为上却显得亲近。为此，曼丽总是提醒，甚至还发过火。

他们不说，公司里的人也都看在眼里。多嘴的员工们在背后总会说三道四。周闵对这些闲言碎语有所耳闻，反而觉得松了口气，省得曼丽总惦记着自己。

周闵与妻子欧阳雪长期分居生活已成为事实，两人这个年龄，还不至于到了不思房事的程度。未来的分居生活还会持久到何年何月，两人不知道。他们现在一颗心，就是继续朝着家庭凝聚和海外团圆前行。

这天下班时间，周闵被曼丽叫到公司看专题样片。

曼丽公司会议室，投影设备已经开启，一位工作人员就位。曼丽只安排了周闵看片，就此跟他单独讨论。

会议室外的茶室，曹俊在闲坐喝茶，等散会后的老板曼丽。

衣装艳丽的曼丽化着时尚的妆容，那厚嘟嘟的小嘴上涂着鲜红色唇膏，皮肤显得格外白皙。

她轻轻比画着涂着鲜红色甲油的纤纤玉手，向周闵介绍："今天准备了两个内容，一个是样片，一个是原始资料。我们两个都看一下，再听听你的意见。"她又向操作员说："小刘，我们开始播放样片。"

"好的，曼总。"操作员小刘说。

曼丽选的样片时长二十五分钟，介绍不同等级的养老院，专访了部分养老院的管理者与住在里面的老人们。从片子里看，整体环境和各类条件基本俱全，老人们的集体生活和谐、安稳。老人们和管理者的访谈话题也都是积极、阳光，充满幸福的老年生活选择。

周闵看着眼前这些内容的神色仍喜悦不起来，甚至是带着灰暗、抵触。曼丽的脸上泛着亮，眼睛里透着收获的欣喜，也隐含着忧心。

样片结束后，曼丽向小刘说："请等一下。"随即面向身边的周闵说："这部片子的主要意图是要减轻子女对居家赡养老人的压力，使老年人选择新的生活方式。"

周闵立即说："这个你之前说过，我也看过一些照片。但是，是否能被大部分人接受，就是另外一回事了。"

曼丽看着没有一丝喜悦的周闵，知道他就是这部专题片主要教化的人。这个专题片已经把美好生活的一面都展示出来了，可是周闵的脸上却依然僵固着。

曼丽不太理解，并耐心地说："你应该听到了，养老院里老人们的表述，他们认为那里是好的选择。"

周闵淡漠地看了曼丽一眼，深沉地说："我相信，更多的老人心里应该很清楚，是无奈走进养老院。我想，没有一个老人愿意离开自己的家。"

曼丽淡笑了一下，强调着说："对于孤独和不能自理的老人，养老院是最好的选择。"

周闵深叹了口气，也强调着说：“老人和子女同住，看脸色、没人管，这样的现象也不少。”

曼丽小心地强调着说：“我承认有这样的子女，但是你有没有想过，子女的生存和工作压力。他们没有更多的时间和精力去照顾老人。”

周闵一侧嘴角上扬，眼睛轻扫着曼丽说：“几千年都走过来了，难道就现在的人才有这些困难吗？这是说不通的道理。作为儿女，就应该把父母的晚年生活，作为自己生活的一部分来面对。”

曼丽强打笑颜，心里却不能理解周闵在大北京生活了二十多年，怎么思想还这么传统。其实，能把周闵的思想通过了，这个片子的目的就达到了。但是，从周闵的反应上看，显然这个片子的内容，还没达到预先想象的目的。

曼丽接着说：“这样，我再考虑一下，争取从多角度反映，做到两全其美。”

“什么两全其美？”周闵微蹙着眉，不解地说。

曼丽沉静了片刻，缓缓地小心说：“既能看到居家养老的家庭压力，又能让老人走进养老院。”

“如果你能解决老人心底的痛点，让他们从对子女的心寒里走出来，那你就真的两全其美了。但是，这一点很难。”周闵眼睛斜看着她，长叹了口气说，“说实话，我一看到这些内容就来气。对子女而言，好像把老人们送进养老院，就完事了。”

曼丽认为周闵说得有些道理，但是养老院又是时代发展的必然，不由得说：“我是想，在片子里，让老人看到养老院是个好环境，好去处。”

周闵淡笑着说：“这部片子显然还没有找到真正的说服力。至少，这是我看了以后的直觉。其实，在每个老人的心里，应该隐藏着很深的难言之隐——当然，也有特例的，或孤寡老人。”

曼丽的神情显得凝重，意识到出这部片子的成品还有些距离。“嗯，你说得非常好！这正是我要给你看资料片里拍到的内容。”她又一脸微笑地说，“但是，有一点是肯定的，无论老人去不去养老院，这部专题片的话题都会有很高的收视率。”

“如果你只是为了收视率，而不是根本解决问题。那我们的讨论也没有大意思，就按你预期想的做就好了。”周闵淡漠而直入地说，“也许，不合观众的心意，看一两集就不看了，不知是否会影响发行。”

曼丽面色略显尴尬，淡笑着说：“有关注点就会利于发行，看不看下去那是个人的事情。”

周闵有些不耐烦地说：“哦，是这样啊！那这么说就不用费这么大劲去拍摄专题片。在自媒体‘抖音’上用手机随便拍个爆料看点视频发出去，也会有很高的点击率和后续的经济收益。”

曼丽的脸色显得红白交映，牵强着笑脸说：“哈哈，你这个说法很形象。——好吧，那我们还是看看资料片，而后再进一步讨论。”随即，她又向小刘说：“小刘，开始吧！”

“好的，曼总。”小刘说。

投影上放映着在养老院自然状态下拍摄的一个个未剪接的镜头。老人们无论是在吃饭，还是在房间、园区或是其他位置，他们的脸上缺少发自内心的笑容。老人之间的对话漫不经心、心照不宣，或知心聊天。当问到老人为什么来养老院时，很多老人的眼睛里隐含着泪水，他们更多的原因是不给孩子添麻烦；有的老人说一个人在家里孤独、恐惧；有的老人含着泪颤抖着声音对着镜头说：“你们（儿女）就不想来看看我吗？”另一位老人满脸笑容却泪盈眼眶地说：“孩子们忙——我既来了（养老院），就没想着再回去，死在这里了。”

片子放完，周闵微蹙着眉头，注视着荧屏的眼睛里含着泪水。

曼丽脸色略显不适，轻轻地说：“周总，说说你的意见。”

“媒体是你的专业，我是配合你工作。”他嗽了嗽嗓子说，“我的意见刚才已经说过了，片子里也很清楚，你自己看吧！”

曼丽面色显得无助，试探着问：“要是这么说，这个专题就要推翻不做了？”

周闵立即说：“干吗不做了？都做到这个程度了。你是制片人，又是导演，应该考虑得非常充分。”

曼丽白皙的脸颊立即红了起来，神情尴尬。

第六卷

第二十一章
花儿养老院

新婚后的周子轩努力遵循之前的方式，在周末的时候回到父母家里住一晚。

他和戴瑞亚住在母亲布置的婚房，躺在锦缎被套的蚕丝或天鹅绒的被子里，心里却是更多的压力。戴瑞亚很不理解他的母亲这么做，好像自己的生活被安排了，极不能接受。周子轩怕孕期的妻子心情不好，可是又担心不来住伤了母亲的心，他在戴瑞亚那里是好言好语，不断地解释这是周家的传统，父母需要慢慢地改变。

之后，他们回来的次数从每周末来入住一晚，改成不确定的某个时间回来住一次。

周子轩很快取得了澳大利亚永居身份，并开始申请父母团聚。申请期间，欧阳雪开始持有探亲签证，可以长达一年生活在澳大利亚。而后，再出境、入境，直到拿到永居身份。

生活在澳大利亚的欧阳雪，除了跟丈夫微信语音和视频，就是希望他最多两三个月回澳大利亚的家一次。周闵心里当然是这么想，可是国内家里家外的事也确实不容易走开。为此，欧阳雪不断地提起要让两个妹妹参与看护老人。周闵嘴上答应着，可心里却清楚这对于两个妹妹来说很难做到。

微信里，麦小青告知欧阳雪，她要来澳大利亚闯荡的想法没有说服父母同意，而且还被全然阻止。父母希望她尽快回到齐齐哈尔他们的身边生活。麦小青不死心，但是又不能跟父母硬杠，况且父亲的身体一直不太好。她想先回齐齐哈尔，让欧阳姐在澳大利亚给她物色一个男朋友。

欧阳雪觉得这是个好办法，两人可以先通过微信相互接触，觉得不错了再见面。

很快，欧阳雪托艾米，给麦小青找到了一个开连锁礼品店的华人老板。这个老板丧妻，无子女，五十岁，身高中等，长相一般，但是有些钱。

麦小青觉得他除了有些钱，其他条件一般，年龄也不小。但是，她又不舍得放弃这个机会，就同意添加对方的微信，接触看看。

叶子回到四川老家一去就是两三个月，工作还给她保留着。后来，她在微信中说弟弟去世了，决定为了儿子，还是回北京继续生活和工作。父母现在还可以相互照应，以后不能自理生活再说。

欧阳雪为她失去弟弟难过，同时为她的选择担忧。她还是提醒叶子，父母年纪大了要多为他们考虑。叶子坚持说实在不行送父母去县里的养老院，条件差一些，可以勉强付得起。

欧阳雪强调，老人更多的是需要陪伴和情感往来，不仅仅是安排好他们。叶子表示，通过手机微信视频，关心父母的生活，也算是尽孝。如果守在身边苦哈哈的，父母的生活也好不到哪里去。

欧阳雪显然不接受叶子对待老人的这个情感方式，但是一时半会儿也很难改变她的做法，只好选择了沉默。她觉得两人之间的观念差异，需要慢慢拉近。

周闵一直没有回到阿德莱德，公司除了公共假日也就是年假。他跟妻子说争取国庆节长假回到她身边。长达半年的时间才可以见面，欧阳雪觉得自己被家庭幸福遗忘了。

周子轩为不能总回母亲家里住一晚，以各种借口一拖再拖。对于儿子的说辞，欧阳雪从相信到怀疑。戴瑞亚不但不愿意去住，甚至在周子轩每次的提醒中，发生不大不小的争吵。

欧阳雪的孤独感日益加剧，累积着夜守空宅的恐惧，但又不断怀着希望。

这天下午。

独自坐在花园喝茶的欧阳雪，眼睛里全是孤寂和迷茫。

她想：儿子不回来，好在同城生活。可是，夫妻长时间不在一起，家庭稳定就会有隐患。再加上丈夫仍帅气十足，也免不了会有单身女人钻空子。不然，近期回北京小住几日。由此，她的脸上泛起了一丝夫妻短聚的幸福光色。

此时，茶桌上的手机响了起来。她看到是儿子的电话，欣喜中带着期盼地接听了。

电话里，儿子解释这个周末又不能回来住的原因，他说："戴瑞亚的母亲安妮双膝盖内积水，要做手术，可能术后要长期坐轮椅。我会在周末去看望住院的安妮，就不回去度周末了。"

欧阳雪相信这个绝非借口的消息，显得神色不安地说："这么严重？儿子，你也带妈去医院探望一下安妮好吗？"

周子轩立即回答："没问题。"

欧阳雪轻声细语地提醒儿子："你不要直接称呼岳母的名字，应该叫妈才是。"

"哦，我们在国外习惯叫名字，但是见面时我会叫她妈妈。您放心！"周子轩说。

欧阳雪听儿子这么说，脸上立即浮现出笑容，说："这就对了，你叫她妈妈，她一定会很高兴。——儿子，你看哪时去？我代表你爸去取些钱，跟你到医院看望安妮。"

周子轩连忙说："不用给钱，安妮住院和手术不用自己支付。我记得之前跟您说过，澳大利亚所有的公民和居民在公立医院看病、住院和手术都享受政府福利。"

"哦，妈记得你这么说过。但是我和你爸也要表达一下心意，这些钱安妮可以买一些保养品什么的。”欧阳雪解释着说。

周子轩认真地说：“不用给，他们不习惯这样的方式，会感到很奇怪。您可以带些东西或鲜花送给她。”

欧阳雪听儿子这么说，自己是应该入乡随俗，也就没有再坚持。她又说：“买东西也不知买的合不合适，不如就买鲜花吧！”

“嗯，这样就很好，我们这个周六上午去医院，我来接您。”电话那头周子轩满脸严肃，爽快地说。

挂断儿子的电话，天色渐晚。欧阳雪收起茶具，端进客厅的茶几上，坐在了沙发上。夕阳在窗前留下最后的不舍，室内的光线也显得暗下来，她随手打开了身边的台灯。

随着灯光渐强，夜色悄然走来，恐惧、孤独又随之而来。

她不由觉得一阵寒凉，幻想如果有一天自己的身体突然不适，再打不了电话，那就只能一个人在这座房子里等死。现在确实是没能赢得儿子回到家里生活，也不见丈夫回来。公婆跟周闵一起在北京生活，使得她在澳大利亚的家庭圆满成了泡影。这往下的日子，还真是就得盼着孙子或孙女的诞生换风转舵。那时，一大家子人团圆过日子，少周闵一个人也还算过得去。

这些天，琳达来欧阳雪家里喝过一两次茶。她完全被暮年的爱情所陶醉，并不断地跟欧阳雪分享着自己寻求幸福生活的体验。

她说现在自己所获得的爱情生活，是很多国内同龄朋友不去想的，老闺蜜们更多的是觉得早过了谈情说爱、浪漫的年龄。此时去追求这些，显得不合时宜，能有一个老伴在身边足矣。

她强调自己跟她们不同，而是跟这位追求浪漫爱情的男友一拍即合，幸福地相爱着。她说这个西人男友，很乐观地面对自己的生命。他认为生死都是上帝的安排，自己对于每天的享用和对生命的感恩才是最重要的。他在极力寻求生命的幸福体验，只是当聊起子女，他更多的是微笑和轻描淡写地回应着。

琳达的生活方式和人生追求与欧阳雪完全不同，她带来的信息都是新鲜的。在她们时而各见不同，时而的欢声笑语中，欧阳雪暂时忘记了身后的烦恼。

周六上午。

周子轩引领母亲来到医院住院部，探望安妮。

欧阳雪在儿子的翻译下，将一大束粉色的康乃馨鲜花送给了安妮，希望她早日康复。

病床上的安妮愉快地接过鲜花，伸出一只臂膀拥抱欧阳雪，行了西式礼节，亲切地说："哦，谢谢亲爱的！好美的花，非常愉快再次见到你！相信我很快就会好起来。"随即又向周子轩拥抱。

拥抱后的周子轩，继续翻译着她们的对话。

欧阳雪关心地说："需要做手术吗？"

安妮说："是的，下周会安排时间做手术。"

欧阳雪诚心地说："如果医院允许，我和儿子会在您手术时来到医院。"

"哦，非常感谢！"安妮微笑着，缓缓地说，"我想没有问题，有加纳森一个人来就可以了。"她温情地看着周子轩又说："估计我们的律师帅小伙儿工作也很忙，还有我那打电话来的宝贝女儿，希望她一切都好！我想，等出院以后，我们家庭聚会庆祝，应该是最好的选择。"

周子轩同步翻译着。

欧阳雪同意安妮的说法，微笑着再次表示："希望手术顺利，等您出院了，我们好好庆祝一下。"

"哦，谢谢亲爱的！"安妮微笑着说。

顺利手术的安妮，术后坐上了轮椅，至少要坐一两个月。按医生的说法：如果恢复得好，就可以再次自如行走。但是也有恢复不好的可能，将会在行动不便中度过以后的生活，或是与轮椅做伴。

加纳森和安妮商量，决定从医院转入养老院护理一段时间。

他们选择了本社区一家私立的“花儿养老院”，订了一个带卫生间和备餐室的单间，住一段时间看看恢复情况。

这家私立养老院短期入住，一天一百五十澳元，服务和设施达到三星级酒店的标准。这样的标准在澳大利亚非常普遍，当然也有更高端的私立养老院，能达到四五星级酒店的条件。

“花儿养老院”建筑群是一个个尖顶相连的两层半圆形小楼，就像一个个连在一起的小别墅。大花园在半圆形小楼的后面，老人们可以在花园里晒太阳、散步和简单地活动身体。楼中间是接待大厅，一边是酒店式会客区，另一边是餐厅。

走进楼里处处可见摆放的鲜花，散发着淡淡的花香。大厅背景音乐是柔和的轻音乐。在一层楼道的一端有一个出入门，用门卡通过。这个门直接通向连接在“花儿养老院”的“花儿咖啡馆”。老人们可以选择这个咖啡馆约见亲人和朋友。

“花儿咖啡馆”四面都是落地窗，可以看到园中的鲜花和植物。无论是充满阳光的上午，还是阴雨绵绵的午后，这里充满情调和惬意。

自从安妮住进医院和后来的养老院，加纳森的神魂也跟着妻子飘忽不定，心完全不在家里。每天上午，他就会来到“花儿咖啡馆”见自己的老伴安妮。

这天上午，阳光充足。

手持一只红玫瑰的加纳森，像往常一样来到了“花儿咖啡馆”，在临近通往“花儿养老院”靠门口的小咖啡桌前坐了下来。他将手里的玫瑰花放在了桌上，向走过来的店员要了杯热咖啡，等待妻子安妮到来。

此时的咖啡馆，稀稀疏疏地散坐着些客人。

老板是一位看上去有六十多岁的西人男士，在吧台负责从橱柜里给客人拿糕点和结账。他风趣幽默地面对每一位走进来的客人，好似一个个都是他的老朋友。

五分钟后，从“花儿养老院”走来了手扶着轮椅的安妮。

她穿着件碎花长袖连衣裙，浅米色的连裤袜，脚上一双褐色的平底皮鞋。她灰白卷曲的短发仍梳理得有型、有样，脸上化了淡妆，唇膏一如既往的鲜艳。

加纳森看到扶着轮椅缓缓走来的安妮，连忙站起身来扶她坐了下来。店员热情地迎过来接过轮椅，娴熟地折叠起来，放在咖啡馆门内一边的闲置处。

坐下来的安妮接过丈夫送的玫瑰花，脸上荡漾着花一般的笑容。她也点了喜欢的热咖啡，又点了两块小蛋糕。他们喝咖啡，品味着甜点蛋糕。

坐上轮椅的安妮，和加纳森心里都潜藏着以后必须面对的老年生活。卖掉自家的花园洋房就可以养老无忧，他们极为不舍的心情在现实中急剧较量着。

今天，他们又聊到了这个将面对的话题。

安妮缓缓地说：“我想了很多天，准备将房子卖掉，我们住进公寓的好。我们毕竟这个年纪，确实应该安排新的生活方式。我知道，你我是多么不能失去这个家。”

加纳森原本微笑的脸上，渗透着难掩的伤感。

他放下手里的咖啡杯，扯拉着年迈的声带，略微沙哑地低声说道：“是的，我理解！——这个决定也是终究的结果。我想等你的身体恢复一段时间，我们再做最后的决定好吗？”

安妮往涂着朱红色唇膏的嘴里送进一小口蛋糕，眼睛里流露着无奈。她缓缓地咽下嘴里的蛋糕，轻声地说：“卖掉这个家，是早晚的事。我们也一天天向更老走去，即使身体没问题，收拾花园和做两层楼的家务也确实吃力。况且，如果突然需要钱，又来不及处理，不如早做准备好。”

加纳森神色黯然地喝着咖啡，眼睛里也全是无奈和不舍。

安妮伤感地又说：“以往的日子是那么美好，正如你说的那样，都是美好的故事。卖掉这个家，却留下我们陪伴女儿成长的美好回忆——我们并没有失去，还有什么不满足的呢？”

加纳森眼睛里隐含着泪点，胡子上沾着点咖啡沫，微颤着嘴唇说：“是的，我明白——那，我就先问问房屋销售中介，一卖一买，拿回一些房源资料我们看看。”

安妮望着神色黯然的加纳森，一只手抚在他的手上安慰着说：“我们能相互陪伴，身体尽可能健康，就是最好的结果。”

“安妮，我不得不承认，年老的生活无力和微弱——当然，我不断地告诫自己，必须面对年老生活。同样是我愿意和你一起去走过的另一段故事。亲爱的——我们尽力把这一段时光走得美好。”加纳森努力地说着。

安妮听加纳森这么说，神情里透出丝丝幸福的光色。“我们相互陪伴，感谢上帝！”她放下手里的咖啡杯，神情转而黯然地说，“这里住着的，更多的是残疾和多病的单身老人。在这里，大家是朋友，也有一些活动。但是，仍是孤单、无奈的生活。”

加纳森的眼睛里也全是伤感地说：“残疾和单身是不幸，又离开了自己的家，当然是令人不愉快的事。正如我们要住进公寓和以后住进这里。我们终将丢掉自己的家，丢掉带给我们乐趣和伴随我们生活的更多物品。我越来越清楚地看到，留下来的只是我们的身体。”

安妮无奈地说：“是的，那么多的生活内容都会改变。”

他们念念叨叨着眼前和未来的生活，伤感的眼睛里逐渐多了些无奈与释然。

安妮住进养老院期间，女儿戴瑞亚打过几次电话。安妮说自己一切都好，让她放心。因此，在家养胎的戴瑞亚，也就没去探望母亲。周子轩在母亲欧阳雪的提醒下，去养老院看望了安妮。

在澳大利亚有健全的养老机构和福利，老人和子女们有着自己的人生。可是，孩子是父母心中永远不能割舍的爱，是暮年最思念和想见到的人。

安妮夫妇虽说有彼此陪伴，但是他们仍然最想见到自己的女儿，却只能把无尽的想念放在了心底。

“花儿养老院”优美的环境中住着一个个孤单、残障、多病的老人。他们在酒店一样高雅的餐厅用餐，在舒适的会客区闲坐聊天，在花园中沐浴阳光。可是，他们的心里却隐含暮年的无奈和凄冷。曾经美好的岁月，成为回首中最为珍贵的画面，他们正勇敢地面对上帝的随时召唤。

当他们的子女来到眼前时，他们会突然孩子般的可爱，或固执或任性。无论他们的脸上有没有笑容，心底一定溢满着幸福。

第二十二章
两个妹妹

欧阳雪还是回到了北京，见到了挂念的丈夫。

都说小别胜新婚，这把年龄的他们仍旧验证着这句话的分量。在两世同堂，再加上护工，一大家子人满满当当地住在一个环境下，他们压抑着声响，干柴烈火般地见证着忠贞。

父母在他们生命中是最重要的人，特别在父母暮年的时光里。这个态度，对周闵是雷打不动，对欧阳雪也是一样。只是，欧阳雪希望在这个基本的态度上，丈夫的两个妹妹尽可能地辅助轮流照顾一下两位老人。这是她对澳大利亚的家，能够迎来丈夫短期团圆的最大希望。

她此次回北京十天，想在这十天内跟两个妹妹再聊聊照顾老人的事。周闵面上没有反对妻子的这个想法，心里仍不抱任何希望。为此，他准备约两个妹妹，一起在外面吃饭。

大妹妹周遥自从儿子韩冰跳水库自杀未遂以后，她对儿子的言行也略微收敛。但是，她仍对儿子不满。每当她恶言恶语即将冲出口时，都会闪现儿子跳水库自杀的场面，像是一道大闸横在她即将粗暴的嘴前。她强压心里的恶怒，却挥不去地挂在脸上。

她经常会将这个恶怒转向丈夫韩海，闹个惊天动地。如果公公婆婆在场，她就捎带着指鸡骂狗在两位老人身上。她对丈夫最大的怨恨是因他无能，不能从他父母家分离出去单独购买房产。

韩海腰病以后，失去了原有的工作，没有可做的事，更不要说挣大钱买房子了。这使得周遥恶毒的语言更为加剧地鞭打在丈夫身上。

公公婆婆心疼儿子，又不敢跟周遥挑起战火。他们终日忍气吞声，晚上在卧室里悄悄落泪。

周遥怨恨公公婆婆活得太长，丈夫韩海不能尽早继承家产。由此，她在家里不断地找事，嫌弃两位老人，不是脏就是臭。

两位老人有退休金，可以保证基本生活。他们在伙食上几乎全部包圆儿，又是采购，又是负责做饭菜，还有刷洗。周遥下了班就吃饭，还嫌这不好、那不对的挑三拣四。家里的气氛被她的怨恨破坏到了终日不得安宁的地步。

韩冰出现再次自杀的念头时，总会想起爷爷曾为此着急、生气突发心梗，险些要了命。如果再次自杀，爷爷和奶奶的身体也会遭到严重打击。为此，他每天不得不硬着头皮回到这个浑噩的家里，把自己尽可能地关在小卧室里。只有吃饭，或是不得不出来的时候，他才灰头土脸地走出来。

他盼望自己尽快长大成人，逃离这个噩梦般的家庭。

二妹妹周淼的家还是老样子，稳定、忙碌，又寻常。

他们的女儿依然乖巧，对爷爷奶奶和爸爸妈妈都很礼貌。爷爷爱抽烟，经常咳嗽，奶奶眼睛不好，几乎快成了睁眼瞎。她希望自己以后学医，为人解除病痛。家里人为有这么一个懂事的孩子感到欣慰。

陈远和父母的家虽说住在同一个胡同的两个杂院儿里，他们的房子又小又破旧，但是大家相处得倒是和谐。

周淼和陈远还在努力赚钱，想在北京买一个高层公寓。北京寸土寸金，没有大几百万，甚至更多的钱，想在城里购房也只有想的分儿了。这些年来为了拼套楼房，周淼夫妇也成了拼命三郎。

平日里，他们夫妻忙。女儿陈青苗每天放学后不但跟爷爷奶奶一起吃晚饭，现在还成了老人们的生活帮手。她总会提醒父母要留出些时间跟家人共处，特别是跟年迈的爷爷奶奶。

他们嘴上答应着，可是仍然找不出一点时间，说等以后买了楼房，就不会这么忙了。女儿为年迈的爷爷奶奶担心，自己考上大学就不像现在可以照顾他们了。

周淼和陈远对于女儿的担忧，也只是叹息和无奈。

傍晚，北京东三环孔乙己酒家。

周闵和欧阳雪已经坐在小包间里等待两个妹妹到来。周闵点完菜的这一刻，两个妹妹竟然一起走进了包间。

快言快语的二妹周淼开了口：“哎哟，我的亲哥亲嫂啊，为了吃这顿饭，我可没少周折，好不容易调出休班时间。”

周闵微笑着说：“你真够忙的，咱兄妹们见个面也不易。坐吧！”

欧阳雪请服务员小姐倒茶，并跟两个妹妹说：“我点了熟普洱茶，安神，喝了晚上不会睡不着觉。如果你们不喜欢，咱就再点一壶其他的茶。”

大妹妹周遥边坐边说：“挺好，我是不讲究，喝什么都行。”

“我也没问题。”二妹妹周淼坐着，爽快地说。

寒暄间，冷热菜前后端上了桌，大家开始晚餐。

周淼吃着菜说：“哥，今天选这么名贵的酒家。咱兄妹们随便吃点，也少花点钱。”

周遥跟着说：“是啊，估计这桌菜要不少钱呢。省着点花也好，咱又不是外人。”

周闵说：“就是因为不是外人，才应该吃好的啊！咱们一年也见不上几次面，见回面还不得好环境、好吃的。”

欧阳雪微笑着说：“两个妹妹能有时间来，比什么都好。”

两个妹妹听欧阳雪说着，脸上挂着笑容。但是，她们却心照不宣地猜想：今晚这顿饭，一定有什么事儿。

周闵先没说父母的事，而是边吃边说些无关紧要的话。时间眼看快过去一个小时。

欧阳雪看菜下了一大半儿，周闵还没有说正事，就有些按捺不住地心不在焉了起来。她脸上虽说一直带着微笑，却难掩内心的焦虑。两个妹妹吃着美味佳肴，巴不得今晚亲哥什么事儿都没有，仅仅是撮一顿，也好抹嘴儿就走。

欧阳雪不时地看周闵，暗示他该说正事了。周闵心知肚明，在找开口的最好时机，以免两个妹妹还没吃好饭就心里犯堵。

此时，他看两个妹妹满嘴沾油，吃得也不算少了，就试探着说："咱爸的身体情况还好，护工也尽心。咱妈心情也还好，就是总说要回河北老家。他们这么大岁数了，我哪能放心让他们回去。"

欧阳雪接着连忙说："是啊，回老家是万万不能。他们一旦有点事儿，我们又都不在他们身边，那哪能行！"

"回河北是不行！"周森显得尤为关心地说，"他们现在住在哥家不是挺好的吗？咱妈也是的。"

周遥嚼着嘴里的菜，耷拉着脸说："嘬!——好日子还过不下去！"

周闵听大妹妹周遥这么说，脸色一下就难看了起来，说："怎么说话呢？老人有点想法也是正常，怎么能这么说自己的母亲！"

周遥的脸色也不好看了起来，不服气地说："说实话，我活得就够烦了，实在听不得再烦心的事！"

周森连忙给周遥夹了菜，笑脸相迎地说："这个菜不错，姐你多吃点儿。"

欧阳雪脸色青红交映，神色不宁。

兄妹两人简短的几句话，使得晚餐原本温馨的气氛一下转了风向，有些疾风暴雨的前奏。

周闵眼睛里布满了对大妹妹的不满，他的鼻翼又向两侧扩张，发胀、发硬。他重重地放下手中的茶杯，茶水溅出了杯外。

欧阳雪连忙用脚碰了碰他的脚，提醒他不要发火。周闵咬紧牙关，强忍到了嘴边的难听话。

周遥按捺不住地说："说实话，对这些给家庭和社会带来负担的人，我是一点心情都没有。"

周闵气得眼珠子都要跳出来，他咬着牙鼓起了两腮，强忍着怒火。周淼的脸也是红白交映，担心饭桌会被大哥掀翻。

欧阳雪忍不住地说："大妹，其实咱还不是有老的那一天，做儿女的还不是要管？"

周遥面色发红地又接着说："管，也得看条件，我是泥菩萨过河自身难保。我赶上不争气的丈夫和儿子，自家的活处还找不着呢！"

周闵忍着怒气，沉闷有力地说："我有一口气也要养爹娘，不孝子女天理难容！"

周遥强硬地说："你今天叫我们来吃饭，就是来教训我们的！我就知道没那么简单地吃个饭，有话就直说吧，犯不着费这个工夫！"

周闵忍无可忍地说："没想到你现在成了这个样子，爹娘养你成人，你却这副嘴脸！"

周遥嗖的一下站起身来，恶狠狠地说："爹妈原本就应该跟儿子，你还来教训我们，总在我们面前提他们的事，是你不孝！"她说着就拉开椅子要走。

周淼连忙站起来劝她不要走，可她一定要走。

周闵发火地说："——让她走，就当我没有这个妹妹，简直太不像话了！"

周遥气冲冲地甩开周淼的手，临出门转过身来气愤地说："我们就此断绝来往！"便气冲冲地走出包间，重重地摔上了门。

周闵气得脸发白，手发抖。

欧阳雪显得惊慌失措，看着丈夫内心一阵内疚。她怪自己不该坚持跟两个妹妹说父母的事，惹出这么个义断情绝的结果。

周淼劝道："哥，不要生气，别气坏了身体。我姐情绪是不好，这也不是一两天的事了。今天确实是她不对，不应该说那些话。"

周闵气得直喘粗气，说："唉，真没想到她现在成了这般模样，也怪我平时跟她沟通太少。但是，无论怎样，不能不孝顺父母。即便是父母跟儿子在一起生活，女儿也应该尽孝。"

周淼的脸色显得不自在，好像这些话大哥也是在说自己，她知道自己确实也没有花时间和精力尽孝。

欧阳雪连忙给周闵换了茶水，说："你消消气，自己家妹妹，今天她这样说，过几天就忘了。"

周淼低声地说："哥说得对，女儿是也要尽孝。我确实做得也不够，原因您知道，生活压力大，不能不忙着挣钱。爹妈一直在我心里，争取以后休班时多去看看他们。"

在周闵和欧阳雪听来，周淼的这些话，前半截不是理由，后一句倒是句良心话。

周闵强调着说："生命没有等待，做儿女的应该在父母有生之年多尽孝心才是。"

周淼微微地点着头，而后试探着说："哥，我不知该说不该说？说不对了您别着急。"

周闵紧蹙着眉头说："——你说。"

欧阳雪看着即将说下去的周淼，眼睛里仍是担心，生怕哪句话使得怒气未消的周闵更加恼火。

周淼眼皮下的神经抖动着，皮笑肉不笑地轻声说："其实，我知道哥家也是有难处。现在嫂子提前移居澳大利亚阿德莱德，哥又得在家里照顾爹妈，哥嫂心里一定不平静。"

周淼话语字句敲在哥嫂的心头，这些正是他们今天来要面对的内容。

周淼小心地接着说："我想，——哥不太缺钱，不如……不如把爹妈送个条件好的养老院。我们有时间去看望他们，不就解决大问题了吗？"

"什么话？怎么可能把父母送到养老院？他们又不是没有儿女。你们都是怎么想的？！"周闵压不住火气地说。

欧阳雪听周淼这么说，强挂微笑的脸也显得阴沉。她愣愣怔怔地盯着桌面，一言不发。

周淼看哥明显不高兴，嫂子脸色也阴沉了下来，补充着说："我这都是为哥家着想，爹妈跟着哥过。况且，好条件的养老院，也不是一般人想住就能住得起的。"

“够了，你不要再说下去了！只要我活着，爹妈不会不管，更不会送养老院。你们都吃好了吗？吃好了就回去了。”

孔乙己酒家的兄妹聚餐，就此不欢而散。

晚餐的局面，超出了周闵和欧阳雪的想象。

周闵万万没想到原本一娘同胞，竟然形同路人，令他心灰意冷。

让两个妹妹偶尔来关照老人的可能，基本成了零。同时，更加验证出她俩对待老人的态度跟他们夫妻严重背道而驰。这晚的闹剧背后，暴露着家庭内部不可调和的矛盾。

当晚。

回到家的周遥，一进门就是一阵摔打、吵骂。

她嫌家里都是老人味，臭烘烘的也不开窗通通风；嫌正在看电视的儿子学习不够努力，不怎么看书。随即，习惯性地把所有的气撒在正走向卧室的丈夫身上。她骂丈夫不成器地活在世上，还不如死了。

儿子韩冰无法忍受地关了电视，生气地走进了自己的小卧室。

公公婆婆在卧室听着客厅里儿媳吵骂，心疼大孙子和儿子，直抹眼泪。

老爷子忍不住地跟老太太说：“不行，我要出去跟她理论理论。”说着就要起身。

老太太一把按住他，满脸愁容地尽量压低着声音说：“你不要再添事，还嫌不够闹吗？”

周遥听到爷爷奶奶屋里有动静和隐隐约约地说着什么，又一股怒气地冲那边喊：“没用的东西，废物、垃圾！”她便一脚踢开了地上爷爷奶奶刚用过的洗脚盆，说道：“破烂玩意，也不收起来，像狗拉屎到处乱丢。”

韩海忍无可忍地冲出卧室，对着她就是一巴掌。她反扑上去一阵厮打。韩海腰不好，被她推倒在地上。

此时爷爷奶奶从房间跑出来拉扯着他们，嘴里喊着不要再打之类的话。

韩冰冲进客厅，高喊：“妈，你这是干什么？你太过分了。我恨你！”他话音刚落，就跑出了家门。

此时，全家人傻了眼，想到韩冰是否又要自杀，爷爷心口突然疼痛倒在了地上。奶奶哭叫着老头子，韩海一边喊叫父亲，一边颤抖着手取出手机，拨打救护车。

周遥恶狠狠地看着眼前的一切，转身跑向大门外追儿子。

她跑到大街上，已不见儿子的踪影。她的眼睛里充满恐惧和怨恨，一边自言自语地骂着儿子，一边拨打了110报警。

晚上九点半。

警车、救护车围在小区院内，居民楼的多家窗口，人们探出头张望着。

爷爷在送往医院的路上一命归天。

几天后。

公安人员在长途车站候车大厅，找到了身无分文的韩冰，将他送回家里。

这些天，韩冰的奶奶几次眩晕，已卧床不起，当看到回到家中的孙子，抱住痛哭不止。

走出奶奶房间的韩冰，看到父亲泪眼肿胀，眼球里布满了血丝。母亲头发凌乱，满脸凝结着仇恨。当他得知爷爷去世即将火化，他抱头痛哭。

周遥嘴里不干不净、含混不清地抱怨着：“原本就是该入土的人，他死跟我没有半毛钱关系。”

韩海听到，愤怒地从沙发上一跃而起，“你——”还没等他往下说，儿子韩冰抬起哭红了的眼睛仇视着母亲，失声喊道：“我恨你！”

奶奶满脸泪水，摇摇晃晃走过来，韩海连忙扶着母亲。

周遥高喊着反驳：“他自己的心脏不好，死活关我什么事？！”

眼泪倾泻的韩冰，怒气冲顶地就要向母亲扑去厮打。

奶奶哭着，一把抱住孙子韩冰。韩海又连忙扶住了奶奶，生怕她摔倒。他怒视着周遥，眼睛里载满了泪。

周遥气势汹汹地对着儿子喊叫：“你竟敢要打我，你个白眼狼！这个家老娘没法待了！”她大哭着跑出了家门。

满脸怒火的韩海，对着跑出去的周遥吼叫：“滚！”

这一晚，周遥没有回来，住在了妹妹周森家里。

韩冰的爷爷火化后，韩冰就不再跟母亲说一句话，情绪也变得异常灰暗。他每天晚饭后都打着出去散步的说法，在游戏厅玩暴力游戏。不几天，就结识了几个比他大几岁的游戏伙伴。

回到家的他无心学习，坐在摆放着一堆书本的书桌前，只是一个形式。在他的心里，自己不知从哪一天起，已经成为母亲嘴里辱骂的那个一事无成的人。学业越落越多，早已不知课堂上老师在讲什么的他，眼睛里透着厌恶，甚至是仇恨。

考上大学对于他已经是完全不现实和永远不会实现的幻想。

他在对未来的万般绝望中，总会映现出表哥周子轩的成功容貌，还有舅舅、舅妈的幸福模样。他除了不可企及的羡慕，就是更加蔑视自己。

欧阳雪跟周闵经常提起，周遥的性情和语言暴力对韩冰是毁灭性的。她作为舅妈不好直接干预，希望周闵多关注。周闵眼睛里没有一丝改变周遥的希望。

欧阳雪在跟韩冰仅有的几次见面中，总会有意夸奖和鼓励他，不断说到优秀的孩子无论在哪里都会发光。同时，这也是给周遥听的话，但是却丝毫没有改变她怨恨的神经。

周遥对夫妻双方父母的态度，也到了病态的地步。

韩海跟周闵聊到过，他甚至想与周遥离婚，他们夫妻间实在是没有正常沟通的可能。只是，他没有自己的房产，也没有多少积蓄，离婚了既不能分给她多少钱，又要使她立刻没有地方住。为此，多少次想想，离婚的事也就算了，凑合着往下过。

周闵在韩海面前更多的是叹息，对妹妹的劝说无济于事而感到无奈。

欧阳雪回北京的时间里，不但没有如愿得到周闵的两个妹妹的理解和支持，还出现周遥公公去世的事。这些，都因周遥太不近人情。为此，她和周遥的关系也到了无话可说的地步。对于二妹妹周淼，她显然也没有太大的兴趣接触和沟通。她们之间也只是亲属关系，除此之外已经失去相处的意义。

欧阳雪和周闵坚持信念，无论遇到多大的困难，照顾老人必须排在第一位；还有就是婚姻稳定，不能因分居而动摇。带着这两个信念，欧阳雪再次挥别了丈夫和公婆，又回到了澳大利亚阿德莱德儿子的身边。

第二十三章
洋孙儿

欧阳雪回来的这段时间琳达来过，她继续分享和男友的幸福时光。原本就不显老的琳达，遇到爱情以后显得越发地光鲜了起来。她的英语水平也好像提高了不少，跟欧阳雪的聊天中总会带着些英语单词和句子。

琳达私下加紧自学英语，手机下载了几个英语口语学习软件。欧阳雪知道她的英语可以基本对话，也不是想说什么就可以说的。她很奇怪琳达和她的男友怎么就没有语言心理障碍，而是自如交往着。她很佩服琳达的自信。

当欧阳雪说到即将迎来儿媳戴瑞亚产下的孙儿时，琳达强调让她趁早别管，省得管不好还闹得不高兴。欧阳雪还是坚持自己的想法，琳达看她那么认定，也没再多说。

临近戴瑞亚生孩子的这些天，欧阳雪已经在儿子的婚房里添加了一个英式木质婴儿床。她还买了挂在婴儿床上的音乐旋转玩具，在婚房的衣柜里，放进去了很多婴儿衣服和物品。这些衣物、用品，都是最好的品牌。

她每看到这些物品和摆设，眼前就会映现出洋孙子躺在婴儿车床里，萌萌的小脸，小嘴儿还不时地吸裹着。戴瑞亚穿着她买的真丝睡衣和金丝绒拖鞋，靠在周子轩的身边，一旁微笑地看可爱的儿子。由此，她的心里无比的幸福。

这种幸福的感觉触动着她敏感的神经，电流般地散射于全身的每个细胞。她怀着最大的信心，期待着周家的重孙子诞生，激活澳大利亚花园洋房这个寂静的家。

在北京的周闵，盼望着妻子随时到来的喜讯，看到视频中的洋孙儿。

这段时间，他的脸上总是喜气洋洋的。

父母在他的笑容里感受着他即将当爷爷的幸福，也为他们要做曾爷爷曾奶奶而幸福着。公司的员工看到多日来周总的脸上总挂着笑容，都说他近期一定有好事。曼丽感觉到他难得跟自己亲切，她甚至为周闵毫不吝啬投来的笑容，而受宠若惊。借此，她总会打发贴身“助理”曹俊外出办事，请周闵来到办公室聊工作。

这天，她让秘书安排了两杯咖啡和一些水果摆放在靠窗的小玻璃圆桌上。这段时间她的装束总是翻花变换，香水味道的选用更为浓郁，妆容明丽诱人。

她会提前坐在有着黑色坐垫的白色烤漆铁艺座椅里，或是摆出婀娜的姿态靠在落地玻璃窗前等待着周闵到来。她明知上班时间不会和周闵发生非正常的接触。可是，她却在与他的每次见面中，蠢蠢欲动着压抑在心底的欲火。在周闵对她难得发自内心的笑容前，她尽情地释放着娇媚靠近着他。

周闵从内到外散发着厚重、成熟的男人魅力，正是熟透了的中年独身女人最渴望得到的。在她的感受里，周闵犹如窖藏浑厚醇香的葡萄酒，回味无穷，曹俊则是一杯烈酒，令她立即获得刺激和快感。

此时，周闵笑容满脸地来到了曼丽办公室。

曼丽难掩内心的火热，向着满面春风的周闵，送上了一个纵情的拥抱。她瞬间陶醉在周闵宽厚的肩窝里，吸纳着从他白色衬衫衣领内散发出来的性感体味。她恨不得两人倒在宽大绵软的双人床上，天旋地转地交欢在一起。

幻想中，周闵裸露着性感的躯体，令她幸福、窒息。

“曼总，今天叫我来有什么事？”周闵边松开曼丽投过来的拥抱，边问。

曼丽被周闵的问话惊醒，她美丽的眼睛里闪动着兴奋的光点，脸上还持续着幻想交欢的红晕，仓促着回应："哦，没事，没事就不能叫老同学来坐一会儿吗？"

周闵对近几次曼丽的极端热情而纳闷，疑惑地说："你一定是有好事要告诉我。"说着就坐在了小桌边一把白色烤漆铸铁的座椅里。

曼丽极力掩饰着内心的冲动，微笑着坐在对面的座椅上，示意周闵喝咖啡和吃水果。随即，她缓缓地端起咖啡杯，望着周闵找话说："专题片总算是剪辑完成，我想这次的片子你应该是满意的。"

"哦，恭喜你的专题终于落成，希望发行成功。"周闵随口说着，端起来咖啡杯。

"是的，相信会有好的收获。我还说，这两天再给你看一下最终剪好的专题样片。"

"哦，不用了，你看着行就行。这是你的专业，我是个外行。"

"周闵，你知道我很在意你的意见。这个片子里也都融进了不少客观内容。"

"那就好。"

曼丽看周闵一提到专题片，笑容正在悄悄地溜掉。她知道周闵不喜欢提养老院的事，暗自怪自己：该死，我干嘛提这些来扫他的兴。由此，她直入心事地说："老同学，自打我买了房子你还没有认过门。哪天，我叫几个好友一起到家里聚聚，你一起来！"

周闵听她说请朋友一起来，也就应和着说："好啊。"

曼丽听周闵这么爽快地回答，脸上立即泛起由衷的笑容，兴奋地说："那就定在这周六，下午四点到我家里，晚上朋友们一起吃晚餐。"

"没问题。"

周闵顺口说着，吃了一个草莓。

"那就一言为定。"

"我可以帮你炒几个菜。"

"太好了，我原本想着点外卖。"

"你可以点几个外卖，我做一条糖醋松鼠鱼。"

“好啊，就这么安排。”

后天就是周六，曼丽想着心里兴奋不已。这是一年多以来，她和周闵私下交往的开始。

今天曼丽跟周闵的聊天，又在周闵突然意识到时间不早了的告辞中结束。她跟周闵告辞间，心里愉快地翻腾着即将到来的晚餐。

她目送周闵走出了办公室，便欣喜地坐在了椅子里。她喜上眉梢间，又酝酿着尽快把曹俊远远地支走几天。

洋孙儿即将降生，周家翘首期盼着。

父亲周再兴偏瘫以后不能清楚地说话，他的左手倒是可以正常使用。他比画着要纸和笔，把要说的话用左手吃力地写下来。为此，他的身边总备着稿纸和笔。

这晚周闵早早地回到了家里，他亲自下厨做菜，跟父母一起吃了晚饭。晚饭后，父亲坐在轮椅上向周闵挥手，递给他已经写有字的稿纸。

周闵手持稿纸，看到上面父亲用左手歪歪扭扭写着的字：重孙子出生后，用生辰八字找大师起个好名字。这很重要，好名字将好运一生。

母亲牛素珍强调着跟儿子说：“你爸说得对！你的名字就是算出来的，看你发展得多好。你的两个妹子，就没给她们算命起名字，她们发展得都不如你。”

周闵听着连连点头，肯定地说：“好的，爸妈放心，儿子一定照办。”

周再兴和牛素珍脸上透出满意的笑容，转而父亲的脸色突然严肃地看了周闵一眼，在稿纸上写着：英文名字，按中国名字的音叫。你要保证！

牛素珍看着老头子这么写，默许着。

周闵觉得应该这样，可是脸上或多或少透出些顾虑，嘴上却顺应着说：“好的，没问题。你们放心，大师起好了名字我跟儿子说。”

周再兴满脸严肃地又在稿纸上写着：“重孙子是周家后代，名字周家起。保证！”

牛素珍温情地看了儿子一眼，没说什么。

周闵眉头微蹙地一边点头，一边心里宽慰自己：这些问题，都由儿子周子轩去跟外国亲家解释，应该也不会有问题。他对父亲耐心地强调着说：“好的，我都知道了，您就放心吧！”而后望着母亲微笑着。

父母听他这么说，两人苍老的脸庞展开了发自内心的笑容。

周六下午五点。

周闵手提着装在塑料袋子里的一条活鱼，走进了曼丽家的高档公寓楼。除了开门迎接他的曼丽，还有两对新朋友夫妇和两位养老专题项目的合作人。

昨日，曼丽给贴身“助理”曹俊放了三天假，为他买了一张一等座的高铁票，让他回老家看父母去了。

此时，曼丽边介绍新朋友，边请大家随意聊天，吃水果，喝茶。

周闵提着鱼说：“你们先聊着，我今天做条鱼。”

在大家的一阵客气下，周闵满脸笑容地走进厨房。曼丽随即跟了进去，她安排周闵可以使用的厨具。周闵边答应着，边接过她递来的围裙扎在了腰上。

曼丽看着他居家丈夫的模样，脸上透着幸福，温情地说：“辛苦你了，其他菜一会外卖就送来。”

周闵边忙活，边说：“没问题！”

曼丽心里乐滋滋地走出来跟大家说：“我点了外卖，周总给咱们做条糖醋松鼠鱼。我准备了好酒，今晚大家尽情享用。”

一位男士朋友愉快地说：“叫代驾，咱还怕喝酒？”

大家乐呵呵地应和着，前后向着厨房说：“有劳周总做鱼了！”

挽着衣袖的周闵探出半个身子跟大家说：“小露一手啊！”而后又转进厨房。

曼丽满脸幸福地看着转进厨房的周闵，那神情就像是在看自己的丈夫。

外卖送来了。

朋友们将美味佳肴摆上桌，曼丽满面喜悦地将三瓶茅台酒中的一瓶打开，斟在一个个酒杯里。

此刻，周闵手端着糖醋松鼠鱼，吆喝着：“糖醋松鼠鱼来喽！”一阵风似的走了过来。

曼丽立即在桌子中间腾出放糖醋松鼠鱼的位置，周闵将鱼摆上了桌。大家在一阵称赞中落座了下来。周闵解掉围裙的这一刻，曼丽请他坐在自己身边的主位。

周闵看大家都坐好，自己也就坐在了曼丽身边的位置。

曼丽满面幸福光色地举杯，说：“我乔迁新居，欢迎你们的到来！”

大家举杯站了起来，说着祝贺乔迁新居的话。酒杯轻轻相碰间，大家一饮而尽。

曼丽要给大家添酒时，周闵边接过她手里的酒瓶，边说：“来，我倒酒。”说着将酒一一倒进了朋友的杯中。

他那浑厚的声音回荡在曼丽耳边，她心里乐滋滋地体会着男主人似的周闵陪伴在身边。

朋友们道谢着周闵倒酒。

“不客气，”他倒好酒，放下酒瓶说，“趁热，尝尝我做的糖醋松鼠鱼，不知合不合大家的口。”

朋友们边品尝边赞扬他烧的糖醋松鼠鱼是大厨级。

周闵欣然接受习以为常的好评，满脸笑容地回应着：“那就多吃点！”

他心里，涌动着即将出生的洋孙儿的喜悦。

真是应了那句老话：人逢喜事精神爽。

当晚，他确实显得格外喜悦和兴奋。

他内心想象着养孙子的喜气，和着茅台酒的琼浆，在腹中相互作用着，将愉快推到了极致。他兴奋地跟朋友畅聊、畅喝着。

曼丽品着他做的糖醋松鼠鱼，看他心情这般好，为此她也更加喜悦着。她边往周闵的小餐盘里夹进一筷子鱼肉，边跑神儿纳闷地心想：该不会是他跟老婆的关系不好了，对我有意思了？

她想着心事的脸上透着潮红，长密黑睫毛的眼眶里，那黝黑的眸子闪烁着。她心里不断地幻想着两人更为甜蜜的开始，耳旁飘散着朋友们的谈笑。她下意识地随着大家，一次次举起酒杯，将酒喝进嘴里。茅台酒的醇香和酒精度正将她的幻觉逐渐放大着。这一杯杯的酒，好似她和周闵结为夫妻的喜酒，令她心醉神迷。

大家边吃边聊，一会工夫茅台酒下了一瓶。

曼丽立即又开了一瓶茅台酒，递给了周闵。周闵给朋友们斟满了酒杯，饭桌上的欢快气氛已经到了高峰。

酒兴十足的周闵，喝的哪是曼丽的乔迁新居的酒，分明是周家洋孙儿即将诞生和儿子成家立业的喜酒。周家的喜酒，从儿子大婚没办宴席到现在，已在他心里憋了那么久，今晚全然释放了。

他已经很久没有这么开怀了，平日全是忙碌家庭和面对工作的压力。还有就是儿子自作主张娶了戴瑞亚和不回父母家生活，使他生了不少气。可是，儿子千不对万不对，大孙子这个周家的骨肉已在儿媳戴瑞亚的肚子里存在。大孙子即将出生所带来的隔代亲，冲蚀了他和欧阳雪对儿子的不满和对戴瑞亚的不接受。

事已至此，一切他们都一步步认了。

周闵计划大孙子出生后，圣诞节到澳大利亚阿德莱德一起过外国人的新年。一想到这些，他的笑容更加绽放，会不住地笑出声音。

今晚酒桌上的周闵欢声笑语，频频举杯，也没少跟身边的曼丽碰杯。

晚上八点半。

酒桌上的菜基本见了底，茅台酒喝了三瓶。周闵喝到了他酒量的最上限，但是却没有因酒失态，没有说不恰当的胡话。

酒足饭饱的朋友们看时间不早了，陆续告辞。周闵也披上外套，准备跟朋友一起告辞。

喝了七成酒的曼丽，脸面透红，眼睛里带着酒意，可脑子非常清晰。她一边忙着送朋友们出门，一边顺手拉周闵坐下，说还有点事商量让他留步。

几乎瘫坐下来的周闵，满嘴酒气，脸色已成了紫红。

此时，他全身的血液好似已被酒精浸染为琼浆。如果不打扰他，在酒精的作用下很快就会昏昏深睡。

送走客人的曼丽，醉眼迷离地望着椅子上瘫坐着欲睡的周闵。她飘飘忽忽地走到周闵身边，俯下身子轻声地说："周闵，你喝得太多了，我扶你去休息一下，醒醒酒。"

周闵半睡半醒，口齿不清地说着连自己都不知说的是什么的话，被曼丽稀里糊涂地搀扶到了卧室。

他神志不清地感受到自己陷入极为舒适、松软、光滑的丝绵里。他觉得自己好累、好累，昏昏地睡着了。

曼丽是一个靠近男人经验十足的女人。

她顾不得收拾酒桌，满身酒气地进了浴室将自己冲洗了个通透，还仔细地刷了洁白整齐的牙齿。

卧室没有开灯，只拉上了纱帘。

她希望借着月亮的朦胧光线，使得她和周闵的亲近，陶醉在亦真亦幻的浪漫中。

她裸着曲线丰满、肤如膏脂、细如丝绸的润滑身子，披上了件淡紫色的真丝睡袍。在她浑圆臀部上面曲线的腰间，松松地系上了紫色真丝浴袍的飘带。她特意在颈部和全身，喷了些香奈儿香水。

她轻飘地走向卧室的两条修长玉腿，摆动出紫色的睡袍。她那对耸挺、丰满的乳房，随着步态在光滑的真丝睡袍内颤动。

早被她脱去衣裤陷入大双人床的周闵，此时已经打起了沉沉的鼾声。他呼出的酒味，对于靠近他的曼丽极具性感。曼丽兴奋的神经混合着体内酒精的浓度，伴着惊心跳动。

她将身体贴在美男子周闵体毛浓重的身体上，她浑身兴奋得竟然在微微地颤抖。此刻她极为矛盾和纠结，心想：我就这么自作主张地跟他同床，一旦他酒醒之后不依不饶，或是过程中不接受翻脸，那可怎么办?

只差翻身而上的她，恨不得以此就范，满足自己渴望已久的欲望。箭已在弦上的这一刻，欲望已散发全身，她发热的脸更为火辣，心跳的速度也更快，像是要跳出胸口。

欲火中烧的她，望着夜色朦胧下的周闵，又想：喜欢周闵在自己整个中学时光里，却不敢跟他坦白。那会令当时自卑的自己，无地自容到去死的地步。现在的周闵虽说不老，毕竟也不是当年。如今自己除了风韵的姿色，事业上也算是有成绩的女人，应该配得上他。不是因为他有婚姻，自己早就直言示爱，扑在他的怀里。这一段时间确实奇怪，他分明对我态度亲和，也许他碍于脸面不好跟我直说。如果真能跟眼前的他成为夫妻，自己在北京的后半生也就生了根。打发个曹俊还不容易，我只要不承认，他说什么都没用。——小跟班儿的！我就看不上吃软饭的男人。我就是喜欢大哥型的男人周闵，今晚机会难得，生米必做成熟饭！大不了他酒醒发现，我就说自己也喝醉了，梦游般地发生了这一切。

曼丽想着想着就想通了，她开始勇敢地将身体更紧地贴在周闵热烘烘的身体上。她纤细白皙的手指，开始顺着周闵宽厚赤裸的胸膛游动着……

周闵的身体在曼丽的抚摸中微微颤动，他的意识里全是和妻子欧阳雪团聚之夜所带来的欢欲冲动。他在酒精的麻痹中，半梦半醒地将曼丽当作了妻子……

第二天清晨。

阳光穿过曼丽家卧室的纱帘，投射在熟睡的曼丽和周闵脸上。他们在阳光不断加强的照射下，懵懵懂懂地睁开了眼睛。

当两人的视线相撞在一起，周闵几乎惊叫出了声音。

他惊恐地看到躺在眼前，看着自己的女人竟然是曼丽，脑子里却全是酒醉之前的记忆。昨夜发生的一切，隐隐约约的就像一场梦。但是，眼前同床的曼丽和这个完全陌生的卧室，分明就是如梦初醒的现实。

周闵眼睛里满是惊恐，交错着恼怒和难掩的耻辱。

他噌地坐起了身，几乎是吼叫着说："简直是胡闹！"随即撩开被子就要起身时，发现自己竟然全裸。他的脸彻底变了色，直视曼丽怒吼：

“你疯了！”说着就又撩起被子背对着床上发愣的曼丽，抓起自己的衣裤穿了起来。

曼丽一手捂着被子坐起来，怯生生地强调着说：“我们都喝醉了，我模糊记得——你昨晚，一定要跟我——躺在一起。”这句谎话令她的眼睛里放射着恐惧。

周闵听她这样说着，头嗡了一下，思维模糊、错乱出昨晚的画面。原来是真的，不是一场梦！昨晚那近似于疯狂的欢欲，不是跟自己的妻子，而是和曼丽。

他一头冷汗地边系着衬衣扣子，边想：“自己真是喝多了，一定要跟曼丽同床发生关系？”

他的记忆从酒后断了片。

还没等他回应，曼丽抹着泪说：“你不由分说，我也确实喝得不少，迷迷糊糊。”

尽管曼丽极力表演着，但是声音里却带着颤抖。她声音的微颤，对周闵来说，应该是委屈或是责怪。

眉头紧蹙的周闵，心想：如果是曼丽主动，自己不愿意，那怎么会有交欢？分明自己酒后糊涂，确实把曼丽当成了妻子欧阳雪？该死！但是，毕竟不清楚到底是谁主动的。即便是曼丽主动，自己也有一半的责任。他扣着腰带，恨自己喝酒失控。

他侧着难堪的脸，毫无刚才的理直气壮，不自信地说：“我——不可能做不该做的事。”

坐在床上的曼丽听得出他话语里心虚，便又变本加厉地表演着委屈，小心地带着哭腔说：“我去世了丈夫，自己是一个可怜的女人。你昨晚对我强行——酒后的我进入了幻觉。——醒来——你就不认了——”她话音刚落，就先把自己感动了，竟然稀里哗啦地哭了起来。

背对着曼丽的周闵紧蹙眉头，透过纱窗迷茫地望着窗外。听着背后哭述的曼丽，他紧紧地闭上双眼。而后，他睁开眼睛，神情极其复杂地说：“对不起，你最好忘记！”

“忘记，怎么能忘记？”曼丽哭着说着，连自己都混淆了自己是表演，还是真的。她嘴里说出来的这个自编自导事件，使周闵愧对她，不得不向她妥协，请求原谅。

周闵满脸沮丧，自责地穿上了西服，说：“对不起！”随即弯下腰穿鞋。

曼丽眼睛里满是不舍和难掩的狐疑，又说：“你一走了之——可是，我怎么走出身心的伤害？”呜呜地哭着。

周闵眉头紧锁，闷头穿着皮鞋，头昏微痛，心想：这是一个不明不白，说不清楚到底是谁主动的事儿。——自己怎么喝了那么多酒？——也许，是曼丽有意借我酒醉，而迷惑我做出的事儿。

他知道，无论怎样怪自己和怀疑曼丽有意做局，床上的事已是不可改变的事实。

他半抬起头望着床上裸露着白皙双肩，哭红了眼的曼丽，他紧锁着眉心，说：“我确实喝多了，如果是我的问题，我再次向你道歉。但是，你我确实都喝了不少，模糊不清，忘记才是最好的办法。”

“——我忘不了。”曼丽哭着说着，心里却是一百个不情愿忘记。

周闵双眉紧锁地站起身来，用怀疑的眼睛看了眼床上呜咽的曼丽，沉闷地说：“对不起！——我走了。”

曼丽仍呜呜地哭着。

他走出曼丽的家，关上了房门。

卧室内，曼丽的哭声在他远走的脚步声中戛然而止。她挂着泪的脸颊，泛起了笑容。

第二十四章
贷款买房

周闵走出曼丽家公寓的楼门。

他心事重重，头重脚轻地向楼群间的小径走去。因昨晚酒精过度，他的头还在隐隐作痛、晕晕乎乎，交欢的画面不断叠映着。他模糊地记得那是非同寻常的体验，带着前所未有的快感。

他简直不敢相信地抬起头，却被刺眼的阳光晃得睁不开眼睛。他拍了拍脑门儿，怪自己因要出生的洋孙儿饮酒失控，惹出跟曼丽这档子事儿。

当他走到小区外，看到街道穿梭的车辆，突然想起自己停在马路边的汽车应该严重超了时。果然，他老远看到汽车的玻璃上，已经贴上了一张罚单。

他走过去揭下罚单坐在了汽车里，深叹了口气，又突然想起手机，纳闷：手机怎么这么安静，竟然没一个电话。

他从西服口袋里摸出来手机查看，原来是没有了电。他不由得更为担心了起来，担心家里的父母和远在海外的妻子也许为打不通他的电话而着急。

他立即发动了汽车，将手机插在汽车的电源上充电。他心里不断地谴责着自己，驾驶着汽车向家的方向驶去。

一路上，他的思绪杂乱，重叠着与曼丽交欢的画面。他和妻子欧阳雪毕竟几个月没有见面，自己也不是铁打的汉，不然不会潜意识地发生昨晚的床笫之欢。他紧锁着的眉心刻出深深的沟，与妻子的分居生活确实成为现实。他何尝不担心妻子，是否可以承受下去。

昨晚，在阿德莱德的欧阳雪微信给丈夫却不见回，电话打不通。她满脑子里出现着丈夫不祥和不忠的画面，她又劝自己不要瞎想。直到天色渐亮，她放下手机，伴着窗外的小雨迷迷糊糊地睡着了。

阿德莱德的中午是北京时间的早上。

手机充电后的周闵给妻子发了信息：昨晚在外面应酬手机没电了，今早才发现，刚充好电。我一切都好，放心！

手机提示音唤醒了欧阳雪，她第一反应是丈夫的信息，便取过手机，睡眼惺忪地看着。她看到了令自己安心的信息，随即回复：那就好，我还担心你呢！

丈夫回复：没问题，你要照顾好自己，我才更放心。

他们来回发了几条信息后，欧阳雪满意地放下手机，睡意全无地起了床。她走到客厅打开了窗帘，窗外仍下着小雨，半开着窗子，透着花园淡淡青草味的清新空气拂面而来。

当欧阳雪家院落里一棵棵玉兰树再次长出一个个大花苞时，阿德莱德再次沉醉在蓝花楹绽开满树紫花的季节。

就在这时，周家迎来了洋孙子的出生。

这天上午，周子轩将儿子出生的喜讯，手机发送给了双方父母。

加纳森和安妮喜悦地分享着这个天大的喜讯，他们幸福地相拥、亲吻。

北京CBD写字楼间行走的周闵，看到了传来的喜讯和大孙子的照片惊喜不已。他立即联系了早已找好的取名大师，准备前去给洋孙子求名字。

阿德莱德的家里，欧阳雪眼睛盯着手机里大孙子的照片，喜爱地溢出了幸福的泪水。灶上大砂锅里的老母鸡汤正冒着香味，就等端给儿媳妇戴瑞亚产后喝了。

她给儿子发信息，让他回来取鸡汤，带着她一起去医院看大孙子。周子轩满口答应着。

来到医院的欧阳雪，激动地将大孙子抱在了怀里。她爱怜地看着大孙子满头卷着细柔的小黄毛，洋娃娃的小脸儿。在他微微睁开黄睫毛的眼睛里，看到了黑色的眸子。她为大孙子中西方混血间的完美组合而惊奇，在那对黑色的眸子里搜寻着儿子婴儿时的神色。

欧阳雪激动地闪动着泪花，跟儿子和儿媳说："他太可爱了，我已经很久没有抱过这么小的孩子了，他竟然这样柔软。"

周子轩一边招呼着戴瑞亚喝母亲炖的鸡汤，一边跟戴瑞亚翻译着母亲的话。

戴瑞亚喝着老母鸡汤，产后疲惫的面容洋溢着笑容。

欧阳雪爱怜地盯着大孙子看也看不够，好似正怀抱着刚出生的周子轩，令她的神魂在往昔和现实中交映着。

那时，同样也是婆婆炖好的老母鸡汤，只是多了一竹筐染红了皮的煮鸡蛋。欧阳雪无论是躺着还是坐着，不断地端详着儿子，不舍得撒开手。一天到晚下来，脖子扭看得都痛了。周子轩从出生以后，就没有离开过母亲的怀抱，就像是黏在一起的两个人。

小周子轩在母亲的怀里没怎么啼哭过，一旦放下他啼哭得就极为响亮。当欧阳雪立即将他抱在怀里的那一刻，哭声即刻终止。欧阳雪这一抱，竟然抱了四年，吃奶也吃到了四岁。

那时欧阳雪的大部分工作在家里完成，为她总抱着宝贝儿子提供了方便。小周子轩四岁上幼儿园的那一刻，才算是刚走出母亲的怀抱。之后，欧阳雪的工作从编辑调整到了栏目副总编，工作力度也开始不断加大。但是，她对儿子无微不至的爱，从来没有因工作忙碌而改变过。业余时间几乎全部陪儿子，去游玩、看电影等一切充实儿子成长的活动。在周子轩小时候的时光里，母亲是他心里最重要的人。他总会在最愉快的时候，突然跟妈妈说："妈妈，我不想长大。"妈妈则会爱怜地说："那就不长大。"他又说："我不想死，也不想让妈妈死。"妈妈会说："我们都不会死。"

欧阳雪一边为这么小的孩子对死亡的恐惧而心疼，一边万般疼爱地将他揽在怀里。

那时，周闵总会深情地看着这对母子说：“两个梨膏糖。”

欧阳雪没想到，她和儿子这两个“梨膏糖”，会在儿子七岁时断然分开，一分就是十几年。可想而知，这对于刚分开生活的母子是多么残忍。但是，对于周子轩日后成为一个早早独立的人，却是件好事。

欧阳雪性格敏感、情感脆弱，这给她日后与儿子分离带来了近似于神经质的自我伤害。孩子在国外一天天长大成人，她却还停留在原来的位置上，期盼母子家庭团圆。

今天，欧阳雪怀抱着孙子，看也看不够。这个凝聚家庭关系的重要人物的诞生，预示着幸福大家庭的回归。

老母鸡汤儿媳戴瑞亚喝了一大半，脸色也潮热红润了起来。周子轩满意地将保温桶放在了床边的桌子上。

欧阳雪望着怀里熟睡了的大孙子，将他轻轻地放回戴瑞亚床边的小床里。她从口袋里取出来几个红色的绒布包，放在了孩子的身边，轻声地跟儿子和儿媳说：“这是我们送给孩子的金锁、金手镯和金脚镯，给孩子戴上，图个吉利。”

周子轩轻声地翻译着。

戴瑞亚微笑着疲惫无力地说：“哦，谢谢！”

周子轩轻轻地拥抱了母亲，说：“谢谢妈和爸！”

“不用谢，如果在中国，我们家还要大办酒席庆祝呢！在这边已经够简单了。”欧阳雪说这些话时，脸上还掺杂着儿子大婚时未办酒席的遗憾。

周子轩正要说话，看到戴瑞亚在微笑中疲倦地睡着了。没等他开口，欧阳雪轻声地跟儿子说：“让她好好补补觉，不要吵醒她，我先回去了。”

返回的路上。

儿子驾驶着自己贷款购买的澳大利亚国产黑色越野汽车，欧阳雪坐在一旁眼望着漂亮的街景。蓝花楹满树紫花摇曳，她的脸上荡漾着幸福的光色。

欧阳雪试探着跟儿子说："我想——儿媳妇就在咱家坐月子，妈好好照顾一下她和大孙子。我把你们的房间又收拾了一下，还买了婴儿床和一些玩具。"

"哦，谢谢妈！——什么是坐月子？"手持方向盘的周子轩不解地说。

欧阳雪连忙解释："坐月子就是产妇卧床休养一个月，这一个月很关键，照顾好了以后不会落病。"

周子轩好奇地问："会落下来什么病？"

欧阳雪认真地说："产妇生产孩子会伤元气，这个时候病会乘虚而入。比如，总下地走，就会在以后的日子里腿脚疼；吃硬的、凉的食物以后会牙齿酸疼；月子里染了风寒，还会有生命危险。"

周子轩一脸认真地立刻说："这么严重，好可怕。"

欧阳雪接着说："是啊，这可不是闹着玩儿的。我生你的时候就是没注意，受了凉，现在落了肩膀酸痛的病根。落了月子病，一辈子都好不了。"

周子轩脸色显得紧张地说："好的，我会跟戴瑞亚说坐月子的事。我们商量好以后告诉您，谢谢妈！"

欧阳雪听儿子这么一说，心里满是希望，慈爱地看着儿子说："不用谢，妈等你们的消息。"

"好的，没问题。"周子轩驾驶着汽车，脸色仍略显紧张地回应着。

欧阳雪看着窗外美景，心想：如果儿子一家回来了，我多给他们做些好吃的，把洋孙子精心照顾好，他们也许还就真不走了。他们以后毕竟还要忙工作，我照顾大孙子更是顺理成章。时间长了，大孙子跟奶奶有感情了，他就离不开奶奶了。

此时，她的眼睛里闪动着幸福的光色，脸上浮现着由衷的微笑。

周子轩专心地驾驶着汽车，满脸严肃，他的大脑里还在翻腾着刚才母亲说的话。一边担心跟戴瑞亚商量不成，一边怕自己照顾不好戴瑞亚坐月子而落下病根，或是危险。

他很清楚戴瑞亚是不会同意跟父母长期住在一起，母亲是多么希望他们回去住，他的眼睛里充满迷茫和焦虑。

他想：坐月子就一个月，也许戴瑞亚会同意。但是，之后不住了母亲又会失望。不如今天跟母亲就这个以后同住的事再说一说，尽可能再转变一下她的观念。

他极为小心地说："妈，以后同住的事情，我要继续跟戴瑞亚商量。"

欧阳雪望着窗外的脸色还沉浸在幸福的幻想中，被儿子的这些话触及，不由得回应："诶！"

他记得之前跟母亲说过同住是不健康的家庭，希望从母亲的心里不要忘记这个说法。他今天不好再多强调，而是转换了一个角度说："妈，其实，我们可以承担自己的家庭。"

欧阳雪听儿子这么说，连忙解释："儿子，不是爸妈不相信你们不能承担自己的家庭，是觉得你们刚参加工作没必要给自己这么大的经济压力。妈有的是时间，可以多照顾你们。"

"哦，妈，我和戴瑞亚一直很感谢您和爸的关爱。"周子轩的脸上没有笑容，却耐心地说，"我已经可以承担自己的人生，我和戴瑞亚对现在的生活很满意。即便是遇到困难，我们会一起面对。"

"儿子，妈知道你们有足够的能力，不强迫你们一定要回来住。只是，希望尽可能地照顾你们。"欧阳雪内心复杂地微笑着小心强调着说。

周子轩淡笑了一下，微蹙了下眉心，说："妈，我们确实不是小孩子了。戴瑞亚是外国人，很不容易接受一起住。我确实需要时间，让她一点点接受。"

这个原本就看不上的普通姑娘戴瑞亚，现在主要问题又出现在她身上，实在是令欧阳雪心里不愉快。但是，在儿子面前，她脸上还要维持着满意。

"好的儿子，爸妈不强迫，只是让你们知道，咱家随时欢迎你们回来。”欧阳雪强调地说。

周子轩淡笑着说：“谢谢爸妈理解。”

两个人心里各打各的鼓，都七上八下地不平静着。

周子轩说这些已经是迎合母亲的心情了，其实他和戴瑞亚一样，愿意独立生活。对于欧阳雪来说，还是在尽最大的努力，赢得幸福大家庭的到来。

周子轩送母亲到了家门口，就返回医院去了。

这几天，欧阳雪每天都给儿子打电话询问大孙子的情况。周子轩耐心地跟母亲一一汇报，并按照母亲的要求发送手机拍的照片和视频。欧阳雪越看大孙子越喜欢，又将这些照片和视频转发给了丈夫周闵。他们微信中分享着喜悦，沉浸在多天的兴奋里。周闵按大孙子的生辰八字取了名字。

微信视频中他告诉妻子：“我在北京花了一万元给算命大师为大孙子起名：周叠鸣。这个名字，咱爸妈很满意。”

“周叠鸣，很好听的名字！”欧阳雪面色喜悦，又有所担忧地说，“你说咱代替儿子给他们的孩子取名字，他们会接受吗？”

周闵眉头一紧，说：“毕竟这是中国名字，也是答应爷爷找算命大师取的，我想他们应该接受。还有——咱爸希望英文名字用中文谐音，图个吉利。你先跟儿子说说，省得我跟他说不好就着急。”

欧阳雪对丈夫说英文名字用中文名的谐音，更没有信心告诉儿子了。她情绪显得低落地说：“咱不但替他们给孩子起了中文名字，就连英文名都由我们定，儿子和戴瑞亚一定不接受。况且，戴瑞亚是外国人，她会给他们的儿子起一个喜欢的英文名。”

“你只管说一下这是爷爷的意见，听听他们的态度，也许会同意。”

“我看够呛，只能试一试。”

……

欧阳雪不得不打电话，将给大孙子起中文名字的事告诉了儿子。电话那头的周子轩，吃惊地睁圆了眼睛，意外父母会自作主张替他和戴瑞亚给他们的孩子起名字。

周子轩面部生硬，语言牵强维持着温和说："谢谢你们给我和戴瑞亚的儿子取的中文名字。我和戴瑞亚正在为儿子起英文名。"

欧阳雪正准备试着继续说英文名的事，却被儿子先说到了。她作为周家孝顺的儿媳，强迫自己补充着说："你爷爷说，中文名是专门请算命大师取的，他希望英文名最好用中文名字的谐音。"

"不！我和戴瑞亚决不同意！对不起，请把这个权利交给我们好吗？——请原谅！"周子轩说完就挂断了电话。

欧阳雪被儿子中断了电话，责怪自己不应该听丈夫的话，惹儿子不高兴。

随手她给儿子发了信息：儿子，爸妈不会剥夺你们给儿子取名字的权利，期待你们给孩子取一个美好的英文名。爱你的妈（微信图形：爱心、拥抱）。

她又转过头在微信里责怪了丈夫，并说明了这一切。周闵的微信回复显得理由牵强，不再继续坚持用中文名字的谐音。

加纳森卖掉了他们的小院，搬进了靠着一个社区公园的公寓。回到家里的安妮双腿可以缓慢地走路，但是还需要轮椅做伴。

这天，加纳森要跟安妮去医院看望刚出生的外孙。

加纳森将妻子扶到了汽车里，把轮椅折叠好放进了汽车后备厢。他们途经鲜花店，给女儿买了一大束白色百合花。

戴瑞亚靠在床上抱着孩子端详着，看到父母进来的那一刻，几乎惊呼了出来。轮椅上的母亲一边激动地祝贺，一边把鲜花递给了加纳森，示意要怀抱女儿怀里的外孙。

戴瑞亚将怀里的孩子递给了正伸出双手要抱外孙的母亲。父亲一旁祝贺着，将鲜花递给了女儿并拥抱、亲吻着她的额头。

安妮怀抱着外孙让加纳森看，说着："太可爱的宝贝，你看他的眼球是黑色的，皮肤和头发和我们的女儿一模一样。”

“哦，是的，我亲爱的，真是太奇妙的组合！”加纳森仔细地端详着外孙子的模样说。

安妮慈爱地看着自己的女儿说：“从现在开始，好好享受你做母亲的感受，那将是美好的时光！”

加纳森在一旁关心地问：“我想，我的女儿应该给小宝贝起了名字。请告诉我，我要怎样称呼我们的小绅士？”

戴瑞亚边将鲜花放在床头柜上，边愉快地说：“小绅士的名字还没有确定，就这两天会告诉你们。”

加纳森愉快地说：“那会令我们惊喜！”

戴瑞亚的笑脸闪耀着幸福的光色，突然想起来说：“哦，孩子的奶奶来看了他，还给他带来了这些。”说着就从床头柜的抽屉里取出了几个红绒布包，展示出一对足金的长命锁、小手镯和脚镯。

安妮和加纳森看着这份礼物微笑着，几乎异口同声地说：“非常漂亮！”

戴瑞亚关心地问母亲：“你们住在公寓还好吗？”

安妮微笑着说：“是的，一切都好！加纳森每天都陪我一起到公园散步，我们常在旁边的一家咖啡馆闲坐。也许，很快我就可以不用轮椅了。”

戴瑞亚关心地说：“希望一切都像从前一样！”

加纳森一旁愉快地说：“是的。”

安妮的脸上透着慈爱的微笑。

这些天来，周子轩对父母给孙子取名字的事严重不理解，心里很不愉快。好在他想儿子的中文名字在澳大利亚不会怎么用，戴瑞亚也许不会在意。

当他把回到父母家里坐月子的事情说给戴瑞亚时，她完全不接受。她不明白婆婆说的这些道理和危险，她告诉周子轩自己在孕期和哺乳期的图册里没有看到这些内容，不坐月子。她明确地告诉周子轩，不接受他父母影响他们独立生活，坚决不同意被控制。

周子轩不想让妻子刚生了孩子就生气，就顺口答应了，却愁在心里。

这天中午，周子轩为了戴瑞亚坐月子的事，来到了父母家。

欧阳雪看儿子没打电话就来了，喜出望外，以为车里带着出院的儿媳和大孙子。没想到，就儿子一人，她欢喜的心落了一半。她关心地问儿子吃午饭了吗。儿子说吃过了，只有一个半小时的时间就要回律师事务所。

他坐在了客厅沙发上，还没等母亲询问，就开门见山地小心说了起来戴瑞亚的决定，也表明了自己尊重她的意见。进而，他决定今天干脆把以后彻底不能回来常住告诉母亲，免得她总是挂在心上。同时，也会解除他和戴瑞亚的心理压力。

由此，周子轩一鼓作气地说："妈，我们已经看好了一处公寓，准备近期贷款买房，有属于自己的家。我知道您和爸都希望我们回到这个家里住。但是——这确实，不是健康家庭。"说到这里时，周子轩的脸色显得紧张。

在儿子的面前，欧阳雪脸上总是习惯地挂着笑容。此时，她维持微笑的脸上布满惊讶。

周子轩看了母亲一眼，进而说："在国外，父母和成年以后的子女基本不住在一起。除非，有特殊情况不得不住在一起。"

"哦，是吗？"欧阳雪仍维持着微笑，回应着。

"是的，妈。您知道戴瑞亚是外国人，她确实不能接受同住。我担心，一定要住在一起——会影响到，我和她的婚姻持续。"

"哦，是吗？"欧阳雪眼里透着事态的严重性。

"是的，妈！这是非常有可能出现的，即便我们已经有了孩子，戴瑞亚仍然会选择放弃不属于她生活方式的婚姻。"周子轩蹙着眉，紧咬了一下嘴唇，眼睛里仍透着坚定说，"妈，我和戴瑞亚尽可能选择在某一个周末回来住一晚，但是并不能保证会持续。我知道，您一个人生活也会孤单。我跟戴瑞亚商量了，如果给您买个小狗，它很快就会成为您最好的朋友……”

他不停地表述着，那不断开合的嘴，在母亲眼前跳动着。

这些出自儿子口中的信息，就像捆扎在一起的炸药，将欧阳雪最后的希望轰塌了。她顿感心跳加快，头晕目眩，心口隐痛，神志也显得有些恍惚了起来。

周子轩看母亲的脸色显得苍白，神色黯然，就关心地问是不是身体不舒服。母亲还没来得及回答，就斜倒在沙发上晕了过去。

当欧阳雪醒来的时候，已经是在医院的病床上。坐在床边的周子轩，一夜间满脸憔悴。

他看母亲醒来连忙问：“您感觉好一些了吗？昨天您可能太累了，突然晕倒。医生已经给您做了几项检查，结果很快就会出来。您应该没事，我觉得是需要休息。”他说这些的时候，明知主要原因是自己说了那么多刺激母亲的话造成的，由此面色带着自责。

欧阳雪看儿子守在身边，还是由衷地高兴，淡淡地微笑着说：“我没事儿，一会就回家，你还要照顾戴瑞亚和孩子。”

“她和孩子一切都好，您放心！”周子轩说。

就在这时，医生走了进来。他向欧阳雪关心地询问了几句话后，就请周子轩到他的办公室去一下。

医生办公室，周子轩看到医生将母亲的CT头片放在了光驱。周子轩的心紧缩着，他预感一定是有问题，不然不会这么认真地看CT片子。

半个小时后，周子轩心情沉重地走出医生办公室。他突然显得不知所措地走到卫生间，手扶着洗手池子哭了起来。

医生的话回荡在他的耳边：“你的母亲得的是恶性胶质脑瘤，这个肿瘤切除干净不久还会有再长出的可能，也就是复发肿瘤。但是，也有切除后不迅速复发生长的病人。这个病情恶化期一般在两三年内，也有的更快。我会尽快将病情和治疗安排如实地告诉病人，如果病人同意，我们尽快安排术前检查并签署手术同意书。”

医生这些看似寻常的话，在周子轩的听觉里成为极端刺耳和不可接受的判决。他此时神经极为脆弱，思维显得混乱。他无法相信从天而降的厄运竟然落在了母亲身上。

周子轩抹去泪水，清洗了脸走出卫生间。当他走到母亲的病房窗口，看到医生正跟母亲说话，应该是在说病情。

医生的身体挡住了躺在床上母亲的脸，使他无法看到母亲的情绪。数分钟后，医生走出病房，向他示意地走开了。

周子轩走进病房看向母亲的那一刻，母亲脸上竟然挂着淡淡的微笑，好像一切都没有发生似的。只是在她看到儿子后，眼角缓缓地落下一条泪水，另外一条泪水越过她的鼻梁也侧流了下来，跌落在洁白的枕头上。

周子轩看到母亲滑落的眼泪，他确定医生已经将病情告诉了母亲。他生怕再刺激到母亲，强忍心痛，努力微笑着轻问：“您一切都好吗？”

母亲爱怜地望着儿子，轻轻地扬起了微颤的嘴角，两条眼泪不断地流淌。她颤抖着声音哽咽着说：“都好。”

周子轩再也控制不住地坐在母亲的床边，双手捂在了脸上哭出了声。

母亲轻轻地抚摸着儿子的手臂安慰着他，并哽咽地说：“妈没事儿，一切都会好的。”

“妈，怎么会这样？”周子轩哭着闷声地说。

欧阳雪尽力控制着激动的情绪，说：“妈认真治疗会好的，你不要难过。妈买了健康保险，可以在世界很多国家使用。我们国家的医疗水平也很高，但是妈愿意在这里接受全程治疗，我会在手术同意书上签字。你需要跟保险公司联系一下，关于赔付的事情。”

儿子抽泣不止，母亲落泪安慰着他。

儿子希望母亲等父亲来到后，再做最后确认。母亲却坚持这个决定，他觉得母亲可能是治病心切，做出眼下的决定，也就没再说什么。

在欧阳雪的心里早已经确定，这辈子就是死也要跟儿子在同一块土地上。

离开医院的周子轩，将母亲的病情打电话告诉了父亲。

电话那头正独自在办公室的周闵震惊了，如晴天霹雳向他劈头盖脸而来，又如同接到了死亡通知书。他不敢相信地面对着儿子的叙述，他撕心裂肺，眼泪早已在不知不觉中横流满面。他决定立即飞往澳大利亚阿德莱德，见到自己宠爱至今的妻子欧阳雪。

挂了儿子的国际电话，他闷声痛哭着。他脑子里全是妻子望着他，期盼的神情。他没有足够的勇气跟妻子打电话或微信，怕这令人崩溃的情绪会给妻子带来更大的刺激。

随即，他抹去满脸的泪水，拨通了二妹妹周淼的电话。他不得不把这个坏消息告诉了她，强调着她必须在自己离京的这些天关照一下父母，还嘱咐不要将这个消息告诉两位老人。

二妹妹满脸震惊地答应着。

至于大妹妹周遥，周闵已经很久没再跟她联系了。他对她的所作所为忍无可忍，到了眼不见心不烦的地步。

挂了妹妹的电话，他就在手机上订购了第二天飞往澳大利亚阿德莱德的机票，并向公司请了假。他跟曼丽也打了电话，说明欧阳雪的病情，可能要有一段时间不能回来。

曼丽听到这个消息同样震惊，她没有想到上天会这样安排周闵妻子的命运。她心想：难道上天一定要实现我和周闵终究成为夫妻的可能？无论怎样，我要借此表示对他妻子的关心。电话挂断后，她用手机支付宝向周闵转款十万元。

周闵看到了支付宝上曼丽的转款，又想到妻子的病情、家里的事，再加上海外贷款的高利息。他决定先暂时收下作为备用，事后再归还给曼丽。为此，他微信感谢曼丽并说事后还款。

曼丽回复：不用谢、不用还，这是我的一点心意。

周闵回复：感谢！事后必还。

周闵说还钱归还钱，从心里还是很感谢曼丽慷慨解囊。在曼丽的心里，无论周闵怎么说还钱，她诚恳的心意是充分表达了。

阿德莱德医院。

欧阳雪在手术同意书上签了字，手术时间定在下周一早晨第一台，这几天是手术前的各项检查。

她在琳达打来的电话里说了自己的病和幸亏在永居身份取得之前买了健康保险大病高额赔付，儿子会跟保险公司联系。琳达惊愕不已，尽管保险公司会对她高额赔付，可是恶性肿瘤却是她的不幸。琳达很快来到了医院看望并安慰欧阳雪，她认真地列举了在这里有几个得了癌症的朋友，很多年过去了，他们竟然都活得好好的……

欧阳雪很感谢琳达说了这么多安慰她的话，也相信她说的是真实情况。她希望奇迹同样能发生在自己身上，可是毕竟得的是癌症。

第七卷

第二十五章
自己的家

周子轩没有将母亲的病症告诉正在哺乳期的妻子戴瑞亚，却告诉了戴瑞亚的父亲。他嘱咐他们不要跟戴瑞亚提起，至少等到三个月哺乳期以后再说，以免她的情绪受到影响。

加纳森同意，并对他患癌症的母亲万般同情。他说会跟安妮到医院看望他的母亲。周子轩说会安排在母亲手术以后，加纳森表示同意。

自从周子轩结婚以来，在他们小两口的参与中，欧阳雪夫妇和亲家在外面只吃过一次饭。两亲家由于语言障碍，来往难免受到了限制，除非周子轩在场翻译。另外，再加上周闵又常在中国。

周子轩的这门婚事在异国简办，令欧阳雪想起来就心痛。她总会跟周闵说起儿子终身大事就这样匆匆了事，在中国也没有补办。尽管周闵不断宽慰她，这是儿子的选择，不是父母办不到。可是，欧阳雪仍认为事与愿违，而带来终生的遗憾。

戴瑞亚的父母每当说起女儿的婚事和拥有优秀的女婿，就感到幸福和美好。加纳森夫妇对于跟周子轩的父母来往，也确实因安妮的行动不便和语言障碍造成困难。现在欧阳雪患了癌症，这让他们感到难以言表的伤感。

这天上午，满脸疲惫、胡子拉碴的周闵，出现在妻子欧阳雪面前。随即，他们抱在一起痛哭了起来。二十多年的婚姻，伴着他们奔流的泪水宣泄着深情似海的感情。爱和不舍，都在他们流不尽的泪水里。

陪父亲来的周子轩，看着相拥流泪的父母，他心里有着难言之痛。

这些天来，周子轩往返于医院和律师事务所之间，回到家虽强颜欢笑，却已是身心疲惫。不知情的戴瑞亚未曾察觉，享受着喜得爱子的哺乳期。

他们已给儿子起了英文名字：安格斯。

戴瑞亚非常喜欢这个名字，正如这个名字一样，儿子安格斯在他们的心里是独一无二。她一天到晚地望着宝贝儿子，喜爱地叫着他安格斯。儿子好似听懂似的，迎合着妈妈咕叽着小嘴儿。

周子轩没因母亲得病而改变他和戴瑞亚贷款买房的计划。他签署了购房合同，三个月后交割房子，搬进属于他们自己的小家。

靠自己的工作，赢得购置房产的贷款，是周子轩真正走向独立生活的开始。妻子和儿子的存在，强化着他对家庭的责任与义务。

在欧阳雪看来，儿子贷款购买自己的小家，就如同从母亲脐带上切断连接的婴儿，彻底成为两个独立体。实际上，在周子轩和戴瑞亚的心里，从结婚的那一刻就已经跟父母划分开了，他们有着各自的生活和人生。

欧阳雪夫妇和爱子周子轩澳大利亚的团圆梦，在儿子、儿媳的眼里就是一个不可思议的错误。

周子轩长期以来跟母亲兜着圈子，又在母亲不断的期盼中不断表露自己的真实想法。特别是在母亲晕倒当天，他的话语直接通透。母亲癌症确诊，固然是他不能接受的，但是并未因此动摇他独立生活的决定。他认定的生活方式，就像是完成自己的人生坐标，誓不回头。

往下的生活，将伴随着欧阳雪的癌症并行着。

周子轩唯独的心愿，是在不伤及母亲身体的情况下，尽量使父母彻底接受他独自生活的事实。父亲的强硬态度对他是一个很难攻克的难题，但是他坚定不移地要用自己认为的正确人生理念去影响他们。

手术前，欧阳雪一头秀发全部被剃掉，她以最坦然的心态面对死神的挑战。周闵百般爱怜地守护在她身边，他不因眼前妻子的外貌变化而有一丝嫌弃。面对守候身边的丈夫，她眼睛里满是感动和来世再做夫妻的认定。

手术那天。

她被推进手术室，眼前全是金发碧眼的外国医生和护士。因语言障碍，她向戴着口罩的蓝眼睛们回应着最诚挚的微笑，仅此而已。

女麻醉师娴熟地将面罩轻扣在她的口鼻上，面罩里的风吹卷起无数颗粒粉尘，使得她在咳嗽间顿感好累好累，如释重负地深睡了。

病房。

周闵和儿子周子轩忐忑不安地等候着。

周闵时不时地用不满意的眼光扫向高大帅气、独立生活的儿子，不得不压制着内心的怨气。他知道今天虽说有难得的时间跟儿子独处，但是显然不是涉及怨恨话题的时候。在医院打闹的后果，不是被医院请出去，就是儿子愤愤离开。这些结果，对于几乎没有英语能力的他没有一丝好处。

他和儿子截然不同的人生理念，如同两个世界的人。在他们看似和谐的面前，却横着一堵难以跨越，又无法推倒的高墙。

此时的周闵除了跟儿子说些手术的事情，就是在两人之间寻找着和谐的话题。他不是问到大孙子，就是戴瑞亚的父母和他律师事务所的工作。

他在儿子的叙述中，得知戴瑞亚父母现在的生活情况，嘱咐儿子要多去看望他们。儿子说自己家里的事多工作又忙，电话联系倒是有。

他心存不满地强调儿子要常去看望老人，不仅仅有电话联系。如果能在周末或假期时，跟老人们一起游玩，或小住几日那就更好了。

听到这些，周子轩眉宇间已有些不耐烦，但还是勉强点头应和着。他明知在医院父亲不好发火，正好借此再疏通一下彼此不同的生活理念。

他鼓足了勇气，旁敲侧击地小心说：“戴瑞亚的父母很会安排自己的生活，不需要我们操心。他们正在面对着他们人生的又一个阶段，卖掉了原有的住房，住进了现在买的公寓，以后会再卖掉公寓，住进养老院。”

周闵听着儿子这些刺耳的话，他那张极力维持和谐的脸上，显出怪异的神色，紧锁的眉心间聚集着难以散开的怒火。他努力使自己保持平静地说："好，我今天倒要好好听听你的心里话，我们爷俩有今天这个难得的机会，面对面地坐在这里。"

周子轩看父亲诚意要听他的心里话，就给自己鼓了鼓勇气，轻声地接着说："其实，在这里老年的生活，真是自己人生中很正常的又一个阶段，不应该是萎缩、可怜和没有依靠的样子。其实，当儿女成年以后有自己的生活，老人跟儿女生活在一起的家庭是不健康的。如果你们以后取得了澳大利亚永居身份，就能像戴瑞亚的父母一样安排好自己的生活。那时就可以享受澳大利亚政府福利，除了没有选举权，其他的福利享用都跟澳大利亚公民一样。如果以后你们想入澳大利亚国籍也是可以的。"

周闵怒火中烧，脸上却坚持淡笑着，"哦"，并继续倾听。

周子轩看父亲还有接受继续听的意思，认为父母确实太需要多了解一下澳大利亚的养老福利和换换思想了。由此，他认真地说："其实，在澳大利亚越没有收入、贫穷的人，福利就越高。你们在这里的财产应该属于中等以上，以后可以卖掉名下的房产，作为入住养老院的押金。政府福利会在押金中，按财产比例补贴。你们最终没有消耗的财产，将作为身后遗产。"

他像传播科普知识一样跟父亲阐述着以上内容，并强调可以在这里的中文网站搜索澳大利亚养老待遇的相关信息。话语间，他显得格外有耐心和无比的责任感。

周闵像了解新大陆一样地听着，可是心里的滋味却极其不好受。心想：臭小子这么详细地跟老子说这些，分明是想一推干净。——真是令人心寒啊！

他生冷的脸上，没有一丝未来能享用澳大利亚政府福利的欣喜。他那双浓眉下的大眼，透着寒凉，却一忍再忍地努力保持冷静，强做微笑地倾听。

周子轩看父亲难得有耐心，竟然一直没发火，就接着小心地说："养育和陪伴儿子安格斯的成长，是我与戴瑞亚的责任和生活内容，也是一份美好体验，我们不能分割出去这份美好。这也是外国人普遍的生活理念，希望爸妈能够接受和理解，适应面对各自的生活……”

儿子的这些轻声话语，却像是一块块坚冰，在周闵原本就凉到底的心口撞击着。

他心痛不已，不由得心疼和担心妻子，又将怎样面对和接受儿子所说的这一切，暗想：不能全依着在国外学了几年法律的儿子咬文嚼字地讲大道理，自顾自地过他的小日子。没想到，在国外生活了十几年的臭小子就不认爹娘了？外国人难道都是他这样只顾过自己小日子的冷血之人？人心肉长，我还就不信了！

就这样，爷俩你说你的，我想我的，转眼时间过去了几个小时。

当欧阳雪醒来时，已在术后监护室。

她身上的薄被，还持续着刚从保温柜取出时的温暖。医院里有温暖的被子，是她刚来澳大利亚时就听朋友说到的，今天自己切身地感受到了这份温暖。

她的手术非常顺利，之后没有任何疼痛，好像什么都未曾发生过一样，只是她那光光圆圆的头上包了层层的纱布。她好像足足地补了欠了大半生的觉，从未有过的轻松。

病房内。

周闵一忍再忍，他几度想对儿子发火。

此时，他紧蹙着眉，那双满是复杂神情的大眼睛，不由得看手机时间，极不耐烦地说：“你妈也该手术结束了吧？我们就一定在这儿等着，不能去手术室外面等吗？”

周子轩看了看手腕上的表，也觉得时间差不多了。他耐心地跟父亲说：“爸，这里的手术室是跟病房连接在一个楼层。我们不能在楼道里或手术室外等待，只能在病房。”

周闵不耐烦地说：“你只管溜达着走过去看看还能怎么样？——或是

去问一下！”

周子轩非常坚决地说：“不行，不可以到处走，别人除了制止我，就不会是高兴回答我。”

周闵着急地说：“我要是英语好，这会儿就走出去看看！”

周子轩立即双手往下，示意父亲要小声些，随即又说：“爸，真的不可以，这是规定。”

周闵已是满面不悦，刚要继续强调儿子出去看看，门外护士推着躺在移动病床上的欧阳雪走了进来。

周闵看到头上包着纱布醒来的妻子，他两眼顿时发酸，一股热泪涌满眼眶。他昏花着泪眼立即迎了上去，一把握住了妻子温热纤弱的手，两颗眼泪滴落了下来。欧阳雪紧握着丈夫的手，眼圈见红却表现出微笑的神情，传递给丈夫一切都好。

护士边推着床，边跟周子轩英文交流术后的注意事项。而后，她将推着的床停放在了有着浅蓝色隔布帘内的位置上。

欧阳雪连续住院的这些天，一日三餐由医院营养搭配着，周闵感叹：“条件不错！”

欧阳雪说：“如果是永居身份除了医疗全免，还免费饮食。不过我买了医疗保险，可以赔付三十万澳元。”

周闵心疼地望着妻子说：“就是没有保险，没有政府免费医疗福利，我就是卖房子、卖血，也要给你治病。”

欧阳雪感动的眼眸里映着真情的丈夫。

从医院回到家里的欧阳雪，除了有丈夫每天精心照顾，还要定期到医院治疗。她虽说身体底子好，但化疗的确消耗掉了她太多的自身免疫力，身体显得虚弱。

住院期间，戴瑞亚的父母去医院看望了欧阳雪。在她回到家里以后，他们要再来看望。欧阳雪表示感谢，说到安妮的双膝还不能彻底脱离轮椅，不好总让她走动，加上自己也要总去医院做化疗，等以后择时再见为好。周子轩在两家人之间翻译，传递着彼此关爱的信息。

周闵自打来了澳大利亚，因妻子患病，暂瞒儿媳，还没有看到大孙子。他一边不满意儿子不回来，一边安慰自己等大孙子“百天”的时候好好庆祝。为此，他和妻子商量，大孙子“百天酒”根据妻子的身体情况，在阿德莱德唐人街海鲜酒楼订上几桌。欧阳雪赞同丈夫摆“百天酒”的想法，她说自己的身体应该没有问题，就是要买一个假发戴上。

他们电话里把这个想法告诉了儿子。

儿子和戴瑞亚商量后，决定两家人一起吃个饭就可以了，不必要大摆宴席。

周闵和欧阳雪心存不满，又不得不接受儿子和儿媳的意见。如果在国内那一定宾客满堂，但是，在这边，儿子不请人来，他们的华人朋友寥寥无几，这酒席想大摆都没得摆。他们越来越感觉在儿子面前已经没有主动权，而越发地显得自讨没趣的事不断出现。

周闵看着家里儿子的婚房被妻子布置得那么温馨，大孙子的生活物品也填满了空间。他心里难受的滋味，像是往鼻子和嘴里灌了辣椒水。他心里默默决定：大孙子“百天酒”后，带妻子回中国。

周子轩一家三口住进了贷款购买的小家。

欧阳雪和周闵只能无奈地祝贺和无尽的伤感。只有一件值得从心里高兴的事，是他们取得了澳大利亚永居申请的批准。

这个批准预示着作为主申请人的欧阳雪，从这一刻起就可以长期生活在澳大利亚直到取得永居身份。这个突来的喜讯，又在突如其来的癌症面前裂变成不幸，她觉得留住生命比留住幸福生活更难。

他们夫妻相依的每一个夜晚，都在默默地流泪。好像两个深陷黑洞，看不到天日的人。

欧阳雪没有将病情告诉经常微信的麦小青和回到北京的叶子。

叶子在公司听到了周闵和媒体公司老板曼丽关系亲密的一些传言，还没有想好是否要告诉欧阳姐，她想核实清楚再说也不迟。

回到齐齐哈尔父母家的麦小青，一边迎合着父母不停地约见相亲，一边跟澳大利亚阿德莱德的男友保持着联系。她微信跟欧阳雪透露，这个男友不接受父母同住在一起。

她说："如果真要是跟这个男友结婚，就单独把父母办理到阿德莱德，用康立伟赔付的钱给父母买个小房子。"

欧阳雪保持过去的态度，微信语音强调：不一定要移居，你的钱加上父母的财产在齐齐哈尔生活还算不错。如果拿到国外，不一定就能过上富裕的生活。不如就在中国跟父母稳定地生活在一起，不折腾为好。她还说自己如果不是独子在国外，也不会出国，在国内生活很方便。

麦小青觉得欧阳姐说的有道理，微信语音回复：我至今还没有在家乡找到如意的男友，也许是自己的眼界太高。现在自己放下了很多要求，只要人健健康康就可以接受。另外，我父母身体都不太好，男友必须接受婚后跟我爸妈同住。

欧阳雪回复微信语音：顾及父母是没错，但是注意不要显得态度生硬。还有，毕竟你已经年近四十岁，要再放下一些条件要求，看上去差不多就行了。

麦小青低沉着声音微信语音：差不多条件的，至今都没有遇到。我一看到父母，就有心理压力。——时间过得怎么这么快！

麦小青身处齐齐哈尔市，这把年龄的她，择男友的事迫在眉睫。

这次因欧阳雪手术，周闵来澳大利亚的时间是最长的一次。

北京家里的父母未免担心和多想着，他们不断地跟护工唠叨，并向偶尔来看他们的小女儿打听儿子家的情况。小女儿周淼请他们放心，因哥嫂有了大孙子，要在澳大利亚多住一段时间，春节前就会回来。

其间，周遥没有去看过父母。

自从周再兴偏瘫以后，河北老家村委会和乐班的大徒弟代表徒弟们电话问候，都是老太太接听传话给老头子。每逢过节、过年，大徒弟会发手机短信问候师傅周再兴。大徒弟是周再兴多年前选定的，是他去世之后道教音乐文化的传承人，肩负着将传世经书等保存和技艺传承下去的责任。

他从心里惦念着老家那块土地上的人和事，因病突然放下了那片锣鼓喧嚣的村落，心里百般无奈。有时候陷入深深回忆的他，那苍老褶皱的眼角渗着泪。

老伴儿牛素珍看在眼里，心疼老头子在心里，就会安慰他几句。

周再兴知道，自己偏瘫是恢复不过来了。每到冬季的这个季节，他的心都会回到村庄和周边的几个邻村的百姓生活里。他无奈再也不能引领道乐班，为村民们的婚葬嫁娶、祈福消灾做道教音乐仪式。

农村，每年临近春节，留守的老人们最高兴的是和回来的子女们团团圆圆地过大年，还有就是“打醮”仪式。

过了年，年轻人们又都带着孩子走出家乡，外出打工去了。老人们开始新一年的那点儿农活和孤独的生活。

去世了老伴儿的老人，晚年生活更是孤孤零零，基本不会再找新的伴侣。有病了，走得动、脑子还清楚的老人，就到村里卫生所开点儿药，如果复杂的病就只能等儿女们回来再说。

赶上条件好的家庭，如果老人不是急病，会花点钱将老人送到县城里的养老院。

周再兴和牛素珍有孝顺的儿子和儿媳妇，他们感到无比欣慰。牛素珍时常地跟老头子念叨，这是他们上辈子修来的福。每当这时，周再兴总会面色凝重，连连点头认可着。

这个春节，周再兴希望远在澳大利亚的一家人都能回到北京，他们看看自己的重孙。他的这个想法，在周闵去澳大利亚的那一刻已经表明。可是，当时周闵要去面对即将手术的妻子，他表面答应着父亲，心里却吃不准是否可以如父亲所愿。

周再兴和牛素珍从心底盼望着见到重孙子，他们觉得自己年岁大了，早见为好。

周末，周子轩终于带着妻子和儿子回到父母家住了一晚。

周闵这才第一次亲眼看到自己的大孙子，当看到大孙子就是外国人长相时还有些不太适应。他极力地在这个洋娃娃的脸上，搜寻着周家的影子。

一旁戴着中短卷假发的妻子欧阳雪提示他，洋孙子的眼睛是黑色的，神情很像儿子小时候。

周闵这才突然发现，在洋娃娃眼眶里的黑色眸子，寻到了与自己血脉相融的联系。他喜悦地在洋娃娃孙子肉乎乎的白脸蛋上使劲地亲了几下，“周叠鸣，我是爷爷、我是爷爷。”他对着洋娃娃的黑色眼眸说，“你看，我身边是你的奶奶——”

欧阳雪满脸喜悦地从丈夫手里接过来大孙子，说：“叠鸣，来宝贝，奶奶抱抱。”说着就在安格斯的另一侧胖脸蛋儿上亲了又亲，随即又用手轻轻地左右抹擦着他们刚亲过的部位。

戴瑞亚虽然听不懂他们在说什么，但沉浸在他们的喜悦中。

周子轩默默地接受着儿子被爷爷奶奶称呼的中文名字，脸上的微笑中夹杂着复杂的神情。

戴瑞亚很快发现了欧阳雪的头上戴的是假发。她原本以为婆婆是为了追求时尚，但是在婆婆的发髻处看到是被剃光的样子，她的神情也显得惊讶起来。

此时，周闵跟儿子提到春节一起回北京的想法。

周子轩心里也希望会是这样，但是从他的神情上却看到了困惑，并将父亲的话翻译给妻子戴瑞亚。

戴瑞亚说：“这是一个不错的想法，但是孩子太小了，也许一年以后会是更好的选择。”

周子轩同样将戴瑞亚的话翻译给父母。

父母早已料到他们不会同意这个时候带大孙子回去，但是又要为安格斯的祖爷爷争取一下。

周闵强调地跟儿子说：“你爷爷奶奶年纪大了，他们想尽早见到重孙子，也应该理解他们的心情。”

周子轩立即说："我想，等你们回北京后，我们跟爷爷奶奶微信视频可以吗？"

周闵的眉头紧蹙了一下，勉强答应着。欧阳雪一旁默不作声。

当戴瑞亚从周子轩那里得知婆婆患了癌症，她非常震惊。周子轩安慰她说正在全面治疗，希望母亲的生命会延续得更长久。

短暂的家庭相聚带给欧阳雪和周闵家庭的完整感，又在与儿子一家分别后心情跌落着。

这晚，借着月光说炕头话的周闵和欧阳雪相依在一起。

夜色中，周闵体会着平日里妻子独守空宅的孤单和之前听她总说到的恐惧。他爱怜地望着妻子，不由得将揽在她臂膀下的手臂往怀里收紧着。

他跟妻子说春节一起回北京，其实在他的心里是想让妻子跟他彻底回去。欧阳雪仰着下巴望着月色下丈夫仍英俊的脸，手轻轻地抚摸着他的下巴，好似回到了他们相恋的时光。

他们曾经对美好生活的憧憬和努力，使得他们在北京成家立业，如今又在澳大利亚安置了新家。从儿子出生，转眼走过了二十多年。他们一心供养儿子成长和学业，工作虽说辛苦，但是还算顺利。

岁月不饶人，借着月光两人看似年轻的轮廓，成为往日的一个剪影。

眼下，欧阳雪同意丈夫的意见回去过春节。她心里很清楚自己在人世间的时光已走进生命的倒计时，跟国内的亲人们相聚尤其珍贵。但是，儿子和孙子，又是她无法割舍于海外的至亲。

她依偎着丈夫轻声地说："春节后我还是要尽快回到澳大利亚，因为后期还有治疗。"

丈夫明知她是放不下儿子，更不要说让她选择彻底回国生活。他应允着妻子的神色里，隐含着无尽的担忧。他纠结的心又在撕扯，自己的父母尚在，怎能解决跟妻子的两地分居。

周闵神情恍惚间，映现出他把父母送进养老院的画面：

父亲黯然的神情，无语间显得冷漠。母亲微笑的眼睛里，竟然布满了泪水。他们好似是被遗弃的两个老人，成了养老院里一个个老残、暮年老人中的一对。

此时，他的另一个自己站出来，指着他的脸，仇视着谴责："你真是有了儿孙忘了爹娘！"

大妹妹冷眼看着他，小妹妹赞成他，伸出来大拇哥。

曼丽笑着出现在他们之间，不时地说："我做养老专题，就是为了将养老新观念加大推广，老人们走进养老院……"

周闵像是墙头的草，随风东倒西歪。他身体里站出来的自己，却势不两立地跟自己横眉冷对，而后还是被自己一拳打倒。他近似疯狂地推开了向他迎来的一张张嬉笑、恶怒的脸。

"周闵，你说，见了爸妈和两个妹妹家的人，被他们发现我头上是假发，会不会引起怀疑？"欧阳雪突然地问。

妻子的问话将周闵从恍惚游历间拽了回来。他神情不安地一边怪自己怎么会想那么多乱七八糟的事，一边回答着妻子："哦，你的病情，我已经告诉了小妹妹，其他人不知道。爸妈年纪大了，眼睛昏花，估计见到你也看不出来有什么变化。"

"如果爸妈看出来了，我就说——"欧阳雪一时想不出往下怎么说。她知道家人一旦发现自己是光头，也许就会想到做化疗。

周闵尽力稳定着神情，爱怜地望着妻子深叹着，又将她往怀里搂了搂。

欧阳雪突然想起来地说："我觉得现在不回去过春节，而是等到头发长出来以后再回去为好，以免爸妈发现问题为我担心。"

周闵的眼睛里已经挤满了泪水，在月光下闪动着，随即滑落下来。他为有这样的好媳妇感动，又为从天而降的不幸感到痛心。

敏感的欧阳雪看到落泪的丈夫，她的眼泪也随即夺眶而出。她是多么舍不得世上的亲人，不愿相信上天会这样安排自己的命运。

她想：难道是自己思念儿子长期郁郁寡欢所致？这也许就是中医朋友所说的要保持身心健康的缘故，若心不舒，气不通，经络不畅就会造成瘀堵而产生顽疾。

她知道自己走不出对儿子缺失母爱，亏欠儿子的魔咒。

儿子好像在一夜间长大成人，不再需要这个迎上门来的母爱，确实让她遗憾终生。也许，就是这份遗憾和再也追不上儿子这个断了线远飞的风筝，将最终把她彻底击垮。

此时，她的眼泪已不能自制地倾泻，竟然抽泣了起来。周闵再也自制不住内心极度的刺痛，悲痛地紧搂着妻子哭出了声。

这一夜，他们好似陷入了生死离别，哭着、聊着，又哭着、又聊着，直到天色渐亮。两人一夜未眠的脸庞和哭肿的双眼，在光线的变化中越来越清晰地浮现着。

周闵陪妻子化疗的这段时间，安妮摆脱了轮椅，但是仍不能多走。加纳森和安妮在周子轩的陪同下，来看望了欧阳雪。

见到欧阳雪的安妮说："我会在不久恢复自如行走，希望我们的病从来没有发生过。"

加纳森一旁认真地说："你们突然出现的病，一定是上帝开了一个玩笑。如果把这个病忘记，很快就会好起来。如同我，在很多年前患上了皮肤癌，做过将近十次小手术，却一直很正常地生活着。"

周子轩边为加纳森是一个癌症患者震惊着，边翻译着他的话。

欧阳雪和周闵不敢相信儿子翻译出来的内容，原来加纳森也有癌症，他们的眼睛里混合着同情和惊讶。

加纳森接着又说："我的秘诀就是忘记癌症。忘记这个起初向我们突然走来，不怀好意的家伙！现在，它已经跟我成了和平相处的朋友。"

加纳森这个幽默的说法，使欧阳雪和周闵暖心地笑了。

安妮和加纳森用极为阳光的心态面对生命中的厄运和不可回避的苍老，欧阳雪夫妇很欣赏他们的这种乐观精神。因为加纳森的乐观，他们没能有机会安慰他。但是，在欧阳雪和周闵的心里，根除癌症这个事实却不是件容易的事。他们心照不宣地认为，癌症对每一个人应该都是潜在的魔鬼和恐惧。他们为加纳森这位看着像正常人一样活着的人，而感到钦佩。

第二十六章
陪伴

曼丽跟周闵酒后一夜寻欢，意外有了身孕。

她明知这一定是周闵的孩子，跟曹俊每次寻欢都有安全措施。她为自己这个年龄竟然怀上孩子，而且是周闵的孩子喜出望外。她现在最重要的事是立刻、彻底打发掉贴身“助理”曹俊，等周闵妻子病逝之后直接接替他妻子的位置。

她跟广州的一个老板朋友好言推荐曹俊为他开专车，最终如愿。她跟曹俊说自己的公司不景气，很难持续发工资，还有自己年龄大了对男女的事情也逐渐无趣。

曹俊有经济需要，没有工资又没有跟她亲密关系的持续，不走还等什么。涉世不深的曹俊便答应了，即将迎来广州老板的接纳。

轻易打发掉了曹俊，令捏了一把汗的曼丽彻底松了一口气。

目前她在北京的公司刚刚开始，大好前程还等着她和周闵一起去开垦、实现。她的家底和公司的作价，是心里不能破的底线。

她想：从现在开始靠周闵的人脉关系为公司吸纳资金，空手套白狼，只赚不赔还怕什么？

有心计的她并没有立即把怀孕的事告诉周闵，而是对他的父母开始介入照顾。

微信里，周闵对曼丽的殷勤不冷不热，但接受着她对自己父母的精心安排。在他的心里，曼丽是一个闯荡沿海城市的女人，走到今天很不简单。这个女人很有心计，是一个社会经验丰富的世故女人。欧阳雪这样表里如一，净如水晶的女人是周闵一生的最爱。即便是失去她，也不会选择向他示好的曼丽。

他想到这时，鼻子发酸，眼睛瞬间集满对妻子不舍的泪水。

他很清楚妻子离开自己和儿子的那一天，这个真正意义上的家也就完了。这不是妻离子散又是什么？中年丧妻，儿子又成了脱手的风筝、脱缰的马儿，自己注定孤寡终老。

妻子手术后与他枕边说的话总会回荡在他的脑海：现在就找块好的墓地买下来，我们未来葬在一起。我一直觉得这里的墓园美得像仙境，静静地睡在那里会很安详。我在那里等你把繁华走尽，我们在天堂团聚。

每想到这里，周闵潮湿的眼睛里闪现着寄托。

阿德莱德国际机场。

周闵爱怜地望着眼前的妻子说："过了年我再过来。"

"北京家里家外都是事——我这病又不是急症，我一时半会走不了。"欧阳雪说着，原本微笑的神情顿时显得酸楚，眼睛里一阵酸热，难舍丈夫一别在万里之外。

周闵瞬间泪水盈眶，他眉心紧蹙怀抱着妻子，嘴唇颤抖得说不出话来。

从机场回到家里的欧阳雪，面对空荡荡的家，好似丈夫的身影和话音还在，家里却只剩下她一人。

这晚，欧阳雪辗转难眠，窗外的雨声很大，窗户被风吹得哐哐响。恐惧又一次走来，渗入她的毛孔，钻进她的每一根神经，制造着更为恐惧的幻觉。

她干脆起身，打开卧室和客厅的台灯，甚至把楼上的小灯和台灯也都打开了。

雨水如注地顺着门窗淌泻。

她披着睡袍坐在了客厅的沙发上，望着墙壁上悬挂的钟表，在一针一针地摆动着，分秒间收取着她的生命。她实在寻不到如何实现加纳森说的将癌症忘记，更实现不了琳达说的那样，跟子女不再有情感寄托。

此时，她清楚地看到自己对生命的渴望，是对亲人的不舍离去。她靠在沙发上，轻轻地闭上了眼睛，脑海里翻滚着二十多年来的婚姻和跟儿子分多聚少的生活。

她的人生一路走来辛辛苦苦、匆匆忙忙，一家人充满别离和极其短暂相聚的喜悦。好在有一个宠爱自己的丈夫，这也算是人生路上最美好的相遇和相伴。只是最对不起缺失母爱的儿子，她死不瞑目。

窗外的雨水急促地扑打着，好似自己奔流不止的泪水要将这个家连同自己淹没。她心里默念：当时间没有了，一切也都没有了。此时，她伏在沙发上痛不欲生。她多么希望时光能够倒流，回到儿子成长时母子相依的岁月。

这天，周子轩给母亲打来了电话，再次提到给她买只小狗做伴。他说外国人很喜欢养小狗，小狗是家庭成员。

在欧阳雪眼里，外国人是很喜欢养狗，各式各样品种的小狗、大狗牵在手里。除了牵狗，就是推婴儿车的年轻人，很少见到牵着老人的手或推着轮椅上的老人散步的人们。

老人们相伴同行倒是处处可见。

她想：如果自己手里也牵上家庭成员宠物狗，岂不是对自己的一个讽刺。有老人在北京未能搀扶，有儿子和孙子没能携手，有丈夫的手也总不能相扣，怎么能牵着这条宠物链子悠闲自得？

为此，欧阳雪婉言拒绝了买来宠物狗充当这个家庭成员。

她未因大孙子的诞生而赢得家庭生活团聚，仅有的一丝希望也彻底破灭了。

她不断告诉自己，心里最后的底线：生死跟儿子在一块土地上。

当蓝花楹树开始跌落一片片有着小细齿、发了黄的叶子时，阿德莱德已走进秋冬季节。时间的流动，也随着欧阳雪新长出的头发茬儿一点点地延续着。

好友艾米、琳达，分别来探望她多次。

艾米还是精神抖擞地销售地产，在她的眼睛里总能看到不放弃的希望。尽管她一年也卖不出几套房产和几块地皮。做这个销售房地产中介而没有投资风险的职业，也是艾米移民到这里二十年来最好的选择。她最早做过小生意，却一样不成，赔了一多半家底。

目前一直单身的艾米，有一个女儿在国内跟着父亲生活，现在她已参加工作，而不选择国外发展。母女常年不在一起生活，女儿对母亲感情淡薄。艾米的父母多年前都已过世，除了女儿也没有太多牵挂。她余生不再选择回国生活，因面对亲朋好友好似走回头路。

她说："在澳大利亚饿不死人，老了没钱也能住进养老院。"

欧阳雪听她聊到这些，就会提醒她："你就一个孩子在中国，你又不肯回国，何不考虑再婚，相伴终老？"

艾米则说："相伴终老，是可望而不可即的理想。我现在倒是有不固定的外国男友，可惜却一直没有遇到可以再次结婚的男人。"

欧阳雪同样佩服她在澳大利亚独立生存的勇气，又对她母女天各一方的生活感到不可思议。在艾米的语气和神情里，体会得到她太多的无奈。比起艾米，她感觉自己同样是行走在独自空间里的人。眼前的婚姻生活和孩子，像一幅美丽而静止的画。

好友琳达活力不减地活在她暮年的炫彩里，在近期下午茶的家庭聊天中，她和欧阳雪聊的话题也更为深入。

琳达坚持说："活在当下，人不在于活得长短，而是珍惜眼下的幸福体验。即便是一个人，也要做最大的争取，获得自我营造的幸福。"

欧阳雪觉得她说的有道理。但是她心里追求的最大幸福，仍是一家人的亲情与陪伴，特别是在自己走进人生倒计时更为渴望。她不由得说："家人的陪伴，就是最大的幸福。"

琳达很清楚她说的家人包括子女，便爽快地说："是的，我承认，但是我对子女的陪伴不指望。因为很难如愿，只能想开点，给自己一个出路。”

“什么出路？”欧阳雪迷茫地说。

“跟自己的丈夫相伴，过自己的日子。儿女们随他们去好了，这点西方人确实很想得开。不指望，也就谈不上伤心，而是自己安排好自己，这也是西方国家养老院普遍被接受的原因。当然，自己有生活能力和伴侣在一起那是更好的生活，也是我现在正在追求的。养老院毕竟不是自己的家，人老了没有伴侣，也没有能力照顾自己，又不指望儿女，那只有选择养老院。有条件就住私立养老院，服务和生活条件都会好得多。你现在就应该跟丈夫在一起，回到国内过属于你们的生活。”琳达非常认定地说。

欧阳雪淡淡地微笑着，给她添加着茶水，轻叹着说：“我不指望儿女养老，只是希望一大家子人幸福地生活在一起。”

琳达笑了笑说：“人都是自私的，孩子长大了很难笼络在一起。”

欧阳雪淡笑着说：“我觉得中国的敬老传统，是改变自私的智慧。家庭的存在应该是亲情和陪伴，无论贫困还是富有。再者说，即便是老人需要照顾和赡养，那也是儿女们应该做的。”

“亲爱的，你说的是最美好的理想，可是现实生活已经不是这样。独生子女家庭，两家的老人也确实照顾不过来，还有时代发展的需求压力。不够老就自己多照顾自己，等行动不便时，去养老院才是最好的选择，也是时代的需要。”琳达吃着水果直言地说。

“忙碌和顾及不了，不应该是忘掉亲情和基本陪伴，我越来越发现子女早已把这些转换成各种理由。”欧阳雪坚持地说着心底的话。

琳达淡笑着说：“是的，亲爱的，这才是我说的问题，就是要自找生路，而不是指望子女。你不去伤心，伤心真的就不会属于你。就像现在，我和男友在寻求去养老院之前的幸福生活，我和他的这个年龄早已没有性生活的需要。我们彼此相爱，白天会去咖啡馆、餐馆、海边、山林，一些可以去的地方。夜晚，我和他躺在一起，体会着你所说的陪伴间的温暖。”

琳达说到这儿的时候，欧阳雪原本保持微笑的脸上隐隐浮现着难以掩盖的伤感。琳达便突然意识到自己的这些话刺激到了孤身一人生活的欧阳雪，顿感歉意。

她解释着说："我们再陪伴也是临时的，不知哪天合不来就散了。我和他毕竟不是夫妻，不一定会天长地久。"

欧阳雪勉为其难地微笑着，轻叹："——其实，又有什么比陪伴更重要的呢？好房子、完整的婚姻、儿女齐全，但是活在各自的空间里，这样的家庭又有什么意义？"

琳达仍为自己刚才不顾及欧阳雪心理感受的话而自责，怪自己大大咧咧说话顾前不顾后。尽管她不断地补充说欧阳雪是有福气的女人，有丈夫陪伴和优秀的儿子。但是，终究也没能将欧阳雪发自内心的幸福笑容唤起来。

琳达继续补充着说："我的这个男友，就好似饭后的一碟冰激凌，还不是甜个嘴，说化就化了。婚姻就像一碗白米饭，实实在在地填饱肚子。即便是夫妻不能总在一起，那也是连心带肉的联系。"

其实在琳达内心，为自己与男友难得的关系所庆幸，又为欧阳雪与丈夫感情稳定和敬老而赞叹。只有一点儿，她仍然不忘提醒欧阳雪生活好自己的每一天，不要把感情和生活寄托在儿女身上，不要做竹篮子打水的事。特别是提到她现在又患病，更不能为任何事去烦恼，不能自我精神折磨。

欧阳雪对琳达的关爱，更多是以无语的微笑来回应，心里仍然认为她和琳达是不同家庭情况的两个人。

周子轩的青少年成长期的母爱缺失，是欧阳雪此生难以抚平的伤痛和遗憾。在欧阳雪家楼上这一层属于儿子家庭的生活区域，是她随时迎接儿子回来的情感寄托。除了儿子和儿媳的房间，一间孙子的卧室和活动室，未来的第二个孙子或孙女的卧室也都布置出来了。

她已经不再总跟儿子电话里或是见面时提到让他们回来住的话题，而是随他们的意愿，回到这个为他们布置好的家里。

戴瑞亚对婆婆为他们布置齐全的家仍表面感谢，心里却极其不能接受。她总在周子轩面前不时地提起，并抱怨给她带来精神压力。周子轩宽慰她不要放在心上，这是他母亲的个人意愿，他们偶尔回去住一晚就只当是在度假了。对丈夫的说法，戴瑞亚仍强调必须尊重她的选择。其实在周子轩心里，同样有来自父母家庭的压力。

多少个夜晚，欧阳雪独坐在客厅的沙发里发呆，又在写字桌前轻轻敲打着电脑键盘倾泻感情。她把之前记录在本子上的日子，也逐篇敲打在了电脑文档里。翻动一篇篇的日子，好像回到了往昔时光里。那些字句中跳动着和幼子的欢乐、幸福，也有气恼，还有之后与儿子异国两地的无尽思念和自责。每每看到这些，她的心里百感交集。

加纳森和安妮每天都会在公寓楼下的社区公园散步，安妮是否能恢复到自如行走，还是个未知的希望。

这天，他们坐在公园的木长椅上晒太阳，安妮跟丈夫说："对不起，也许会在来年的春天，我的腿会完全康复，陪你去中国旅游。"

加纳森则安慰她说："哦，相信亲爱的会全部好起来。有你在身边，无论是在哪里，我都很满足、很幸福！"

安妮望着加纳森的眼睛里透着欣慰。加纳森揽过她的肩膀，在她布满皱纹的额头上亲吻着。

自从他们搬到公寓，女儿推着孩子和周子轩来过一两次。

这一两次见面，对安妮和加纳森来说是那么幸福。每次见面后，他们都会延续几天说起跟女儿一家人见面的话题。同时，他们为女儿正在品尝婚姻家庭的甜蜜，而感到幸福。

正如他们陪伴女儿成长的那些岁月，总会萦绕在他们的记忆里。那曾经的忙碌，对暮年的他们来说，原来是人生中最美好、珍贵的时光。

回到国内的周闵，很快进入工作。

曼丽公司的养老专题剪辑，已做到最大限度的改进。

样片里，周闵看到了一些乐观老人，表述养老院是个非常好的去处的画面。有的老人在一边展示自己的居住，一边开怀地说明这是自我安排的有尊严、体面的老年生活；还有的说自己的儿女都在国外生活，能有一个这样的去处应该是很好的选择；也有的说儿子每个月能支付数千元的养老费，自己就不用孤单地待在家里了。

当问到老人们，“想家或是想子女吗？”老人们的眼睛里隐现着泪光，满脸笑容间夹杂着太多隐藏在内心深处的难言，嘴上的回答基本是一致的：“能不想吗？”

周闵看到这时眼睛里闪现着泪花，心里透着难以言表的酸楚。他从心里希望镜头里的老人，能真正地幸福生活。

曼丽充分表述已经在片子里补充了很多内容，努力做到客观。她说这个专题片一定会受到观众的欢迎，希望通过此片解决家庭养老观念的问题，为老人们指明养老出路。

目前，此专题片已经进入发行阶段，曼丽对发行信心百倍。

但是，她却很难一下使周闵接受将父母送到养老院养老。目前对于周闵，还是先按家庭养老的方式顺应着他，继续帮助安排他的父母晚年的生活。

她的这个举动使得周闵的两个妹妹看在了眼里，高兴在心里。她们原本感到大嫂患癌症是大哥的家庭不幸，却又在曼丽这个风韵犹存的美女老板的挺身出现中悄然抚平。

大哥只是公司高管副总，却不是真正拿经济回报的老板。她们希望美女老板能在不久之日成为周家的大嫂，为周家做顶梁柱。

这天，两个妹妹约在了拉面馆，聊大哥和未来嫂子曼丽的事。

周遥边往嘴里吸溜着挑起来的热气腾腾的拉面，边跟对面坐着的妹妹说：“你说说那个曼丽的情况。”

“咱哥还真是艳福不浅，那天我去爸妈住的疗养院赶巧碰到了她。”周森满脸笑容地翻挑着拉面说，“她看着挺时尚，又漂亮。岁数看上去四十岁出头，一派成功女人的样子。原以为她只是来看爸妈的，后来才知道爸妈住的高档疗养院是她安排的，费用也都包了。姐，你说这不就是对大哥有意思的款姐吗？看她很热情，八成跟咱哥的关系也不一般。如果她是单身，说不定以后还真能成为周家的大嫂呢！”说着就将挑起的一筷子拉面，送进了擦着玫红唇膏的嘴里。

周遥边听妹妹这么表述着，边呼呼噜噜地连汤带水吃了半碗面，她面带淡笑地说：“但愿吧！虽说欧阳雪人不错，但得的是癌，怎么也活不了多久。咱哥要是真能再跟你说的款姐结合，那咱俩不就更省心了。我这一头儿还没给烦死，眼看儿子就要高考了，也不知道他会不会考上个三流的大学！”

“姐，别这么说韩冰，凭他的聪明劲儿应该考得上一流大学才是。你也别总说他，说多了逆反。”周淼边咀嚼着嘴里的面，边小心地说。

“哼，牛不喝水强按头也不是事儿！我命不好，嫁人没嫁好，儿子也不争气，学习成绩怎么也上不去。”周遥喝了一大口面汤，没好气儿地说，“好几次他饭后溜出去，在网吧打游戏，被我捉住好骂。给他零花钱就干那事儿去了，我不再给他钱，可是他奶奶偷着给。气得我在家里发了好多次火，可是怎么也阻止不了这个老太婆。她竟给我扒豁子，好像有意跟我较劲似的。”随即她又挑起了一筷子拉面塞进嘴里。

“我那公公和婆婆还不一样，他们只知道隔辈亲，有时候是多管闲事。不过姐也不要总发火，气坏了身体。”周淼边吃着面，边明显迎合着她的情绪说。

周遥将碗里最后一口面和汤水呼噜到嘴里，放下筷子打了个饱嗝，眼睛散神地说：“嗯，吃饱了。这家面馆的面确实不错，就是涨价不少。——唉，活一天算一天，看着哪儿都不痛快！你说那老太婆还挺能活，我真巴不得她哪天站起来一头栽死。说实话，我看见她就心烦，还有韩海个废物。好在现在出来个顶枪眼的款姐，但愿为咱爹娘养老送终。”

周淼基本也吃完了碗里的面，喝了碗底最后一口汤水，乐呵呵地说：“这个曼丽的出现，简直太神了。”

“是啊，不然，咱还不都成了苦哈哈的事儿了。不是要养老子，就是嫂子要死。”

姐俩的这碗面，因曼丽从天而降，畅快地吃完了。她们希望好景长远，微信和电话里及时跟进曼丽与大哥的关系进展。

欧阳雪仍然没有将病告诉国内的朋友，叶子和麦小青依旧是她微信里常联系的姐妹。

目前叶子的收入基本平掉了在北京的生活开支，却没有多余的寄给远在四川老家的父母。她在家里设佛堂为父母诵经，希望他们身体健康，就是有病也不要患上瘫残。

叶子除了努力工作，就是跟欧阳雪维持好关系。她给自己又一个重要任务就是秘密跟踪周闵，看他跟曼丽到底有没有男女关系。

麦小青在跟澳大利亚男友的微信拉扯中分歧越来越多，她对出国生活已不抱希望，基本决定就生活在父母身边了。父母对她的婚事，焦急到了惶惶不可终日的地步。她的母亲见到跟女儿年龄相近的男人，就会问人家结婚了吗？父亲的脸上看不到由衷的笑容，进而显得更为灰暗和苍老。希望女儿立刻结婚生子，老有所养，他们死也瞑目了。

前半生不缺爱情和追求者的麦小青，做梦都没有想到，现在自己竟然成了一个寻不到爱情的人。她眼前的一切都是那么现实，甚至是残缺的。她在所见的男人身上，仍看不到一丝成婚的希望。她甚至想到试管婴儿来完成父母对于自己老有所依的心愿，可是做到这一步却又那么难。试管婴儿，除了社会舆论压力，就是不知日后对孩子如何交代。

她母亲好友的女儿，在父母的催促下，婚后连续生了两个儿女。在朋友间串门时，麦小青和父母看到人家子孙满堂，在朋友的喜悦中品尝着自己的悲伤。

麦小青面对日出日落，心急如焚，仍找不到成婚生子的男人。

随着时间走过，曼丽肚子里的孩子也在一天天中游动、长大。她的衣着开始选择宽松的时尚款式，但是风采不减。

周闵仍不知曼丽怀孕的事情。

其间，周闵往返澳大利亚两次，小住十天。他每次都在尝试劝妻子跟他回国继续治疗和生活，却都被妻子一再拒绝。欧阳雪更担心一旦回去了，万一自己病情突然恶化，会留下不能跟儿子终究在一块土地上的遗憾。周闵看妻子态度坚决，也就不再勉强。

周闵的父母虽说有疗养院的阶段生活和回到家后的多项上门服务，但是他们还是一心想回老家。他们为儿子不能跟媳妇和孙子一家在一起生活而着急。

周闵仍坚持让父母住在北京，不放心他们回老家单独生活。因欧阳雪的病情，周闵公司同意他多次短期往返中澳。父母看他往返频繁，心里也算有些安慰。

曼丽每天都在苦思冥想，如何找到最佳时机将难掩日渐出怀的宝宝这个事实告诉周闵。让他不得不接受，这锅生米已经做成熟饭。

高考来临之际。

周遥的儿子韩冰面色蜡白，唇无血色，他几度眩晕地即将倒下。周遥气不过地疯狂辱骂。

周六一早，周遥家的门铃响了。

周遥拉着脸，嘴里嘟囔，“谁啊，一大早按我家门铃？”便打开了门。

门外，两名着正装的警察站在眼前。

周遥吓了一跳，不由得问：“有事吗？”

其中一个高个子警察礼貌地说：“您好！请问这是韩冰家吗？”

此时，韩海和奶奶也都走出了卧室。韩冰见门外站着两位警察，惊恐地往自己的卧室退着步子。

周遥满脸紧张地说：“这是韩冰家。”

高个子警官问：“请问您是他什么人？”

还没等周遥回答，走过来的韩海神色紧张，有担当地说：“警官好，我是韩冰的父亲，她是韩冰的母亲。”

高个子警官问：“请问韩冰在家吗？如果在，请你们跟他到我们派出所去一下，你们的儿子涉嫌吸毒。”

“什么？吸毒？不可能！”周遥惊慌失色地说，“你们一定搞错了，我儿子放了学就在家里学习，怎么可能？”

韩海惊恐、焦急地说：“是啊，警官，这是不可能的事，一定是搞错了。”

客厅里的奶奶，听警察说的话，头晕目眩地倒坐在地上。

韩海见状连忙过去搀扶母亲，急迫地说：“妈，您没事吧？身体哪不舒服，快告诉儿子！”

老太太紧闭着眼睛，微微地左右摆动着头，眼泪从她的眼角流下。

高个子警官严肃地说：“老太太如有身体不适可回房间休息，或有需要我们也可以帮助送往医院。”

小个子警官补充着说：“韩冰涉嫌吸毒并小剂量散播毒品，这是严重违法行为，必须跟我们一起去派出所。请你们配合，不然将强制执行。”

周遥一听着了急，冲着屋里大声喊叫：“韩冰，你个兔崽子给我出来！”

奶奶一口气没上来，便不省人事。

家里一阵慌乱，韩海一边喊母亲，一边从口袋里取出手机拨打急救电话。此时韩冰冲出房间，用头将母亲顶倒在地。他正要钻过警察身边，却被警察一把抓住。

老太太送到医院得到救治，已转入住院部。

韩冰被警察带走后拘留，等候法庭审理。

一夜间，韩海几乎满头白发。

多日来，他除了流泪，就是对周遥怨恨，向她提出了离婚。周遥哭喊着要分得一半韩海父母的房产，不然休想离婚。

韩海铁了心离婚，母亲健在，父母的房产不可能被周遥分得，为此他找离婚律师介入。

周闵和周淼得知韩冰的事以及韩海要跟周遥离婚的消息后，周闵对周遥却无心再多说一句话，只是提出无论怎样都不能将这两件事告诉偏瘫的父亲和年迈的母亲。周淼在周遥面前的劝说，可是，对她目前的家庭局面，已经没有实质作用。

韩海通过律师向周遥提出离婚前分居，限她近期搬出韩海父母的家。

周遥看韩海义断情绝，从哭闹痛骂儿子不争气，韩海毁了她的一生，到无奈面对丈夫的律师发出的一封封信函。

周遥很清楚她和韩海的银行账户没有什么存款，又很难分到不属于夫妻财产的住房。她突然感到，自己竟然已处在无路可走的境地。

妹妹周淼除了表示同情，也未能给她提供持续可住的地方和钱财。

周遥感到情形对自己非常严峻，万般无奈想到了曼丽。她根据周淼给的地址找到了曼丽的公司，在她面前哭诉自己的遭遇，并提出借钱。

曼丽正为怎样跟周闵下一步的实质关系而挖空心思，周遥的出现给了她一个使周闵再次欠下人情债的大好机会。

周遥顺利地在曼丽那里借到了意料之外的十万元，原本她也就是想借一两万元。曼丽不但借给她大笔资金，还帮她在单位附近租赁了套一室一厅的公寓。

这段时间，叶子开始隔三岔五地在下班后，去曼丽公司那栋写字楼的附近潜伏，观察她和周闵私下的动静。她托朋友帮着接孩子，事后她去朋友家接。她对欧阳雪的情义，也算是尽心尽力了。

第二十七章
不认不行

周闵和曼丽频繁地出现在写字楼下的咖啡馆、餐馆。

在他们附近潜伏的叶子，只能远远地窥视着，但不能得知他们之间的对话。她观察到他们的情绪，总是显得不稳定。其间，她甚至看到周闵在跟曼丽争吵后独自愤愤离去。她还看到靠在椅背上呆坐着的曼丽顶出圆圆的肚子。

叶子的脑子里交汇着员工们的闲言碎语，单身美女老板打发掉小鲜肉曹俊，怀上了周总的孩子之类的话。今天，她确实亲眼看到了曼丽顶起的圆肚子，但是孩子是否真是周闵的，还需要落实清楚。

这天，周闵气愤地拨通了周遥的电话，他失态地吼叫："你怎么能接受曼丽十万元借款，还有租赁的房子？"

周遥手持电话瞪着眼说："这是我跟她的事，跟你无关！"

周闵怒吼着说："这跟我一定有关！不然，曼丽不会借给你一分钱，更不会给你租房子住！"

周遥一时无语，又突然转言道："大哥，我嫂子毕竟得的是癌症，有曼丽这样一个成功女人做未来的嫂子应该是大哥的幸运。如果曼丽肚子里的孩子是大哥的骨肉，这就是天意的安排。"

"胡说！你嫂子就是死了我也不会娶曼丽，她肚子里的孩子还不知是谁的呢？你最好不要胡说八道！"周闵疯狂地说着，随即挂掉了电话。

他回忆那天晚上和曼丽同床梦境般的画面，联想着可能出现的这个孩子。但是，他不敢相信，仅仅一次，曼丽竟然可以怀上自己的孩子。这件离奇的事，就像钻进去他心里的一只老鼠到处横冲直撞，一心想要钻碎他的心。

叶子通过远处窥探并没有看到周闵和曼丽亲密的举动，除了看到争吵却不能确定传言的真伪。她决定下班后打扫周闵办公室时，看看能否找到他和曼丽的蛛丝马迹。

曼丽的肚子一天天鼓起，公司上上下下的员工看在眼里，却不确定孩子爹是谁。风言风语在曼丽公司如沙尘暴全然笼罩，又像时不时地卷起的飓风，将他们裹挟。

下班后，曼丽给周闵打了电话，说："你最好过来一下，我们谈一谈这个孩子的事。"

周闵在电话里近似崩溃，说："这个孩子不能确定就是我的！你和曹俊的亲密关系无人不知，这个孩子也许是你和他，或跟其他男人的！"

此时，有意在门外打扫卫生的叶子听得清清楚楚。她面色紧张、心跳加快，假装蹲下来抠地板上粘着的东西，继续听着。

周闵怒吼着："这简直是阴谋！我不能确定是否真的跟你发生了关系！即便是那晚我跟你发生了关系，仍然不能确定这个孩子就一定是我的！我们只能等孩子出生之后，做亲子鉴定！"

室内，气愤的周闵紧握手机听着曼丽的说辞。

而后，周闵又说："我告诉你，你最好不要继续设局，我不会妥协！"话音刚落他就终止了通话，将手机重重地摔在办公桌上。

叶子听到手机摔在桌子上的声音，就立即站起了身子，继续往前清扫着过道地板。

周闵气呼呼地走出办公室，看到过道里的叶子，头皮一紧，神情顿时复杂了起来。

叶子听到身后的脚步声，回头看到周闵，努力做出轻松的微笑，说："大哥！"

“嗯！叶子。”周闵挤着微笑，气息玄虚地说着，从叶子身边走了过去。

叶子低着头，撩着上眼皮，看向走进电梯的周闵，她的眼睛里透着怨恨。

电梯里的周闵仰面长叹，而后低头嘴里嘟囔着：“糟糕！不知叶子是否听到？唉，听天由命吧！”

曼丽未因怀孕的事跟周闵关系紧张而影响工作。养老专题片顺利进入初步发行，公司账面在此项目上有了一些回报。曼丽想接着拍摄一部关于社区养老服务站的专题，作为姊妹篇。虽说这个社区养老服务开展仅仅是开始，但是对于民众恰恰也是最好的宣传时机。

曼丽计划将仅有的这些进账，投在下一个专题片上。周闵的报酬，她想等第二个专题发行之后一并给他，这样也好拖住他不离开自己的媒体公司。为此，她不得不借此商宜，请周闵来办公室。

曼丽的办公室。

周闵面对穿着宽大时尚衣着的曼丽，被她那挺着圆溜溜肚子里的孩子，搞得心里七上八下的。

曼丽踏实地怀着他的孩子，嘴上不停地说着两人合作项目的事。周闵的耳边听着她的声音，却没有听进去一字一句，混乱的思维全在她腹中的孩子那里。

他想：如果这个孩子真是自己的，那将是我现有家庭的毁灭！该怎样面对周子轩，还有患上癌症的妻子？即使隐瞒妻子直到她离世，可是对于儿子周子轩来讲，这个孩子是自己的丑事，对他的母亲是无耻的背叛。如果她肚子里怀的不是自己的孩子，那对自己就是一次教训！曼丽这个女人过于有心计，使自己轻而易举地掉进了她的预谋。那天晚上跟她同床一定是预谋，绝非偶然。如果现在我离开曼丽公司，她肚子里存在的这个孩子，显然是一个不能跟她没有瓜葛的联系。孩子到底是不是自己的，直到出生后做了亲子鉴定才算。这个过程是那么漫长，对自己而言就像是临刑前的煎熬。如果真是自己的孩子，跟她将是痛苦的牵扯。我恨自己，真是蠢到了家！

“周闵，我说的话你都听到了吗？”曼丽小心地问着，望着他的眼睛里带着探寻。

“什么？”周闵神色游离而恍惚，不由得说，“哦，你看着办吧，我没意见。”

“先不给你分红你也没有意见吗？”曼丽轻声小心地核实着问。

“哦，红是要分的，因为我需要钱。”周闵微蹙着眉头清楚地说。

“是的，我理解你现在的需要。但是，发行才仅仅开始，后续才会有更多的资金回报进账。”曼丽淡笑了一下，眼睛里透着真心地说，“如果你一定很需要，我先以个人名义给你打过去一些钱作为家用怎样？”

周闵紧蹙的眉头，并没被曼丽的理解和关心疏散开，反而更加紧锁出两道深深的沟，说道：“哦，还是公事公办为好，一码是一码。无论多少钱，一笔一结吧！”他嘴上这么说着，心里想：这又是曼丽想的新花招，决不能跟她继续缠说不清，而再次上她的当！

曼丽看他满脸认真和严肃，就依着他说：“好的，就按你说的办！”她不确定周闵是否全部听进去刚才她说的那么多话，又强调着说：“我下一部拍摄姊妹篇养老社区服务专题，你有什么意见？”

“哦，我没有意见。”周闵显得没有耐心地说。

“我觉得你应该把它当成你的经济回报来关注，这也确实是我们共同经营的项目。”曼丽说着，神情极力维持着温和。

“那你想怎么讨论？”周闵又问。

“其实社区养老服务关系着每家每户，包括你我。一些不愿意去养老院的老人和家庭，可以在社区服务站得到一些服务。我想这个专题片的拍摄，未来在发行上一定也会很棒！”曼丽信心十足地回答。

“我看现在需要完善的不仅仅是养老院和社区养老服务，而是子女的人心。难道把老人们送到养老院，或是得到社区服务，子女们就与赡养老人无关了吗？我看，现在人们的通病是依靠外部条件解脱自己。当然，我不反对你这个专题拍摄和推广，也是时代发展需要。但是，并不能因此成为子女们不顾及赡养老人的理由。你这两个专题片，如果是我，除了宣传这两种养老形式，就是专门拍一个如何呼唤亲情和切身关心和陪伴老人的片子。”周闵的情绪显得有些激动，声音也高了一些，带着些指责。

说这些话时，周闵脑海里全是儿子周子轩与父母感情疏远独立生活的画面。由此，他的眼睛里叠映着愤怒和绝望。

曼丽赞同周闵的同时，小心强调：“用新的方式面对老人养老，真的不是子女不孝顺。”

周闵也强调：“孝顺不只是为老人买单，我已经说了，而是切身地关心和陪伴。你这一年到头回家乡几次，估计几年也不回去看望父母一次吧？”

“可是我在供养他们，他们住在省里最好的私家养老院。这样我才能更好地工作，好继续为他们提供好的养老生活。”曼丽理直气壮地说。

“这不是可以几年不见老人的理由，这是两码事。看起来，你是走偏了。”周闵紧蹙着眉头说。

曼丽极为小心地微笑着说：“不是我走偏，也许是你应该换个角度看待养老新观念。”

周闵冷笑了一下，显然脸色更为复杂了起来，不耐烦地说：“你干脆说让我换颗心吧！”

对于曼丽，周闵懒得改变，也根本改变不了眼前的她，随即又说：“片子的事还是你说了算，我为辅助。红利无论多少还是要分，如果没其他事我就回去了。”

曼丽看他脸色难看，心里责怪自己强势，惹他不高兴。

但是，她却仍有着强烈改变周闵的私心。她想：将来两人结为夫妻，把公婆送给社会养老机构，和周闵过属于自己的生活。

周闵看曼丽没有回应，起身就要离开，又说：“孩子出生，直到做亲子鉴定前，你最好摆清你我的关系，这样对你我在工作的开展上只有益处。我不希望你在外面说一些不该说的话，在水落石出之前，说多了对你我都不好！”而后周闵使劲看了曼丽一眼，转身就要走。

“周闵，等一等！”曼丽难掩怨气地说，“我可以断定，我肚子里的孩子是你的，做亲子鉴定只是早晚的事。这个孩子，你不认也得认！”

周闵眼睛里裂变出狐疑和气愤，一字一句地说：“你休想用这个孩子来要挟我！我要是不愿意的事情，是你想死，都不可能得到的鬼梦！”随即摔门而去。

呆坐在办公室皮椅子里的曼丽，两个鼻孔出着粗气。她手捂在像个圆溜溜的大西瓜的肚子上，气得两眼直愣愣地瞪着周闵摔上的大门。

走在写字楼之间的周闵，眼睛里四溢着愤怒和焦虑。他原本想着在北京多挣些钱，等父母百年之后，赴澳大利亚一家人团圆过日子。没想到，厄运却这样接二连三地安排着他和爱妻。

他辛苦了大半辈子，盼望的美好生活随着曼丽的出现，神不知鬼不觉地被扳向另一个岔道。如果这个新生命是他的，将在他中年的疲惫人生中，面对从零开始的又一次抚养。

他累了，并不断地闪现着一个想法：如果不是还有年迈的父母在，他恨不得随爱妻赴黄泉了。

纸里包不住火。

自打叶子在周闵办公室门口听到了话，她就先跟在齐齐哈尔的麦小青说了。麦小青震惊之余，支持叶子尽快告诉欧阳姐，让她尽快回来终止眼前发生的一切。

叶子得到麦小青的认定，决定告诉欧阳姐越早越好。

微信电话里，她跟欧阳姐一股脑地将周闵和曼丽怀上私生子的事说了个透。她说得有鼻子有眼，只差对他们捉奸在床与亲子鉴定了。

欧阳雪眼前一黑一明，意识混乱，模糊地听着叶子口中的周闵，这个天方夜谭的感情背叛。

叶子尽可能地说着事情的严重程度，希望欧阳姐尽快回到北京面对此事。她提醒欧阳姐先不要电话里跟周闵大哥说此事，最好回来抓他们个现行。

叶子感觉欧阳雪超冷静，反而更担心。她提醒欧阳姐不要气坏了身体，解决事情为重。

欧阳雪嘴上答应着，神志却一再模糊。挂了电话的欧阳雪，痛哭不止。

她和周闵的感情之深，岂能承受到回北京捉奸在床的那一天。她想：感情背叛！此生做梦都想不到会落在自己的头上。必须立即打电话给丈夫问个清楚，自己死也瞑目了！

她随即拨了电话给周闵。对方未接听。

她又连续拨了十多次。对方仍未接听。

这时，她的大脑里，幻想到丈夫可能在偷情的画面。而后，她一边战栗，一边苦笑自己这么一个即将离开人世的癌症病人，还会有这份苦心。她近似于神经质地左右摆动着被幻想冲昏的头脑，眼泪也随之挥洒滴落着。

她哭着哭着，竟然大笑了起来。

天色彻底黑了下来，室内没有开灯，哭倒在客厅沙发里的欧阳雪此时没有感到对黑暗的恐惧。她觉得自己已经沉眠在安宁的墓地里，好累好累地沉睡下去不再醒来。

沙发上的手机铃声响了起来，满脸挂满泪水的欧阳雪从混沌中惊醒。她看是丈夫的来电，随即接听于耳边，眼泪直流，却无力说出一句话来。

“喂，欧阳，我下午有个会，手机静音了，事后又忘记开铃声。你还好吗？”电话里周闵急切地问，“喂，欧阳，你在听吗？喂！”周闵一边焦急地问，一边嘴里嘟囔着：“怎么，手机信号不好？”于是，他便挂掉了电话。即刻，周闵再一次拨打了妻子的电话，说道：“喂，喂，欧阳，听到了吗？说话啊！”他此时预感到一定有事，幻想在他的脑海中交错跳跃。他眼睛里布满恐慌，心跳加快，脸皮热麻。

欧阳雪听着丈夫那熟悉而焦急的声音，竟然不可抑制地又哭出了声音。

周闵又急迫又胆怯，心怀预感地问："出什么事了，不要哭，快告诉我！"

电话里，欧阳雪仍痛苦地哭泣不止。

"欧阳，你还好吗？你不要哭，你说话啊！"周闵着急万分，神色不宁。他努力镇静着说，"欧阳，到底发生了什么？我这就给儿子打电话，让他去家里看你！"

"不要，不要给儿子电话。"欧阳雪泣不成声地说，"周闵——你告诉我，你跟曼丽到底发生了什么？"

周闵听到曼丽这个名字，脑子嗡了一声。他顿感脑子放大了，一片空白。他近似于眩晕，极力维持镇静地说："我不知道你在说什么？"

随即他咬着的牙关，使得两腮一鼓一鼓，心想：不是大妹周遥，就是二妹周森说给妻子的。周遥跟我的关系不好，最有可能是她说的。这个坏事的东西，看我怎么找她算账！

欧阳雪努力地支起身子，斜靠在沙发背上。她仍旧没有打开茶几上的台灯，无力地说："还是说清楚好。"

周闵强制自己必须镇静，应该像没事人一样否认。

他尽力调整着情绪，说："哦，一直没有告诉你，我和曼丽有个项目在合作。原本想着等这个项目挣到钱了再跟你说，如果项目不成功早说也没有意义。"

欧阳雪的泪眼像泄洪的闸口，她苦笑哽咽着说："你没有说实话，我也是要死的人了，死之前应该知道我的丈夫是怎样哄骗我的。"

"欧阳，听听你都说了些什么？我是那么爱你和咱这个家，我从来没有哄骗过你，你要相信我！"周闵瞪直着绝望的眼睛说，"如果我哄骗你，就让雷把我劈死！"

周闵心想：我宁可被雷劈死也不能伤害自己的爱妻，况且自己确实从心里没有背叛过妻子。那一切，纯属曼丽谋害！

“你告诉我，曼丽肚子里的孩子是谁的？”欧阳雪满脸是泪苦笑着说。

周闵眼睛里分裂着恐惧和怨恨，强硬地说：“谁知道是谁的？！关我们什么事？！”

此时，欧阳雪随手打开了沙发边的台灯，柔和的光线驱赶走了漆黑一片。她的神志由此显得清醒了一些，并用力地抹去了脸上湿漉漉的泪水。刚才说的话像是一场梦，一切在光线下显得那么不真实，到底是真是假，她的意识模糊不清。

周闵听妻子不再说话，就又说：“是谁跟你说了这些胡说八道的事？你最好不要相信，你最应该相信的人就是我！”

她还真是觉得最应该相信自己的丈夫，可是叶子也是值得信任的人。叶子现在还在周闵公司，如果这些事情不是真的，她是不可能来说这些对自己没有一丝好处的事。可是，无风不起浪，对于自己的丈夫和曼丽的事情，不能完全相信和完全不信。

周闵对妻子百般劝说和发誓后，希望妻子相信他。

欧阳雪的理智不断地在光线下越来越清晰，她提醒自己不要听风就是雨。这件事没有证实之前，更不要就此认定丈夫出轨。

周闵转过头就跟周遥打了电话，质问她是否透露给欧阳雪关于曼丽的事。

周遥一口否认。

但是，此事倒是提醒周遥，如果把真实情况告诉得了癌症的嫂子，也不一定是件坏事。

他又给周淼打了电话，周淼也一口否定。

周闵想：不是周遥和周淼说的，那又是谁呢？——不会是那天在门口打扫卫生的叶子吧？叶子总跟欧阳雪联系，难免说三道四。我哪天还是要敲打她几句，不然就找机会辞掉她！

周闵见到了叶子，话里话外对她提示。让她少说三道四，干好自己的工作，不然就会有走人的可能。

叶子对他和曼丽的事，确实没有百分之百的证据，只是道听途说。即便是周闵和曼丽有关系，那孩子到底是谁的？目前也不好说。叶子担心继续传言给欧阳，自己丢了工作倒不怕，也许会使事情更复杂。为此，她决定暂时先不捕风捉影，直到抓到铁证再说。

几个月来，欧阳雪的身体极度不好。丈夫背叛感情的事，总出现在她的头脑里。

儿子周子轩并不清楚这些事，他建议母亲住养老院观察病情，也好有人照顾。欧阳雪一边感谢儿子的建议，一边痛心自己竟然成了一个将被安排出家门的人。

琳达期间来看欧阳雪，她赞同周子轩的建议。

她说可以用获得索赔的一部分保险金住进养老院观察病情，也可以像她的朋友一样，将护理工请到家里。她说只要肯花钱，不但24小时有人来照顾，还可以请到各种上门服务。或是，干脆回北京得到丈夫的照顾。

欧阳雪不选择后者，宁可在家里请护理工。

时间转眼又过去了大半年，这期间周闵来过两三次。他对妻子的爱一如既往，这些表现在欧阳雪怀疑他出轨的脑海里，被深度洗涤着，呈现着丈夫的忠贞。

周遥的儿子韩冰因本人吸毒和小剂量引诱他人吸毒已经被关进缉毒所。韩海通过律师介入，已经顺利跟周遥离了婚。

周遥至今都在怨恨自己的儿子和韩海是她此生的灾难。由此，她的性情显得更疯狂，情绪也更为焦躁。周森担心地提醒她该不会是患上了抑郁症吧？

周遥全然否定。

周闵回到北京，阿德莱德的家里又剩下欧阳雪一人。花园里的玉兰树上，又结满大朵大朵的花苞。有的花苞裹得紧紧的，有的微微地张开层层相依的花瓣，还有的花瓣已绽开最美的姿态。

欧阳雪请来的清洁工，在中午之前已经将屋里屋外全部打扫干净。清理院子的园艺工人也在同一时间来，并结束了工作。她还请了一位日常三餐料理的华人中年女人，几乎每天上门服务。

这天午饭后，收拾完餐具和厨房的女人回去了。欧阳雪冲了一杯咖啡坐在花园的躺椅上，欣赏着眼前满树的玉兰花。

她羡慕玉兰树的生命如此绚丽、旺盛，感叹人的生命远远活不过一棵树。她心里默念：也许，明年，或后年，这个院子里的自己已经不在，这一树树玉兰花仍会如期而至地花开花又落。如果真有天堂，自己定会在那洁净、美好的世界里，为人世间的儿子和丈夫祈祷。

她轻轻地闭上了眼睛，神色安然地带着丝微笑，眼角却溢出了泪。拂面的微风携着新鲜空气和淡淡的花香，带给她生命的体验和不舍。

她每天都在盼着儿子一家人能突然出现在眼前，她想在人生的倒计时里多跟他们在一起。可是，一天又一天，日出又日落，同日历一页页翻过，守在这个花园洋房里的仍是她一人。

周子轩和戴瑞亚的家里不但有了孩子，还有了一个新成员，出生三周的金毛犬。他们给金毛犬取名：香槟。

戴瑞亚和周子轩计划再要一个女儿，他们也提前给还未怀上的女儿取了名字，叫海伦娜（英文意思：阳光、美丽、重感情的人）。戴瑞亚自从生了儿子安格斯以来，成了全职居家太太，享受着家庭生活。周子轩一天到晚忙忙碌碌。

周末，周子轩经常是一家三口带着宠物狗“香槟”去近郊游玩，或是宅在家里享受家庭时光。

周子轩觉得，母亲应该慢慢适应和明白一些他之前说过的道理。为此，他在电话里总会在关心母亲的身体情况之余，也不断地强化母亲要面对自己的生活。

他们跟两家的父母，仍保持偶尔的电话问候，却很少见面。

周闵对儿子的做法怀有强烈不满，但是又很难使儿子按他的意愿生活，更不要说让戴瑞亚接受。目前曼丽肚子里的这个跟他不明不白的私生子，也是令他没有足够的底气去教训儿子周子轩。

为此，他只能在心里生闷气，对儿子心灰意冷。

戴瑞亚的父母一直住在公寓，安妮的双腿仍不能恢复到自如行走，只能缓慢地走一走、停一停。她作为持有残疾证的老人，是可以享用一年三四万澳元的居家养老护理福利，包括上门护理，相关器械、家装等需要。他们为了保持两人生活空间，没有请护理人员上门服务。

随着安妮的双腿行动不便，生活内容确实也受到了局限。他们之前的旅游计划，基本没有了可能。他们的生活内容显得单调，也更为怀念跟女儿一起生活的那些日子。他们决定在暮年的这个时候，领养一只爱犬来填补空巢生活。

自打他们领养了一只六岁大的棕色泰迪犬，他们的生活多了很多内容。他们好像又回到了养育女儿的幸福时光里，并给爱犬取了名字，叫安吉拉（英语：天使）。

安吉拉是只曾被遗弃而受过脚伤的小狗，走起路来会有轻微的跛，眼神里总带着忧郁、卑微和不信任。

在加纳森和安妮对它的百般爱怜和抚慰中，它那原本总带着些泪水的眼睛里透出了光亮和信任的神色。他们离不开安吉拉，安吉拉更是一天到晚地围着他们寸步不离，晚上还睡在一起。他们在各自的幸福感受里，体会着家的温暖。

曼丽临产，顺利生下了一个男婴。

亲子鉴定，掀锅盖的日子终于来到了。通过亲子鉴定，这个男婴是周闵与曼丽的孩子。

这个消息使得周闵彻底崩溃了，一夜之间他苍老了很多。曼丽抱着这个周闵的骨血，爱不释手。

周闵作为孩子的父亲，不得不去医院面对这个手续不全，却已经来到人世的孩子。他虚弱无力地望向这个被包裹得像个小蜡烛，比自己的孙子还小的婴儿，竟然像极了自己。

正如曼丽说的那样：不认不行。

孩子是无辜的，面对弱小的婴儿，周闵眉心蹙紧，心情沉重。他原本无奈虚弱的神情里，又溢出对孩子的怜爱和无比的愧疚。他却一眼都不愿意看到半躺在病床上，望着他微笑的曼丽。他不知自己要怎样面对自己的家庭，心里对曼丽生恨至极。

周遥和周淼在这个男婴的身上，看到的却是周家的摇钱树。

周遥怪自己的儿子韩冰不争气，她之前试探着找曼丽说儿子的事。看看她是否可以托人多关照一下戒毒所里的儿子，甚至期望能减期早日出来。曼丽确实也找了人，但是于事无补。

周遥对儿子的恨，解释为：爱生恨，太爱他了。

她盼望着儿子早日回来，重新做人。可是，她对儿子爱的方式，至今都没有反悔过，更听不进去劝。

她嘴里时不时地嘟嘟囔囔骂着儿子和前夫，只有看到这个刚出生的宝贝侄子时，才是看到了救命稻草似的紧紧抱在怀里。她希望跟这个小侄子和曼丽搞好关系，等儿子出来了，还指望曼丽对他们的照顾。

周淼的女儿如愿考上了医学院，这是陈家这么多年来唯独的一件大喜事。周淼随即向曼丽开口借五万元，说是给女儿交学费，等以后女儿有出息了加倍还给她。

曼丽借此把这个钱作为赞助给了周淼的女儿，也算是表达她这个未来周家新嫂子的心意。

周家和曼丽的关系，就这样像胶带一样，一层层地缠绕、粘连在了一起。这个当年土得掉渣，鼻涕过河，独闯沿海城市的曼丽，鬼使神差地走进了周闵的人生。

这是周闵做梦都想不到的事实。

叶子尾随周闵去了妇产医院，并得知亲子鉴定的消息。在医院大门口，她正要离开，迎面看到走出来的周家两个妹妹。她躲在一旁，听到她们喜得大侄子的对话。她恨周家这两个妹妹，竟然对欧阳雪全然不顾，而接受这个婚外的曼丽母子。她的眼睛里布满了恨，不敢相信周闵大哥会这般狠心，移情别恋生下私生子。

她决定，立即把这个结果告诉澳大利亚的欧阳姐。她宁可丢掉工作，也不能丢掉良心。

第二十八章
海豹湾

欧阳雪坐在玉兰树的宅院里，看满树花开。一片寂静间，可以听到花瓣片片跌落的声音。她意念好似坐在了菩提树下，对生死开悟，释然着肉体凡身。

这天北京下着细雨，叶子点开了微信与她语音留言。

她听后不再像之前的反应，好像一切都在夫妻分居生活中成为必然。

她隐含泪水默想：自己是将死的人，丈夫也好有个新的家庭归属。儿子也有了自己的家庭，父母在他心里原本就是属于各自的人生，对他也影响不到哪里去。

她看似超平静的神色，缺色的嘴唇却在微微颤抖着，黯然的眼睛里溢出了泪水，心随风飞散着。

叶子说自己很可能因为这个事情，会离开大哥的公司，她实在看不下去大哥会这样背叛妻子。她说在北京的生活太难了，如果离开公司，就回到家乡父母的身边。她会在家乡打工，儿子在家乡接受教育，等以后靠他自己的努力再考到北京上大学。

叶子的仗义令欧阳雪感动，又为她能回到父母身边陪伴而感到欣慰。她跟叶子说会处理好这个事情，让她放心。

麦小青在叶子那里得知亲子已鉴定的结果，微信里也跟欧阳姐说起来。她也很担心欧阳姐的身心受到打击。欧阳雪同样感谢她，说自己会处理好此事。

麦小青说自己已经放弃此生结婚生子，而是跟父母相伴生活。她能陪着慢慢老去的父母，就是最大的幸福。自己老的时候就去养老院，那里会有很多朋友，不会感到孤单。

欧阳雪为她此生放弃结婚生子感到遗憾，也为她与父母相伴生活而欣慰。

叶子在周闵面前提出辞职，并告诉他已经将一切告诉了欧阳姐，指责周闵卑鄙。

周闵气急败坏，抽了叶子一记极为响亮的耳光。

叶子的脸顿时麻辣热痛，她反倒笑了。她含泪的眼睛蔑视地轻扫了一眼周闵，转身坦然地走开了。

叶子携儿子彻底离开她闯过、爱过、恨过，甚至不甘心离开的地方，同时又萌生着若干年后重返北京的希望。

高速列车缓缓驶出站台，在铁轨擦起的时速中，将车窗外的北京城毫不留情地掠过着。京城的喧嚣与繁华，留在了叶子和坐在身边儿子的身后。

叶子明亮的眼睛里闪着泪点，她厚嘟嘟的樱桃小嘴两侧向上微微地翘起，笑了。

周闵没想到妻子在得知真相以后却没有一点消息，为此他心里没了底。这些天，他不敢跟妻子微信，更不敢通话，只是通过儿子侧面得知她安好的消息。

周闵在强烈的思想中角斗着：实话实说，还是继续否定？

他明知自己只有一个信念：永远深爱着自己唯一的妻子欧阳雪。

精神挣扎了多日后的他，决定近期去澳大利亚的家，当面跟妻子把这个曼丽私生子的事情继续全然否定。他唯独可以做到的就是对妻子最真切的爱，一心对她好。

周闵买好了机票，在一周后前往妻子身边的这一刻，家父周再兴突发头疼并头晕目眩，送往医院急救。父亲经抢救躲过了险些丧命，因是一过性脑梗塞，医生建议住院一段时间，观察治疗。周闵没有将这个事情告诉妻子，以免她担心。

因此，周闵不得不推迟了赴澳日期。他除了忙着去医院探望父亲，就是不得不出现在小儿子身边。他同样为小儿子找了算命大师算命，取名为周佳铭。

由于小儿子的出生，曼丽开始酝酿在儿子不断成长中，唤周闵回到她家里跟儿子同住。

小儿子的出生，周闵发愁跟曼丽非婚关系，日后对孩子的成长带来诸多影响，更是无法面对自己的婚姻家庭。眼下，他也只能纠结着，找不到解决的办法，艰难地走一步看一步了。

微信里他硬着头皮，若无其事地跟妻子一如既往地联络，两人都没有提起感情背叛的事。妻子对此事无声无息，这令周闵倍加不安。

近半年来，周子轩与父亲偶尔在微信里联系，但总不忘提醒父亲，应该将爷爷奶奶送往条件好的养老院进行专业护理。

周闵则没好气地回应儿子，不用他操心。

戴瑞亚继续享受着做妻子和母亲的幸福时光，生活有规律地进行着。周子轩计划这一两年努力工作，业余时间兼职，在第二个孩子来临之际换一套大一些的房子。为此，他平日里更忙碌，节假日专心陪妻子和儿子。

母亲欧阳雪能安排好自己的生活，这对于周子轩就是最大的愿望。

澳大利亚阿德莱德，当玉兰花厚厚大大的花瓣从树上跌落一多半时，已悄然地走进了枫叶红透的深秋。

守着满院的秋寒，欧阳雪的心情犹如秋枝上的残叶，摇摇欲坠，并跌落着。

她羡慕树木的花叶枯萎、谢落后，还会再来，自己患病的身体却一天不如一天地变得虚弱，随时有可能走向死亡。儿子舍弃父母家庭独自生活去了，自己原本坚如堡垒的婚姻也出现了丈夫严重的背叛，眼前的这个宅院彻底成了空中楼阁。

这些天，她没有让任何人来到家里，也没有出门。

透过她家总未拉上的窗帘，可以看到在白天或是夜晚的灯光下，她不断地走来走去，又好像在整理着什么。

一日三餐她只吃一餐，吃得极简、极少。

几天来，她眼窝深陷，眼袋发青，两腮向口腔内收紧，凸显出两个颧骨，一下消瘦了许多。

她和丈夫之间的微信，仍像没事人一样来往着无关紧要的问候和家里家外的一些琐事。丈夫的语音是那么熟悉，好像就在她身边。丈夫每一次微信对她关爱的语言，搅和着她脑子里丈夫的出轨，这份爱像尖刀一样剜进她的心里。她很清楚一切对于自己，都已经到了不可收拾的地步。

她一直不挑明曼丽的事，在周闵的心里就像不断上紧的发条随即爆发。他不住地问妻子一切还好吗，强调会安排时间回到阿德莱德家里。

欧阳雪寻常地应和着。

这段时间，儿子周子轩很少打电话给母亲。

一夜秋雨，又是满地秋叶。

欧阳雪家窗内一夜未熄灭的台灯，混合在天色渐亮的光线里。

她，一夜没睡。

上午十点，她微信告诉儿子和丈夫，说要跟好友到周边旅行散心数日。

儿子很少看微信，但是她还是发送了。

丈夫微信回复：注意安全，玩得愉快，及时沟通。

周闵对妻子的出游感到安慰，希望妻子在游玩中能够调整心情，等自己去了再详细解释。

欧阳雪楼上楼下地认真打量着，眼睛里集满了泪水。在她将准备好的东西放到汽车里，关上家门望向花园的那一刻，眼泪也随之零碎地扑打在胸前。

她顿感轻微的头晕目眩，随手扶在了门框上。泪水搅和着痛心，她不能自制地闷声痛哭着。她脑海中叠映着那些碎片式的岁月画面和期盼美好生活所购得这套洋房时的喜悦。

此时，一只孤鸟落在园中花瓣跌尽的玉兰树上，发出凄厉的鸣叫。

上午十点半。

欧阳雪一人拖着虚弱的身体，驾驶着私家车向距离市区99公里的港口出发了。

她此次去的目的地是袋鼠岛。

这个小岛给她留下了太多的美好印象和记忆，她想再去看看。

游袋鼠岛，那还是很多年以前，她和丈夫来看儿子时去过。这个孤立的小岛，可以通过渡船将汽车连同游人航行抵达于此。那时，一些驾驶着私家车的游人与他们乘坐旅行社的小型面包车同渡小岛。欧阳雪很羡慕那些私家车的游客。她希望以后他们也可以开着私家车，和儿子一起在这个美丽、天然的小岛上住上几天。

她的希望，至今没有实现。

一路美景划过车窗，往昔和丈夫同游的画面一幅幅呈现在她眼前：他们坐在当地华人旅行社的小型面包车里，丈夫的话语萦绕在她的耳边，“欧阳，你看这高低起伏的一片片绿草地，除草机稍微一推就是一个高尔夫球场”。

依偎着丈夫的欧阳雪说：“是啊，太美了！深秋还能有这么绿的草地，简直不可思议。”

司机兼导游说：“因这个季节雨水多，草就更绿。反而在夏季较为缺雨水的季节，草更枯黄。这是澳大利亚一大特色！阿德莱德沿途上的绿草地已被拍摄成照片，制作成电脑的屏保图片。澳大利亚除了绿草多、植被多、小动物多，还有就是得花粉症的人比较多。每年春天，除了地上的各类小花，就是很多树上会开出漂亮的花。这些花的花粉随风飘散在空气中，使得很多人有了花粉反应，不是眼睛痒就是打喷嚏，还会咳嗽。这也是一大特色！阿德莱德没有严冬，气候偏暖，使得秋冬季节都有鲜花前后开放……”

爱花的欧阳雪，第一次听说因花粉人们普遍出现花粉症的国家，甚至有些不敢相信。她小声且带着些羡慕地跟身边的丈夫说：“可想而知，那得有多少鲜花才会出现国人得季节性的花粉症啊！”

“是啊！”丈夫回应着，温和的笑容里波动着幸福。

司机兼导游又说：“还有一大特色是下雨不打伞，这里的天气经常是东边太阳西边雨，一块乌云飘过，雨就过去了，除非是大雨或短时暴雨。有时还会雨里带着小冰雹，刚落地一层小冰雹，转眼就不下了，很有意思的天气。”

欧阳雪依偎在丈夫的身边，感受着全新的国度带来的新奇与美好，他们的脸上透着对美好生活的憧憬。

此时的欧阳雪，耳边当年导游的话还未散去，她看天色竟然也出现了变化，那白云仍在的天空，又出现了一块块紫色的阴云。

她的汽车抵达码头时，海风不断旋起，掀起急迫的浪拍打在岩石上，激起一米多高的浪花。

大滴大滴的雨点砸落在汽车的挡风玻璃和车身上，自动雨刮器左右摆动了起来。几十辆私家车和一些其他车型的汽车排成了长队，等待驶进渡船的甲板。

时间随着密集的雨走过了登船时间，海浪还在风雨间跳跃、拍击着岩石，发出一声声闷响。

大船旁的车队纹丝不动，也未看见工作人员。但是候船大厅里倒是坐着等待上船的旅客。

欧阳雪之前也因风浪拖延登船时间，何况今天还是大雨。

一贯喜欢雨天的欧阳雪，习惯在雨声中交汇着自己的内心感受，那是最令她享受的时刻。今天，熄灭汽车发动机的她，任雨水冲淋着车体，那急促的落雨声扑打着她伤痛的心。

即便是这样的伤痛，她还是喜欢雨的声音。

一个小时以后，雨戛然停止，但是海浪还没有消沉。

这样的海浪，仍然不可以登船。上午的时间就这样伴着激烈的海浪，在车队的静候中过去了。

下午一点半。

太阳猛然探出头来的那一刻，海风也显得温和了起来，它抚慰着激烈的海浪逐渐平静。

港口工作人员出现，车队缓缓地驶向渡船的甲板上，散客们也陆续登船。

泊车后的欧阳雪走进船舱，坐在了众多游客之间。

那些看似一家人，或是情侣，或是一对对年老的夫妻，他们的脸上洋溢着启航的兴奋和幸福。

欧阳雪羡慕的神情从他们身边划过，又透着淡然地望向窗外。大海的远处，隐隐约约可见浮在海面上的那团郁郁葱葱，那就是袋鼠岛。

她的心随着船体航行溅起的浪花，翻涌着心事。她的眼睛里交错着极为复杂的神情，眉宇间集着微微的结，嘴角却轻微上扬着释然。游客的低声私语和不时出现的欢笑声在她耳边川流，随即又被她的淡然分散着。

她迷茫于海面的眼前，浮现当年和丈夫在甲板上的画面。

丈夫迎风动情地说："欧阳，有你陪伴，是我此生最大的幸福！还有我们的宝贝儿子，是我们全部的希望！我真恨不得咱和儿子都变成袋鼠，在这个与世隔绝的小岛上生活，生生世世在一起。"

欧阳雪望着丈夫的眼睛里，辉映着发自内心的幸福光色，说："好啊，我完全同意！"

夫妻两人伴着迎面的海风，深闻着大海的咸味，相拥着，不断地说着、笑着。往昔，那么遥远，却又在眼前。

此时，欧阳雪远望的视线，已被泪水模糊。她不由得将集满眼眶的泪水抹出，视线顿时清晰。她随手从包里取出一个小本，半侧向窗口，托在小臂上写着什么，神情更为凝重。

下午两点半。

载着游客和汽车的渡船，靠岸袋鼠岛。

从船舱里走出来，又坐进汽车里的驾驶者，有序地将汽车缓缓地驶出渡船。

随着车队缓慢行驶上岸的欧阳雪，驶向港口附近一家有年代感的小旅馆，停在了碎石子铺着的车位上。

她走进旅馆面向街道的餐厅，在店员的引导下坐了下来。她没有点吃的东西，而是点了杯果汁。她曾和丈夫在这里住过两晚，岛上第一顿晚餐也是在这里。

眼前浮现出那时的情景：在司机兼导游的翻译下，餐厅的店员礼貌、温和地向他们推荐着特色菜品——袋鼠肉。他们在惊愕间，礼貌地全然拒绝了。而后，丈夫打趣地跟妻子耳语："本想变成袋鼠，原来还有被吃掉的可能！"欧阳雪默然的笑容里，透着对袋鼠的同情。他们点了其他菜品。在幽暗的灯光中，伴着餐厅舒缓的背景音乐，他们陶醉在异样风情的美妙感受里。

此时的欧阳雪，一个人在旅馆餐厅的座位上是那么孤单。她不时地望向曾经坐过的位子，眼睛里闪现着泪花。她只喝了小半杯果汁，恍惚地走出餐厅。她驾驶着汽车，在旅馆旁边的加油站，给汽车加油，继续在岛上行驶。

在北京的周闵，一边面对父亲的治疗，一边心急如焚地想要飞到澳大利亚阿德莱德见妻子。

他的两个妹妹还是老样子，事不关己、我行我素着。

父亲周再兴此次住院，在老伴面前不时地流泪。他没想到自己会这样一瘫不起，而且是越发地不向好处发展。这次突然眩晕，使得他原本还可以写字的那只左手不再灵便。他心里明白自己的病情，看样子是回不到老家生活了。他心里装着的那些徒弟和家乡道教仪式的事，还有自己被国家授予的非物质文化遗产道教音乐传承人的荣誉，都将成为他身后的故事。

他苍老的眼角不断溢出泪水，不便于抹擦的双手，任其流淌。

老伴为他不断抹擦着眼泪，安慰的话说了又说，却难以止住老头子流不尽的泪水。

周再兴看儿子的眼睛里也多了不少担忧。母亲在周闵的面前，多了长吁短叹和无奈。

袋鼠岛。

欧阳雪驾驶着加满油的私家车，迎着太阳穿行于高低起伏、蜿蜒细长的单行柏油公路上。细长的公路两边是红色的土地和稠密的树林，沿途偶尔会出现遮天蔽日长如隧道的林荫道。

无尽头的细长小公路，在两边红土的衬托下显得更为黝黑。

行驶在单行公路上，除了偶尔错过的汽车，两边无际的树林，看不到人和建筑物，有探险之旅的感觉。路上会有不断出现的木质路标，指明景点。袋鼠岛除了自然景观，就是在丛林深处的各类作坊，有精油、蜂蜜、天然护肤品、手工艺品等。

这个小岛每天迎来送往着有限的游客。有限的游人分布在这个茂盛植被的小岛上，即便在景点，见到的人也不多。沿途会遇到因要越过小公路，而被来往汽车撞死的袋鼠，路边还有纪念被撞死袋鼠的小石碓。每看到这些，都令欧阳雪难过不已。

这些袋鼠，一定是突然穿越出来被撞的。由此，驾驶汽车的欧阳雪时刻留心路边会突然冒出穿越的袋鼠。

行驶中，已经有木质指示牌不时出现。

欧阳雪的脑海里随即闪现着跟丈夫游逛每个小作坊和商铺的情景。这些别有风情的地方使他们极为新奇，兴奋不已。他们挑选着物品和品尝着特产食物，会多买回去一些送给亲朋好友。在精美、独特的小工艺品前，佩戴着、欣赏着，他们赞不绝口。

时光胶片回放在她的眼睛里，交映着眼前的孤单，混合成令人痛心的颜色。她的脸色，却更为蜡白。

车轮仍在飞驰。

体力不支的她没有想去诸多美好的景点，只想去海豹湾看看。看看那些栖息在辽阔天海间的岩壁、海滩、礁石和树下的海豹。它们圆乎乎、胖墩墩，三三两两、七七八八围躺在一起，尽享生命的幸福体验。

特别令她记忆犹新的是，一个个小海豹围在母海豹身边，寸步不离地相依着的画面。此时，叠映着当时丈夫和她的对话。

丈夫说："我看变成海豹比较好，吃饱了就倒在沙滩、岩石和树下睡觉。看它们一家家在太阳下晒暖的模样多舒服。这样活着，就是死了都值了！"

她一边笑丈夫说话很有趣，一边也应和着赞叹："是啊，活成这般境界，就是最幸福的模样。"

"欧阳，不然咱俩也像海豹一样在沙滩上靠在一起躺会儿，体验一下海豹的幸福生活？——可惜，就缺儿子不在。不然这仨人躺在一起晒着太阳，还不得打起呼噜来？"丈夫说着就不由得哈哈笑了起来，她也笑了。

随即，丈夫又说："你看，只要有娘的地方，才叫一个家。你说女人在家里存在的意义得有多大！"

她望着丈夫的眼睛里满是温情。

回想到这时，欧阳雪的眼睛里奔腾着绝望，心想：我这个癌症在身的女人，孩子远离的女人，又怎能留住一个家？这个家分明是破败了，破到不堪收拾。

此时，车窗上突然滴滴答答砸落下来拇指大的雨滴，头顶的太阳又不知溜到哪里去了。大块大块黑青和灰白的阴云，携带着雨水，接二连三地浮游在瓦蓝的天空下面。远处几块阴云正在倾泻而下着雨水，像一张张纱帘垂挂在天边。

眼前，车窗的自动雨刮器再次频繁地左右摆动了起来，车身被剧烈的雨声包裹着继续缓慢前行。尽管她是那么喜欢下雨和听雨声，此时却希望太阳再次出现在头顶，看到海豹尽享阳光的样子。

就在此时，她的思维在一黑一明略带金星的眼前，轻微地恍惚着。她已经几天没有正经吃过一顿饭了，汽车里只有矿泉水。她除了少量喝水，没有一丝对食物的欲望。

自打她上了袋鼠岛，丈夫的微信和电话就被小岛较弱的信号源时断时续着。特别是在离开休息区的地方，干脆就没有了信号。

周闵联络妻子不畅，他想到可能是妻子跟朋友去游玩的地点通信信号不佳的原因，为此也就没放在心上。他希望妻子能放松地好好玩玩，不总打扰她。

在距离海豹湾的三公里处，汽车驶过头顶那块缓慢移动且倾泻着雨水的黑青色阴云。欧阳雪的思维也随之在雨雾的模糊间恍惚着。她心里默念：这天气魔怔了，真是应了那句“东边日出西边雨”的话。不但是雨，而且是大雨。

汽车和阴云背道而驰，穿越并驶进仍被阳光抚慰的海豹湾区域，她深感万幸。她选择将车停在了一则更为安静海域的停车位上。

头顶阳光灿烂，站在高处的欧阳雪放眼望去，辽阔的大海和银色的沙滩令她震撼、舒心。远处的阴云和雨帘，悬挂在天海间。

她从汽车后备厢取出了一把户外简易帆布折叠椅，拿着一个毛毯向有着树丛间的沙滩走去。

她手持东西虚弱地行走着，在沙地的树下已经看到睡觉的海豹，有大有小，睡姿各异。还有在阳光下正在吮吸母汁的小海豹，母海豹微睁着眼睛安然的样子，和美、温情。

沙滩和岩石山上也都是海豹，有的在睡觉，有的移动着笨拙的身体，还有的眺望大海。

欧阳雪在穿过树丛不远的沙滩上打开折叠椅坐了下来。她静坐在天海间，和海豹一起，沐浴阳光，倾听大自然的声音。

她羡慕这些海豹朝夕相伴，簇拥相依。

海鸥在天际飞翔，又在沙滩上漫步。它们和海豹互不干扰，尽享天地间的美好。

欧阳雪望着这片祥和与美好的景象，眼睛里闪动着零星的泪花。太阳的温暖毫不吝啬地同样洒在她的身上，渗透着她阴凉的身体，传至四肢于指尖。

许久，她站起轻飘无力的身子，伴着暖阳赤着脚一步步地走在松软的沙上。临近大海潮湿的沙滩，她隐隐看到有着小脚印和远处的大脚印。她走近看着只有半个手掌大的小脚印，便把自己的脚踏在了旁边。这一对整齐的大小脚印，像她和儿子同游的脚步，映在她的脑海中。她围着这对大小脚印走来走去地看着，好似回到了那个和儿子朝夕相处的珍贵时光。她极为憔悴的脸上，露出了幸福的笑容。

“妈妈，妈妈，你看这个石头下面有一个小螃蟹。它怎么一个人在这里？它的妈妈在哪里？我们要不要把它捡回家？”小周子轩稚嫩的嗓音问。

妈妈答道：“不要捡走它，也许一会儿它的妈妈就会找到它。”

小周子轩认真地望着妈妈，认可着妈妈说的话。他小心地将手里的石块放回原来的地方，又仔细地看了看是否压住了小螃蟹。直到看仔细了，他才放心地回望着妈妈灿烂地笑了。

妈妈幸福地握着儿子潮湿、温暖的小手，母子两人愉快地赤着脚继续慢行在海水边软软的沙泥上。

他们身后，印出大小相伴的脚印。

美好的往昔，伴着欧阳雪沿着海边的沙地一步一步地走去。她回头间，看到自己印下一串长长脚印的那一头，留下的大小脚印。

她心里一阵酸楚。

心想：原本应该三个人，或是一大家子人的脚印，现在也只留下了自己独行的印迹。她看着一个个自己的脚印，正如一步一个过往地印下自己的一生。走过的永不再来，这串脚印又将随着日月和潮起潮落化为乌有，成为一场梦。

此时，她的双腿像灌了铅，艰难、沉重地拖着陷在沙子里的脚步。她经过相依的海豹身边，走回折叠椅前气喘吁吁地坐了下来。

丈夫的话随着微微的海风又飘在她的耳边：“你看，只要有娘的地方，才叫一个家。你说这女人在家里存在的意义得有多大！”随即，儿子稚嫩的嗓音带着哭腔说：“妈妈，我不想死，我也不想让你死，我要永远跟妈妈在一起。”妈妈万般疼爱地望着儿子微笑着说：“你不会死，妈妈也不会死，妈妈永远和你在一起！”同时声音又叠映着成年周子轩的话：“分开生活才是健康家庭，希望你们安排好自己的生活。”周子轩的最后这句话如雷贯耳，击打着她的头颅。她绝望的眼睛里集满了泪水，在无边的大海间默默流淌。

时间在光影里游动，海风卷起她的头发，太阳也一点点地向海平面滑落，逐渐成为金红色的太阳，将离去前的深情尽显，映红了天，染红了海。这分生命的炽情，在随即消逝之际，洒下无尽的眷恋和再次轮回的期盼。

随着金红的太阳一点点滑入海平面，那最后的余晖仍散射着感天动地的生命华彩。余晖的金黄披在了欧阳雪的身上，好似也要伴着它转世轮回。

太阳走了，海风不时地掀起了她的头发，带着寒凉，透着海藻的味道。身盖毛毯的欧阳雪，眼望着天海间余晖一线，淡淡地笑了。

余晖殆尽，大海显得更为深蓝，逐渐成了漆黑一片。

当小岛巡视人员发现欧阳雪时，已是第二天傍晚。折叠椅里的她，已经没有了呼吸。

周闵正在曼丽办公室，接听了儿子打来的国际电话。

当天听到妻子已不在人世，他的手机掉在了地上，整个人眩晕得几乎要倒下。

落在地板上的电话里，儿子还在说着什么……

曼丽连忙上前搀扶他，被他一把推开。他满眼是泪，仇视着她怒吼：“我恨透了你！你不会得到你想要的一切的！”

万般剧痛回到欧阳雪身边的周闵，再也没有机会跟妻子当面解释清楚他跟曼丽的事。这个遗憾成了他心里的一个死结，这辈子再也不会有机会解开了。

他对儿子的不满，也成了不可调节的隔阂。他心如死灰地准备卖掉阿德莱德的花园洋房，永不再来。

他独自站在这栋花园洋房里，满眼是泪，伤痛至极地看着妻子精心布置的这个家。家里的每一件物品，每一处摆设，每一张悬挂和摆放的照片，都倾注了妻子对幸福家庭的渴望和无尽的爱。

在妻子的卧室，周闵看到了足足一箱子日记。他泪眼模糊地翻看着，随即不可抑制地大哭起来……

哭声回荡在整栋房子里，是那么痛心，那么绝望。

随妻子生前意愿，周闵在阿德莱德选了一处绝美、幽静的墓园。她将长眠在那里，在天国守望着人世间的儿子。

下葬那天，周闵的眼睛红肿到几乎睁不开的地步。几个好友也都来到了现场。周子轩和戴瑞亚及她的父母也都来了。

新鲜的泥土，撒落在铺满棺盖的鲜花上，地面上的人们悲情目送着走向另一个世界的欧阳雪。正如牧师所说：“愿她的灵魂，在天国里安息！”

整个过程中，周闵的眼泪不住地奔流着。

周子轩紧闭双唇，眉头紧蹙，没有落下一滴眼泪。

其他人凝重沉默。

周闵将出售阿德莱德自家房子的事委托给艾米。

他将欧阳雪的东西和足足一箱子日记带回了中国。

妻子的突然离世，在周闵的心里就像是曼丽将站在悬崖边的妻子一把推下去造成的结果。

他恨透了曼丽。

他请了律师，要在他跟曼丽意外生子这个事情上，做一个法律了断。此生，他不愿意跟曼丽再有一丝纠缠。

周闵一直在父母面前隐瞒妻子离世的事情，用善意的谎言不断周旋。

几个月后，父亲突然头痛难忍，还没等送往医院就离开了人世。家里就剩下周闵陪伴老母亲安度晚年。

法院将幼小的周佳铭判给了曼丽抚养，周闵在周佳铭未成年前支付相应的抚养费，孩子享有正常的继承权。

其他方面，双方不再追究。

事后，周闵从曼丽的公司退出，彻底了清。

他跟曼丽关系的完结，对爱妻欧阳雪的在天之灵也算是一个交代。但是，他心里的深痛，却刻骨铭心。

一年后。

周闵再次来到阿德莱德埋葬爱妻的墓园，将手里那束洁白的菊花放在了墓碑前。

他眼望墓碑上妻子微笑着的遗像照片，潸然泪下，深深地鞠躬。而后，他仰面长叹。

天空是那样蓝，蓝得失真；朵朵浮云是那样洁白，白得耀眼；风是那样温和，温和得好似爱妻的唇，轻轻地吻着他的脸。

他的泪水不断地夺眶而出。

“爷爷、爷爷。”远处跑过来一个手持鲜花，有着黄头发的小男孩。

周闵侧脸望去，向他跑来的正是自己的大孙子周叠鸣。随后走来的是自己的儿子周子轩和挺着大肚子的儿媳戴瑞亚。

他一把抹去满眼、满脸的泪水，目光没有过多地停留在儿子身上，而是迅速回落在大孙子身上。他和周子轩之间的矛盾隔阂，仍像横在父子面前的高墙，不可逾越。

他慈爱地望着大孙子，张开双手，爱怜地唤着：“叠鸣、叠鸣，我的大孙子，快来爷爷这里！”

当他将大孙子连花带人地抱在怀里的那一刻，眼角又流出了泪水。

当年，正是因为这个即将诞生的大孙子，使他欢喜饮酒，醉倒在曼丽家，酿出了令他悔恨终生的后果。

今天，他抱着大孙子悲喜交加，眼泪止不住地直流。

“爸！”走过来的周子轩叫道。

“爸爸。”戴瑞亚随即中文叫道。

周闵眼也没抬地回应：“来了。”继续慈爱地望着大孙子，接过他手里的花，微笑着摸了摸他金黄色的头发，站起了身子。

大孙子在奶奶的墓碑前，转来转去地玩着。

周子轩和戴瑞亚向着墓碑上母亲的照片，深深地鞠着躬。

周闵从放在墓碑边的包里，取出了包在牛皮纸里厚厚的两本书。他缓缓揭开包裹纸，将两本淡蓝色书皮的书托在手上，眼睛里又溢满了泪水。

一旁的儿子微蹙着眉头，满脸严肃地望着父亲。他看着父亲手里的这两本书，有些疑惑。戴瑞亚也不知所以然地挺着圆圆的肚子站在边上。

“欧阳，今天儿子一家人都来了。我把你写给儿子的日记经过挑选和整理出版了。今天给你带来看看，也替你送给儿子收藏，不负你对儿子的一片苦心。”

墓碑后，大孙子周叠鸣露出调皮的笑脸看着大家，他黑色的眼眸里透着天真和美好。他金黄色的头发在太阳的照耀下显得更为金黄，并随着微风波动着。

周闵说着，将手里的两本书放在了墓碑前。他对着爱妻的照片又深深地鞠躬，眼泪落在了地上。

在即将离开的这一刻。

周闵将墓碑前的这两本书交到了儿子手里。

他喑哑着声音说道："亲情与陪伴不是法律规定，更不是福利和资助可以代替的。你失去了人世间最爱你的母亲，远离了你认为与你的生活没有多大关系的父亲。这份爱，恰恰是你再也寻找不到和无法比拟的爱。希望你在养育子女中慢慢体悟吧！——你的母亲不在了，这两本书留给你，算是个纪念。"

周闵说完，抹了把泪，就要离开。

他抱起围绕在身边的大孙子，在他肉乎乎的小脸上，使劲地亲了一口。